Angel Wagenstein

LEB WOHL, SHANGHAI

Angel Wagenstein

LEB WOHL, SHANGHAI

Roman

Aus dem Bulgarischen
von Thomas Frahm

Edition **Elke Heidenreich** bei C. Bertelsmann

Das Werk ist 2004 unter dem Titel
»СБОГОМ, ШАНХАЙ« bei Colibri, Sofia, erschienen.

Die Übersetzung des vorliegenden Werkes wurde gefördert
durch ein Arbeitsstipendium des Deutschen Übersetzerfonds, Berlin.

Die Herausgabe dieses Werks wurde gefördert durch TRADUKI,
ein literarisches Netzwerk, das das Bundesministerium für europäische
und internationale Angelegenheiten der Republik Österreich, das Auswärtige
Amt der Bundesrepublik Deutschland, die Schweizer Kulturstiftung
Pro Helvetia, KulturKontakt Austria, das Goethe-Institut und die
S. Fischer Stiftung gemeinsam initiiert haben.

traduki

FSC
Mix
Produktgruppe aus vorbildlich
bewirtschafteten Wäldern und
anderen kontrollierten Herkünften

Zert.-Nr. SGS-COC-1940
www.fsc.org
© 1996 Forest Stewardship Council

Verlagsgruppe Random House FSC-DEU-0100
Das für dieses Buch verwendete FSC-zertifizierte
Papier *Munken Premium* liefert
Arctic Paper Munkedals AB, Schweden.

1. Auflage

Satz: Uhl + Massopust, Aalen
Druck und Bindung: GGP Media GmbH, Pößneck
Printed in Germany
ISBN 978-3-570-58008-0

www.edition-elke-heidenreich.de

Manfred Durniok, der mir China erschlossen hat,
zum Gedächtnis

Anstelle eines Vorworts

Die Fassade der Berliner Philharmonie hatte fast gar keine Fenster, dafür waren Dach und Außenwände des modernistischen Gebäudes neckisch geschwungen. Es ragte – gelblich und unschön – einsam empor inmitten einer geräumten Trümmerlandschaft am Rande West-Berlins, das manche auch »das freie Berlin« nannten. Unweit der Philharmonie verlief die Mauer. Sie war kein ewiges Bollwerk wie ihre fernöstliche Schwester, sondern einfach eine Wand, die trennte: Menschen und Welten, Ideen und Ideale, Erinnerungen und Ansichten über das, was gegen Mitte des zwanzigsten Jahrhunderts geschehen war – und natürlich jenes andere, das hätte geschehen können oder sollen.

Ich saß in der dritten Reihe Parkett auf dem äußersten rechten Platz in einem ansonsten vollkommen leeren, halbdunklen Saal, in dem nur die Notbeleuchtung brannte. Sogar das Podium, auf dem an diesem Morgen eine Orchesterprobe stattfand, wirkte finster und bedrückend. Geprobt wurde das Konzert für Violine und Orchester in D-Dur, Opus 35, von Tschaikowsky. Dirigent Herbert von Karajan musste mit dem falschen Bein zuerst aufgestanden sein, denn ständig lief bei der Probe etwas nicht so, wie er es sich vorstellte. Schon zweimal hatte er wütend das Podium verlassen und war kurz darauf humpelnd wieder zurückgekehrt.

Auch bei seiner zweiten Rückkehr verstummte das Flüstern und Tuscheln unter den Musikern nicht sofort. Einer der Bläser kicherte in sich hinein, bei den Streichern schnarrte provozierend eine Geigensaite, Wortwechsel und leises Gelächter waren bis auf meinen Platz im Parkett zu vernehmen. Was Karajan genau verstanden hatte, konnte ich nicht beurteilen; jedenfalls verlor der Maestro die Beherrschung.

»Hab ich den Herrn nicht verboten, Chinesisch zu red'n? Hab ich oder hab ich net?«, überschlug sich seine dünne, näselnde Stimme mit dem starken Wiener Akzent.

Dass er so empfindlich reagierte, mochte daran liegen, dass sich in den Reihen seines Eliteklangkörpers gar kein Chinese befand. Warum also sprachen diese Herrschaften dann Chinesisch, wenn nicht, um sich ungestört über ihn lustig machen zu können?

Er klopfte mit seinem Dirigentenstab ans Pult, hob die Arme, die Musik setzte ein. Wenige Takte später brach er erneut ab, stieß eine Verwünschung aus und zerbrach seinen Dirigentenstab, als säße er vor einer Klasse schwer zu bändigender Halbstarker. Der Orchesterdiener eilte sofort hinaus, um ihm einen neuen zu holen. Als Karajan sich leicht nach rechts drehte, um den Taktstock in Empfang zu nehmen, bemerkte er, dass jemand im Zuschauerraum saß. Er legte die Hand über die Augen, um nicht von den Notlichtern an den Saalwänden geblendet zu werden, und rief in nicht gerade liebenswürdigem Ton aus: »Sie da, wer sind Sie denn?«

Ich sagte es ihm. Ich erwartete, dass er mich nun fragte, was ich hier in der Probe mache, oder mich gleich des Saales verwies. Doch Karajan erteilte mir weder die ausdrückliche Erlaubnis zu bleiben, noch verjagte er mich. Stattdessen drehte er sich schweigend wieder zum Orchester um, klopfte ans Pult, als wäre nichts gewesen, und sagte: »Achtung, die Herrschaften! Noch aamal gaanz von vorn!«

Der Solist, der die ganze Zeit über ruhig geblieben war, zog sich von seinem Platz vor dem Orchester an die Seite zurück, setzte sich auf einen freien Stuhl, legte sein Instrument quer über die Knie und wartete geduldig, ohne jedes Anzeichen von Widerwillen oder Verärgerung, ab, bis sein Einsatz gefragt war. Von meinem Platz aus konnte ich gut das schlohweiße Haar und das blasse, langgezogene Gesicht des Mannes sehen. Um seine Gesichtszüge erkennen zu können, dafür reichte die Beleuchtung nicht aus.

Es war dieser Mann, dessentwegen ich hier war. Der Filmproduzent M.D. hatte mich in die Philharmonie eingeschleust und mir verspro-

chen, er wolle gegen Ende der Probe auf einen Sprung hereinschauen und mich dem Mann vorstellen. Denn genau mit ihm, dem Geigenvirtuosen Theodor Weisberg, wollte ich mich eingehend unterhalten.

Ich interessierte mich für eine Geschichte, die lange zurücklag und an die sich kaum noch jemand erinnerte, von den wichtigen Details ganz zu schweigen. Weisberg aber war eine der wichtigsten Figuren darin gewesen.

Schauplatz dieser Geschichte war Hongkou, riesige Vorstadt der Megalopole Shanghais, der chinesischen Hafenstadt an der Mündung des gewaltigen Stroms Jangtsekiang. Dort hatte sich zwischen 1937 und 1945 ein kaum bekanntes Kapitel aus der tragischen Odyssee der Juden während des Zweiten Weltkriegs abgespielt.

Shanghai war damals aufgeteilt in chinesische Viertel wie Nantao und Zhabei, die aus allen Nähten platzten vor Menschen, und die konzessionierten Luxusviertel der Kolonialmächte, International Settlements genannt. Das waren den entsprechenden Nationen verwaltungstechnisch unterstellte Gebiete, zu denen Chinesen keinen Zutritt hatten. Dort gab es erstklassige Hotels und Restaurants, englische Klubs und Spielkasinos.

An dieser Situation änderte sich weder nach dem ersten japanischen Überfall von 1932 noch nach dem schweren Luftangriff des Jahres 1937 etwas, in dessen Folge Shanghai unter japanische Besatzung geriet. Allein im ersten Jahr nach der japanischen Besatzung sammelten die städtischen Reinigungstrupps die Leichen von über dreißigtausend an Hunger und Krankheiten gestorbenen Menschen von den Straßen. Und dies im Schatten des zweiundzwangziggeschossigen Broadway-Palastes, in dem der Botschafter Hitler-Deutschlands, Ottomar von Dambach, beim Pokern in einer Nacht achtzigtausend Shanghai-Dollar verspielte. Es gewann sie Sir Elias Edzra, ein Sepharde aus der Gruppe der sogenannten Bagdadjuden, die sich schon im elften Jahrhundert entlang der Seidenstraße niedergelassen hatten und im Lauf der Zeit bis in den Fernen Osten gelangt waren.

Nach dem Opiumkrieg und dem Nankinger Vertrag von 1842, als die Engländer Hongkong annektierten und mit dem Bau des Hafens von Shanghai begannen, eroberten sich die Bagdader Juden rasch wichtige ökonomische Positionen. Kaum ein Jahrhundert später finanzierten und versicherten ihre Banken und Makleragenturen die Lieferungen von Zinn, Rohkautschuk und Chinin für das Dritte Reich. Dieses hatte keinerlei Berührungsängste mit jüdischem Geld, wenn es seiner bedurfte. Und die Bagdad-Sepharden, Eigentümer von Instituten wie der Shanghai Banking Corporation, der Yokohama Spacy Bank und des Sasson House, hatten ebenfalls keine Vorbehalte gegenüber ihren deutschen Geschäftspartnern, solange diese korrekt zahlten.

Shanghai – heute eines der großen Tore des neuen China zur Welt – war damals ein unentwirrbares Knäuel aus wirtschaftlichen, politischen und militärischen Interessen, diplomatischen Intrigen und persönlichen Ambitionen, ein Sammelbecken für die chinesische Unterwelt, für internationale Abenteurer, Spione und Spekulanten, Heimatlose und Verfolgte sowie solche, die süchtig nach einem aufregenden Leben oder nach schnellen Gewinnen waren.

Die Chinesen, die eigentlichen Herren dieses alten Landes, waren sozial tief gesunken. Die einen hatten nichts als die Sorge, wie sie an ihr tägliches Schälchen Reis kommen sollten, die anderen, die Kollaborateure und Marionetten der japanischen Okkupationsmacht, sorgten sich eher, wie sie mit komplizierten Manipulationen das bewahren und vermehren konnten, was sie ihrem eigenen Volk stahlen.

All dies nämlich spielte sich ab vor dem unablässigen, mal nahen, mal fernen Grollen eines blutigen Bürgerkriegs, der an allen Fronten zugleich geführt wurde zwischen der projapanischen chinesischen Republik unter der Marionette Wang Chin Wei, den nationalistischen Divisionen Chiang Kai-sheks und der Volksbefreiungsarmee der Kommunisten unter Führung Mao Tse-tungs.

Shanghai, Ort des Glanzes und des Elends, barfüßiger Kulis und ihrer Rikschen, kleiner Prostituierter und ihrer trunkenen Seeleute, östlicher Porzellanzerbrechlichkeit und brutaler Grausamkeit des Krieges, des Opiumrauschs und menschlicher Tragödien, war mit seinem begrenzten Statut als »offener Stadt« der einzige Platz, an dem zwanzigtausend deutsche und österreichische Juden eine teuer erkaufte Zuflucht finden konnten. Hinzu kamen weitere dreitausendachthundert Juden aus anderen, von Nazi-Deutschland besetzten Ländern, denen die Flucht nach Shanghai gelungen war, bevor die Krematorien in den Konzentrationslagern die Luft Europas mit dem süßlichen Geruch verbrannten Menschenfleischs erfüllten.

Vorspiel

Sinfonie Nr. 45, genannt »Abschiedssinfonie«
von Joseph Haydn

Das spärliche Licht des Sonnenuntergangs, vom feinen Nebel über dem Wang Pu gefiltert, gelangte nur mit Mühe in die düstere Halle des halb zerstörten Werks für Stahlkonstruktionen. Durch die zerbrochenen Fensterscheiben und die von Detonationswellen in die Wände geschlagenen Löcher leuchtete matt der rote Widerschein des Abendhimmels. Drinnen, angeleuchtet von den Petroleumlampen und chinesischen Papierlaternen, die die nur schemenhaft erkennbaren Anwesenden mitgebracht hatten, warfen geknickte Betonsäulen und aufragende Eisenträger schwankende Schatten. Die Neuankömmlinge betraten die Halle durch ausgebombte Tore oder stiegen gleich durch die Löcher in den Wänden über Ziegelschutt hinweg auf die bereits Sitzenden zu. Seltsame Gestalten kamen, als handelte es sich um eine Szene aus einem absurden Theaterstück, über dunkle Eisentreppen aus verschiedenen Richtungen herbei. Sie trugen ungewöhnliche oder, besser gesagt, ganz und gar nicht in diese Umgebung passende – Kleidung. Die Garderobe der Damen – elegante Kleider aus der Vorkriegszeit und neckische Hütchen mit Schleiern – schienen aus einer versunkenen Welt zu stammen, einer Welt, in der man Rang und Namen repräsentierte, wenn man ein Festkonzert im Musikvereinssaal der Wiener Philharmoniker besuchte oder zu einem Empfang ins Berliner Schloss Charlottenburg ging. Einige Männer trugen Restbestände dessen, was einmal eine Abendgarderobe gewesen sein musste, alte Smokings oder Fräcke, die aber auf bizarre Weise in Arbeiterhosen ihre Fortsetzung fanden. Andere hatten ihre nackten Füße in Sandalen gesteckt und sahen von oben bis unten aus wie Straßenfeger oder Hafenarbeiter. Allen gemeinsam war, dass sie, wenn sie sich einen Platz gesucht hatten, als Erstes die Lampen, mit denen sie ihren Weg hierher erleuchtet hatten, irgendwo an Eisenrohren aufhängten oder auf heil gebliebenen Maschinenteilen abstellten. In der riesigen Halle, in die einst ganze Eisenbahnwaggons auf Schienen hineinfuhren, wirkten ihre Flämmchen wie Glühwürmer, die sich hierher verirrt hatten.

Die Menschen begrüßten einander mit jener steifen Förmlichkeit, wie es Gottesdienstbesucher nach der Messe tun oder entfernte Verwandte, die sich auf einer Hochzeit zum ersten Mal begegnen. Hier und da verbeugte sich jemand, um einer Dame die Hand zu küssen, die in einem zerrissenen Spitzenhandschuh steckte. Wer genau hinschaute, konnte unter den Fingernägeln die Schwärze aus den örtlichen Färbereien erkennen, die einfach nicht abzuwaschen war.

So absurd diese steife Förmlichkeit auch war, ihr entströmte dennoch etwas wie ungekünstelte freudige Erregung in Erwartung von etwas Feierlichem und Großem.

Unterdessen hörte der Zustrom in die Halle nicht auf. Zu vernehmen waren in der feierlichen Stille indes nur vereinzelte Schritte und Flüstern oder gedämpftes Lachen. Am Ende des gewaltigen Raums hatte man ein improvisiertes Podium errichtet, über dem in der feuchtwarmen Zugluft, die nach Sumpf und fauligem Fisch roch, ein Transparent gespannt war. Darauf stand in großen roten Buchstaben:

WELCOME! GOD BLESS AMERICA!

Die gekreuzten amerikanischen Flaggen, die zur Dekoration von Hand auf Reispapier oder Fetzen von Baumwollstoff gemalt waren, erweckten den Eindruck, dass hier gleich ein Baseballspiel zwischen zwei College-Mannschaften aus der Provinz ausgetragen würde. Stattdessen war auf dem Podium eine stattliche Anzahl von Stühlen zu sehen, vor denen behelfsmäßig aus Latten zusammengenagelte Notenpulte standen. Auf dem Hallenboden waren lange Bänke aufgestellt, die ebenfalls nicht gerade so aussahen, als hätte ein gelernter Tischler sie angefertigt. Mitten durch sie hindurch führten Bahnschienen. Die Menschen, die sich mit verwirrtem Gesichtsausdruck Plätze suchten, ließen die ersten Reihen frei, die offenbar für Ehrengäste reserviert waren.

Und da kamen sie auch schon, die Ehrengäste, durch die ausgebombten Fabrikportale, an denen verbogene Bleche hingen, die einmal Tore gewesen waren. Der Hall des militärisch strammen Schritts der etwa fünfzig amerikanischen Marines auf der Metallschwelle, die – angeführt von ihrem Offizier – hereinmarschiert kamen, hörte sich merkwürdig deplatziert an im Rahmen eines Konzerts, das den endlich eingetretenen Frieden feiern sollte.

Applaus brandete auf, brach sich an Wänden und Decken und erfüllte den leeren Raum mit seinem Widerhall. Die Anwesenden, ganz gleich, ob sie in Abendgarderobe oder in den billigen Lumpen von Schwarzarbeitern steckten, waren aufgestanden und klatschten frenetisch Beifall. Eine solche Begrüßung hatten die hereinkommenden Soldaten in dieser ungewöhnlichen Umgebung wohl nicht erwartet, denn sie nickten ein wenig verlegen mit den Köpfen nach links und rechts, bevor sie ihre Ehrenplätze einnahmen. Nur einer von ihnen, ein Hauptmann, erwiderte die Geste und beklatschte die Anwesenden mit hoch über den Kopf erhobenen Händen. Schwer zu sagen, wer nun der Held dieser feierlichen Veranstaltung war – die Amerikaner oder die Bewohner dieser Ruinen.

Ein schlecht gekleideter, vollkommen ergrauter Mann mit hoher Stirn und wachsbleichem Gesicht, der wirkte, als hätte er sein ganzes Leben über ein Mikroskop gebeugt verbracht oder in der weißen Sterilität eines Krankenhauses, empfing den Hauptmann. Während er sich zurückhaltend verbeugte, stellte er sich leise in englischer Sprache vor: »Professor Sigmund Mandel von der Selbstverwaltung Hongkou. Willkommen, Captain. Bitte, folgen Sie mir doch. Ihre Plätze sind vorn.«

Mit einer eleganten Bewegung geleitete er den Hauptmann an seinen Platz. Unterwegs hielt er kurz an, um ihm einen japanischen Offizier der Sanitätseinheit vorzustellen, der sich – allein am Ende seiner Bankreihe sitzend – die Asche einer Zigarette in die Handfläche stippte.

»Erlauben Sie mir, Ihnen den Oberst vorzustellen. Er hat sich besondere Verdienste um unser Lazarett erworben. Dank ihm … wie soll ich sagen … sind viele von uns heute noch unter den Lebenden.«

Der kleine Japaner mit den dicken runden Brillengläsern war wohl tief in Gedanken versunken gewesen, denn er fuhr zusammen und sprang wie ertappt auf. Dabei versuchte er, unbemerkt seine Zigarettenkippe mit dem Fuß auszutreten. Sein Gesicht blieb dabei vollkommen undurchdringlich. Er schlug die Hacken zusammen und grüßte militärisch, obwohl er im Rang höher stand als der Amerikaner. Letzterer schaute ihn verdattert an, erwiderte den Gruß aber nicht. Für ihn war nach der Kapitulation Japans vom 2. September 1945 der Platz eines japanischen Offiziers, auch wenn er seine Schulterklappen abgenommen hatte, vor einem alliierten Kriegsgericht oder gar in einem Gefangenenlager.

Der Hauptmann ging vorbei, und Professor Mandel lächelte dem Japaner ein wenig zerstreut zu, bevor er seinem hohen amerikanischen Gast nach vorn folgte.

Kaum eine Minute später, als hätten sie nur darauf gewartet, bis der amerikanische Captain seinen Platz einnahm, betraten die vermutlich zerlumptesten Musiker, die jemals in einem Orchester gespielt hatten, das improvisierte Podium. Einer von ihnen, offenbar der Konzertmeister, mit schulterlangem Haar und unter die Achsel geklemmter Geige, trat vor, verbeugte sich hölzern, machte eine linkische Bewegung mit dem Arm und erklärte dann: »Das Shanghai-Kammerorchester der Dresdner Akademischen Philharmonie wird, unseren hohen amerikanischen Gästen zu Ehren, Joseph Haydns *Sinfonie Nr. 45*, genannt *Abschiedssinfonie*, zum Erklingen bringen.«

Er sprach so leise, dass die Leute unten auf den Bänken flüsternde Nachbarn mit einem »Schscht« zur Ruhe ermahnen mussten. Als er geendet hatte, versuchte wieder jemand zu applaudieren, doch eine strenge Aufforderung zur Ruhe erstickte dieses Unterfangen im Keim.

Erwartungsvolle Stille trat ein. Die Musiker hielten einander nacheinander eine angezündete Kerze hin, und der Pultnachbar entzündete seine Kerze an der des Nebenmanns. Dann steckten sie sich die brennenden Wachslichter auf ihre Notenpulte.

Die amerikanischen Marines schauten einander verständnislos an. Vermutlich hatten sie daheim in Illinois oder Minnesota entweder keine Gelegenheit gehabt, eine Aufführung dieser Sinfonie von Joseph Haydn zu erleben, oder sie hatten sie, mitsamt der ganzen übrigen klassischen Musik, notorisch verpasst.

Der Konzertmeister, der für diesen Abend auch die Rolle des Conférenciers übernommen hatte, war kein anderer als Theodor Weisberg. Geduldig wartete er ab, bis das von Haydn selbst vorgeschriebene Kerzenritual beendet war, dann sagte er ins Publikum hinein: »Die vier Sätze der Sinfonie tragen die Bezeichnungen *Allegro assai – Adagio – Allegretto* und *Presto-Adagio*.«

Und schon erklangen die Anfangsakkorde der Abschiedssinfonie.

Nein, dies war kein gewöhnliches Konzert, denn die Menschen, die an diesem Abend den hohlen Bauch dieser nach Sumpf und verfaultem Fisch stinkenden Fabrikhalle füllten, nahmen Abschied von Shanghai.

ERSTER TEIL

1

Das Konzert im Festsaal der Dresdner Philharmonie hatte längst begonnen an diesem Abend des 9. November 1938. Die Kristallleuchter an der Decke waren auf Notbeleuchtung gedämpft, so dass die Kerzen, die seitlich an den aus rötlichem Acajubaumholz gefertigten Notenpulten steckten, in noch festlicherem Glanz erstrahlten. Konzertmeister Theodor Weisberg und die Mitglieder seiner Akademischen Philharmoniker trugen dem Anlass entsprechend Smoking. Das ebenfalls festlich gekleidete Publikum im Parkett und auf den Rängen hielt in gespannter Erwartung den Atem an. Sie wird selten gespielt, Haydns *Sinfonie Nr. 45* in fis-Moll, und es war nicht leicht gewesen, an eine Eintrittskarte zu kommen.

In der Ehrenloge, wo zu Bismarcks Zeiten die Hohenzollern und ihre Vertrauten Platz genommen hatten, saßen an diesem Abend vier SS-Offiziere. Der Ranghöchste unter ihnen, Hauptsturmführer Lothar Hassler, war ein ausnehmend schöner Mann, blond und blauäugig, als wäre er einem jener noch immer an Hauswänden und Litfasssäulen klebenden Plakate von der Berliner Olympiade 1936 entsprungen, auf denen ausschließlich »reinrassige« Ariertypen zu sehen waren, obwohl weder Hitler selbst noch Goebbels oder Himmler diesem Rasseideal auch nur annähernd entsprachen. Hassler hingegen erinnerte mit seinem kantigen Wikingerprofil geradezu an die Helden der Filme Leni Riefenstahls.

Der Jüngste unter den SS-Offizieren, vermutlich sein Adjutant, neigte sich zu Hassler hinüber und reichte ihm dienstbeflissen das aufgeschlagene Programmheft.

»*Allegro assai*. Wenn ich mich nicht irre, heißt das so viel wie: ›recht fröhlich‹, Hauptsturmführer.«

»Das wollen wir doch hoffen«, grummelte Hassler finster, »und zwar nicht nur hier und jetzt, sondern in ganz Deutschland und die ganze Nacht.«

Während Haydns Sinfonie ihren musikalischen »Abschied« leicht und duftig in den Konzertsaal ergoss, bekamen auch die letzten Gutgläubigen Anlass, sich von ihrer bequemen Illusion jenes gemütlichen alten Bratenrock-Deutschlands zu verabschieden, das Heine in seinem »Wintermärchen« aufs Korn genommen hatte. Denn diese Nacht von Mittwoch auf Donnerstag würde als »Reichskristallnacht« in die Geschichte eingehen, eine Bezeichnung, die nichts mit den Kristallleuchtern an der Decke der Dresdner Philharmonie zu tun hatte, sondern mit dem Geräusch, das die Schaufensterscheiben jüdischer Geschäfte beim Bersten verursachten.

Ja, in dieser Nacht zertrümmerten in ganz Deutschland sowie im kurz zuvor unter großem beiderseitigen Jubel »angeschlossenen« Österreich Frohnaturen, bis zum Kragen abgefüllt mit Bier, die Scheiben jüdischer Geschäfte, bis es unter dem Tritt ihrer Stiefelsohlen lustig klirrte und krachte. Die zu Tode erschrockenen alten Juden, die, vom Lärm erwacht, nachsehen gingen, was da passierte, wurden durch die Straßen geschleift, nachdem ihnen ein Pappstreifen mit der Aufschrift »JUDE« an die Brust geheftet worden war. Die Synagogen an der Fasanenstraße und der Oranienburger Straße in Berlin sowie die am Schwedenplatz in Wien gingen in Flammen auf; es brannten die jüdischen Gotteshäuser in Leipzig, München, Frankfurt und Stuttgart – und zweihundert weitere …

Allegro assai – recht fröhlich!

Lothar Hassler hielt sich das Opernglas vor die Augen, ließ

den vergrößernden Doppelkreis über das Publikum wandern, hob es an und verharrte auf dem Gesicht einer jungen Frau mit kupferblondem, sanft von einem der Deckenlüster angestrahltem Haar, die in der Loge gegenüber saß. Das war die berühmte Mezzosopranistin Elisabeth Müller-Weisberg, Ehefrau des nicht minder renommierten Konzertgeigers Theodor Weisberg.

Als müsste er eigens überprüfen, dass diese prachtvolle Deutsche tatsächlich mit einem Juden verheiratet war, richtete Hassler den Fokus seines Fernglases nun auf den befrackten Mann am ersten Pult der Ersten Geige und ließ seinen Blick lange und voller Neugier auf ihm ruhen. Kaum zu fassen: Dieser gegenüber seiner Frau mickrig wirkende Mann war sogar Mitglied der Preußischen Akademie der Künste!

Draußen ergossen sich unterdessen die Fackelzüge über die Hauptstraße, angeführt von stattlichen Männern, die im bekannten Rhythmus der Schützenvereine – bum-bum-bumbumbum – die Pauke schlugen. Sollte doch niemand auf die Idee kommen, dass der Deutsche nur in philharmonischen Festsälen musikalisch war. Im Marschtakt der Pauken intonierten sie:

Auf der Heide blüht ein Blü-ü-melein,
Eins! Zwei!
Und das heißt E-e-e-rika …

Genau an der Ecke, an der sich die renommierte Buchhandlung Meyersohn & Söhne befand, kam einem der frohgemuten Fackelträger die Idee, einen Scheiterhaufen aus Büchern zu bauen, für den er am geeignetsten die Werke von Karl Marx, Heinrich Heine, Sigmund Freud, Lion Feuchtwanger, Stefan Zweig, Thomas und Heinrich Mann, Bertolt Brecht, Anna Seghers, Friedrich Wolf, Leonhard Frank, Baruch Spinoza, Marcel Proust, Franz Kafka und Henri Bergson hielt. Albert Einsteins

Werk *Die Quantenstruktur der Strahlung* tat seinem Titel alle Ehre und sprühte Funkensträußchen, bevor es mit weit geöffneten Buchdeckeln aufflog wie der arme Vogel Phönix.

2

Im Festsaal der Dresdner Philharmonie hatte inzwischen der Schlusssatz der *Abschiedssinfonie* begonnen, »Presto – Adagio«, der Satz, der ihrem Titel *Abschiedssinfonie* Inhalt verlieh. Zwei der Orchestermusiker, der Oboist und der Hornist, rafften ihre Noten zusammen, bliesen ihre Kerzen aus und verließen leise das Podium.

Hinter den Kulissen wurden die beiden Bläser zu ihrer Überraschung von einem Pulk uniformierter SS-Leute schon erwartet, von ihnen verhaftet und grob Richtung Ausgang geschubst. Als die beiden Opfer lautstark dagegen protestierten, bedeutete ihnen ein Mann in Breeches über hochglanzpolierten schwarzen Stiefeln mit zynisch über die Lippen gelegtem Zeigefinger lächelnd, sie möchten doch bitte still sein, um das Konzert nicht zu stören. Im Gebaren des Sturmführers lag nicht das geringste Zeichen von Bosheit – nur die wohlwollende Gesinnung, dass die Regeln guten Betragens auch von Mitbürgern, die an ihre jüdischen Quasselstuben gewöhnt seien, doch bitte eingehalten werden sollten.

Theodor Weisberg sah, ohne seinen Bogen von den Saiten zu nehmen, über die Flämmchen der brennenden Kerzenstummel hinweg, wie hinter den Kulissen seine beiden Kollegen von den braunen Uniformhelden abgeführt wurden. Verwirrt warf er seinem Nebenmann am zweiten Pult einen fragenden Blick zu. Auch andere Mitglieder des Kammerensembles hatten bemerkt, was da vor sich ging, denn ein kaum wahrnehmbarer Aufruhr ging durchs Orchester, als wäre eine Windbö in trockenes Laub gefahren. Doch alle spielten weiter, als wäre nichts geschehen.

Laut Partitur war nun die Zeit für den Kontrabassisten und das Violoncello gekommen, das Podium zu verlassen. Im Gegensatz zu ihren Bläserkollegen ahnten sie schon, was ihnen bevorstand; aber was sollten sie machen? Dies hier war ein öffentliches Konzert, und das ahnungslose Publikum verfolgte jede ihrer Bewegungen. Also packten sie, einer nach dem anderen, ihre Noten zusammen, bliesen die Kerzen an ihren Pulten aus und begaben sich – nach einem letzten fragenden Blick zum Ersten Geiger – zögerlich hinaus. Dort wiederholte sich das Spiel wie gehabt: Der Mann mit den blank polierten Stiefeln machte lächelnd ein Zeichen, doch Ruhe zu bewahren, und flüsterte, bevor er auch sie in Gewahrsam nahm: »Pssst! Ich bitte doch um Respekt vor dem Werk eines arischen Komponisten!«

Der beflissene Adjutant in der Ehrenloge neigte sich zu Lothar Hassler hinüber und flüsterte ihm ins Ohr: »Es ist ein Skandal, dass all diese Orchestermusiker Juden sind!«

»Nein«, entgegnete Hauptsturmführer Hassler, »nicht alle. Jedenfalls glauben manche, es nicht zu sein. Na, macht nichts, wir werden sie schon noch über ihre jüdische Großmutter aufklären. Aber es ist ein Skandal, dass wir es zulassen konnten, wie sie vor unseren Augen ganz Deutschland in eine Synagoge verwandelt haben … Ah, still jetzt, jetzt ist er an der Reihe.«

Konzertmeister Theodor Weisberg packte seine Noten ein, blies seine und damit die letzte Kerze aus und ging mit steifen Schritten hinaus. Hinter ihm schlugen die Schatten zusammen. Das Podium versank in Dunkelheit …

Eine geraume Zeit andächtigen Schweigens verging, bevor die Kristallleuchter an der Saaldecke wieder in voller Festbeleuchtung erstrahlten und tosender Applaus den Saal erfüllte. Doch die Musiker, sie kehrten nicht, wie es Brauch war, mit ihren Instrumenten aufs Podium zurück, um sich vor dem applaudierenden Publikum zu verneigen. Sie konnten es nicht mehr.

Die Menschen im Saal waren vielleicht irritiert, doch sie wussten nicht, dass sie gerade dem letzten Konzert der Dresdner Akademischen Philharmonie gelauscht hatten.

3

Bis zum Beginn des neuen Mondjahres waren es noch mehr als zwei Monate. Vorher war nicht zu erwarten, dass die japanischen Besatzer ihr eisernes Regime lockern und Verwandten, die durch die Okkupation getrennt worden waren, gestatten würden, einander zu besuchen. Nach dem julianischen Kalender war es November, das Wetter der Jahreszeit entsprechend. In Deutschland hätte man vielleicht gesagt: Bei so einem Sauwetter schickt man keinen Hund vor die Tür! Doch wir befanden uns in China, und China war bitterarm. Deshalb waren zwischen Longhua und Nanshi im Süden und Zhabei und Hongkou im Norden Shanghais alle Hunde, die den Fehler gemacht hatten, frei auf der Straße herumzulaufen, längst aufgegessen. Die Luft war frostig und feucht. Sie roch nach Bratfett, Gully und Schlamm. Auch die Brise vom Meer brachte keine Erfrischung, sondern nur den Gestank der endlosen Sümpfe an der Wang-Pu-Mündung. Der Wang Pu war der linke Arm des breiten Jangtsekiang, durch den die großen Überseeschiffe den Hafen von Shanghai erreichten.

Es dämmerte. Auf den Aberhunderten von Dschunken, die beängstigend nah an den gewaltigen, hoch über sie aufragenden Schiffsbäuchen der großen Frachter und Passagierschiffe entlangdümpelten, brannten schon die Papierlaternen. Unzählige Lichtstreifen gaukelten und schaukelten über die schmutzige, ölverschmierte Wasserfläche und leckten an schwimmendem Unrat. Auf den Dschunken standen Kleinhändler, die sich gegenseitig in einer Sprache überschrien, die sie für Englisch hielten. Sie boten alles zum Verkauf feil, was sie gerade an Bord hatten: Gemüse, Obst und Fisch, Souvenirs und Talismane oder kleine, aus Büffelhorn oder Nephrit geschnitzte Götterfiguren.

Die von der endlosen Reise gelangweilten Transitpassagiere gafften über die Reling ihrer Überseeschiffe zu den Schreihälsen hinab. Nein, sie würden hier nicht von Bord gehen! Nicht nur, weil die Gerüchte von der Geschicklichkeit der Taschendiebe und Kleinbetrüger am Hafen ihnen Angst eingejagt hatten, sondern auch, weil sie schon in wenigen Stunden ihre Reise nach Süden fortsetzten, nach Singapur, Hongkong oder Macao, manche von ihnen sogar bis nach Manila oder Bombay. Den Passagieren aber, die in Shanghai über schmale Gangways von Bord gingen, stand der Sinn nicht nach Souvenirs und schon gar nicht nach Obst oder Gemüse. Meist waren es japanische Geschäftsleute, Bankangestellte und Makler, die mit der Fährlinie der Schifffahrtsgesellschaft Kobe von den Inseln ans asiatische Festland kamen, um in den neu eröffneten Niederlassungen großer Tokioter Firmen zu arbeiten. Einige hochrangige Regierungsvertreter wurden von Limousinen empfangen. Chauffeure in Uniform und Vertreter der Konsulate oder der großen Banken hielten ihnen den Wagenschlag auf und beförderten sie vom Hafen weiter zum Flughafen Longhua, von wo aus sie entweder nach Peking oder noch weiter zum neuen, von den Japanern auf dem Gebiet der Mandschurei gegründeten Staat Mandschukuo flogen. Später, als die Kapazität der Kriegsschiffe erschöpft war, übernahmen die Fährschiffe auch den Transport militärischer Einheiten aus Japan.

Hoch über den Docks, den Lagerhallen und den niedrigen gelben Gebäuden der japanischen Kommandantur, der Hafenverwaltung, der Kontore der Schifffahrtsgesellschaften, des Zollamtes und der Grenzschutzpolizei, über den Kränen und hoch aufgeschichteten Truhen und Ballen, jenseits der schweren schwarzen, vom Lichtkegel der Papierlaternen gesprenkelten Wassermassen des Flusses, spiegelte der bewölkte Himmel den trüben orangefarbenen Widerschein der Hotels und Bürogebäude wider, die entlang des legendären Prachtboulevards Bund lagen. Der Bund folgte dem Flusslauf aufwärts und war der Umschlagplatz für Geld, Kapital und Vermögenswerte schlechthin. In ihn mündeten die in gleißendes Licht getauchten Prachtstraßen, von denen die Menschen auf den Dschunken märchenhafte Dinge gehört hatten. Beim Hören würde es wohl auch bleiben, denn die Menschen auf den Dschunken kamen auf dem Wasser zur Welt, lebten auf dem Wasser, seit sie denken konnten. Ihre Vorväter hatten bis zu den Knien im schlammigen Wasser der Reisfelder an den Flussmündungen gestanden, ohne jemals die im englischen Kolonialstil errichteten Prunkgebäude zuseiten der Boulevards zu erblicken, von den Spielhallen, Tennisplätzen, Herrenklubs, Hotels und Nobelrestaurants ganz zu schweigen, vor denen breitbeinig und mit würdigem Gesichtsausdruck, weißem Turban und lässig in die Schärpe geschobenem Krummsäbel indische Sikhs, massig wie Kleiderschränke, Wache schoben.

Etwas in der Art muss auch der Kapitän des von Roststellen übersäten Frachtschiffs »Tscheljabinsk« gedacht haben, als er, über die Reling gelehnt, auf dem Kartonmundstück einer erloschenen russischen Papyrossa herumkaute. Er machte den Eindruck, als hätten er und sein Schiff alles gesehen: vom Russisch-Japanischen Krieg von 1905, der durch die verheerende Niederlage der Russen in der Seeschlacht bei der Insel Tsushima in der Koreastraße besiegelt wurde, bis hin zu den dramatischen Umbrüchen der Oktoberrevolution 1917 in ihrer fernöstlichen Variante.

Die »Tscheljabinsk« kam aus der Mekongmündung, wo sie Rohkautschuk aus den französischen Plantagen von Indochina, dem heutigen Hinterindien, geladen hatte. In Shanghai wiederum wurde ihr Bauch gefüllt mit Baumwolle und Rohseide, die sie nach Wladiwostok zu verschiffen hatte, wo die Naturfasern ihre lange Reise mit der Transsibirischen Eisenbahn fortsetzten. Ihr Kapitän schaute gleichmütig den Trägern zu, die über die Landungsbrücke aufs Schiff trippelten. Von ihnen war nichts zu sehen außer einem Paar dürrer Beine; der Rest verschwand unter riesigen Stoffballen. In umgekehrter Richtung liefen andere Träger mit flachen Kisten aus rohem sibirischen Zedernholz, auf denen in Schablonenbuchstaben stand: URALMASH – USSR. Die Ruhe verließ ihn auch dann nicht, als einem ausgezehrten Träger sein Ballen entglitt und er reglos auf dem fettigfeuchten Bord liegen blieb. Vermutlich war es ein Schwächeanfall, denn seinen Tagelohn, einen halben Shanghai-Dollar, sollte er erst in zwei Stunden bekommen. Dieser Betrag hätte mehr als ausgereicht für eine Schale Reis mit ein paar Stücken Lauch sowie ein Kännchen grünen Tee. Der Kapitän gab knapp und ungerührt Anweisung, den Mann zu »entfernen«. Zwei seiner Matrosen trugen ihn in eine Kajüte, auf deren ovale Eisentür ein rotes Kreuz gemalt war.

Eine halbe Stunde später »entsorgten« ihn zwei Trägerkollegen. Niemand, weder auf dem Schiff noch an Land, schenkte diesem kleinen Beerdigungszug Beachtung. Was bedeutete schon ein Träger mehr oder weniger in diesem namenlosen, nach Schweiß und Zwiebeln stinkenden, gesichtslosen Ameisenhaufen namens Shanghai mit seinen Abermillionen Menschen und dem schreienden Kontrast aus bitterster Armut und unerhörtem Reichtum? Die Behörden sammelten Morgen für Morgen Tausende Hungertote von den Straßen auf. Was machte da schon einer mehr oder weniger? Dies geschah in der Nacht vom 9. auf den 10. November 1938. Bis zum Ausbruch des Krieges waren es keine zehn Monate mehr.

4

Als sie die Vorhänge aufzog, war sie zutiefst enttäuscht. Hilde wusste zwar nicht, *was genau* sie erwartet hatte, doch *dieser* Anblick deckte sich nun wirklich in nichts mit jenen Postkartenansichten, die die Touristen scharenweise in die französische Metropole an der Seine lockten. Im Rechteck ihres Hotelzimmerfensters war eine trostlose Stadtlandschaft aus rußgeschwärzten Fassaden zu sehen, zwischen denen Wäsche hing. Weit unten und so klein, als handelte es sich um die Anlage einer Modelleisenbahn, breitete sich ein Gewirr aus Gleisen, Pfeilen, Hochspannungsleitungen und Signalen aus, zwischen denen Waggons abgestellt waren und eine einsame Lokomotive dampfend und zischend hin und her rangierte.

Das kleine Hotel war für Leute mit begrenztem Reisebudget. Zwei Sterne am Eingang, von denen einer allerdings nicht mehr so recht leuchten wollte, versprachen nicht mehr als nötig, aber auch nicht weniger. Man konnte von hier aus weder den Eiffelturm noch Montmartre sehen, weder den Triumphbogen noch das geschlängelte Band der Seine, dessen Grauschattierung stets die Farbnuancen des Himmels widerspiegelte. Hilde wusste von alldem, auch ohne es je mit eigenen Augen gesehen zu haben. Der Boulevard Saint-Michel, der Louvre, Notre-Dame, ja selbst der Eigentümer des Bistros an der Ecke waren ihr so vertraut wie das Innere ihrer Handtasche. Nein, sie war nie in Paris gewesen, hatte aber während ihres Studiums der französischen Sprache und Literatur an der Humboldt-Universität so viel über diese Stadt gelesen und so viele Abbildungen, Fotos und Filme gesehen, dass sie sich alles ohne Mühe vorstellen konnte. Dabei hatte sich in ihr die Sehnsucht entwickelt, Paris in seinem wirklichen Glanz zu erleben. Sie wollte Pariser Luft atmen, ihren Geschmack auf der Zunge spüren und – wenn sie hinunter ins Eckbistro ging, um einen Kaffee zu trinken, würde der Wirt sie schon beim Hereinkommen mit seinem provenzalischen Akzent fragen: »Bonjour, Mademoiselle Hilde! Ça va? Un café et un croissant comme toujours, n'est-ce pas, Mademoiselle Hilde?«

Trotz ihrer momentanen Enttäuschung über den Anblick, der sich ihr aus dem Hotelfenster bot, war sie glücklich, endlich hier zu sein, raus aus der in letzter Zeit bedrückenden Atmosphäre Berlins! Wenigstens für kurze Zeit einmal ihre Sorgen vergessen, den Schauspielunterricht, der sie auch nicht weiterbrachte, und die Idioten, die behaupteten, eben dies zu können, falls sie ihnen als Gegenleistung für eine Nebenrolle auf der Matratze kurz eine Hauptrolle gewährte. Endlich einmal kein permanentes Umstellen bei den Massenszenen, in denen sie als Statistin mitwirkte, ohne je zu begreifen, warum diese Einstellung unbedingt noch einmal gedreht werden musste. Tag für Tag stand sie sich von morgens bis abends für fünf Reichsmark in Babelsberg die Beine in den Bauch, ohne zu wissen und je zu erfahren, worum es in besagtem Film überhaupt ging. Sie musste es sich gefallen lassen, von dahergelaufenen Regieassistenten scheinbar zufällig angegrapscht und plump belästigt zu werden, und das alles nur wegen der winzigen Hoffnung eines jeden Statisten, eines Tages dem Regisseur »aufzufallen«... Eines schönen Tages würde dieser von seinem Klappstuhl aus grübelnd seinen Blick über die Reihen schweifen lassen, plötzlich mit dem Finger seine Assistentin zu sich winken und fragen: »Du, wer ist denn die da, die Blonde da hinten?« In diesem Moment würde das ganze sinnlose Spektakel schlagartig aufhören, und der kometenhafte Aufstieg zum großen Filmstar würde seinen schicksalhaften Verlauf nehmen.

In Wirklichkeit passierte so etwas natürlich nie.

Fast nie.

Hilde jedoch war es passiert, und deshalb war sie an diesem Morgen auch nicht in ihrer kleinen Mansardenwohnung in Berlin-Grunewald erwacht, sondern in Paris.

Jemand klopfte vorsichtig an die Tür. Im Spalt erschien der blanke Schädel von Werner Gauke, dem legendären einarmigen Fotografen der UFA. Er hatte seinen Arm in der Schlacht von Verdun verloren; doch das minderte seine Größe als künstlerischer Fotograf nicht im Geringsten. Sein subtil austariertes Chiaroscuro, das Spiel zwischen Licht und Schatten, hatte ihn nicht nur einmal auf die Seiten der Hochglanzzeitschriften gebracht, und große Abzüge seiner Modefotografien hingen in den teuren Schaufenstern an der Friedrichstraße und dem Kurfürstendamm. Berühmt war er auch als Schürzenjäger – auch wenn das bei denen, die ihn nicht persönlich kannten, ungläubiges Staunen hervorrief.

»Sind wir so weit, Püppchen?«, fragte er durch den Türspalt. »Nimm alle drei Kostüme mit, wir arbeiten den ganzen Tag. Hab uns schon einen Wagen bestellt. Aber erst mal trinken wir einen Kaffee zusammen – ich warte unten auf dich!«

»Nur eine Dusche, und ich bin schon unten.«

»Zehn Minütchen hast du, Püppchen! Ich küsse dich!«

Seine Lippen formten sich schmatzend zum Luftkuss, dann war sein Kopf auch schon verschwunden und die Tür wieder geschlossen.

Im Bistro wartete die nächste Enttäuschung auf Hilde: Der Wirt hatte nichts mit dem Provenzalen ihrer Fantasie zu tun, sondern war eine Wirtin, noch dazu eine aufgedunsene Matrone, die aussah wie eine ehemalige Bordsteinschwalbe, die ihre Ersparnisse in diesem Lokal angelegt hatte. Statt eines echten *café* in einer kleinen Tasse bekam sie eine billige Mischung in einer großen Schale serviert, deren Geschmack einen nicht gerade geringen Zichorienanteil verriet und sie unangenehm an den Muckefuck erinnerte, den sie in Babelsberg in den Kaschemmen um die Filmstudios der UFA vorgesetzt bekam. Immerhin gab es Croissants! Was wäre Paris ohne Eiffelturm, Moulin Rouge und Croissants?

Danach gingen die Fotoaufnahmen los. »Schau mal nach unten? – Lehn dich doch mal an das Geländer – ja, weiter, noch weiter … – Lass doch mal locker, Mädchen, nicht so steif wie ein Denkmal! – Und jetzt auf der Bank da ausstrecken – weiter, ja, die Tittchen schön raus! – Bisschen rechts, Püppchen, du verdeckst mir ja den ganzen Obelisken!«

Der liebe Werner, füllig geworden mit den Jahren, setzte alle seine in Lederhüllen um seinen Hals baumelnden Kameras und Objektive und all seinen Ideenreichtum ein, um sich der ihm übertragenen Aufgabe – ausdrucksvolle Fotoserien von einer schönen Deutschen vor dem Panorama der französischen Hauptstadt zu schießen – so ehrenvoll wie nur möglich zu entledigen. Nicht nur einmal wischte er sich dabei mit einem riesigen Taschentuch den Schweiß von Stirn und Nacken.

Dass diese Hilde Braun nun hier vor seiner Linse stand, war reiner Zufall …

Nach 1933 waren alle deutschen Filmproduktionen und Studios – von UFA und Bavaria Film angefangen bis zu TOBIS und Terra – der Kontrolle des nationalsozialistischen Propagandaministeriums unterstellt worden. Die linke Volkskino-Union, die in ihren fruchtbarsten Jahren von Lichtgestalten wie Heinrich Mann, Bertolt Brecht, Käthe Kollwitz und Béla Balasz geleitet worden war, hatte sich in alle Winde zerstreut. Hollywood hatte schon vor Zeiten Ernst Lubitsch, Georg Pabst und Billy Wilder aufgesaugt sowie die Schauspieler Emil Jannings, Lia de Puti, Pola Negri, Elisabeth Bergner, Greta Garbo und Peter Lorre. Lange zuvor hatte der »blaue Engel« Marlene Dietrich mit ihrem Regisseur Josef von Sternberg eine neue Heimat in Beverly Hills gefunden. Fritz Lang machte sich gleich nach der Machtergreifung der Nationalsozialisten auf und davon und drehte 1934 in Frankreich seinen berühmten Film *Liliom*. Die deutschen Leinwände verwaisten, die große Zeit von *Kuhle Wampe* und *Doktor Mabuse*, des Klassikers *Metropolis* und der *Straße ohne Freude* von Pabst (mit Greta Garbo) war vorbei, das klassische deutsche Kino – tot.

Da erstrahlte der Stern der Leni Riefenstahl.

Die Karriere der mittelmäßigen Schauspielerin und leidenschaftlichen Sportlerin hatte mit eher durchschnittlichen Bergfilmen begonnen. *Sturm über dem Montblanc* wurde sogar bis in die Tiefen der UdSSR bekannt. Jeder Künstler hat irgendwann einmal seine Sternstunde, und wenn er die nicht verpasst, dann stehen ihm der Weg zu Ruhm und Erfolg offen. Riefenstahls Sternstunde war der Nürnberger Kongress der NSDAP. Damals, es war 1935, drehte sie *Triumph des Willens*, einen Film voller Pathos und Bombast, der an viele sowjetrussische Dokumentarfilme aus jener Zeit erinnerte, nur mit anderer Ausrichtung: Hier war nicht mehr die »Klasse«, sondern die »Rasse« des Menschen Thema. Es folgte eine Reihe weiterer Produktionen der rasch zum Liebling der Partei gekürten Regisseurin, deren Gipfel *Unsere Wehrmacht* bildete, ein Kulturfilm, in dem die ästhetischen Parameter des Nationalsozialismus definitiv ausgebildet waren. Leni Riefenstahl hatte tätigen Anteil an der Schaffung jenes Klischees, das sich in das staatlich propagierte überhaupt verwandelte: das Bild des deutschen Soldaten, der zwar »zäh wie Leder« und »hart wie Kruppstahl« war, doch nicht muskelbepackt wie ein Gorilla, sondern von einer beinahe feminin anmutenden nordischen Schönheit. Dieses Idealbild schmeichelte dem Nationalstolz – und niemand schenkte dem unwesentlichen Detail Beachtung, dass weder der Führer selbst noch seine engsten Mitarbeiter wie Martin Bormann, Helmut Göring, Dr. Joseph Goebbels oder Heinrich Himmler ihm entsprachen. Und von jenen Schönlingen in den höheren Etagen der Macht, die so aussahen, wie der Arier aussehen sollte, wurde zumeist gemunkelt, dass sie homosexuell seien.

Die Olympischen Spiele 1936 in Berlin gaben Riefenstahls Karriere weiteren Auftrieb durch den Film *Fest der Nationen* – eine pathetische Eloge auf das arische Blut. Der schwarzamerikanische Modellathlet Jesse Owens warf mit seinen vier Goldmedaillen zwar ein wenig Schatten auf die grenzenlose Herrlichkeit und Überlegenheit der weißen Rasse, aber gute Künstler wissen ja, dass Schatten das Licht nur umso heller erscheinen lässt. Der kolossale Erfolg des Films, vor allem unter der nationalsozialistischen Elite, inspirierte Riefenstahl zu einer Fortsetzung. 1938, fast schon an der Schwelle zum Krieg, drehte sie den Nachfolger *Fest der Schönheit*.

Und hier schlug Hilde Brauns Sternstunde. Denn sie war eine auffallend schöne junge Frau, schlank, blond und blauäugig, geradezu die Verkörperung der künftigen arischen Mutter reinrassiger deutscher Kinder und damit ideales Anschauungsmaterial für die Propaganda des Dritten Reichs. Wie üblich war sie als Statistin engagiert worden, doch unter dem Einfluss der Naziästhetik begleiteten Riefenstahls Assistenten ihre Kniffe in Hildes Po mit Komplimenten wie dem, dass ihre Augen klar seien wie skandinavische Seen und derlei Unfug. Die Maskenbildnerinnen küssten die schöne Statistin zur Begrüßung auf die Wange und sagten: »Da ist sie ja wieder, unsere schöne Walküre!«

Bei so viel Aufmerksamkeit vonseiten ihrer Crew war es nicht verwunderlich, dass eines Tages auch die Schöpferin des *Festes der Schönheit* Hilde bemerkte.

»Wie heißt du denn, schönes Kind?«, fragte Leni Riefenstahl und fuhr sanft mit einem Finger über die Umrisse von Hildes Lippen.

Die junge Frau lief vor Verwirrung rot an. War die große Leni Riefenstahl etwa lesbisch, oder war das nur der mütterliche Ausdruck ihrer Sympathie? War dies der Moment, auf den die kleine Statistin gewartet hatte? Sie schluckte, bevor sie antwortete: »Hilde Braun.«

»Du bist wundervoll, Hilde. Ich werde dich brauchen. Melde dich bei mir, wenn ihr aus Paris zurück seid.«

»Aus Paris?«, fragte Hilde verständnislos.

Riefenstahl hatte auf einmal beschlossen, in ihr *Fest der Schönheit* eine Serie von Standbildern einzufügen mit einer Paradedeutschen, die ihre Vorzüge mit Pariser Hintergrund dekorierte. War das künstlerischer Instinkt? Der Hauch des Krieges lag schon in der Luft, und die Besetzung von Paris war nicht mehr fern. Arthur Neville Chamberlain, der britische Premierminister, von dem niemand mit Sicherheit sagen konnte, ob er ein Genie oder ein Dummkopf war, hatte den Kontinent bei seinem Treffen mit Hitler in München bereits abgeschrieben.

Fräulein Hilde Braun erhielt einen Vertrag und fünfhundert Reichsmark Vorschuss, eine für sie ungeheure Summe, für die Erlaubnis, ihre Bilder unbegrenzt sowohl für den entstehenden Film als auch für die Seiten des Nazi-Blatts *Der Stürmer* – der »Zeitung für den echten Arier«, wie die Reklame es nannte – zur Verfügung zu stellen.

5

Die Stufen, die zu Sacré-Cœur hinaufführten, wollten kein Ende nehmen. Hilde und Werner hatten darauf verzichtet, die Zahnradbahn zu benutzen, denn beim Treppensteigen konnte der Fotograf spontan auf eine ungewöhnliche Perspektive reagieren und sie in eine seiner genialen fotografischen Inszenierungen umsetzen. Hilde blieb stehen und drehte sich um, um auf ihn zu warten, denn Gauke war nicht nur wesentlich älter als sie, sondern auch schwer beladen mit seiner Ausrüstung. Er hatte diesmal keinen Assistenten dabei – ein Beleg dafür, dass das Deutsche Reich alles tat, um die so kostbare fremde Währung nicht zu verschleudern. Endlich hatte Werner Hilde eingeholt. Er wischte sich keuchend die Stirn ab, auf der feine Schweißperlen glänzten, und stieß schnaufend hervor: »Na und, ist unser Püppchen zufrieden?«

Hilde ließ ihren leuchtenden Blick über Paris gleiten, wie eine Eroberin, der diese Stadt schon bald zu Füßen liegen würde. Je weiter man in die Ferne blickte, desto dichter wurde der Dunst, der – verfärbt von der Abendsonne – über dem Panorama lag. Der Eiffelturm, die Seine und ihre Brücken, die Île de la Cité, die Kirche Sainte-Marie-Madeleine und der Obelisk schienen von einem rosaroten Schleier eingehüllt zu sein. O uferloses, ewiges, eitles, sündiges, intimes und hochnäsiges Paris!

In einer plötzlichen Aufwallung der Gefühle küsste Hilde ihren Fotografen auf die Wange. Gauke protestierte gutmütig: »Doch nicht so! So küsst die liebe Tante Frieda den kleinen Peter. Ich hab was Besseres verdient. Denn die Idee mit Paris, die hab ich der Riefenstahl gesteckt, ich allein und kein anderer. Und ich will dir auch gern gestehen, warum. Ich hab nämlich ein Auge auf dich geworfen!«

Er schickte sich an, sie auf den Mund zu küssen, doch Hilde entschlüpfte seinen Armen mit der Wendigkeit eines Fisches und sprang fröhlich weiter treppaufwärts, der zuckerbäckerweißen Kathedrale entgegen.

Oben angekommen, stützte sie die Ellbogen aufs steinerne Geländer. Nun hatte sie einen vollkommen freien Blick über die ganze Stadt in all ihrer Größe und Pracht. Da spürte sie plötzlich auf ihrem Arm die Hand und auf ihrem Gesicht den heißen Atem des Fotografen. Sie wollte Werner nicht düpieren und zog ihren Arm nicht fort. Sie schaute ihn nur eine Weile verwundert an, um sich dann, als wäre nichts gewesen, wieder in den Anblick zu vertiefen.

»Ich beneide die Menschen, für die Paris ihre Heimatstadt ist. Vielleicht, weil ich keine Heimatstadt habe. Stuttgart hat mir in meiner Kindheit am besten gefallen, aber geboren bin ich da nicht. Und meine Kindheit – passé und perdu. War schon seit zehn Jahren nicht mehr in Stuttgart und weiß noch nicht mal, was aus dem Grab meiner Eltern geworden ist. Tja, und jetzt dieses graue und abstoßende Berlin. Jeden Tag mit der Stadtbahn nach Potsdam. Dann nach Babelsberg … Dann …«

»… Und dann die Filmstudios von der UFA mit dem einarmigen Werner Gauke, stimmt's?«

Hilde streichelte ihm – zum Zeichen, dass sein kleiner Ausfall ihre freundschaftlichen Gefühle für ihn in keiner Weise beeinträchtigt hatte – liebevoll über die Hand, die noch immer auf ihrem Unterarm lag.

»Ja«, stimmte sie zu, »die UFA, Werner Gauke. Der ›Magier des fotografischen Helldunkel‹. Nicht wahr, so schreiben sie doch über dich? Aber sie schreiben nicht, dass er mein einziger Freund ist in diesen nach Leim und Farbe stinkenden Pavillons, in denen alles eine Lüge auf Zelluloid ist.«

»So ist das eben manchmal. Lügen in vierundzwanzig Rechtecken die Sekunde. Aber nicht immer. Weißt du, wie man die Proportionen der Leinwand nennt? Goldener Schnitt. Und bei den großen Filmen wird das wirklich golden, Püppchen.« Und linkisch fügte er hinzu: »Du bist doch so ein goldener Schnitt. Ich glaub, ich könnt mich glatt in dich verlieben wie so ein Pennäler.«

»Tu's nicht, Werner, denn ich könnte das nicht erwidern. Ich fürchte, ich kann mich überhaupt in niemanden verlieben. Niemals …«

»Nun aber mal langsam mit den jungen Pferden. Du bist doch erst dreiundzwanzig ...«

»Mit dreiundzwanzig weiß der Mensch alles, was zu wissen sich lohnt. Der ganze Rest, den die Leute in ihrem verbleibenden Leben noch dazulernen, das sind doch bloß Einzelheiten ...«

6

In einem kleinen, ausschließlich von Touristen besuchten Restaurant gleich hinter der Kirche aßen sie zu Abend. Die Gegend wimmelte von Künstlern, die vor den Augen der Passanten jahrein, jahraus immer wieder ein und dasselbe Motiv zeichneten – die Basilika Sacré-Cœur –, ein Souvenir aus Paris für zehn Francs. Kirche und Kunst waren eine so symbiotische Beziehung eingegangen, dass van Gogh hier offenbar als Heiliger verehrt wurde: Das steile Sträßchen, in dem sich das Restaurant befand, nannte sich Rue Saint-Vincent.

Hilde stocherte in ihrem Coq au vin, nippte an ihrem Wein und stocherte wieder.

»Du trinkst viel und isst gar nichts«, tadelte Gauke sie.

Worauf Hilde schlagfertig konterte: »Und du isst viel und trinkst gar nichts.«

In ihrem Kopf schien sich ein Gedanke eingenistet zu haben, der sie völlig in Beschlag nahm; sie wirkte vollkommen abwesend.

»Du hast mir noch gar nichts von deiner Frau erzählt, und von deinen Kindern. Wie viele sind es denn – zwei, drei?«

»Zwei. Bestehst du darauf, dass ich dir von ihnen erzähle?«

»Nicht sonderlich. Nur ... Ich kenne euch deutsche Männer allzu gut. Genau jetzt, abends um ...« – sie schaute auf ihre Armbanduhr – »... um kurz vor halb zehn kommt die Zeit, in der gestandene deutsche Familienväter mittleren Alters anfangen, ihren jungen Begleiterinnen die herzerweichende Geschichte zu erzählen, wie einsam sie doch zu Hause sind und warum ihre Ehefrauen, so gut und ergeben sie auch sein mögen, sie einfach nicht verstehen …«

Der Fotograf lachte schallend.

»Du bist ja ein richtiges Teufelchen!«

»Sicherlich. Und? Rieche ich auch nach Schwefel?«

»Mach keine Rolle draus. Du riechst nach dem Parfüm, das ich dir heute Morgen geschenkt habe – *Mon Boudoir*. Und um deine indirekte Frage zu beantworten: Ja, ich fühle mich meiner Familie wirklich sehr verbunden. Aber deswegen bin ich doch nicht unempfänglich für alles, was es außerhalb von ihr gibt? Findest du das sehr schlimm?«

»Grundsätzlich nicht. Jedenfalls nicht, wenn man dabei ehrlich ist wie du. Die meisten Männer aber lügen einfach das Blaue vom Himmel herunter, nur um an ihr Ziel zu gelangen.«

Gauke schaute sie lang an, als wollte er in ihrem Gesicht bereits die Antwort lesen, bevor er die Frage überhaupt gestellt hatte.

»Und … Gelange ich an mein Ziel?«

»Schau mal, mein lieber Werner. Guter Freund! Das hier ist Hähnchen in Weinsauce. In unserem Fall bist du das Hähnchen, und der Wein, den wir getrunken haben, ist ausreichend, um uns lauter dummes Zeug reden zu lassen. Wir sollten gehen. Ich bin einfach hundemüde.«

7

Es war schon spät in der Nacht. In Hildes kleinem Hotelzimmer verbreitete nur das Nachttischlämpchen sein orangefarbenes Licht. Sie lag im Pyjama auf dem Bett und las irgendein Buch, als die Tür zu ihrem Zimmer sich öffnete und Werner Gauke sich auf leisen Sohlen hineinstahl. Der Verdun-Veteran war vermutlich der Einzige, dem es gelang, mit nur einem Arm, einer Flasche Champagner unter der Achsel und zwei Gläsern in der Hand auch noch eine Tür zu öffnen.

»Darf ich?«

»Du bist doch schon drinnen, was fragst du?«, erwiderte Hilde gleichmütig.

Der Fotograf tat so, als hätte er sie nicht gehört, setzte sich auf die Bettkante und stellte schweigend die beiden Gläser auf den Nachttisch. Dann holte er die Flasche, die er unter seinen Armstumpf geklemmt hatte, hervor, goss ein und reichte Hilde ein Glas. Doch diese nippte nicht einmal daran, sondern stellte es gleich wieder zurück. Dann nahm sie auch Werner das seine aus der Hand und platzierte es neben ihres.

»Nun hör mir gut zu, Werner, und lass uns reinen Tisch machen, denn morgen reist du ja schon zurück nach Berlin.«

»Moment, soweit ich informiert bin, reisen wir zusammen.«

»Dann bist du schlecht informiert, Werner, denn zurückreisen wirst nur du. Ich bleibe hier. Ich möchte nicht das arische Mannequin in Leni Riefenstahls künstlerischen Visionen sein.« Und als Werner nicht sofort antwortete, neckte sie ihn: »Jetzt riech ich wohl wirklich nach Schwefel, hm?«

»Nach *Mon Boudoir* riechst du, Püppchen. Hast du dir das auch gut überlegt, und weißt du, was du da tust?«

»Ganz genau weiß ich das, hab mein Gewissen nach allen Regeln der Moral befragt.«

»Leider gibt es nicht nur die Regeln der Moral, sondern auch Gesetze und Strafen.«

»Die gelten nur dann, wenn sie mich erwischen.«

»Da hast du auch wieder recht, Püppchen. Heißt das, dass wir dich nicht mehr in Babelsberg zu sehen kriegen?«

»Offen unter Freunden gesagt – nein, nie wieder. Für den Anfang reichen mir ja die fünfhundert Mark, die ich heute mit ehrlicher Arbeit verdient habe. Die Negative, die das beweisen, hast du. Was danach kommt, werden wir sehen.«

Gauke war nachdenklich geworden. Er fuhr sich mit der Hand übers Gesicht, seufzte.

»Da haust du mich ja bei der Studioleitung ordentlich in die Pfanne. Vergiss nicht, dass ich die Idee mit den Fotos vor Pariser Hintergrund hatte.«

»Entschuldige, aber es hätte noch viel schlimmer kommen können. Stell dir vor, was passiert wäre, wenn deine Studioleitung irgendwann herausgefunden hätte, dass ich Jüdin bin und du mich protegiert hast?«

Im ersten Moment verstand der Fotograf nicht recht. Eine Sekunde später aber sprang er wie von der Tarantel gestochen auf.

»Wie bitte? Was hast du da gesagt?«

»Genau das, was du gehört hast: Ich bin Jüdin, wie meine Mutter und mein Vater auch.«

Diese wie unschuldig dahergesagten Worte drangen nur langsam in Werners Gehirn. Schließlich brach er in ein hysterisches Gelächter aus.

»Nein, das ist nicht wahr. Das ist ein Witz, oder!«

»Vielleicht liegst du damit gar nicht so falsch, mein lieber Werner. Und zwar mit dem jüdischen Witz von Isidor, der sich taufen ließ und danach Siegfried nannte. Hilde Braun ist leider weder eine Hildebrand noch eine Brunhilde Braun, sondern eine geborene Rahel Braunfeld. Mein Vater hat es für angezeigt gehalten, unsere Namen zu ändern, als wir uns in Stuttgart niederließen. Vorher waren wir in Wien. Da hatte er eine Hutmacherfirma. ›Hüte-Braunfeld – Hoflieferant‹. Als die Doppelmonarchie zerbrach, änderten sich die Dinge rasch. Die Firma stand bald vor der Pleite, und so musste Vater sich nach einer neuen Bleibe für sich und uns umsehen. In Stuttgart waren jüdische Hüte aber auch nicht sehr beliebt und Hoflieferanten sowieso aus der Mode. Damit wir überleben konnten, haben wir uns alle christlich taufen lassen. Aus den Braunfelds wurde die Familie Braun. Aber das macht mich natürlich noch nicht zur Arierin, verstehst du?«

8

Am nächsten Tag warteten Hilde und Werner vor dem Schlafwagen unter den verräucherten Arkaden des Bahnsteigs auf die Abfahrt des Zugs vom Bahnhof Paris Est.

»Du hast mehr Erfahrung. Was sagt man in solchen Momenten?«, brach Hilde endlich das Schweigen.

»Na, so rührende Abschiedsworte eben.«

»Na gut. Dass du ein großer Fotograf und erfolgreicher Schwerenöter bist, wusste ich ja vorher schon. Aber jetzt weiß ich, dass du auch schwer in Ordnung bist. Wenn ich dir Kopfschmerzen bereitet haben sollte, tut mir das leid. Aber es ist nicht immer zu vermeiden – *c'est la vie*, so sagt man doch, nicht? Ich dank dir für alles, Werner. Werd dich nicht vergessen … So, jetzt bist du an der Reihe.«

»Ja, jetzt ich … Also, ich hab einfach keine Worte für den Streich, den du der ganzen arischen Rasse gespielt hast. Ich glaub, den werde ich der guten Leni Riefenstahl lieber ersparen. Soll sie doch weiter an das Gute glauben, und dass Deutschland die Welt erneuern wird. Ansonsten … Ich werd dich auch nicht vergessen, Püppchen. Bist das tollste Prachtmädel, das mir je begegnet ist, und das erste, das ich nicht rumgekriegt hab.«

Er wühlte in der Innentasche seines Sakkos, zog die Brieftasche heraus, drückte sie sich mit dem Armstumpf gegen die Brust, holte mit geschickten Fingern einen Scheck heraus und schob ihn in Hildes Reverstäschchen.

»Das ist ein dienstlicher Scheck über zweitausend Francs. Den hab ich mitbekommen für den Fall, dass etwas Unvorhergesehenes passiert. Na ja, jetzt bist du eben dieses Unvorhergesehene. Steck ihn ein. Ich werde das schon irgendwie plausibel machen, bin schließlich ein alter Studiofuchs! Ja, und jetzt könntest du mich eigentlich auch zum Abschied küssen.«

Hilde umarmte ihn und küsste ihn inbrünstig auf die Wange. Dann beeilte sie sich zu sagen: »Ja, ja, ich weiß, so küsst die liebe Tante Frieda den kleinen Peter. Aber die Welt strotzt nur so vor Verliebten, während gute Tanten eine seltene Kostbarkeit sind. Ich hab dich wirklich gern!«

Die Lokomotive pfiff, der Schaffner forderte die Reisenden auf einzusteigen und ihr reserviertes Schlafwagenabteil aufzusuchen.

»Ick drück dir die Daumen, Hilde … oder wie du da noch mal auf Jüdisch heißt. Leicht wirst du es nicht haben, sag ich dir, aber du schaffst das schon. Verrät mir mein kleiner Finger. Bleib so lang auf dem Bahnsteig, bis ich im Abteil bin, sonst verpasst du noch das Allerwichtigste: dass ich dir aus dem Fenster mit dem Taschentuch winke!«

Doch als Werner die Scheibe seines Abteilfensters herunterzog, war Hilde schon nicht mehr da. Er entdeckte sie in der Menschenmenge, die sich zum Ausgang wälzte.

»Hilde!«, rief er ihr hinterher, und noch einmal: »Hilde!«

Doch sie drehte sich nicht mehr um, hob nur die Hand und winkte zum Abschied. Dann verlor sie sich in der Menge.

9

Man konnte schwerlich behaupten, dass Elisabeth Müller-Weisberg im engeren Sinn des Wortes »schön« war. Aber die Frau des Geigers Theodor Weisberg, der seit seiner Verhaftung am Abend des 9. November 1938 wie vom Erdboden verschluckt war, hatte ein aristokratisches Auftreten und eine ganz besondere Ausstrahlung. Ihr Profil wirkte nobel und stolz, ganz besonders jetzt, als sie in ihrem langen, erlesenen Blaufuchsmantel durch die verschneiten Straßen Dresdens schritt. Eine solche Dame war selbst für die Stadt Augusts des Starken, der es an altem Adel nicht mangelte, ein ungewöhnlicher Anblick, und man hätte sich nicht gewundert, bei einem Rundgang durch die Ausstellungsräume des Zwingers auch diese Dame porträtiert zu finden.

Es fiel feuchter Schnee, der beim Auftreffen auf den Asphalt sofort schmolz. Taxis waren in diesen Tagen der Benzinknappheit rar. Die Dame im Blaufuchs hatte keine Zeit, sich in die Schlange am Taxistand einzureihen; daher beschloss sie, zu Fuß zu gehen. Für sie war es ein ganz besonderer Tag: Nach langen und fruchtlosen Laufereien durch alle staatlichen Institutionen war es ihr, dank der Fürsprache des einflussreichen Direktors der Staatsoper Dresden, schließlich gelungen, einen Termin direkt bei Lothar Hassler zu bekommen. Nach mehreren Telefonaten mit seinem Adjutanten war sie zu dem Schluss gelangt, dass Hassler die vereinbarten Termine absichtlich immer wieder platzen ließ; auf diese Weise bekam das bevorstehende Treffen eine ständig wachsende Bedeutung.

Nicht nur Elisabeth, auch die anderen Ehefrauen der inhaftierten Mitglieder der Dresdner Akademischen Philharmonie wussten nichts über den Verbleib ihrer Männer. All ihre Versuche, sie aufzuspüren, stießen bei den Polizeidienststellen des

Reichs auf eine Mauer aus höflich-kühlem Schweigen. Die einzige Auskunft, die sie erhielten, war, dass man in dieser Angelegenheit über keine gesicherten Erkenntnisse verfüge. Irgendwann hatte jemand Frau Müller-Weisberg zugetragen, dass die Lösung des Rätsels sich wohl nicht bei der Polizei finden lasse, ja nicht einmal in den Niederungen der Gestapo, sondern nur bei der städtischen Parteielite, genauer gesagt: bei der SS-Führung.

Elisabeth hielt vor einem pompösen Neobarockgebäude. Der Mann in der Pförtnerloge, auf die sie entschlossenen Schrittes zuging, trug Uniform. Sie sagte, zu wem sie wolle, und der Uniformierte in der Glaskabine nahm den Telefonhörer auf. Eine Minute später ließ er sie höflich passieren. In der Vorhalle wurde sie von einem gewaltigen Doppeladler begrüßt, der in seinen Krallen einen vergoldeten Kranz aus Eichenblättern hielt und in dessen Mitte das Hakenkreuz prangte.

Selbstsicher durchquerte sie den Saal, der mit seinen marmornen Mosaiken und dicken Säulen eher an ein Bankhaus für Nobelkunden erinnerte als an eine SS-Zentrale, in Richtung des weitläufigen Treppenhauses. Die Offiziere machten ihr bereitwillig Platz, grüßten sie ehrerbietig mit zwei an den Mützenschirm gelegten Fingern, und nicht nur einer folgte ihr mit bewunderndem Blick.

Die üblichen bürokratischen Prozeduren, um den Adjutanten und die Sekretärin zu passieren, waren rasch erledigt, und schon bald befand Elisabeth sich in einem riesigen Arbeitsraum mit Eichentäfelung. Das lackierte Holz war mit der Zeit nachgedunkelt und ließ Hasslers Büro finster und bedrohlich erscheinen. Obwohl die Heizperiode auf ihrem Höhepunkt war, herrschte eine empfindliche Kühle im Raum. Ein erster Blick durch den Saal verriet ihr, dass dies einmal die Wirkungsstätte einer äußerst hochstehenden Persönlichkeit gewesen sein musste. Im Hintergrund stand ein schwerer Schreibtisch. In der

Gesprächsecke befand sich ein Couchtisch, ebenfalls aus Eiche, der von grün bezogenen Ledersesseln und einem Sofa umgeben war. Der Adjutant, der sie vor sich hatte eintreten lassen, schlug zackig die Hacken zusammen.

»Frau Müller-Weisberg, Hauptsturmführer, wie befohlen!«, meldete er sie.

Lothar Hassler erhob sich hinter dem Arbeitstisch und zerdrückte nervös seine Zigarette im Aschenbecher.

Elisabeths Schritte, hinein in dieses düstere Zimmer, waren schon nicht mehr so selbstsicher wie ihre Schritte durch die Eingangshalle zum Treppenhaus. Hassler kam ihr entgegen: »Es ist mir ein ganz besonderes Vergnügen, Madame.«

Er beugte sich vor, um ihr die Hand zu küssen, doch Elisabeth zog ihre Hand ängstlich zurück. Sie schaute sich um, als wäre sie in eine Falle getappt.

Der Offizier musterte sie unverwandt mit einem leicht ironischen Blick aus wasserblauen Augen in der Erwartung, dass sein Gast zuerst das Wort ergreifen würde. Doch Elisabeth schwieg, weil sie weder wusste, wie, noch, womit sie beginnen sollte.

»Sie gestatten, bitte«, sagte er schließlich und streckte seine Arme aus, um ihr beim Ablegen des Blaufuchses zu helfen.

Elisabeth zögerte angesichts der Kühle im Raum zunächst; dann aber ließ sie Hassler gewähren, der das teure Stück nachlässig über die Lehne eines Sessels warf. Er lud sie mit einer Geste ein, am Couchtisch Platz zu nehmen, auf dem bereits eine Karaffe mit Cognac und zwei Gläsern bereitstanden. Hassler goss ein, hob sein Glas zu einem wortlosen, aber einladenden Toast, doch er wartete vergeblich darauf, dass auch Elisabeth nach ihrem Glas griff.

»Um es geradeheraus zu sagen, Herr Hassler«, stürzte sie sich schließlich mit einem Ruck ins Ungewisse, »ich möchte wissen, wo mein Mann ist.«

»Also den Stier bei den Hörnern gepackt, wie es so schön

heißt? Nun gut. Ich bin Ihr aufrichtiger Verehrer. Und ich würde alles in meinen Kräften Stehende tun, um es Ihnen zu beweisen.«

Die Sängerin hob den Blick und schaute Hassler voller Hoffnung an: »Ich wäre Ihnen unendlich zu Dank verpflichtet. Bitte, schenken Sie ihm die Freiheit!«

»Das würde ich ja gern tun, gnädige Frau, schon allein Ihretwegen. Wir sind nicht, wie böse Zungen behaupten, gewissenlose Abenteurer, die die Talente der Nation geringschätzen. Ganz im Gegenteil! Wir setzen sehr auf die Menschen des Geistes, ohne die wir, die Politiker, nichts als Schall und Rauch wären ... Doch der Fall Ihres werten Herrn Gemahls liegt nicht ganz so einfach.«

»Und warum? Ist er denn nicht eines der – wie Sie so edelmütig sich auszudrücken beliebten – ›Talente der Nation‹?«

»In seinem Fall hat dies keine Bedeutung, weil er Jude ist. Da ist jede weitere Überlegung einfach überflüssig. Seine Papiere belegen unzweifelhaft seine nichtarische Abstammung.«

»Das hat er auch nie in Abrede gestellt! Haben Sie mich nur deshalb vorgeladen, um mir das mitzuteilen? Wo ist er?«

»Ja, das ist eine gute Frage ... Ich weiß es, ehrlich gesagt, nicht. Ich habe den Auftrag gegeben, ihn ausfindig zu machen. Doch wie auch immer, gnädige Frau, ohne mich in Ihre Intimsphäre einmischen zu wollen, würde ich Ihnen doch anraten, sich über die Zukunft Ihrer Ehe Gedanken zu machen. Ich verstehe sehr wohl die Schwierigkeiten moralischer Natur, doch leider haben sich die Verhältnisse in Deutschland grundlegend gewandelt. Wir können die Privatmoral nicht höher stellen als die Interessen der Nation. Eine Scheidung wäre in Ihrer beider Interesse, glauben Sie mir. Vor allem im Hinblick auf Ihren Ruf und Ihre weitere Karriere. Sie sind Arierin, er hingegen ...«

»... ist Jude, Sie sagten es bereits. Aber das ist unsere Privatangelegenheit!«

»Ich muss Ihnen leider widersprechen: Dies ist auch eine Angelegenheit, die das neue Deutschland betrifft, seine Politik auf Staatsebene, verehrte gnädige Frau«, sagte Hassler in mildem Tonfall. »Sie spüren doch selbst, was in der Luft liegt. Natürlich bedauern wir zutiefst die primitiven Ausfälle jener Nacht im vergangenen November, doch es gelingt uns nicht immer, den rechtmäßigen Zorn der Volksmassen im Zaum zu halten.«

»Meines Erachtens versuchen Sie es auch gar nicht. Das alles wird doch von Ihren Leuten selbst angezettelt und durchgeführt.«

»Meine Leute? Nun urteilen Sie aber sehr streng über uns. Ist denn der Dorfgeistliche verantwortlich dafür, wenn sich eines seiner nicht sehr bibelfesten Schäfchen betrinkt und mit der leeren Flasche dem Nachbarn eine Scheibe einschlägt?«

»Lassen wir die Dorfgeistlichen einmal beiseite, Herr Hassler. Sie haben mich hergebeten, um mit mir über Möglichkeiten zu sprechen, meinen Mann zu befreien.«

Lothar Hassler lächelte liebenswürdig.

»Sie drücken sich ungenau aus, meine Teuerste. Als wir miteinander telefonierten, habe ich nicht von ›Möglichkeiten‹, sondern von der ›Art und Weise‹ gesprochen. Dies sollte Gegenstand unserer Unterredung sein. Und die Bedingungen diktieren wir. Verstanden?«

Elisabeth zögerte einen Augenblick, dann öffnete sie ihre Krokodilledertasche und schüttete wortlos deren Inhalt auf das Tischchen. Zum Vorschein kamen einige kostbare Schmuckstücke aus massivem Gold, ein Dutzend antike Goldmünzen, Ringe, ein Kreuz aus Platin mit eingearbeiteten Diamanten, ein türkisfarbenes Diadem, eine Perlenkette und ein paar weitere Kleinigkeiten aus Gold und Elfenbein.

Lothar Hassler würdigte diese Wertsachen keines Blickes, sondern beobachtete während der ganzen Zeit nur, wie die stolze Mezzosopranistin Elisabeth Müller-Weisberg sich vor ihm erniedrigte. Schließlich wühlte er fast verächtlich in dem Haufen aus Gold, Perlen und Edelsteinen.

»Auf den Gegenwert dieser Klunker schätzen Sie also das Leben Ihres Mannes? Nun, ich würde nicht sagen, dass er ein Paganini ist, aber dennoch …«

Elisabeth schaute ihn verwirrt an, dann zog sie auch den Ehering vom Finger und warf ihn zu dem anderen Schmuck auf den Tisch. Der Ring drehte sich zuerst einige Male wie eine Ballerina um sich selbst, bevor er kippte und mit feinem Klackern auf der Glasplatte zur Ruhe kam.

»Mehr habe ich nicht. Das ist alles. Hoffentlich bleibt Ihnen das im Halse stecken!«

»Warum so grob? Das hätte ich nun aber nicht von einer Dame erwartet, die in der Carnegie Hall gesungen hat … Aber ganz wie Sie wünschen, Madame.«

Lothar Hassler ging zu seinem Schreibtisch, holte aus einer Schublade zwei Pässe heraus und warf sie auf das Tischchen zu den Wertsachen.

»Gut, Grobheit gegen Grobheit. Da haben Sie zwei Reisepässe. Die Ausreiseerlaubnis ist vier Monate lang gültig. In dieser Zeit müssen Sie all Ihre Obliegenheiten geregelt und sich aus dem Staub gemacht haben mit Ihrem … Ihrem Judengeiger! Doch für seine Freiheit möchte ich …«

Hassler umrundete das Tischchen, ging zu der Frau des Judengeigers, riss sie mit einer abrupten Bewegung hoch und presste sie an sich. Elisabeth roch den nach Tabak stinkenden Atem des Offiziers, nur dürftig kaschiert vom Lavendelduft seines Rasierwassers.

»… für seine Freiheit möchte ich *dich*! Alles hat seinen Preis, und den musst du bezahlen … Mit so ein paar Klunkern läuft das nicht.«

Elisabeth stand da wie erstarrt. Ihr Gesicht war totenbleich geworden. Instinktiv warf sie einen Blick zu der schweren, lederbezogenen Tür, vielleicht geleitet von der Hoffnung, dass in diesem Moment der Adjutant eintreten und sie retten könnte, kurz – dass ein Wunder passierte. Doch es passierte kein Wunder. Noch nicht einmal das Telefon klingelte.

Ohne den Blick von ihr zu wenden, schob Hassler seine Hand in ihren Ausschnitt, bis er ihre Brüste fühlte. Elisabeth warf einen letzten verzweifelten Blick zur Tür: Vielleicht die Sekretärin? Oder doch der Adjutant?

Nein, niemand würde es wagen, diese so wichtige Unterredung zu stören.

10

Hilde schlenderte am linken Seineufer entlang und biss mit Appetit in ein beachtlich großes Stück Baguette. So sorglos können in der Öffentlichkeit nur Touristen vor sich hinkauen. Besondere Veranlassung zur Sorglosigkeit hatte Hilde indessen nicht. Sie wartete schon seit mehr als zwei Wochen auf die Verlängerung ihrer Aufenthaltserlaubnis von der Präfektur. Obwohl sie als Jüdin, die von den antisemitischen Gesetzen des Dritten Reichs unmittelbar betroffen war, die Dringlichkeit ihres Antrags deutlich gemacht hatte, wehte ihr von der Behörde nur kühles Schweigen entgegen. Es war bereits spätes Frühjahr 1939. Bald lief ihr Visum ab, und der illegale Verbleib in Frankreich wurde streng geahndet. Natürlich nur, wenn man gefasst wurde. In Paris wimmelte es von Leuten mit abgelaufenen Visa, falschen oder gar keinen Ausweispapieren. Doch das änderte nichts an Hildes Situation. Die französische Obrigkeit würde sie, die Geflohene, ohne viel Federlesens dem deutschen Grenzschutz überstellen, vollkommen uninteressiert daran, dass sie sie damit in Lebensgefahr brachte.

Unter ihr floss träge das Wasser der Seine. Ausflugsboote

glitten dahin, schwer beladene Schleppkähne zerteilten tuckernd den Wasserspiegel. Die ganze steinerne Uferbefestigung entlang hatten Künstler ihre Aquarelle ausgestellt. Bouquinisten boten nicht nur antiquarische Bücher an, sondern auch Weihnachtsgrußkarten aus dem neunzehnten und frühen zwanzigsten Jahrhundert, Werbeplakate, die für legendäre Produkte »von anno dazumal« warben, die man aus der Kindheit kannte, oder emaillierte Blechschilder, auf denen ein Zeigefinger den Weg zum nächsten Pissoir wies. Offenbar gibt es auch Menschen, die so etwas sammeln – vor allem wenn es aus Paris kommt.

Hilde ging den Quai Voltaire entlang, von dem aus sie auf die gewaltige Anlage des Louvre am anderen Ufer schauen konnte. Der Sonnenuntergang war besorgniserregend rot – Vorzeichen eines stürmischen Morgens. Die Fenster des weltberühmten Museums leuchteten flammend rot wie bei einer Feuersbrunst. Auch die Seine spiegelte den feurigen Widerschein, schaukelte ihn auf ihren Wellen und löste ihn langsam in ihrer Strömung auf, bis er erlosch.

Wenn Hilde sich etwas mehr für Politik interessiert hätte, hätte sie vielleicht gewusst, dass es auch ohne diesen blutigen Sonnenuntergang am kommenden Tag reichlich stürmisch in Europa zugehen würde: Die Generalprobe für den kommenden Krieg – die grausame Bürgerkriegsschlächterei in Spanien – hatte mit dem Sieg der faschistischen Falange Española über die republikanische Volksfront geendet. Die internationalen Brigaden, die den spanischen Republikanern in einer Sternstunde der Solidarität beigestanden hatten, erlitten eine vernichtende Niederlage, und die französischen Lager nördlich der Pyrenäen waren überfüllt mit geschlagenen Einheiten auf dem Rückzug, in denen Freiwillige aus aller Herren Länder gekämpft hatten.

In dem allgemeinen Durcheinander hatte Deutschland Österreich und Tschechien geschluckt, ohne dass dies im Westen mehr als Schweigen oder Achselzucken hervorrief. Doch in West und Ost erinnerte man sich sehr gut an die alte Weisheit, dass der Appetit beim Essen kommt. Darum verschoben alle europäischen Staaten still und heimlich Truppen an ihre Grenzen, ergriffen außerplanmäßige Sicherheitsmaßnahmen, mobilisierten Reserveeinheiten, verkündeten aber öffentlich, dass alle internationalen Verträge eingehalten würden, dass die Lage unter Kontrolle sei und keinerlei Kriegsgefahr bestehe …

Es war wie in dem französischen Liedchen *Tout va très bien, Madame la Marquise*: Die Marquise in diesem Lied wurde auch Strophe für Strophe beruhigt, dass alles in Ordnung sei, während ihr Anwesen in Flammen aufging. Und selbst wer noch Illusionen hegte, dass sich der drohende kriegerische Konflikt in Europa mit diplomatischen Mitteln und der Überlassung bedeutungsloser territorialer Bissen an das Deutsche Reich würde begrenzen lassen; ein Blick in die Auslandsseiten der Zeitungen hätte ihm gezeigt, dass im Fernen Osten längst das Fass überlief. Japan hatte sich durch die Annexion Koreas auf dem asiatischen Kontinent festgesetzt und war zu Beginn der 1930er Jahre auch in der Mandschurei einmarschiert. Der letzte chinesische Kaiser Pu Yi war nur eine Marionette und hatte den Japanern die volle und unbeschränkte Herrschaft über diese Territorien überlassen, die geopolitisch wichtig waren, weil sie an den Verbündeten der Sowjetunion, die Mongolei, grenzten. Die Aufeinandertreffen am Hanka-See im Juli 1938 und bei Khalkhin Gol zehn Monate später zwischen Einheiten der Fernostabteilung der Roten Armee und der Kwantung-Armee unter dem Kommando General Rippo Ogisus – blutige Zusammenstöße, die von den globalen Telegrafenagenturen als »Grenzvorfälle« kleingeredet wurden – konnten genauso gut als Präludien eines bevorstehenden Krieges gedeutet werden.

Im Südosten Asiens brannte Indochina vor Aufständen gegen die französischen Kolonialherren. Sie wurden angeführt von einem damals noch unbekannten Mitglied der Kommunistischen Partei Frankreichs, der regelmäßig in den Cafés am Montparnasse, aber auch in den Gefängnissen in Saigon und Bangkok anzutreffen war: dem Dichter und Journalisten Ngyen That Khan, bekannter unter seinem Pseudonym Ho Chi Minh.

Blitze zerrissen den zerbrechlichen Frieden unter dem Himmel, Eurasien lag in Duldungsstarre und erwartete, dass das Gewitter jeden Moment losbrach. Doch Hilde setzte ihren Spaziergang einfach fort. Inzwischen hatte sie den Quai des Augustins erreicht. Nachdem sie zur Brücke eingebogen war, die über die Île de la Cité führte, blieb sie stehen und versenkte sich in den Anblick der zugleich machtvollen und grazilen gotischen Architektur von Notre-Dame, die unverkennbar war mit ihren beiden »gekappten« Türmen, dem Sonnenkranz über dem Portal und den farbenschillernden Glasfenstern. Unwillkürlich musste sie kurz an Victor Hugos Roman *Der Glöckner von Notre-Dame* denken …

Eine warme, wohlklingende Stimme schreckte sie aus ihren Gedanken: »Ich schenke Ihnen die Kathedrale. Sie gehört Ihnen!«

Sie hatte gar nicht bemerkt, wie sich ein junger Südländer neben sie ans Geländer der Brücke gelehnt hatte. Er hatte ein breites Gesicht mit hohen Wangenknochen und kastanienfarbenes Haar. In seinem Gebaren lag etwas jugendlich Offenes und Lebensfrohes.

»Herzlichen Dank«, erwiderte Hilde, »sehr großzügig!«

»Nicht der Rede wert! Sind Sie Amerikanerin?«

Da Hilde gerade den Mund voll Baguette hatte, schüttelte sie nur verneinend den Kopf.

»Schwedin? … Nein, jetzt hab ich's: Holländerin. Nicht wahr, Holländerin? … Sprechen Sie überhaupt Französisch?«

»Wir haben in Sanssouci schon Französisch gesprochen, da haben Sie in Ihrer Provinz noch mit den Kühen um die Wette gemuht!«

»Also Deutsche. Geben Sie mir trotzdem noch eine Chance: Sie sind nicht *für* Hitler, oder?«

»Ich kann ihn nicht ausstehen!«

»Na, Gott sei gelobt! Röslein, Röslein, Röslein rot, Röslein auf der Heiden«, sang er sofort, und Hilde verschluckte sich an dem Bissen, an dem sie gerade kaute.

»Sie sind doch nicht etwa selbst Deutscher?«

»Gott bewahre! Ich bin ein ganz gewöhnlicher Tscheche. Nebenbei gesagt, als Kafka in Prag schon deutsch geschrieben hat, da haben Sie in Sachsen noch mit den Kühen um die Wette gemuht! Zufällig mal davon gehört, von diesem Städtchen – Prag? Aber was red ich für dummes Zeug. Ihr habt es ja gerade okkupiert!«

»Ihr? Ich war nicht dabei. Ich war zu der Zeit gerade im Kino.«

»Wunderbar! Dann können Sie mir ja beim Abendessen von dem Film erzählen.«

»Na, Sie sind vielleicht aufdringlich!«

»So sind wir Polen halt!«

»Waren Sie nicht eben noch Tscheche?«

»Hab ich das gesagt? Nun, seien Sie doch nicht so kleinlich!«

»Und wie wäre Ihr Name, beispielsweise?«

»Meiner?« Er schaute zum Himmel auf, begann übers ganze Gesicht zu strahlen und sagte, als fiele es ihm in diesem Moment ein: »Vladek!«

»Das haben Sie sich gerade ausgedacht.«

»Wie sind Sie denn nun wieder darauf gekommen? Und ihr werter Name, *Fräulein*?«

»Hilde.«

»Ehrenwort?«

»Wieso? Muss man hier etwa seinen Namen geheim halten?«

»Ausländer müssen hier alles geheim halten. Name, tatsächlichen Wohnsitz, Nationalität, Geliebte, politische Ansichten – alles! Wenn die hiesige Obrigkeit so begierig ist, alles über dich zu erfahren, dann ist es für dich das Allerwichtigste, es zu verbergen. Weil du dir nur in einem sicher sein kannst: dass sie dir sonst 'nen ganz üblen Streich spielen. Summa summarum gibt es in Paris sicher eine Million menschenähnliche Lebewesen, die solche fiesen Streiche befürchten, während sie eigentlich auf ein amerikanisches Visum, eine Verlängerung ihrer Aufenthaltserlaubnis, neue Ausweispapiere, einen Passierschein oder eine Arbeitserlaubnis, Einbürgerung oder politisches Asyl warten. Das hier ist der größte Wartesaal Europas. Ach ja, und dann – hab ich vergessen – gibt es noch eine Million Leute, die schon verzweifelt sind und die gar nichts mehr erwarten. Großes Trauerspiel, das Ganze! Sie zum Beispiel warten ohne jede Aussicht auf eine Geldüberweisung, weil ihnen die Kröten ausgegangen sind.«

»Woran haben Sie denn das schon wieder erkannt?«

»Reiche Touristen kauen nicht auf 'nem trockenen Baguette ohne Butter und Schinken herum. Na, egal – Sie hatten ja schon gesagt, dass Sie sich nicht den Bauch vollschlagen wollten, bevor sie mit mir zu Abend essen werden.«

»Was soll ich gesagt haben?«, entrüstete sich Hilde. »Von wegen – nichts dergleichen!«

»Na, dann sagen Sie es doch endlich!«

Dieser junge Mann erinnerte sie mit seiner sonnengebräunten Haut an einen Bauernburschen. Und er begann ihr Spaß zu machen. Sie lachte laut auf und sagte: »Selbstverständlich essen wir zusammen zu Abend. Was denn sonst?«

Vladek nahm ihr behutsam den Rest Baguette aus der Hand und warf ihn ins Wasser.

»Genau besehen ... sollen sich auch die Fische mal fühlen wie deutsche Touristen in Paris.«

11

Zum vereinbarten Abendessen setzten sie sich irgendwo ins Quartier Latin. Die Tischchen waren so dicht auf dem Trottoir unter der gestreiften Markise aufgestellt, dass die Kellner sich gerade eben hindurchzwängen konnten. Hilde beobachtete misstrauisch und mit leichten Ekelgefühlen, wie ihr Begleiter eine Auster aus ihrer Schale holte und sie ihr in den Mund schob. Sie spuckte den schleimigen Happen sofort aus und griff eilends zum Wein, während Vladek (oder wie auch immer er heißen und aus welchem Land er kommen mochte) sich ausschüttete vor Lachen. Also nein, das würde sie auf keinen Fall probieren! Während sie die Passanten beobachtete, die Automobile, die lärmenden Touristenpulks, wurde ihr auch schon ihre Lammkeule serviert, die zu ihrem Entsetzen innen vollkommen blutig war. Doch sie beschloss tapfer, den Widerwillen zu überwinden, und stürzte sich darauf wie ein Kannibale.

Sie blieben nicht lange allein. Bald kamen Bekannte Vladeks dazu, die sich anfangs noch Stühle zu ihrem Tisch herüberzogen, dann Tische an den ihren heranrückten, dann wieder Stühle und so fort. Offenbar war dieses kleine Restaurant ein Treffpunkt für junge Leute slawischer Herkunft; einem bestimmten Land konnte Hilde ihre Sprache aber nicht zuordnen. Als Romanistin hörte sie jedoch sofort, dass sie in ihre Reden spanische Worte oder Wendungen einflochten. Hin und wieder erkannte sie sogar spanische Städtenamen: Teruel, Madrid, Alicante ...

So wenig sie sich auch für Politik im Ganzen interessierte:

So uninformiert war Hilde nun auch wieder nicht, dass sie nicht begriffen hätte, worüber da geredet wurde. Bis vor Kurzem wimmelte es in den Zeitungen nur so von spanischen Ortsnamen. Deutsche Radiosender überschlugen sich vor Begeisterung bei der Beschreibung der Heldentaten, die die Fliegerasse der Luftwaffe in den Kämpfen gegen russische »Kollegen« vollbrachten – beide offiziell geführt als »Freiwillige« im Spanischen Bürgerkrieg.

Gerade sah sie, wie einer der Hinzugekommenen, vom Alkohol enthemmt, plötzlich in Tränen ausbrach. Ja, diese jungen Leute litten zweifellos unter etwas und vertranken hier ihre letzten Sous, bevor sie sich legal oder illegal auf den Rückweg in ihre Heimat machten. Im Übrigen gingen alle ausgesprochen liebevoll mit ihr um, schenkten ihr mit sichtlicher Wertschätzung ihre Aufmerksamkeit und gossen ihr unablässig Wein nach. Und Hilde, angenehm aufgekratzt, trank brav alles aus.

Das Grüppchen schlenderte gerade über den Pont Alexandre III, als Hilde, ausgelassen und sorglos, ihre Schuhe auszog, die sie nach der endlosen Lauferei während des Tages drückten. Ihr neuer Freund Vladek, den sie, ohne weiter nachzubohren, so nannte, wie er sich ihr vorgestellt hatte, entwand sie ihr und schleuderte sie mit gezieltem Wurf ins Wasser der Seine. Hilde hatte noch nicht einmal begonnen zu protestieren, da zog Vladek schon seine eigenen Schuhe aus und warf sie ebenfalls übers Brückengeländer in den Fluss.

»So gehen wir – barfuß über die heißen Kohlen des Lebens!«

Es verging keine Minute, da regnete es von der Pont Alexandre III Schuhe. Die Verteidiger der spanischen Republik, verzweifelt über ihre Niederlage, nahmen Vladeks symbolischen Akt sofort auf und wollten ebenfalls barfuß über die heißen Kohlen des Lebens laufen. Von unterhalb der Brücke riefen Clochards zu ihnen herauf: »He, ihr da oben, seid ihr verrückt, oder was?«

»Jawohl, verrückt!«, schrie einer zurück.

»Na, dann kommt runter zu uns!«

»Habt ihr Wein da?«

»Und ihr, habt ihr Zigaretten?«

Der Handel war rasch geschlossen. Es musste bereits so gegen zwei Uhr nachts gewesen sein, als jemand begann, die Marseillaise zu singen. Der billige Landwein hatte den Verlierern unter der Brücke offenbar den Mut wiedergegeben, doch noch die Bastille zu stürmen.

»Ich bin schrecklich müde«, seufzte Hilde leise; sie hatte einfach keine Kraft mehr, um revolutionäre Heldentaten zu vollbringen. Vladek hakte sich bei ihr unter und führte sie, unbemerkt von den anderen, die steile Steintreppe hinauf.

»Wo wohnst du?«, fragte er, als sie oben auf der Brücke angekommen waren. Hilde schaute sich hilflos um.

»Ziemlich weit weg, irgendwo in Ivry ...«

»Für die letzte Metro ist es schon zu spät, für die erste deutlich zu früh. Lass uns kein Geld für ein Taxi zum Fenster rauswerfen; du schläfst einfach bei mir! Ich wohne hier ganz in der Nähe. Meine Dachkammer ist klein, aber wir werden uns schon arrangieren. Oder hast du etwa Angst?«

»Nein, Angst hab ich nicht«, erwiderte Hilde tapfer.

»Das solltest du auch nicht. Wir fallen nicht über betrunkene Frauen her.«

»Ich bin doch gar nicht betrunken!«

»Natürlich bist du betrunken. Nüchterne werfen keine Schuhe in den Fluss.«

»Aber das warst doch du!«

»Wirklich? Nun sei nicht kleinlich!«

Und so gingen beide, barfuß, Hand in Hand, über die zu dieser Stunde völlig menschenleere Brücke.

12

Es dauerte nicht lange, da lebte Hilde schon bei diesem seltsamen jungen Mann, der auch weiterhin seinen Namen und seine Staatsangehörigkeit nicht preisgab. Sie fühlte sich wohl bei ihm, geborgen. Seine leichtlebig erscheinende Art, mochte sie auch vorgetäuscht sein, war ansteckend. Angenehm fand sie auch, dass er ihren deutschen Namen nicht ausstehen konnte und sie beharrlich »Röslein« nannte. Sie wusste weder, wovon er lebte, noch, was er in Paris überhaupt machte. Fest stand, dass er auf etwas wartete, nach dem sie lieber nicht zu fragen wagte. Sie fragte ihn auch sonst nichts – sie wusste im Voraus, dass Vladek sich mit irgendeiner pubertären Blödelei um die Antwort drücken würde. Nur einmal, als sie sich frierend in seine Umarmung kuschelte, stellte sie ihm jene Frage, die sie ihm schon lange stellen wollte: »Was war das eigentlich für eine Sprache, in der ihr euch da im Restaurant unterhalten habt?«

»Portugiesisch«, antwortete er ohne Zögern.

»Dummes Zeug! Das war irgendeine slawische Sprache!«

»Wirklich?«, tat er verwundert. »Und ich habe es immer für Portugiesisch gehalten.«

Sie wollte gerade ein wenig linguistisches Geschütz auffahren, um ihre Zweifel zu begründen, da verschloss er ihr einfach den Mund mit einem Kuss.

Als sie aus dem nahe gelegenen Kino kamen, in dem sie sich *Im Dunkel von Algier* mit Jean Gabin angeschaut hatten, gingen ihre Gedanken zur Kino-Wochenschau vor dem Film zurück, in der noch immer der Spanische Bürgerkrieg Thema war.

»Oder bist du etwa Anarchist?«, fragte Hilde.

»Nein«, antwortete Vladek, »Polyglottist!«

Auch das war offensichtlich nicht die ganze Wahrheit. Die

würde sie erst sehr viel später erfahren. Doch da würde sie schon längst aufgehört haben, Fragen zu stellen.

Im Nu war eine Woche um, seit Hilde sich bei Vladek einquartiert hatte. Sie ging die Straße entlang und hielt mit beiden Armen eine große Brottüte umklammert, dazu eine Flasche Wein, zwei rohe Beefsteaks und Salat. Der Haushalt gehörte zu ihren Obliegenheiten während der Zeit, in der ihr junger Beschützer einfach verschwand, ohne dass sie eine Ahnung hatte, wo er war und was er trieb.

Sie erklomm die schmale, gewundene Treppe zur Mansarde. Die meisten Treppenhäuser in den alten Pariser Gebäuden waren so: eng und mit abgetretenen Stufen. Als sie oben angekommen war, stellte sie mit Verwunderung fest, dass die Tür zur kleinen Dachwohnung offen stand. Sie rief: »Vladek?!« Als sie keine Antwort erhielt, trat sie vorsichtig ein.

Drinnen herrschte ein solches Chaos, als wäre ein Wirbelsturm durchs Zimmer gefegt. Wäsche lag herum, Schubladen waren achtlos herausgezogen worden, Blätter lagen wild verstreut. Die Matratze auf dem Boden, auf der Vladek schlief, war aufgeschlitzt und mitsamt dem herausquellenden Seegras in die Ecke geschleudert worden. Sogar ihr eigenes Köfferchen, genau in der passenden Größe für die kleine Dreitagesreise, für die sie angeblich aus Deutschland gekommen war, war aufgerissen, das Innenfutter aufgeschlitzt.

Hilde blieb wie angewurzelt mit ihrer Einkaufstasche und der knisternden Brottüte im Arm stehen. Was war hier vorgefallen? Da hörte sie hinter sich auch schon das schwere Atmen der dicken Concierge, die ächzend die Treppe heraufkam.

»Et voilà, Mademoiselle! Was für Idioten – die von der Polizei, meine ich. Haben alles auf den Kopf gestellt!«

»Aber warum?«, fragte Hilde.

»Ja, glauben Sie denn, die geben Erklärungen ab? Was ich allerdings mit Sicherheit weiß, ist, dass der junge Herr aus einem Kriegsgefangenenlager oder so geflohen ist. Der Ärmste, er hatte ja noch nicht mal Ausweispapiere. Sie haben ihn abgeführt, und das war's … Dabei glaube ich gar nicht, dass er ein Dieb oder Verbrecher ist, so ein höflicher und sympathischer Herr!«

Ihre Rede hatte einen unüberhörbaren Beiklang von Verstellung; so solidarisch sind die Hauswartinnen dieser Welt nicht mit Mietern, die Probleme mit der Polizei haben. Die Dame holte seufzend Luft und fragte wie nebenbei: »Und Sie, bleiben Sie, oder …? Heute ist nämlich auch Monsieur Leblanc vorbeigekommen. Er meinte, er wolle Ihnen das Gas abdrehen, ach ja, und den Strom. Sagte, der junge Herr habe zwei Monate die Miete nicht bezahlt und …«

»Nein, ich bleibe nicht«, sagte Hilde bestimmt, obwohl sie selbst nicht wusste, wo sie nun hingehen sollte. Vermutlich wieder zurück in jenes Zweisternehotel, dessen zweiter Stern nicht mehr so recht leuchtete. »Was ist der junge Herr denn schuldig?«

»Einhundertzweiundneunzig Francs, Mademoiselle.«

Hilde wühlte in ihrem abgenutzten Portemonnaie und reichte der Concierge zwei Geldscheine.

»Der Rest ist für Sie.«

»Vielen Dank auch, Mademoiselle … Verzeihen Sie, aber …«

Die Concierge schaute prüfend die Treppenspirale hinab, und als sie sich davon überzeugt hatte, dass dort niemand war, der sie belauschen konnte, fragte sie: »Verzeihen Sie, aber der junge Herr war doch nicht etwa ein deutscher Spion?«

»Nein, kein Spion.«

»Und … was war er dann, wenn ich fragen darf?«

»Polyglottist«, erwiderte Hilde mit fester Stimme.

»Aha.« Die Concierge nickte verschwörerisch und voller Mitgefühl.

13

Zwei Rikschen rollten – gefährlich nahe nebeneinander – über den Shusan-Boulevard. Die nackten Füße der Kulis klatschten regelmäßig auf den schmierig-feuchten Asphalt. Geschickt manövrierten die beiden erfahrenen Männer ihre zweirädrigen Gefährte durch den entgegenkommenden Strom aus Rikschen, Fahrrädern und gelegentlichen Automobilen. In Shanghai herrschte Linksverkehr; auch hier hatten die Engländer der Stadt also ihren Stempel aufgedrückt. In der einen Rikscha saß, lässig-entspannt und mit wichtigem Habitus, ein junger Chinese und wedelte sich mit einem feinen Fächer Luft zu. Er trug einen Anzug aus Schantungseide und einen weißen Panamahut. Die Beine hatte er elegant übereinandergeschlagen, vielleicht, um seine weißen Lederschuhe besser zur Geltung zu bringen. In der Rikscha neben ihm wurde sein Gepäck befördert: ein großer Lederkoffer. Dieser strotzte – ganz nach der damaligen Mode – nur so von Aufklebern von Hotels und Reisezielen, die den Aufenthalt seines Besitzers an prestigeträchtigen Orten in aller Welt beweisen sollten, an denen weder er noch sein Koffer je gewesen waren. Wollte man als Mitglied der höheren sozialen Schichten anerkannt werden, musste man derlei Gesellschaftsspiele mitspielen. Eindruck machte man mit so etwas in Shanghai allerdings nicht. Hier kamen Tag für Tag reiche chinesische Geschäftsleute aus Birma, Surinam oder Macao an. Nicht selten waren es auch Rückkehrer aus den Vereinigten Staaten, die sich in den Bars, Restaurants, verborgenen oder weniger verborgenen Bordellen und Spielhöllen der Chinatowns von San Francisco oder Los Angeles ein kleines Vermögen verdient hatten, um sich nun in der Heimat ihrer Vorväter ein eigenes, möglichst einträgliches Geschäft aufzubauen.

Der Kuli, der die Gepäckrikscha zog, warf dennoch immer wieder neugierige Blicke auf den Herrn in der Laufkutsche neben ihm. Was waren das nur für Zeiten, in Gottes Namen! Die Männer gebärdeten sich schon wie Frauen und wedelten sich mit Fächern, die nach Sandelholz dufteten, Luft zu wie eine Generalskonkubine. Die Frauen wiederum verrichteten Männerarbeit, gingen in die Kneipe oder zogen gar in den Krieg. Mädchen im heiratsfähigen Alter weigerten sich, wie es der Brauch gebot, ihre Füße zu binden, wodurch sie den so charakteristischen chinesischen Trippelgang bekamen. Erzähl mir nichts, junger Geck! Ich weiß genau, wie die Füße einer solchen alten Chinesin aussehen – wie Klötzchen! Habe doch meine eigene Mutter huckepack genommen und zur Pagode von Longhua getragen! Doch da waren die Männer noch Männer und die Chinesen Chinesen. Da wussten schon die Kinder, dass bei Trauer Weiß getragen wird, weil Weiß die Farbe des Todes ist, und es war undenkbar, mein feines Herrchen, so wie du einen weißen Anzug zu tragen! Man denkt, deine Mutter wäre gestorben, und schüttelt den Kopf, wie du da so fröhlich pfeifend durch die Gegend gaffen kannst! Unmöglich, so etwas!

Bei seiner stummen Schelte bewegte der Kuli sogar die Lippen vor Entrüstung, hielt aber Schritt mit der anderen Rikscha. Vielleicht deswegen hegte das feine Herrchen nicht den geringsten Verdacht und wedelte sich munter weiter Luft mit seinem Sandelholzfächer zu.

Bevor sie die Kreuzung erreichten, an der der Shusan die North Sichuan Road quert, verlangsamten die Rikschen ihre Fahrt, und die Kulis stemmten beim abschließenden Bremsvorgang geübt die Beine gegen die Laufrichtung. Sie kamen hintereinander an der Bürgersteigkante vor einem roten Gebäude zum Stehen, das nur über ein Erdgeschoss und eine flache erste Etage verfügte. Das Gebäude wirkte wie ein chinesisches Fremdwort in der englischen Sprache, denn es stand inmitten massiver, im Kolonialstil errichteter Steinbauten. Es lag etwas rührend Altmodisches in seiner Vereinzelung, in den auf chinesische Art aufgewölbten Ecken des Dachs, das mit grünen, emaillierten Ziegeln gedeckt war, in den winzigen Fensterchen der oberen Etage und dem goldgelben Geflecht der Holzgitter davor, von denen der sauerkirschfarbene Anstrich des Hauses nur noch mehr abstach. An der Seite blinkten übereinander drei chinesische Schriftzeichen. Ja, auf den Geschäftsstraßen von Shanghai musste alles Tag und Nacht blinken, leuchten oder mit seiner grellen Buntheit die Aufmerksamkeit potenzieller Kunden auf sich ziehen. Quer angebracht und von deutlich bescheideneren Ausmaßen war das Schild, auf dem in lateinischer Schrift FOTO AGFA stand. Wie das ins Chinesische zu übersetzen sein mochte, blieb ein Rätsel; aber etwas Ähnliches mussten vermutlich die drei blinkenden Schriftzeichen bedeuten.

Die Tür war verschlossen. Durch die Scheibe sah man ein Schild mit der Aufschrift »geschlossen« in englischer und chinesischer Sprache baumeln. Vermutlich machte der Laden Mittagspause. Unter subtropischen Bedingungen in unmittelbarer Ozeannähe konnte diese wegen der Hitze und hohen Luftfeuchtigkeit bis um fünf Uhr nachmittags dauern. Dann setzte ein kühlender Seewind ein. Der dandyhafte Chinese entstieg der Rikscha, ging zur Tür und klingelte anhaltend. Währenddessen warf er einen Blick zum Schaufenster. Darin schauten sich, grässlich grell von Hand koloriert und kaum zu erkennen, auf großen Abzügen Robert Taylor und Greta Garbo verliebt an, daneben Ginger Rogers und Fred Astaire. Um sie herum war eine ganze Reihe kleinerer Einzel- und Gruppenporträts ausgestellt, die das Können des Fotoateliers demonstrieren sollten, anämischen Schwarz-Weiß-Fotos Leben einzuhauchen. Die chinesische Kundschaft liebte es bonbonbunt. Warum sollte der Mensch ein Heidengeld für fotografische Abzüge ausgeben, wenn die nicht entschieden bunter waren als der graue Lebensalltag?

Als die Tür sich öffnete, läutete ein kleines Glöckchen. Auf der Schwelle erschien ein blonder Hüne mit wasserhellen Augen und aufgedunsenem und von der Hitze schweißglänzendem Gesicht. Sein Haar war zerzaust. Sein ganzes Äußeres vermittelte den Eindruck eines nachlässigen und heruntergekommenen europäischen Säufers – ein nicht seltener Anblick in diesen Breiten zu dieser Zeit. Offenbar hatte das anhaltende Klingeln ihn aus seinem Nachmittagsschlummer gerissen, denn er gähnte laut und vernehmlich.

»Good afternoon, Sir. Ich bringe die Ware«, sagte der Chinese auf Englisch, während er seinen Panamahut abnahm und sich ehrerbietig, doch knapp, mit einem deutlichen Beigeschmack von Arroganz, verbeugte.

»Ach ja, die Ware … Na, dann schaffen Sie sie mal rein in die gute Stube, und lassen Sie sie sehen«, antwortete der Hüne und gähnte erneut wenig respektvoll.

Der Ankömmling machte dem Gepäckkuli ein Zeichen mit der Hand. Obwohl der in Gedanken den Mann im weißen Anzug zuvor heftig getadelt hatte, schnappte er sich sofort dienstbeflissen den Koffer und trug ihn ins Haus. Seine kleinen Schrittchen waren ein demonstrativer Appell, doch den Grad seiner Mühen nicht zu unterschätzen; mit diesem Theater versuchten Rikschakulis, ihr Trinkgeld in die Höhe zu treiben. Der feine Reisende reichte den beiden Kulis je eine zerknitterte Banknote und bedeutete ihnen zu verschwinden.

Doch die beiden Männer verschwanden keineswegs, sondern begannen mit jener über Generationen vervollkommneten Litanei aus Jammern, Kreischen und sich überschlagender Stimme, die den Zweck hatte zu zeigen, wie lächerlich gering die gebotene Vergütung doch war angesichts der geleisteten Anstrengung. Dies Theater hörte nicht eher auf, bis der »Masta-Masta« – was so viel wie »Master«, also Herr heißen sollte – angemessen draufgezahlt hatte. Der Angesprochene teilte ihnen in ähnlich schriller Tonlage mit, dass ihr Lauftempo ihn vermuten lasse, sie seien die Söhne von Schildkröten und die Enkel von Fröschen, gierige Diebe und unverschämte Betrüger. Am Ende stieß er ihnen voller Entrüstung noch ein Münzlein zusätzlich in die ausgestreckten Handteller, worauf die beiden wie auf Knopfdruck ein Lächeln aufsetzten, sich verbeugten und mit ihren Rikschas davonmachten, zufrieden kichernd, einen so feinen Herrn übertölpelt zu haben.

14

Der zierliche Chinese und Alfred Kleinbauer, so hieß der blonde Hüne, gingen hinein. Hinter den herabgelassenen Bambusrollos herrschte gedämpftes Halbdunkel. Der Propeller des Ventilators an der Decke mühte sich redlich, so etwas wie Kühle im Raum zu schaffen, doch vergeblich: Er wälzte nur die feuchtwarme Luft im Zimmer um. Der Hausherr schaute noch einmal zerstreut links und rechts die Straße entlang, dann verschloss er die Tür, prüfte noch einmal, ob das Schild dort auch mit der richtigen, der GESCHLOSSEN-Seite nach außen zeigte; erst danach breitete er die Arme aus, die in Händen von Schaufelgröße endeten, und umarmte den Chinesen. Es war nicht ohne Komik, welche gymnastischen Verrenkungen der Riese und der kleine chinesische Dandy vollbringen mussten, um einander zur Begrüßung auf die Wangen zu küssen. Als der Hüne den Chinesen vor Freude auf den Rücken klopfte, sah er aus wie ein Vater, dessen verloren geglaubter Sohn endlich gesund und munter heimgekehrt war.

»Hast du dich auch immer schön umgeschaut, ob dir jemand folgt?«, fragte Alfred Kleinbauer. »Die Kempe'tai-Leute sind nämlich inzwischen regelrecht tollwütig geworden. Der einzige Ort, an den sie ihre Leute noch nicht eingeschleust haben, befindet sich unterm Klodeckel.«

Der Name »Kempe'tai« löste einen geradezu mystischen Horror auf dem okkupierten Territorium des chinesischen Festlands aus. Die »japanische Gestapo« verfolgte die verbotenen antijapanischen Studentengruppen ebenso grausam wie die konspirativen Vereinigungen nationalistischer oder kommunistischer Gesinnung.

»Wo denkst du hin? Hab ich vielleicht zufällig letzte Nacht einhundert US-Dollar beim Ma-Jongg verloren? Schande über mein Haupt. Und ich wette, du kommst nicht drauf, wer sie gewonnen hat. Saneyoshi-San höchstpersönlich.«

Hauptmann Masaaki Saneyoshi war Chef des Shanghai-Departments der Kempe'tai. Auf seine Anweisung hin wurden Menschen bei lebendigem Leib die Knochen gebrochen, wurden mit dem Kopf nach unten aufgehängt, um von ihnen Geständnisse zu erpressen. Saneyoshi-San war ein aufrechter und unerschütterlicher Patriot, zugleich aber auch ein zynischer Empfänger von Bestechungsgeldern und ein notorischer Zocker.

»Saneyoshi?«, rief der Europäer aus. »Bist du von allen guten Geistern verlassen, denen auch noch direkt vor der Nase herumzutanzen?«

»Wieso denn nicht? Rieche ich etwa schlecht? Saneyoshi-San hat mich sogar zu später Stunde mit seinem Privatwagen zum Park-Hotel fahren lassen. Das sind gut erzogene Jungs, die von der Kempe'tai. Ich überlege mir sogar, mich demnächst als Informant anwerben zu lassen. Wenn Major Smedley von der amerikanischen Gesandtschaft ihnen nicht zuvorkommt.«

»Da werde ich mich ja besonders geehrt fühlen müssen, dich persönlich zu kennen«, murmelte der Blonde säuerlich.

»Damit kannst du jetzt schon anfangen. Wenn du so freundlich wärst, mir den Koffer hinaufzutragen, wirst du gleich sehen, warum.«

Der blonde Hüne tat, wie ihm geheißen, und schleppte den großen Koffer das enge, düstere Treppenhaus hinauf. Und während der Chinese sich entspannt auf dem Bambusschaukelstuhl hin und her wiegte, hockte sich der Europäer schnaufend vor das Gepäckstück und öffnete die Verschlüsse. Im Innern befand sich nichts von dem, was ein Normalsterblicher in einem Reisekoffer erwartet. Stattdessen schauten die Augen des Blonden auf eine flache Kiste aus ungehobeltem sibirischen Zedernholz, auf der in roten Schablonenbuchstaben geschrieben stand: URALMASH – USSR.

Es war gar nicht so leicht, den fest verklammerten Deckel aufzubekommen, unter dem Holzwolle zum Vorschein kam. Der Chinese sah schweigend und schaukelnd zu, wie sein groß gewachsener Bekannter ein Teil nach dem anderen herauszog, hingebungsvoll säuberte, eingehend betrachtete und neben dem Koffer ablegte. Kurz darauf reihten sich auf dem Boden Radiolampen, Kondensatoren, Widerstände, Spulen, Ampèremeter, Modulatoren und allerlei anderer Kleinkram, wie man ihn zum Zusammenbauen eines Kurzwellenempfängers brauchte. Eine der Radiolampen küsste er gar, hob sie hoch, als handelte es sich um die Fackel der New Yorker Freiheitsstatue, und rief im Stil eines Deklamators begeistert aus: »Endlich – da bist du, Tungsram UX 210!«

Als sein Enthusiasmus jedoch keinen Widerhall fand, zog er den ausgestreckten Arm wieder ein und fuhr in sachlichem Ton fort: »Was ist mit dem Chiffrierspezialisten?«

»Keine Bange«, entgegnete der Chinese kurz. »Unsere Ramsai-Leute in Tokio haben die Anfrage über Frankfurt schon an die Firma geschickt. Der große Chef hat versprochen, jemanden zu finden!«

»Die da drüben tun sich leicht mit Versprechungen, aber schwer mit der Ausführung. Haben sie dir von Ramsai auch bestätigt, worauf ich bestanden habe: dass der Kryptograf unbedingt möglichst viele Sprachen beherrschen soll, ach ja, und Stenografie natürlich?«

»Du immer mit deinem ›unbedingt‹! Soll er vielleicht auch noch klassisches Morseballett beherrschen, prähistorische Schriften und altgriechische Erdumfangsberechnungen? Oder wäre dir das zu klein gedacht?«

»Im Gegenteil!«, antwortete der Hüne mit schneidender Ironie: »Wer denkt größer als ein kluger Chinese. Und du mit deinem brillanten Denkmaschinchen gehörst doch zweifellos dazu! Der Chinese als solcher strotzt ja nur so vor Megaideen! Wenn es sein muss, opfert er sogar eine Million Menschen für den Bau der Großen Chinesischen Mauer. Die erfüllt am Ende zwar nicht ihren Zweck, nämlich die Chinesen vor den Mongolen zu schützen, eher umgekehrt, aber so leicht gibt der Chinese nicht auf. Am Ende macht er aus der Not eine Tugend und lockt Millionen Touristen mit diesem steinernen Ungeheuer an.«

Diese Sticheleien beeinträchtigten die ruhigen Schaukelbewegungen des »klugen Chinesen« nicht im Geringsten. Er gähnte sogar demonstrativ. Ja, dieses randtropische Meeresklima … Es fehlte einfach der Sauerstoff!

Doch dann setzte er zur Revanche an: »Übertroffen wird der kluge Chinese eigentlich nur vom klugen Deutschen! Keine Sorge, ich meine nicht dich – du bist ja nur ein schläfriger Sachse. Nein, dem klugen Deutschen kommt von Zeit zu Zeit die brillante Idee, einen fürchterlichen Krieg zu entfesseln, obwohl er tief in seinem Inneren spürt, dass er ihn verlieren wird. In spätestens einem Monat ist es wieder so weit. Aber seien wir nicht kleinlich. Was weiter?«

»Weißt du eigentlich, wie viele regionale Radiostationen es zur Zeit in Shanghai gibt? Du wirst es nicht glauben – zweiundsechzig! Auf jedem Mikron der Skala von 39 bis 60 Kilohertz befindet sich ein Sender. Französisch, Englisch, Deutsch, Chinesisch, Japanisch, ja sogar Hindi und Farsi. Da kann einem schwindlig werden! Und wenn du wüsstest, *was* da von morgens bis abends über den Äther geht! Wie die an diese Informationen rankommen, weiß der Teufel. Und sie senden vollkommen unverschlüsselt, weil sie wissen, dass das Funksignal noch nicht einmal bis Nanking gelangt. Zwölftausend Kilometer westlich von hier würden sie alles tun, um an solche Nachrichten ranzukommen. Wenn wir ihnen auch noch verraten würden, dass sogar der deutsche Sender, der in Qinxiang steht, auf 15 Kilohertz ausgesprochen gut zu empfangen ist, würden sie auf der Stelle tot umfallen. Denn um ihre Leute in Dangshan rasch zu informieren, senden diese nationalsozialistischen Tölpel vollkommen offen und ohne jede Verschlüsselung alles, was in Berlin angeblich unter strenger Geheimhaltung steht. Streng geheim? Da lachen ja die Hühner! – So, jetzt bist du dran!«

Im brandenburgischen Jüterbog führten die Deutschen unter höchster Geheimhaltung militärtechnologische Forschungen in den Bereichen Atomantrieb, Raketenbau und neue Flugzeugbrennstoffe durch. Nicht ohne Grund wurde angenommen, dass diese im Erfolgsfall dem Krieg neue, ungeahnte Dimensionen verleihen würden. Daher weckten sie die unverhüllte und ständig wachsende Informationsgier zunächst des russischen, bald auch des englischen und amerikanischen Geheimdienstes. Die deutschen Forscher hatten fast revolutionär zu nennende Durchbrüche in diesen Bereichen erzielt, und nun stellte sich heraus, dass das, was direkt von der Quelle nicht zu schöpfen war, zumindest in Teilen über Dangshan in Erfahrung gebracht werden konnte, das von deutschen Fachleuten als so etwas wie die Fernostkopie von Jüterbog erbaut und geführt wurde.

Zur gleichen Zeit hatte die Regierung der chinesischen Kuomintang laut aufgefangener Radionachrichten siebzig hochrangige nationalsozialistische Kriegsberater in ihre Dienste genommen, angeführt von General Hans von Seeckt. Bekannt wurde auch, dass der ehemalige Gruppenführer der SA Berlin-Brandenburg Walther Stennes eine Operationseinheit deutscher Spezialisten führte, die mit der Frankfurter IG Farben kooperierte und sie bei der Ausarbeitung und Einführung chemischer Kampfstoffe unterstützte, die unter den Codenamen Weißkreuz, Grünkreuz, Blaukreuz und Gelbkreuz traurige Berühmtheit erlangten. Eine andere deutsche Abteilung entwickelte für den Bedarf der Kuomintang-Nationalisten eine extrem effektive Leichtfeuerwaffe nach tschechischem Modell, die hier – in ihrer chinesischen Variante – den Beinamen »Chiang Chung-cheng« erhielt; das war der echte Name des berüchtigten Chiang Kai-shek. Bedeutung und Autorität dieser nationalsozialistischen deutschen Fachleute und Berater waren empfindlich angewachsen, nachdem der amerikanische Militärberater Chiang Kai-sheks – der seit seiner Atlantiküberquerung weltberühmte Flieger Charles Augustus Lindbergh – offen seine Sympathien für Hitler-Deutschland erklärt und seine bedingungslose Unterstützung angeboten hatte. Jedem Kind musste klar sein, dass Lindbergh zu dieser Zeit kein politischer Einzelgänger sein konnte, sondern die Einstellung bestimmter einflussreicher Kreise in den Vereinigten Staaten von Amerika repräsentierte. In Tokio verschloss man die Augen vor diesen Aktivitäten, nachdem der deutsche Botschafter, Generalmajor Eugen Ott, dem japanischen Ministerpräsidenten Prinz Konoe sowie dem außenpolitischen Berater des Kabinetts, Kinkadzu Sayondji, persönlich versichert hatte, dass sie nicht gegen Japan gerichtet seien. In diesem Fall stellte sie nur für die Kommunisten um Mao und die Sowjetunion eine potenzielle Gefahr dar. Was als gute Nachricht gelten durfte, die allen zupasskam – von Tokio über Berlin bis Washington.

Cheng Suzhin, unseren Chinesen, schienen diese Informationen, die der Sachse aus dem Äther aufgefangen hatte, nicht sonderlich vom Hocker beziehungsweise Schaukelstuhl zu reißen.

»Und – was weiter?«, fragte er nur.

»Wir müssen den Äther melken, was der Empfänger hergibt. Und dafür brauche ich einen Stenografen, der mehrere Sprachen spricht. Das neunzehnte Jahrhundert, mein lieber und hochverehrter Mandarin, ist seit achtunddreißig Jahren zu Ende. Aber in der Zentrale saufen sie bis in die Puppen und kommen spät aus den Federn – da haben sie den Jahrhundertwechsel wohl verschlafen. Die aristokratischen Zeiten sind vorbei, als sie dir die Informationen auf dem Silbertablett serviert haben. Heute bekommst du nur indirekte Informationen und musst sie selbst analysieren und miteinander in Beziehung setzen. Du musst die Informationen analysieren und … wie soll ich sagen …«

»… miteinander in Beziehung setzen«, half ihm der Chinese auf die Sprünge.

»Ganz genau das wollte ich sagen. Die da in der Zentrale aber, die warten darauf, dass du ihnen alles als fertig gebackene, gespickte und mit Maronen gefüllte Kanton-Ente servierst!«

Er winkte verächtlich ab, seufzte und ging zum Kühlschrank. Dort, zwischen Resten von Eisklumpen, die fast völlig weggetaut waren, lag eine Flasche original russischer Wodka der Marke Moskovskaya. In Shanghai war dies jedoch, auch wenn eine solche Flasche viel teurer war als der trübe chinesische Reisschnaps, keineswegs eine exotische Rarität. Wodka wurde in Dutzenden russischer Restaurants und Gaststätten serviert, die hier nach und nach für die vielen Vertreter der höheren und niedrigeren Beamtenränge eröffnet worden waren, die sich nach der Zerschlagung der fernöstlichen Weißen Armee dauerhaft in Shanghai niedergelassen hatten.

Der Chinese und der Sachse stießen schweigend an und kippten den Inhalt ihrer Gläser ganz nach russischer Art auf einen Zug hinunter. Ersterer schüttelte sich nach dem Genuss des scharfen Konzentrats, wischte sich mit der Handfläche den Mund ab und sagte: »A propos Kanton-Ente mit Maronen: Was hast du heute Abend vor?«

In der Akte des sächsischen Hünen, die in der Shanghaier Zentrale der Kempe'tai beim Haus an der Brücke, dem »Bridge House«, geführt wurde, stand unter anderem: *Kleinbauer, Alfred Gottfried, deutscher Staatsangehöriger. Unauffällig. Fotoatelier »Agfa« auf dem North Sichuan Road. Telefon 24-11. Trinkt, lebt allein. In Shanghai seit 1929. G. hat keine Signale geschickt, die zu Besorgnis Anlass gäben.*

Aus dem Text ging nicht hervor, was »G.« bedeutete – »Germania« oder »Gestapo«. In diesem Zusammenhang hat das aber auch keine sonderliche Bedeutung: Für die meisten Spezialeinheiten auf der ganzen Welt deckte sich die Bedeutung beider Bezeichnungen inzwischen so gut wie ganz. In der Akte war auch noch nicht vermerkt, dass der fragliche Fotograf seit 1929 als Funker für den Shanghai-Korrespondenten der *Frankfurter Zeitung*, einen gewissen Dr. Richard Sorge, gearbeitet hatte, der als charmanter Salonlöwe und Herzensbrecher bekannt war, dazu als unerhörter Zyniker und Spaßvogel. Dieser Herr Doktor hatte sich vor Kurzem nach Tokio abgesetzt und dabei das komplette Inventar jenes »Haushalts« mitgenommen, das den Codenamen *Ramsai* trug. In Shanghai musste jedoch eine funktionierende parallele Struktur verbleiben, und so kam es, dass ein gewisses Fotoatelier sich erneut jenen »Hausrat« verschaffen musste, mit dem man im Kurzwellenbereich nahrhafte Portionen kochen konnte.

Die Akte des Chinesen war deutlich aussagekräftiger:

Cheng Suzhin, geb. 1912 als Shaosin im Kreis Hangzhou. Akad. Ausb., chinesische und englische Philologie. Journalist an der China Daily Post. Tel. 27-35, Park Hotel. Wohlwollende Einstellung zu Jap. Zuverlässig. Unterhält freundschaftliche Beziehungen zu jap. Offizieren und Geschäftsleuten. Referenzen: Hisao Masayoshi von Presseagentur Rengo Tsushin.

Dennoch hatte auch diese Akte ihre kleinen Lücken: Aus ihr hätte niemand entnehmen können, dass dieser Mann derselbe war, der an jenem trüben Abend des 9. November 1938 als zweiter Lastenträger über die Fallbrücke der »Tscheljabinsk« gelaufen war, mit einer Kiste, die die Aufschrift URALMASH – USSR trug und laut Lieferschein Ersatzteile für Traktoren enthalten sollte. Offiziellen Verlautbarungen seines Arbeitgebers, der *China Daily Post*, war Cheng Suzhin zu dieser Zeit Hunderte Kilometer von Shanghai entfernt auf einer langfristigen Sondermission in Dangshan, um dort das für China enorm wichtige Problem von Produktion, Weiterverarbeitung und Ausfuhr von Reis zu recherchieren. Jeden Montag veröffentlichte die *China Daily Post* ihre ebenso umfang- wie kenntnisreichen Artikel. Hisao Masayoshi von der renommierten japanischen Presseagentur Rengo Tsushin, ein Mann, der über jeden Zweifel erhaben war, hätte bezeugen können, dass er am Hafen von Shanghai seinen Freund Suzhin vor zwei Tagen persönlich empfangen habe, der nach langer Abwesenheit mit dem Luxuspassagierschiff »Yokohama Maru« zurückgekehrt sei.

Außerdem ging das Gerücht, dass sich in der Gegend von Dangshan, genau da, wo Herr Cheng Suzhin gewesen war, eine streng geheime Forschungs- und Entwicklungsstätte für Kriegstechnologie befand, in der neue Brennstoffe für Atomantriebe getestet wurden, und ebenfalls in dieser Gegend sollten chemische Kampfstoffe entwickelt worden sein. Niemand jedoch konnte oder wollte diese Gerüchte bestätigen oder widerlegen. Als Antwort auf die professionelle Neugier seines japanischen Kollegen zeigte Suzhin nicht nur vollständige Unkenntnis in dieser Frage, sondern auch eine bemerkenswerte Gleichgültigkeit.

15

»In einer kleinen Konditorei
da saßen wir zwei
und träumten vom Glüüück…«

Ist es verwerflich, wenn in einem Tango ein Pärchen besungen wird, das in einer Konditorei sitzt und vom Glück träumt? Eigentlich nicht. Die Lagerhäftlinge von Dachau aber hassten diesen Schlager inzwischen auf den Tod. Denn dieser süßliche Ohrwurm war das Lieblingslied von SS-Scharführer Hansi Steinbrenner, der nach dem Ende des Krieges in die Memoirenliteratur eingehen sollte als »der Schrecken von Dachau«. Jeden Morgen mussten die inhaftierten Mitglieder der Dresdner Akademischen Philharmonie mit diesem Tango pünktlich um sieben Uhr früh die Strafkompanie sieben zur Arbeit geleiten.

»In einer kleinen Konditorei,
da saßen wir zwei
und träumten vom Glüüück…«

Hansi Steinbrenner sang und pfiff die Melodie fröhlich mit und machte auf dem Weg sogar Dirigierbewegungen mit dem Stock, der sonst mit sicherem Gespür für Rhythmus auf dem Rücken von Häftlingen landete, die mit dem Marschtempo nicht mithalten konnten.

Dachau war eine unbedeutende Kleinstadt in Oberbayern

mit zwanzigtausend Einwohnern, kleinen Kaufleuten, Landwirten und Arbeitern in der Papierindustrie und dem Brauereiwesen. Es gab in diesem Städtchen nichts Bemerkenswertes, und kaum einer in der weiten Welt hätte wohl je von seiner Existenz erfahren, wenn dort nicht am 22. März 1933, weniger als zwei Monate nach Hitlers Ernennung zum Reichskanzler, das erste Konzentrationslager eröffnet worden wäre. Es war noch recht primitiv, mit einem funktional wenig entwickelten inneren System und unklarer Bestimmung, weit entfernt von den zukünftigen Todesfabriken Auschwitz, Maydanek und Treblinka und ihren 7380000 vernichteten Juden. Das Lager Dachau begann seine bescheidene Karriere still, beinahe unbemerkt. Am letzten Tag seiner Existenz, dem 29. April 1945, als die amerikanischen Panzer anrollten, verzeichnete es in seinen Archiven gerade einmal 66000 Tote.

Bis jetzt war es nicht mehr und nicht weniger als ein Straflager, in das willkürlich, wie es der einen oder anderen NS-Lokalgröße gerade in den Sinn kam, ein Teil jener Menschen geschickt wurde, der von normalen Strafgerichtshöfen mangels gesetzlicher Handhabe nicht verurteilt werden konnte: Juden, Sozialdemokraten, Kommunisten oder andere Vertreter von Bevölkerungsgruppen, die nicht in die neue deutsche Volksgemeinschaft passten.

Theodor Weisberg hatte sich nie als »Jude« gefühlt. Wie die meisten deutschen Bürger jüdischer Abstammung, ganz zu schweigen von der intellektuellen Minderheit, hatte er eine Synagoge nur von innen gesehen, wenn die Kinder von Verwandten oder Kollegen heirateten. Doch selbst das war nichts, was ihn stigmatisierte, denn er besuchte ebenso evangelische Traugottesdienste oder katholische Messen. Seine Muttersprache war Deutsch. Er war ein vollkommenes Produkt deutscher Kultur und Zivilisation und dachte kaum je einmal daran, dass er Jude war … bis er daran erinnert wurde.

Nun hatte er das Privileg, wählen zu können: entweder zwölf Stunden täglich Schwerstarbeit beim Autobahnbau zu leisten oder morgens um sieben und abends um sieben mit dem Tango von der kleinen Konditorei, in der zwei sitzen, die vom Glück träumen, den Aus- und Einmarsch der Arbeitersträflingskolonne musikalisch zu begleiten und in der übrigen Zeit Lagerdienst zu leisten.

Theodor Weisberg war ein zart gebauter Mann mit ausgesuchten Manieren, aufmerksam gegen jedermann. Seine ganze Art, sich auszudrücken, sein ganzes Benehmen verrieten die gute bürgerliche Erziehung, die er in seinem Elternhaus, dem Haus eines erfolgreichen Rechtsanwalts, genossen hatte. Die groben und nicht selten deftigen Witze, die vor allem die Arbeiter, Handwerker und Bergarbeiter unter den Lagerinsassen rissen, verletzten ihn, so dass er sich abkapselte und von ihnen für hochnäsig gehalten wurde. Doch er war alles andere als arrogant; er konnte nur nicht aus seiner Haut und war unfähig, sich in etwas anderes zu fügen als das, was sein Schicksal war: die Musik.

Wenn man seine Kollegen vom Lagerorchester ausnahm, zu denen er ein kollegiales und von gegenseitiger Solidarität geprägtes Verhältnis hatte, so war der einzige Mensch, dem Theodor vertrauensvolle und freundschaftliche Gefühle, ja sogar Dankbarkeit entgegenbrachte, Shlomo Finkelstein. Shlomo war ein kurzbeiniger, dicker und glatzköpfiger Gnom galizischer Herkunft, der wegen kleiner Kaufhaus- und Taschendiebstähle und des Verkaufs geschmuggelter Zigaretten diverse Strafen abgesessen hatte. Er erzählte in seiner farbigen jiddischen Sprache am laufenden Band Witze und Anekdoten über Juden, wurde aber auch seinerseits von den Lagerhäftlingen verspottet und ständig auf den Arm genommen. Doch statt beleidigt zu sein, wenn sich wieder einmal jemand über seine Größe oder seine komische Redeweise lustig machte, lachte er einfach mit. Ausgerechnet dieser kaum des Lesens und Schreibens mächtige Shlomo Finkelstein also, der so ziemlich das Gegenteil eines Bildungsbürgers war, wurde zum engsten Vertrauten des feinsinnigen Geigers, half ihm die fettige Gulaschkanone zu säubern, die Schlafsäle auszufegen oder dabei, die dreißig Kilogramm schweren Kartoffelsäcke vom anliefernden Lastwagen bis zur Küche zu schleppen. Normalerweise hassten Lagerhäftlinge denjenen, den die Aufseher bevorzugten und umgekehrt, doch Shlomo fand das Wohlwollen sowohl der einen als auch der anderen. Er war so etwas wie der Lagerclown, der Hofnarr, dem man alles verzieh.

Die Tage, Wochen und Monate vergingen monoton und bedrückend – und ohne Nachrichten von Elisabeth. Im Unterschied zu den normalen Gefängnissen mit gesetzlichem Statut war in Dachau jegliche Korrespondenz verboten. Tag für Tag eine einstündige Kontrolle morgens und abends, dreimal die verfluchte *Kleine Konditorei* morgens und dreimal abends heruntersägen und dabei die Kunst verfeinern, Hansi Steinbrenner keine Veranlassung zu geben, sich auf die eigentliche Bestimmung seines Dirigierstabs zu besinnen.

Letzteres tat der Flötist Simon Zinner, dessen Glanzstücke früher einmal Mozarts Sonaten für Flöte und Klavier gewesen waren. Zinner war ein guter Instrumentalist, hatte aber ein aufbrausendes Temperament, und das kam ihn teuer zu stehen. Als er Steinbrenners Stock wieder einmal auf dem Rücken eines Mithäftlings tanzen sah, eines ehemaligen Bergmanns mit Silikose, der sich vor Erschöpfung kaum auf den Beinen halten konnte, riss ihm der Geduldsfaden. Er ließ die Flöte fallen, schnappte sich mit seinen kräftigen Händen Steinbrenners Stock und hieb damit auf diesen selbst ein. Der Aufseher war so überrascht von dieser unerwarteten Insubordination, dass er erst einmal gar nicht reagierte. Doch aufgeschoben ist nicht aufgehoben …

Als Erstes musste die Strafkompanie sieben bis Mitternacht ohne Essen und Trinken auf dem Appellplatz strammstehen. Das kleine Lagerorchester hatte dazu ununterbrochen ein und denselben Tango zu spielen, von sieben Uhr bis zwölf Uhr immer wieder: »*In einer kleinen Konditorei, da saßen wir zwei und träumten vom Glüüück …*«, fünf Stunden lang. Um Punkt Mitternacht dann kam Hansi Steinbrenner heraus, ließ Simon Zinners Hände auf einen Balken legen und drosch im Takt des Tangos darauf ein, bis von ihnen nur noch blutiger Brei übrig war.

Theodor Weisberg erbrach sich vor Entsetzen und verlor die Besinnung. Als er mit Hilfe des hingebungsvollen Shlomo, der ihn zu den Pritschen in der Schlafbaracke geschleift hatte, wieder zu sich kam, konnte er sich lange nicht von dem Schuldgefühl befreien, dass er nicht aufgehört hatte zu spielen, während diese Bestie seinem Kollegen die Hände zertrümmerte.

An einem Morgen im Juli, als das kleine Orchester gerade die Lagerinsassen zur Arbeit fiedelte und blies, klopfte jemand Theodor Weisberg auf die Schulter. Der Geiger fuhr zusammen, seinem Instrument entfuhr ein Quietschen wie von Schmierseife. Hinter seinem Rücken stand Hansi Steinbrenner, der unerwartet freundlich sagte: »Bist du der Weisberg? Keine Angst, wirst nicht geschlachtet. Geh in die Schreibstube, aber flott! – Die anderen – weitermachen! Bitte etwas mehr Frische! – Ihr spielt ja, als wären wir hier auf einer Beerdigung! Hopp, ihr Jammergestalten, links-rechts, links-rechts! … *In einer kleinen Konditorei … Da saßen wir zwei … Und träumten vom Glüüück …*«

Er trällerte munter weiter und dirigierte mit seinem Stock dazu wie gehabt, während Theodor, eingeschüchtert und von diffusen Ängsten gepeinigt, zum Gebäude der Lagerverwaltung ging.

16

In dem geräumigen, von weichem Licht durchfluteten Salon waren die Klänge eines Klaviers zu hören. Elisabeth spielte – leise, nur für sich selbst. Das Mobiliar, die schweren Teppiche, die hohen chinesischen Vasen, das Kristall, die silbernen Kerzenleuchter – alles in diesem Haus verriet einen Reichtum, der nicht erst von gestern war. Es lag etwas Prätenziöses, typisch Deutsch-Bürgerliches in der pedantischen Aufgeräumtheit dieses Heims. Ob an der Tischwäsche oder den Zierdeckchen, nirgends war auch nur die kleinste Falte zu entdecken. Auf dem Teppich kein Stäubchen, nicht einmal eine unbemerkt von der Sessellehne gerutschte Zeitschrift. Auf dem Sofa kein aufgeschlagenes Buch, das jemand einfach dort liegen gelassen hatte, um es später weiterzulesen. Und wer einen ungeleerten Aschenbecher oder eine ungleichmäßige Vorhangfalte suchte, konnte lange danach suchen.

Von ihrem gepolsterten Klavierhocker aus konnte Elisabeth den unrasierten Mann, der in ihrem Rücken das Wohnzimmer betrat, nicht sehen. Er wirkte beinahe komisch mit seinem fast kahl geschorenen Haar und dem abgemagerten Körper, um den jener Smoking schlotterte, den er bei seinem letzten Konzert im Festsaal der Dresdner Philharmonie getragen und in dem er verhaftet worden war. Ein Ärmel war aus ungeklärten Gründen auf dem Weg nach Dachau im Mannschaftswagen der Polizei oder bei einem Zwischenstopp in einem SS-Hauptquartier zerrissen. Wie er so dastand, glich er eher einem Bonvivant nach einer langen, in anrüchigen Lokalen verbrachten Nacht als einem soeben befreiten Lagerhäftling aus Dachau. An den Rahmen der großen Doppeltür zum Salon gelehnt, hörte Theodor schweigend dem Spiel seiner Frau zu.

Elisabeth hatte plötzlich das unbestimmte Gefühl, dass sie

nicht allein im Raum war, drehte sich um und stieß einen unterdrückten Schrei aus.

»Um Himmels willen!«

Sie sprang auf, lief ihrem Mann entgegen, doch der hielt sie dezent von sich fern: »Nicht anfassen, Liebe. Erst muss alles, was ich am Leib trage, ins Feuer, und ich – in die Wanne. Du hast ja keine Vorstellung, aus was für einer Läusebrutstätte ich komme!«

Elisabeth strich mit dem Handrücken zärtlich über die kratzige Wange ihres Mannes.

»Mein Lieber, mein Armer!«

Schweigend erwiderte er ihre zärtliche Geste.

Eine Stunde später war der Heimkehrer kaum wiederzuerkennen. Gebadet und rasiert, in einen weißen Frotteebademantel gehüllt und mit Pantoffeln an den nackten Füßen, goss er Sekt in zwei Kristallkelche.

»Auf dein Wohl, meine Teuerste. Auf dich! Darauf, dass du ausgehalten hast. Und darauf, dass alles unerwartet ein so glückliches Ende gefunden hat.«

Elisabeth sah ihn mit traurigem Erstaunen an, nippte nur an ihrem Glas und vertiefte sich wieder mit ihren großen grünen Augen in seinen Anblick.

»Glaubst du das wirklich? Hör, Theodor, mein liebes Dummerchen. Hör mir gut zu: Ich habe an viele Türen geklopft, und das Einzige, was mir dabei klar wurde, ist, dass gar nichts zu Ende ist, schon gar nicht glücklich. Es fängt gerade erst an. Wir müssen sehen, dass wir von hier fortkommen, so schnell es geht, so lange es noch möglich ist!«

Theodor lachte laut auf: »O du mein tapferer Zinnsoldat! Deutschland verlassen, unser Deutschland – wegen einer Bande Halunken, die eher heute als morgen die Macht verlieren wird? Niemals!«

Elisabeth tat es weh, ihren Mann so reden zu hören. Sie

sprang auf, machte ein paar ziellose Schritte durch den Salon und ließ sich erneut in ihren Sessel fallen. Nervös zündete sie eine Zigarette an und sagte: »Herr im Himmel, er hat wirklich nichts begriffen! Das, was hier geschieht, das ist nicht die krause Idee einer Handvoll Münchner Saufbolde, das ist etwas, was auf lange Zeit angelegt ist, Theo. Das ist eine durchdachte und planmäßig umgesetzte Politik.«

»Ich bin Geiger, kein Politiker.«

»Meinst du, dass es die interessiert, ob du Geiger oder Politiker bist?«

»Mich interessieren die ja auch nicht! Außerdem – was ist mit deinen Verträgen? Ich denke, jetzt, wo ich frei bin, wird auch das Missverständnis mit meinen Kollegen bald aufgeklärt sein. Dann können wir unsere Arbeit mit dem Orchester endlich fortsetzen. Oder soll ich es etwa nach so vielen Jahren der Aufbauarbeit einfach fallen lassen? Was ist mit den Kollegen, unseren Freunden, dem Haus? Sollen wir das alles zurücklassen und weglaufen? Und wenn – wohin?«

Elisabeth inhalierte tief den Rauch ihrer Zigarette, fächelte ihn mit einer heftigen Handbewegung fort und antwortete dann: »Verträge … Kollegen … Haus … Theodor, das, was einmal unsere Welt war, gibt es nicht mehr, verstehst du das denn nicht? Jetzt sind Hitler und seine Leute dran.«

»Aber wo sollen wir denn hin, verdammt? Ich bin Jude!«

»Das habe ich auch an anderer Stelle schon einmal gehört, an sehr hoher Stelle. Und?«

»Wenn ich richtig informiert bin, erteilt deutschen Juden keiner mehr eine Aufenthaltsgenehmigung! Deutschland verlassen, das ist leicht gesagt. Die Häfen auf der ganzen Welt sind geschlossen für uns. Alle!«

»Nicht alle. Einen offenen gibt es noch, wie man mir sagte, einen letzten: Shanghai.«

Theodor öffnete den Mund, sagte aber nichts. Schließlich

stieß er, fast stotternd, hervor: »Du bist ja verrückt! Shanghai? Das liegt doch am Ende der Welt, dieses Shanghai! Und damit kommst du mir ausgerechnet jetzt! Gerade habe ich das Lager verlassen mit dem Gefühl, dass jemand die Hand über mich hält... Nein, wirklich – das habe ich Tag für Tag gespürt, dass irgendjemand mich stillschweigend beschützt. Sie haben mir sogar meine Geige wieder ausgehändigt, mein Portemonnaie mit dem Geld, den Trauring... Es fehlte nur noch, dass sie sich bei mir für das Missverständnis entschuldigt hätten...« Theodor sah seine Frau zuversichtlich an. Dann wanderte sein Blick auf ihre Hände. »A propos Ehering: Trägst du deinen denn nicht mehr?«

Elisabeth schaute sich ihre Finger an, als sähe sie sie zum ersten Mal, und sagte dann betont gleichmütig: »Ach ja, der Ring. Den muss ich wohl verloren haben.«

Theodor musterte seine Frau mit einem seltsam bohrenden Blick. Zwischen seinen zusammengezogenen Augenbrauen erschien eine tiefe Falte. Eine blaue Vene durchzog seine bleiche Stirn. Elisabeths Herz gefror bei dem Gedanken, dass diese seltsame Anspannung bei ihrem Mann durch einen Zweifel an ihrer Treue hervorgerufen worden sein könnte.

Doch Theodor griff nach der Hand seiner Frau und berührte sie zärtlich mit den Lippen.

»Einen Ring verlieren, das ist doch nicht so schlimm«, sagte er schließlich. »Ist letztlich ein Gegenstand wie jeder andere. Aber vielleicht ist es ein Zeichen, das uns etwas sagt... Manchmal ist was dran an solchen Vorzeichen... Elisabeth, meine Liebe... Jetzt hör du mir zu und versteh mich recht: Wenn es erforderlich sein sollte – was ich mir nicht wünsche –, dass ich weggehen muss, um zu überleben, dann heißt das nicht, dass du verpflichtet wärst, mir zu folgen. Ich habe kein Recht, das von dir zu verlangen. Du bist Deutsche. Ohne mich hätte dein Leben sich vermutlich ganz anders entwickelt. Glücklicher vielleicht. Wenn es also nötig sein sollte, außer Landes zu gehen … wenigstens so lange, wie diese ganze Idiotie dauert, dann bleib du hier. Als guter Geist des Hauses – in diesem Land, an dieser Straße, in unserem Haus. Das wäre das Vernünftigste. Sicher, für mich wäre das, als würde ein Teil von mir abgerissen, meine rechte Hand, mein Herz … aber ich habe nicht das Recht, dich eines normalen Lebens zu berauben, deiner Karriere … Dich Gefahren auszusetzen. Du musst nicht die Prüfungen meiner sogenannten Rasse … ein fremdes Kreuz tragen. Hörst du, Elisabeth?«

Elisabeth antwortete nicht sofort. Erst nach einer ganzen Weile löste sie ihren Blick von einem Punkt, der in weiter Ferne zu liegen schien, und sagte: »Ja, ich höre dich … Sogar sehr deutlich. Du hast wohl die Bibel nicht gelesen. Natürlich nicht. Es schadet aber nicht, wenn der Mensch ab und an mal hineinschaut. Hör zu, ich lese dir etwas vor …«

Sie beugte sich nach vorn, nahm ein edel eingebundenes und auf feinstem Papier gedrucktes Buch vom Tisch und öffnete es an einer Stelle, die sie offenbar vor Kurzem gefunden hatte, denn zwischen den Seiten lag eine Straßenbahnfahrkarte. Sie ließ ihre Augen über den Text gleiten, fand die Stelle und las mit ruhiger Stimme aus dem Buch Ruth vor: »Dränge mich nicht, dich zu verlassen und heimzukehren, fort von dir! Denn wo du hingehst, da gehe auch ich hin, und wo du weilst, da weile auch ich; dein Volk ist mein Volk, und dein Gott ist mein Gott. Wo du stirbst, da sterbe auch ich, und da will ich begraben sein. Ich schwöre – und der Herr möge mich strafen: Nur der Tod wird mich von dir trennen!«

Elisabeth las mit ruhiger Stimme, doch über ihre Wange liefen heiße Tränen.

17

Der unansehnliche, von kaltem Neonlicht erhellte Korridor war vollgestopft mit wartenden Frauen – alten und jungen, gut und schlecht gekleideten, solchen, denen man ansah, dass sie einmal Damen von Welt, und solchen, die nie etwas anderes gewesen waren als »einfache Mädchen aus dem Volk«. An den Wänden hingen Fotografien von Filmstars und Plakate französischer Filme, die Furore gemacht hatten und von der langen und ruhmreichen Geschichte dieser Filmstudios zeugten.

Auch Hilde wartete, an die Wand gelehnt, aber sie wirkte, als befände sie sich inmitten des Gedränges und Gemurmels auf einer einsamen Insel. Ihre Gedanken kehrten immer wieder zu Vladek zurück, der spurlos und ohne Nachricht verschwunden war. Vermutlich hatten sie ihn deportiert; das war die übliche Praxis in derlei Fällen. Aber wohin, in welches Land?

Schließlich öffnete sich die Tür am Ende des Gangs. Ein Mann mit breiten schwarzen Hosenträgern ließ ein verweintes Mädchen hinaus. Er nahm die Zigarre aus dem Mund und rief den Wartenden gereizt zu: »Jetzt aber mal Ruhe hier! Das ist doch kein Jahrmarkt! Ruhe, hab ich gesagt! Die Nächste!«

Kaum hatte die Tür sich geschlossen, stürzten sich die Frauen im Flur auf die Weinende und bedrängten sie mit Fragen.

»Was wollte er von dir wissen? Was musstest du machen?« Und so weiter.

»Ach, lauter dummes Zeug. Die wissen selber nicht, was sie wollen. Vergeudet eure Zeit nicht mit diesen Schwulen!«

… Um bis ins Allerheiligste vorzudringen, musste man eine heillos überfüllte Requisite durchqueren. Von dort aus ging es durch eine weit geöffnete Stahltür zum Aufnahmestudio, in dem sich unter dem spärlichen Licht der Notbeleuchtung künstliche Palmen, Vasen aus Presspappe und dergleichen verloren – die Reste einer orientalischen Dekoration, die nach kurzer Filmkarriere in der Versenkung verschwand. In der Ecke stand, fremdartig wirkend in dieser Umgebung, ein Klavier, dessen weiße Lackierung von den Jahren matt und vom Hin- und Herschieben zerkratzt war. Davor saß ein schlanker Mann mit ausgemergelten Gesichtszügen, der aussah wie ein Alkoholiker oder ein Rekonvaleszent.

Die eingetretene junge Frau, ganz offensichtlich vom Land kommend, betrat diesen Tempel filmischer Illusionen unsicher. Ihr suchender Blick verriet Furcht und Begeisterung zugleich. Der Mann mit der Zigarre musterte, eingehüllt in eine dichte Rauchwolke, die neue Kandidatin kritisch. Er goss sich eine beeindruckende Menge Cognac in ein Wasserglas, trank, stellte das Glas auf dem Klavier ab und fragte: »Was hast du bis jetzt gearbeitet?«

»Ich komme aus Colombes«, antwortete sie. Das war ein Vorort im Nordwesten von Paris. »Da hab ich im Bistro gearbeitet.«

»Dann bist du hier an der falschen Adresse, Kleine. Die Wäscherei ist um die Ecke.«

»Aber ich kann singen …«

Der Mann mit den Hosenträgern winkte sie mit einer gereizten Handbewegung zur Tür hinaus und sagte: »Wundervoll. Dann kannst du ja in der Wäscherei singen. Die Nächste!«

Die Nächste, das war Hilde.

Sie näherte sich ruhigen Schrittes. Filmkulissen, verstaubte und nicht verstaubte, waren ja für sie etwas, das sie aus den UFA-Studios in Babelsberg kannte. Anders war nur, dass das Rauchverbot, dessen Einhaltung in Babelsberg strengstens überwacht wurde, hier in Frankreich, das die Freiheit zu einer der drei tragenden Säulen der Gesellschaft erklärt hatte, nur ein frommer Wunsch war. Hier rauchte nicht nur der Chef persönlich, sondern auch – gleich unter dem Schild mit der durchgestrichenen Zigarette – die diensthabende Brandaufsicht.

Alain Conti, so hieß der Zigarrenraucher, warf reichlich anzügliche Blicke auf die Eingetretene, und das, was er da sah, schien ihm ausgesprochen zu gefallen. Nichtsdestotrotz fragte er barsch: »Und du, kommst du auch aus Colombes?«

»Nein. Aus Berlin.«

»Ach, sieh mal einer an. Also eine *Boche*. Und hast du vielleicht auch unter Reinhardt an der Komischen Oper gespielt?«

Ihr entging der ironische Unterton keineswegs, doch sie antwortete ruhig und ernst: »Wenn ich bei Max Reinhardt gespielt hätte, wäre ich wohl kaum in Ihrem abgehalfterten Studio gelandet.«

Alain Conti pfiff anerkennend durch die Zähne und wechselte einen verschmitzten Blick mit dem mageren Pianisten.

»Ist ja gut, reg dich nicht auf. Ist nur so, dass jeder gottverdammte deutsche Emigrant mir hier Märchen erzählt, was für eine Filmlegende er im Reich war, jeder russische Muschik war mindestens Fürst oder Vetter von Puschkin. Kannst du singen? Tanzen? Bisschen Ballett?«

»Hab's noch nicht versucht.«

»Ich hab auch noch nicht versucht, ein Flugzeug zu fliegen. Also nein. Heb mal deinen Rock. Höher. Höher, hab ich gesagt!«

Dieses Mal verstand Hilde keinen Spaß.

»Warum haben Sie in Ihrer Anzeige nicht gleich geschrieben, dass Sie Nacktmodelle suchen?«

Sie griff erbost nach ihrer Handtasche, doch Conti hielt sie am Arm zurück.

»Warte doch mal! Wohin so eilig? … Geh mal von hier nach da drüben und komm dann wieder zurück!«

»Wohin?«

Diesmal verlor Conti die Beherrschung und schrie: »Nach da, hab ich gesagt. Bist du etwa taub?«

»Wissen Sie was, mein Herr! Ich bin hier aus freien Stücken

hergekommen und habe nicht die Absicht, mir das Geschrei hysterischer Homos anzuhören!«

Der Angesprochene legte seine Zigarre direkt auf dem Deckel des Klaviers, mit der Glut nach außen, ab, und dies vermutlich nicht zum ersten Mal, denn die Stelle war bräunlich angeschmort. Dann stieß er den Pianisten an: »Hast du das gehört? Alain Conti schwul! Da werden wir wohl nicht drum herumkommen, ma chère Frolain, Ihnen das Gegenteil zu beweisen. Ansonsten sehe ich darin nichts Sträfliches. Auch Homosexuelle sind Menschen. He, Ungar, was sagst du dazu?«

Der Pianist nuschelte etwas Unverständliches und fuhr mit dem Finger einmal über die ganze Klaviatur, vom Bass bis zum Diskant.

Conti entriss Hilde die Handtasche und ordnete im Stil eines strengen Studienrats an: »So, Schluss jetzt mit dem leeren Geschwätz. Siehst du die Palme da hinten? Da gehst du jetzt hin und kommst wieder zurück.«

Hilde zögerte, aber schließlich folgte sie der Anweisung.

»Sehr schön. Hast du gültige Ausweispapiere und ein Visum?«

»Ja, zu Hause.«

»Arbeitserlaubnis für la France?«

»Aber natürlich«, log sie.

»Bestens. Gib der Sekretärin deinen Namen. Montag um Punkt acht Uhr stehst du hier auf der Matte, keinerlei Ausreden und Verspätungen. Wir drehen eine Musikkomödie, das muss geprobt werden. Für den Anfang gibt es fünfundzwanzig Francs pro Drehtag … Also 'ne Boche bist du? Wie nennt man dich denn?«

»Sie haben es ja schon gesagt: Mademoiselle Boche!«, zischte Hilde.

»Kein Grund zur Aufregung. Das ist hier einfach so. Aber du bist sicher noch nicht lange in dieser bekloppten Stadt und weißt nicht, dass wir hier *jeden* Deutschen ›Boche‹ nennen, jeden Russen ›Iwan‹ und jeden Amerikaner ›Johnny‹ …«

»Und wie nennen Sie die Franzosen?«

Da meldete sich zum ersten Mal – mit schwerem Akzent – der Ungar am Klavier:

»Die Franzosen, die nennen wir Rindviecher!«

»Ganz genau«, stimmte Alain Conti zu, »dreckige, schwule Rindviecher!«

18

Bei der Musikkomödie, in der Hilde eine Statistenrolle erhalten sollte, handelte es sich um ein eher bescheidenes Filmerzeugnis, das auf einer Studiobühne von ebenso bescheidenen Ausmaßen gedreht wurde. In der Mitte des Geschehens stand ein Kriegerdenkmal. Es gab einen Brunnen und farbenfrohe Markisen über malerischen Tavernen, quirlige Dienstmädchen und verliebte alternde Bonvivants. Um den Brunnen und das Denkmal herum tummelte sich ein ganzes Filmvölkchen und überbot sich darin, im Schein der Projektoren zu singen und zu tanzen, als gälte es, Marika Rökk zu übertreffen. Noch viel bescheidener nahm sich dies Erzeugnis im direkten Vergleich aus, denn in einem der benachbarten Pavillons drehte zur selben Zeit Jean Renoir seinen Film *La règle du jeu*, eine künstlerische Vorahnung der heraufziehenden Weltkatastrophe.

Und tatsächlich zeigte der Stand der rieselnden Körner in der Sanduhr der Geschichte bereits die letzten friedlichen Tage Europas an.

Es war schon spätabends. Die Aufnahmen zu einer der fröhlichen Massenszenen, bei der die Bewohner des kleinen Viertels unter Platanen aus bemaltem Pappmaché um den Denkmalsplatz ausgelassen sangen und ihre Carmagnole tanzten, war gerade beendet. Hilde hatte sich abgeschminkt und ihr einziges Kostüm wieder angezogen, da stieß sie auf dem Korridor fast mit dem Oberbefehlshaber über diese Pappmachéwelt zusammen. Conti nutzte die Gelegenheit, legte Hilde den Arm um die Taille, zog sie zu sich heran und atmete sie mit jenem säuerlichen Geruch an, der beim Kontakt von Tabakrauch mit Speichel entsteht.

»Hör mal, du bist ja ein tolles Gör mit großen Chancen. Was hast du diesen Abend vor?«

»Nimm erst mal deine Hand von meinem Allerwertesten.«

»Pardon, war keine Absicht. Also, was hast du vor?«

»Wie darf ich das verstehen?«

»Ich kenne da so ein kleines Lokal in Porte des Lilas, da gibt es echten Calvados aus der Normandie. Was sagst du dazu, hm?«

»Ich will dir ja nicht den Abend vermiesen, Chef, aber das, was ich diesen Abend mache, hat sicherlich nichts mit dem zu tun, was du heute Abend in deinem Lokälchen in Porte des Lilas machst.«

»Vergiss nicht, du hast mich dazu verdonnert, dir zu beweisen, dass ich nicht verkehrt rum bin.«

»Ich glaube deinem Chef-Ehrenwort auch so. Außerdem bist du nicht mein Typ.«

»Alles klar, kein Problem, Prinzessin. Dann Salut.«

»Salut, Chef!«

Und schon war Hilde an ihm vorbei und draußen.

Auf der Straße hakten sich junge Statistinnen und Nebendarstellerinnen fröhlich bei ihren Freunden unter. Motoren wurden gestartet, Automobiltüren zugeworfen, Scheinwerfer flammten auf. Das Nachtleben von Paris begann …

Hilde ging durch eine abgelegene stille Seitenstraße zur nächsten Metrostation, als sie hinter sich Schritte vernahm. Sie lief schneller, dennoch erreichte sie der Unbekannte und packte sie am Ellbogen. Sie dachte, es sei der hartnäckige Alain Conti, hielt an und riss sich wütend los. Doch es war ein ihr völlig unbekannter, dunkelhäutiger Mann mit Schnauzbart, ein Korse vielleicht oder Algerier. Der Mann schwieg und schaute sie feixend an.

»Ich steh auf dich, wenn du's wissen willst«, sagte er schließlich. »Folge dir schon drei Tage lang.«

»Wag es ja nicht, mich noch einmal anzufassen!«

»Oh, so unberührbar? Warum so zickig, Kleine? Dabei wollen meine Freunde und ich dich doch nur auf ein Gläschen Absinth einladen.«

»Mit den Einladungen hab ich es anscheinend diesen Abend! Steck dir deinen Absinth doch sonstwo hin!«

Hilde wollte weitergehen, doch der Unbekannte packte sie an der Schulter und drehte sie zu sich herum. Sie versuchte, sich aus seinem Griff zu befreien, doch da tauchte aus der Dunkelheit des benachbarten Hauseingangs ein zweiter Mann auf und verstellte ihr den Weg. Erschrocken blickte sie sich um. Auf dem Bürgersteig gegenüber standen, Zigaretten rauchend und lässig an die Wand gelehnt, zwei weitere Gestalten und beobachteten scheinbar gleichgültig, wie sich die Dinge entwickelten. Der Schnauzbärtige lachte: »Mir den Absinth sonstwo hinstecken, sagst du? Mein liebes blondes Mademoisellchen wird gleich ganz schnell und fürs restliche Leben lernen, wer hier wem was wo hinsteckt.«

In diesem Moment spürte sie, wie eine Hand sich ihr kräftig unter die Achsel schob und sie entschlossen nach vorn drängte. Kurz darauf erkannte Hilde am Akzent, wem diese Hand gehörte. Mit fester Stimme sagte der schlaksige Ungar zu den jungen Männern: »Macht euch vom Acker. Das ist mein Mädchen.«

»Wo kommt der denn plötzlich her?«

Ein ungleicher Kampf, einer gegen zwei, erschien unausweichlich. Im Licht der Gaslaterne blitzte in der Hand des

Schnauzbärtigen die Klinge eines spanischen Navaja-Dolchs auf. Einer der beiden Männer auf dem Bürgersteig gegenüber sagte zu seinem Kumpan: »Das ist der Klavierspieler vom Conti, Mann. Lasst die Finger von dem, sonst haben wir gleich die Polizei am Hals.«

Sofort pfiff der Anführer die Partie ab, und alle verschwanden wie auf Knopfdruck. Ebenfalls wie auf Kommando kamen zwei Schupos die Straße entlanggeschlendert. Einer von ihnen fragte: »Irgendwelche Probleme?«

»Nein, alles in Ordnung, Jungs. Mademoiselle Boche – *entschuldige, aber ich weiß deinen Namen nicht* – begleitet mich – *hab keine Angst …*«

Die Polizisten gelangten an eine Straßenecke und bogen ab, immer an der langen Außenseite eines Gebäudes ohne Fenster entlang – vermutlich eines der Filmstudios.

Hilde und der Ungar beschleunigten ihre Schritte und beeilten sich, aus der dunklen Straßenschlucht herauszukommen. Hilde drehte sich zweimal um, ob die finsteren Gestalten ihnen nicht folgten.

»Nicht umdrehen, gehen! Für die reicht es zu sehen, dass sie dir Angst einjagen können, um …«

»Ich bin eigentlich nicht ängstlich.«

Der Ungar stieß ein höhnisches Lachen aus. »Weil du nicht weißt, was dich erwartet. Für die bist du weder die Erste noch die Letzte. Diese Gigolos hätten dich erst vergewaltigt, verprügelt und mit Drogen vollgestopft. Und dann, wenn du nicht mehr weißt, ob du Männlein oder Weiblein bist, hättest du für sie anschaffen gehen dürfen … Aber immer mit der Ruhe! Jetzt, wo sie wissen, dass du für Conti arbeitest, werden sie dich in Ruhe lassen. Der kennt nämlich kein Pardon und würde ihnen den Pillermann abreißen, als wären es Gänseblümchen.«

An der Treppe zur Metrostation blieben sie stehen. Hilde

schwieg, dann streckte sie ihre Hand aus: »Hab vielen Dank. Gute Nacht.«

»Ich begleite dich lieber. Für mich ist es ohnehin noch früh.«

»Du scheinst ein intelligenter Mensch zu sein. Solltest du versuchen, mir den Hof zu machen, dann verstehst du sicher rasch, dass du nur deine Zeit verplemperst…«

Der Ungar lachte rau. »Eine neue Freundschaft ist nie verlorene Zeit. Und damit du keine Gewissensbisse hast, lass dir sagen, dass du am Tag deines Einstellungsgesprächs der Wahrheit recht nahe warst. Nicht ganz, aber fast. Nicht Conti ist verkehrt rum, sondern ich. Auf Ungarisch bin ich der Kelety István, auf Französisch heiße ich István Kelety. Bei mir ist, wie du merkst, alles verkehrt rum. Hoffe, dass dich das beruhigt. Lass uns gehen, Schwester, ich geb dir ein Bier aus. Bin schon viel zu lange nüchtern.«

19

So begann die Freundschaft zweier in der fremden großen Stadt verlorener Seelen. Kelety István oder István Kelety, der in den Filmstudios der Einfachheit halber »Ungar« gerufen wurde, hatte noch vor gar nicht langer Zeit in einer Budapester Nachtbar gespielt. Doch dort war er auf ungeklärte Weise in eine Morphiumaffäre verwickelt gewesen und musste fliehen. In Frankreich versuchte er, als politischer Flüchtling Asyl zu bekommen. Bei der französischen Einwanderungsbehörde zahlte sich – trotz der Zweifel an den Motiven des Herrn Kelety – die traditionelle Sympathie der Franzosen für den Csardas aus, und so erhielt er eine einjährige Arbeitserlaubnis. Doch die Zeit stand nicht still, und das Jahr war schneller vorbei, als er nüchtern werden konnte. Doch für seinen Alkoholpegel war die Polizei nicht zuständig.

Die beiden verlorenen Seelen setzten sich ins Souterrain einer kleinen Taverne, die zu dieser späten Stunde fast leer war, und tranken ihr Bier. Genauer gesagt, waren sie schon beim dritten.

»Also diese Idioten, meine liebe Boche, verweigern dir eine Verlängerung«, sagte Isztván. »Bei mir könnte ich das ja verstehen! Ich bin ein dubioses Subjekt aus der ungarischen Puszta, schwul, nehme Drogen und saufe wie ein Loch. Aber du? Du wärst deutsche Jüdin, sagst du? Du kannst doch diesem entarteten französischen Volk nur guttun! Und bekommst trotzdem kein Asyl in der Wiege der Zivilisation und der Menschenrechte? Verdammte Bastarde!«

»Das Briefchen, das ich aus dieser Wiege bekommen habe, war sehr kurz, drei Worte nur und lautete ungefähr: ›*Nous regrettons beaucoup* – wir bedauern sehr, aber bitte seien Sie so nett und verschwinden sie aus dem Land!‹ Im amerikanischen Konsulat haben sie mir gesagt, dass sie meine Lage verstehen, doch ich solle Geduld haben. An der Geduld soll es nicht liegen, aber ich habe keine Zeit und kein Geld mehr, länger zu warten. Bald werde ich auch meine Unterkunft verlieren. Das kleine Hotel hat meine letzten Ersparnisse geschluckt.«

Der Ungar nickte mitfühlend, kratzte sich im Nacken und sagte: »Also bei mir, Schwesterchen … ich meine, wenn du nicht wer weiß was für Ansprüche hast … Du könntest dich in meinen weitläufigen Räumlichkeiten niederlassen. Das wäre zumindest besser als gar kein Dach überm Kopf. Komm, trinken wir auf die europäischen Emigranten. Und auf das humanistische Europa, dem seine Flüchtlinge – mit Verlaub! – am Arsch vorbeigehen.«

Kelety leerte sein Bier, schaute Hilde lange an und streichelte ihre Hand. »Das Wichtigste ist, dass du den Mut nicht verlierst; manchmal wird sogar so ein *amerikanischer Traum* wahr. Und jetzt, Schwesterherz, sollten wir uns was Härteres gönnen, hm?«

Sie taten, wie der Ungar vorgeschlagen hatte.

Anschließend konnte Hilde sich kaum daran erinnern, ob und wie oft sich dieser »Vorschlag« wiederholt hatte, denn es gelang dem Ungarn nur mit Mühe, seine schwer betrunkene Schwester zu seiner Bleibe in der Nähe der Halles de Paris zu schleppen, einem Zimmer in Streichholzschachtelgröße mit einem Vorhang, hinter dem sich die winzige Küchenzeile verbarg. Die Toilette befand sich im Zwischengeschoss, was die Bewohner jeden Morgen an den Gang König Heinrichs IV. nach Canossa denken ließ.

Homosexuelle sind oftmals sehr sanfte und fürsorgliche Gemüter. Als Hilde erwachte, stellte sie fest, dass Kelety ihr sein Bett überlassen hatte, während er selbst in einem wahrscheinlich vom Sperrmüll stammenden, durchhängenden Polstersessel schlief. Daneben lag ein metallenes Döschen, wie es seinerzeit die Großmütter für ihren Schnupftabak benutzt hatten. Doch in diesem Döschen befand sich kein Schnupftabak, sondern ein weißes Pulver.

István Kelety war es auch, der Hilde mit dem seltsamen Dr. Hiroshi Okura bekanntmachte. Der Japaner hatte in Harvard Medizin studiert und spezialisierte sich jetzt am Pariser Krankenhaus der Karmeliter St. Anne. In seinen dienstfreien Stunden half er als Fernostberater in den Kinostudios aus, wo der deutsche Emigrant Georg Pabst gerade die Dreharbeiten zu seinem Film *Das Drama von Shanghai* abschloss. Des Nachts, während der manchmal endlosen Wartezeiten, wenn die Beleuchtung umgebaut wurde und sie in der Kantine saßen, hatte sich der einsame und scheue Dr. Okura mit dem ungarischen Pianisten angefreundet.

Der Japaner war ein wohlerzogener Mensch, in dem europäische Bildung und japanische Zurückhaltung eine Verbindung eingegangen waren. Mit seiner ausgesuchten Höflichkeit brachte er die Europäer manchmal zur Weißglut. Einmal, als

Hilde unten am Ausgang des Filmgeländes mit ihrem neuen Freund auf den Japaner wartete, kam Okura plötzlich mit einem riesigen Strauß Teerosen an und überreichte ihn ihr formvollendet. Hilde rief überwältigt aus: »Aber … Sie ruinieren sich ja mit einem einzigen Strauß Rosen, Herr Doktor!«

»Bitte gestatten Sie mir dieses kleine Vergnügen.«

»Wie sieht es denn aus, wenn Sie sich ein großes Vergnügen gestatten? Vielen Dank, Herr …«

»Okura. Doktor Hiroshi Okura«, beeilte Kelety sich, Hilde seinen Bekannten vorzustellen.

»Noch einmal: Vielen Dank, das ist wirklich äußerst reizend von Ihnen, Dr. Okura.«

Der Kontrast zwischen der Kleinwüchsigkeit des Japaners und der Höhe seines Zylinders wirkte grotesk. Selbst wenn man wusste, dass die gebildeten Japaner zu dieser Zeit europäische Kultur und Zivilisation bis zur Mimikry nachzuahmen versuchten, konnte man gar nicht anders, als zu denken, dass der hohe Zylinder seine geringe Körpergröße ausgleichen solle. Den weißen Seidenschal hatte er sich vielleicht aus irgendeinem jener amerikanischen Filme abgeschaut, die von Aufstieg und Fall reicher Männer erzählten. Dr. Okura schwankte einen Moment, sah abwechselnd Hilde und den Ungarn durch runde, dicke Brillengläser an, die seinen Augen einen verwunderten Ausdruck verliehen, dann sagte er: »Ich hoffe, es klingt nicht ungehörig, doch wäre es mir eine Ehre, wenn Sie mit mir zu Abend speisen würden. Kennen Sie die japanische Küche? Bitte, schlagen Sie mir diesen Wunsch nicht ab. Unser gemeinsamer ungarischer Freund wird uns, hoffe ich, Gesellschaft leisten …«

»O nein, bitte nicht! Ich kenne eure kleinen Gemeinheiten mit kaltem rohem Fisch und warmem Sake!«, entgegnete István Kelety ablehnend. »Bitte seien Sie mir nicht böse, Doktor, aber nur wer mit der ungarischen Küche groß geworden ist, weiß, wie fremd mir die japanische ist. Außerdem hab ich mich auch schon mit gewissen kleinen Freunden verabredet…« Als er bemerkte, dass auch Hilde zögerte, ermunterte er sie: »Nun sag ruhig zu, ma Boche! Hast sowieso keine Chance… Du kannst dir gar nicht vorstellen, wie hartnäckig diese Japaner sein können, wenn sie sich etwas in den Kopf gesetzt haben. Vor allem wenn es um Kriegserklärungen und Einladungen in japanische Restaurants geht.«

20

Zum ersten Mal in ihrem Leben betrat Hilde also ein japanisches Restaurant. Darin war alles für sie neu und staunenswert. Eine kniende, auf ihren Fersen sitzende Geisha gab ihnen feuchtheiße, weiche Handtücher, eine andere – ebenfalls an ihrem Tisch kniend – goss ihnen Tee ein und reichte ihnen die gefüllte Schale mit beiden Händen wie eine Priesterin bei einer Kulthandlung in einem Tempel. Auch die Stäbchen aus rotem Holz, mit denen umzugehen Okura Hilde lehrte, sah sie zum ersten Mal. Als er ihr heißen Sake einschenkte, fiel ihr auf, dass offenbar alles, was mit dem Essvorgang zu tun hatte, in Japan ritualisiert war.

Sie trank, verschluckte sich, lachte mit Tränen in den Augen. Als gute Schülerin verfolgte sie genau die Handbewegungen des Japaners. Sie ärgerte sich, wenn ihr ein Stück Fisch oder Gemüse von den verfluchten Stäbchen flutschte, deren Spitzen bei ihr immer aneinander vorbeirutschten.

In dem separierten Raum, einer weißen, verstörend reinlichen Box aus lackiertem Holz und Reispapier, durch das von allen Seiten weiches Licht fiel, saßen sie in Socken auf Seidenkissen. Für die Beine gab es Vertiefungen unter dem Tisch, vermutlich für die Europäer, die es nicht gewohnt waren, hockend an niedrigen Tischen zu essen.

»Sie waren noch nie in Japan?«, fragte er.

Sie schüttelte verneinend den Kopf.

»Dann erscheint Ihnen sicher manches hier sehr fremdartig.«

»Ich habe das Gefühl, ich bin in einer phantastischen, irrealen Welt aus Licht. Das kommt vielleicht von diesem heißen Getränk hier …«

»Sake …«

»Also vom Sake vielleicht. Ich habe das Gefühl, ich treibe auf feinen Nebeln dahin, getragen von weißen Winden …«

»Sehen Sie, jetzt reden Sie schon ganz im japanischen Stil«, erwiderte Okura sichtlich angetan. »›… getragen von weißen Winden …‹ Das ist so japanisch!«

»Wirklich? Dann sagen Sie mir doch einmal etwas auf Japanisch.«

Hiroshi Okura schaute sie mit seinen kurzsichtigen Augen eindringlich an. Er dachte wohl nach. Dann begann er, langsam zu rezitieren. Es klang wunderschön, doch Hilde verstand kein Wort.

»Und was heißt das?«

Der japanische Doktor wandte den Blick von Hilde ab, starrte auf den Grund seiner Sakeschale, als läse er die Übersetzung von dort ab, und sprach leise: »Deine Hand streichelte mich – wie weißer Wind. / Ein Traum, der verweht – wie weißer Wind. / Einsam klagt er in den Zweigen – der weiße Wind.«

»Das ist sehr schön. Wer hat es geschrieben?«

Hiroshi Okura lächelte verlegen. »Das habe ich mir gerade eben ausgedacht.«

»Ich habe davon gehört, dass viele Ärzte Dichter werden.«

»Traurige Poeten. Doch oft sind auch die Dichter Ärzte – für kranke Seelen.«

»Sind Sie nicht zu bescheiden? Sie erinnern mich an einen Dorflehrer, der mehr weiß und kann, als die Menschen um ihn herum ahnen. Erzählen Sie mir doch von sich …«

Dr. Hiroshi Okura zuckte die Schultern. »Dorflehrer? Ja, vielleicht. Ich bin ein Wind vom weiten Meer. Ein Japaner, der in Amerika studiert hat und in Paris praktiziert. Bin so etwas wie ein Baum, der keine Früchte trägt, weil er in fremde Erde gepflanzt ist. Ich habe Eltern in Okinawa. Mein Vater ist auch Arzt, hat in Frankreich studiert. Ich habe vor, in seiner Klinik zu arbeiten ... Professor Okura, mein Vater, ist ein bemerkenswerter Mensch. Er legte großen Wert darauf, dass ich hier in Frankreich meine Ausbildung abschließe, weil er an Voltaire und Auguste Renoir glaubt und nicht an Militärdoktrinen. – Nun sind Sie aber an der Reihe ... Ich weiß ja noch nicht einmal Ihren Namen.«

»Ich heiße Hilde Braun und komme aus Deutschland ...«

»... und bleiben in Paris? Oder kehren Sie in Ihre Heimat zurück?«

»Weder noch! Ich bleibe nicht in Paris, und ich kehre auch nicht zurück ...«

»Dann ... wohin wollen Sie denn gehen?«

»Nirgendwohin.«

Der Japaner ließ seinen Blick auf ihr ruhen, während er wartete, dass sie weiterredete. Doch Hilde schwieg hartnäckig. Schließlich sagte er: »Also eine Reisende nach Nirgendwo. Anscheinend gehen wir alle in dieselbe Richtung. Und dann?«

»Das ist alles. Der Rest, das sind nur noch landschaftliche Details.«

Okura hob die kleine Porzellanschale mit dem Sake.

»*Kam-pai*, Hilde-San. Auf Ihr Wohl!«

»*Kam-pai*, Hiroshi-San! Und auf das Ihre!«

21

Je näher eine kriegerische Eskalation der globalen Probleme rückte, desto schwieriger wurde es für die deutschen Juden, ein Visum für die Nachbarländer zu erhalten, selbst wenn es sich nur um eine befristete Aufenthaltsgenehmigung oder ein Transitvisum handelte. Viele jüdische Vertreter der wissenschaftlichen, künstlerischen und politischen Elite hatten die heraufziehende Tragödie frühzeitig erkannt und Deutschland verlassen, bevor die Türen der Konsularabteilungen ihnen vor der Nase zugeschlagen wurden, und zwar nicht nur die der westlichen Länder, sondern auch die der Sowjetunion. Doch die meisten glaubten bis zur Reichskristallnacht, dass der Nationalsozialismus mit seiner unerhörten Brutalität sich nicht lange an der Macht halten werde.

Um wie viel schwieriger war erst die Lage der unzähligen Menschen, die die Mehrheit der deutschen Juden stellten: einfache Leute, die weder Verwandte im Ausland hatten noch die Mittel oder gar den Mut, mit ihrem gewohnten Leben zu brechen, alles zurückzulassen und irgendwo auf der Welt wieder bei Null anzufangen. Sie fügten sich in ihr Schicksal und hegten dabei die winzige Hoffnung, dass ein Problem, das so viele Menschen betraf, am Ende doch irgendwie gelöst werden würde.

Eine Lösung wurde später ja auch tatsächlich gefunden, nur war es nicht die, die sich die kleinen jüdischen Leute erhofft hatten. In den offiziellen Verlautbarungen der nationalsozialistischen Machthaber hieß sie »Endlösung der Judenfrage«. Als diese Formel auftauchte, war sie noch keineswegs gleichbedeutend mit Gaskammern und Krematorien in Vernichtungslagern. Nein, die Direktiven aus Berlin-Wannsee für die physische Vernichtung der europäischen Juden wurden erst noch ausgegeben. Vor dem Krieg lag das Hauptaugenmerk der Gestapo noch auf der möglichst vollständigen Aussiedlung. Diese Vertreibung nahm derartige Ausmaße an, dass die internationalen jüdischen Hilfsorganisationen zu klagen begannen, weil ihre Fonds bei Weitem nicht ausreichten, um mit dieser gigantischen Flüchtlingswelle fertigzuwerden. Sie versuchten, wie später an die Öffentlichkeit gelangte, die französische Regierung davon zu überzeugen, die Insel Madagaskar für die Umsiedlung der deutschen Juden zur Verfügung zu stellen. Leider stießen diese Pläne auf wenig Gegenliebe. In Deutschland war man gut informiert über die gescheiterten Bemühungen Stalins, im fernen Osten seines Riesenreichs an den sumpfigen Ufern des Amur den künstlichen Staat Birobidschan zu gründen. Es war absehbar, dass dieses Gebiet sich eher früher als später in das größte Konzentrationslager für Juden aus der ganzen Welt verwandelt hätte.

Nicht nur der Westen verhinderte Versuche, die Aussiedlungsproblematik zu lösen. Nach den erfolglosen Versuchen, auf nationalsozialistische Kreise in Deutschland selbst Einfluss zu nehmen, versuchten mächtige Finanzmagnaten aus den Kreisen der sogenannten Bagdadjuden in Shanghai – Sir Elias Edzra und Victor Jaime –, Druck auf die japanischen Machthaber auszuüben, in absehbarer Zukunft den Zustrom europäischer Juden nach China, Korea und in die Mandschurei vollständig einzudämmen. Viel später, als die Welt bereits die versteckten Konnotationen geographischer Ortsnamen wie Dachau, Mauthausen, Maydanek, Auschwitz und Treblinka kannte, versuchten einige von ihnen hastig, jede Erinnerung daran, dass sie selbst es waren, die ihren ethnischen Brüdern und Schwestern die letzten Zufluchten auf der Welt geraubt hatten, auszulöschen.

In dieser Zeit kursierte folgender Witz: Auf die Frage ausländischer Journalisten, welches das Ziel seiner Politik sei, erklärte Adolf Hitler: »Die Vertreibung aller Juden aus Deutschland sowie des italienischen Tenors von der Oper.«

»Wieso denn der Tenor?«, fragte der Korrespondent des *Figaro*.

»Hab ich's doch gewusst«, seufzte Hitler erleichtert, »dass die Vertreibung der Juden bei der Weltöffentlichkeit keinerlei Reaktion hervorrufen würde.«

Die absurde Fahrt des Passagierschiffs »St. Louis« war kein Einzelfall! Mit der großzügigen Erlaubnis der nationalsozialistischen Machthaber lichtete das Schiff den Anker im Freihafen Hamburg und dampfte Richtung Kuba, bis in die Frachträume hinein vollgestopft mit Emigranten. Die kubanische Seite verweigerte dem Schiff jedoch sogar die Einfahrt in den Hafen von Havanna, so dass das Schiff gezwungen war, nach zwei Wochen ergebnislosen Kreuzens die karibischen Gewässer zu verlassen und die Küste der Vereinigten Staaten anzusteuern. Dort blieb Präsident Roosevelt, an den sich die Flüchtlinge in einem verzweifelten Rundfunkaufruf gewandt hatten, lange Zeit taub gegen ihr Ansinnen, weil er von Interessengruppen aus dem Senat unter Druck gesetzt wurde. Eine nicht geringe Rolle bei seiner Entscheidungsfindung spielte auch eine Reihe jüdischer Organisationen in den USA, die den Präsidenten darauf aufmerksam machte, dass sie noch immer unter den Folgen der großen Weltwirtschaftskrise von 1929 zu leiden hätte, sodass die Aufnahme einer großen Zahl möglicher Konkurrenten auf ihre angestammten Geschäftsfelder sich ruinös auf ihre geschäftliche Existenz auswirken könne. Sie warnten den Präsidenten auch davor, dass nicht wenige deutsche Juden linke politische Ansichten hegten, sodass sich durch ihre Aufnahme das kommunistische Virus in den Vereinigten Staaten ausbreiten würde. Schließlich erreichte Roosevelts Antwort das Schiff. Sie klang etwas verlegen, ließ aber keine Zweifel offen: In den

Vereinigten Staaten von Amerika würden die Emigranten aus Deutschland aus komplexen innenpolitischen Erwägungen heraus keine Aufnahme finden!

Der »St. Louis« blieb nichts anderes übrig, als Kurs auf die südlichen Gestade der Neuen Welt zu nehmen, auf Mexiko, Chile, Argentinien und so weiter. Doch an wen sie sich auch wandten, sie erhielten überall eine Abfuhr. Die offizielle Begründung lautete, dass die gesetzlich festgelegte Emigrantenquote bereits erreicht sei.

Nach monatelangem Kreuz und Quer durch die azurblauen Fluten des Humanismus und der Brüderlichkeit sah der Kapitän der »St. Louis« sich gezwungen, das Ruder zu wenden und wieder Kurs auf Europa zu nehmen. Dort angekommen, hielten es die klassischen Verfechter der Freiheit Frankreich und England noch nicht einmal für nötig, auf den Funkruf der »St. Louis« mit der Bitte um Erlaubnis zur Einfahrt in irgendeinen Hafen zu antworten, sei es auf dem Kontinent, den Britischen Inseln oder einer ihrer Kolonien. In Italien waren bereits die antisemitischen Gesetze in Kraft getreten, die die Aufnahme jüdischer Flüchtlinge verboten. Die Schweiz vergab nur Transitvisen ohne Aufenthaltsrecht. Belgien und die Niederlande erwiderten höflich, dass sie bereit seien, maximal zweihundert Menschen Zuflucht zu gewähren. Aus Amsterdam kam auch die kategorische Absage an die »St. Louis«, in Surinam, Curaçao oder einer anderen niederländischen Kolonie vor Anker zu gehen.

Eine Absage kam sogar von sowjetischer Seite. Besonderes Verlangen, gerade dort Asyl zu finden, hatten die Flüchtlinge ohnehin nicht, da in der UdSSR gerade eine Welle von Schauprozessen und Säuberungen erfolgt war. Und die nach der Oktoberrevolution verebbten Pogrome in den jüdisch besiedelten Gebieten der Ukraine und Weißrusslands waren mit ungeahnter Heftigkeit wieder aufgelodert. Die Erschießung der Mitglieder des Jüdischen antifaschistischen Komitees und der »Mörder in weißen Umhängen« lagen zwar noch in der Zukunft, doch ihr fernes Dröhnen war schon zu ahnen.

Am Ende ihrer langen Irrfahrt war die »St. Louis« gezwungen, nach Hamburg zurückzukehren.

Derlei verzweifelte Versuche, Unterschlupf zu finden, waren nicht nur einmal Gesprächsgegenstand im Haus der Familie Weisberg. Im Gegensatz zu seiner Frau konnte Theodor Weisberg sich nicht vorstellen, sein imposantes zweistöckiges Haus an der Dresdner Dante-Alighieri-Straße zurückzulassen, das traumhaft ruhig in einem großbürgerlichen Viertel lag und von einem weitläufigen Garten umgeben war, dessen Beete jedes Frühjahr von einem Gärtner neu gestaltet wurden. Schmerzlich, dies alles aufzugeben und ins Ungewisse aufzubrechen – ins Ungewisse einer Stadt namens Shanghai.

Durch Bekannte, die bereits Briefe aus China erhalten hatten, wussten die Weisbergs, dass die Flüchtlinge einerseits erleichtert waren, der Nazihölle entkommen zu sein; sie versäumten aber auch nicht zu erwähnen, dass in Shanghai auf die Ankömmlinge eine Hölle anderer Art warte, unbekannt und erbarmungslos. Im Augenblick hielten die Arbeitslosigkeit, die Wirtschaftskrise und einige Epidemien die Stadt in ihrem eisernen Griff. Wer kein Geld oder reiche Verwandte im Ausland, vor allem in den USA, habe, die zu helfen bereit seien, den erwarte ein verzweifelter Kampf ums Überleben. Dennoch: Jede Sekunde des Zögerns könne sich als tödlich erweisen, denn auch in Shanghai kursierten bereits Gerüchte, dass die örtliche Obrigkeit unter dem Druck der diplomatischen Vertreter vieler Länder, die sich aufgrund der aus allen Nähten platzenden Stadt um ihre eigene Ruhe und Sicherheit sorgten, schon bald die Aufnahme weiterer Flüchtlinge einschränken oder gar vollkommen einstellen könnte …

Von Triest nach Shanghai fuhren regelmäßig nur zwei kleine Schiffe unter italienischer Flagge – die »Conte Rosso« und die

»Conte Verde«. Die Fahrt dauerte sechs Wochen und führte über Kairo, Hongkong, Singapur, Bombay und Manila an die chinesische Ostküste. Außer dem Preis für das Ticket musste jeder Reisende vierhundert US-Dollar bei der Schifffahrtsgesellschaft hinterlegen, eine für diese Zeit beträchtliche Summe, die er erst nach der Ankunft am Zielhafen wieder ausgehändigt bekam. Diese Auflage war von den japanischen Besatzern Shanghais eingeführt worden, um sicherzustellen, dass die Ankömmlinge wenigstens in den ersten Monaten ihres Aufenthalts über Geldmittel verfügten. Doch von dieser Summe, oftmals von jüdischen Hilfsorganisationen zur Verfügung gestellt, um möglichst vielen Menschen die Ausreise zu ermöglichen, mussten die Empfänger dreihundert sofort an die Organisation zurückerstatten, damit man mit diesem Geld die nächsten Ausreisenden versehen konnte. Dadurch war zwar die Idee der Existenzsicherung fast völlig ad absurdum geführt, doch wer von den Flüchtlingen das Geld nicht selbst aufbringen konnte, musste in den sauren Apfel beißen und diese Bedingung akzeptieren. Die deutschen Konsularabteilungen erteilten Ausreisevisa nur gegen Vorlage eines Schiffsreisebilletts, und dieses erhielt man eben nur gegen Vorlage der besagten vierhundert Dollar.

Viele Immigranten lösten das Problem, indem sie sich scheinbar mit allem einverstanden erklärten, sich aber, einmal in Shanghai angekommen, hartnäckig weigerten, ihr Versprechen einzulösen und die vereinbarten dreihundert Dollar zurückzuzahlen. Dies führte zu Reibereien zwischen jenen Neuankömmlingen, die nur an sich denken mussten, und jenen, die noch Verwandte in Deutschland hatten, die voller Bangen auf ihr Reisegeld warteten.

Bis zum späten Frühjahr 1939 schafften es siebzehntausend Juden, nach Shanghai zu gelangen; bis zum Ausbruch das Krieges Anfang September kamen weitere dreißigtausend hinzu.

Im August desselben Jahres ließ die Hafenverwaltung von Shanghai nur noch solche Immigranten aus Europa an Land, die schon Angehörige in Shanghai hatten.

Nach Kriegsausbruch nahm der Zustrom drastisch ab, um schließlich vollkommen zu versiegen. Der Geiger Theodor Weisberg und seine Frau, die Mezzosopranistin Elisabeth Müller-Weisberg, befanden sich unter den Glücklichen, denen es gelang, mit sechshundertneunundzwanzig weiteren Passagieren auf die letzte Fahrt der »Conte Rosso« nach Shanghai zu gehen, bevor diese auf dem Rückweg von ihrer langen Fahrt an der chinesischen Küste auf eine Mine lief und sank.

22

Hilde Braun und Hiroshi Okura standen an der Steilküste im Norden Frankreichs. Über ihnen kreisten Möwen, tief unter ihnen brandete der Atlantische Ozean. Es war eine spontane Idee des Japaners gewesen, an diesem freien Sonntag nach Nordwesten zur Meerenge zwischen Frankreich und England zu fahren und Salzluft zu schnuppern. Auch diesmal lehnte István Kelety es ab, sie zu begleiten. Er zog es vor, im Café gegenüber der Kirche St. Germain-des-Prés dem Frühschoppen der Emigranten beizuwohnen, um die letzten Gerüchte und Gemeinheiten nicht zu verpassen. Diese Art des Vergeudens seiner Freizeit nannte der Ungar selbstironisch »aktive Sonntagserholung«.

Okura wurde Tag für Tag nachdenklicher und sonderbarer. Er beantwortete Hildes Fragen nur lustlos, ausweichend und vertröstete sie immer wieder damit, ihr zu einem späteren Zeitpunkt etwas besonders Wichtiges mitzuteilen. Umso mehr galt es jetzt, sich einfach nur der Weite und des Windes zu erfreuen. Der Japaner griff nach ihrer Hand, um ihr zu helfen, den steilen felsigen Pfad hinabzusteigen. Hilde erschauerte in ihrem dünnen Sommerkleidchen. Okura bemerkte es sofort, zog sein Sakko aus und legte es ihr um die Schultern. In diesem Moment waren ihre Gesichter einander so nahe, dass er nicht nur den salzigen Algengeruch des Meeres, sondern auch Hildes Parfüm roch. Der Doktor war der Erste, der sich abwandte. Er sog tief die kühle Meeresluft ein, zog ein Taschentuch hervor und begann irritiert seine Brillengläser zu putzen.

Hilde lachte fröhlich. »Nein, siehst du lustig aus ohne Brille!«

»Ich höre nichts!«, versuchte der Japaner die Brandung zu übertönen, die sich an den Felsen brach.

»Ich habe gesagt, du siehst lustig aus ohne Brille!«, schrie nun sie, doch der Wind trug auch diese Worte fort.

»Ich höre immer noch nichts!«

»Ich glaube, du bist der liebenswerteste Sonderling, dem ich je begegnet bin!«

»Jetzt höre ich!«, überschrie Okura das Tosen des Meeres.

»Und? Was habe ich gesagt?«

»Dass ich lustig aussehe ohne Brille …«

Sie aßen in einem kleinen, gemütlichen und nicht eben billigen Fischrestaurant unweit der Küste zu Mittag. Als ihr Gegenüber auch beim Essen wieder nachdenklich und verschlossen war, gab Hilde sich einen Ruck und fragte: »Hiroshi, nun sag schon, was los ist! Du hast mir versprochen, mir später etwas sehr Wichtiges zu sagen. Jetzt ist ›später‹!«

Er streckte seine Hand über den Tisch und antwortete: »Gut. Gib mir die Hand, damit ich genug Mut aufbringe … Ich reise ab, Hilde. Noch diese Nacht. Das hier ist unser Abschied.«

»Diese Nacht? O weh! … Und für wie lange?«

»Vielleicht für immer. In Japan wird mobilgemacht. Ich habe einen Einberufungsbescheid bekommen, wurde – wie man so sagt – zu den Fahnen gerufen.«

Hilde schwieg lange. Dann fragte sie mit erstickter Stimme: »Und … muss das sein? Musst du wirklich gehen?«

»Ich muss. Vor der Mobilmachung dort kann ich nicht kneifen.«

»Aber du bist doch in Paris. ›Dort‹, das ist so weit weg … Geh doch einfach nicht hin! Hast du nicht selbst gesagt, dein Vater glaube nicht an Militärdoktrinen?«

»Militärdoktrinen sind das eine, das andere – die Heimat. Du wirst mich vielleicht nicht verstehen … Es gibt etwas … ich weiß nicht, ob es Fluch oder Segen ist, aber wir Japaner sind anders, wir sind Insulaner und auf beinahe mystische Weise mit unserem Volk und unseren Inseln verbunden wie sonst niemand auf der Welt. Das ist keine erzwungene Nationaldisziplin oder sklavische Abhängigkeit, sondern etwas Tieferes. Wie soll ich es nennen – Bauchnabel? Schicksalhafte Verbundenheit? Karma? … Nenn es, wie du willst. Jedenfalls muss ich nach Japan.«

»Und seit wann weißt du es?«

»Ich habe damit schon gerechnet, als ich dir den ersten Strauß Rosen schenkte … Hilde, Hilde-San, ich danke dem Schicksal für diesen Riss in der Wolkendecke, durch den etwas Licht auf mich fiel. Du bist mein Sonnenstrahl, Hilde, mein unverhofftes Geschenk, und dafür bin ich dir dankbar. Aber ich mache mir auch Sorgen um dich. Was wirst du nun tun, wo ist deine nächste Station?«

»Wie soll es für mich eine nächste Station geben, wenn keine Züge fahren?«

Okura schwieg. Nur sein Daumen streichelte kaum merklich über ihre Hand. Dann sagte er behutsam: »Ich könnte dir etwas Geld dalassen.«

Hilde entzog ihm abrupt ihre Hand.

»Wenn du das tust, stehe ich sofort auf und gehe!«

»Ich verstehe. Das hatte ich auch nicht anders erwartet …

Aber bitte gib mir doch die Chance, mich zu bedanken für das Gute, das du mir getan hast, indem du meine Freundschaft angenommen hast.«

»Ich kann mich nicht erinnern, dir etwas Gutes getan zu haben …«

»Du hast ja auch nicht gemerkt, wie du mir ein Fensterchen in andere Räume geöffnet, mein Leben mit Sinn erfüllt hast, für den zu leben sich lohnt. Deshalb möchte ich, dass du dies von mir annimmst, mit aufrichtiger Hochachtung …«

Er wühlte in einer Tasche, die aussah wie eine Mischung aus Arztköfferchen und Schultasche und die er als pflichtbewusster Arzt am Karmeliterkrankenhaus St. Anne immer bei sich trug, und zog eine flache Schatulle heraus, die mit violettem Samt überzogen war. Ein schmaler Metallstreifen mit goldenen Lichtreflexen umrahmte das Innere der Schatulle, in deren Mitte in einem Samtbett ein goldenes Schriftzeichen prangte. Er strich mit einem Finger darüber und übersetzte leise dessen Bedeutung: »Pfirsichblüte.«

Vor dem ungläubigen Blick Hildes lag eine Kette aus japanischen Rosenperlen, die Unsummen gekostet haben musste. Sie stammelte kaum hörbar: »Du bist ja verrückt!«

»Nein – verrückt ist die Welt, in der wir leben. Nimm dies als Zeichen meiner Dankbarkeit, auch wenn es sie nur bescheiden zum Ausdruck bringen kann. Es ist die Farbe der Pfirsichblüten am Fuß des Fudschijama … Du musst es annehmen, sonst verletzt du mich tief! … Mein Zug geht heute Abend um zehn Uhr vom Gare de Lyon. Wenn du mich zum Zug begleiten würdest, wäre dies für mich eine große Freude … getragen vom weißen Wind …«

Die letzten Worte sagte er auf Japanisch. Hilde hatte sich ihren Klang gemerkt.

Vor dem Schlafwagen des Zugs nach Marseille standen ein Mann und eine Frau genau so, wie zwei Monate zuvor ein deutscher Fotograf und sein Modell vor dem Schlafwagen des Zugs nach Berlin gestanden hatten.

»Gute Reise«, sagte Hilde. »Ich bin glücklich, dass ich dich kennenlernen durfte.«

»In Japan sagt man: Jede Begegnung ist der Beginn einer Trennung.«

»In Deutschland sagt man: Jede Trennung ist ein kleiner Tod. Was meinst du, wie oft kann der Mensch einen kleinen Tod sterben, Hiroshi-San?«

Der Angesprochene setzte seine Brille ab, zwinkerte mit den Augen, als wäre Staub hineingeraten.

»Darf ich dich einmal küssen?«, fragte er scheu.

»Du bist nicht verpflichtet dazu, aber du darfst.«

Sie beugte sich vor, damit Hiroshi-San sie auf die Wange küssen konnte.

23

»Du willst uns also im Stich lassen«, stellte Alain Conti fest, ohne die Zigarre aus dem Mund zu nehmen. Hilde nickte stumm.

»Und wenn ich dir dein Salär um fünfzehn Francs pro Drehtag erhöhe?«

»Es ist mir fast peinlich, das zuzugeben, Alain, aber ich habe dich am Anfang belogen. Ich weiß nicht, ob deine Mitarbeiterinnen meinen blauen Augen geglaubt haben – jedenfalls wollten sie meine Arbeitserlaubnis bei der Einstellung nicht sehen. Ich hätte auch gar keine vorzeigen können, weil ich keine besitze. Gestern bin ich an meinem alten Hotel in Ivry vorbeigekommen. Dort haben sie mich mit der Nachricht empfangen, dass die Polizei nach mir gesucht und nach meiner neuen Adresse gefragt hätte. Ich muss zusehen, dass ich hier verschwinde.«

Conti kratzte sich an der Nase. »Also, Mädel, von Lügen kann keine Rede sein, denn das mit der Arbeitserlaubnis weiß ich schon lange vom Ungarn. Den haben sie übrigens drangekriegt, weil jemand ihn verpfiffen hat. Ja, so ist das Spiel. Nimm's nicht persönlich. Will nur sagen: Du bist nicht das einzige Opfer der beschissenen Verhältnisse. Die Polizei durchforstet, wie's scheint, inzwischen auch die hintersten Winkel. Es wird Krieg geben, und der Staat will sich reinigen von Unruhestiftern. O patria, o mores – la belle France klopft seine Teppiche aus, bevor es sie für unsere siegreichen Legionen ausrollt. Tu comprends – du verstehst?«

»Nein.«

»Auch egal. Könnte dich jedenfalls eine gewisse Zeit hier verstecken, solange diese Beißer noch die Hotels in Ivry durchforsten. Wissen sie dort, dass du hier bei mir arbeitest? Nicht? Warum sollen wir Ihnen dann unnötig entgegenkommen? Du bist am Set und in meinem Privatprogramm meine Nummer eins.«

»Danke dir sehr, Alain, aber ich möchte nicht immer die Nummer eins in irgendjemandes Privatprogramm sein. Wenn es immer nur so geht …«

Der Produzent goss sich ein halbes Glas Cognac ein und sagte, nachdem er den Riesenschluck hinuntergestürzt hatte: »Schau mal, Mädchen, es ist doch so: Wir alle sind Nummern in den Programmen anderer Leute. Wie viele Milliarden Programmfüller leben jetzt auf diesem bekloppten Planeten? Egal, sie alle haben ihre kleine Rolle zu spielen. Weißt du, was der Trick bei der ganzen Sache ist? Unter denen zu sein, die im Zug sitzen, und nicht unter denen auf dem Bahnsteig, die ihnen nachwinken. Am besten, du sitzt im Express und reist erster Klasse. Da liegt der Hase im Pfeffer: Ob du in Bewegung bist – oder ob du zurückbleibst! Ich hab sofort gerochen, dass du eine geborene Reisende bist. Dein Platz im richtigen Zug ist schon reserviert, und ich bin der, der dich da hinbringt! Du hast Zeit, über mein Angebot nachzudenken, wenn dir zwischenzeitlich nichts Besseres einfällt. Aber du sollst wissen: Mädchen, die einmal durch unsere Kulissen gelaufen sind, bleiben immer unsere Mädchen. Du kannst jederzeit wieder bei mir antanzen, wenn es woanders nicht klappt. Wo ich meinen Cognac schlabbere, weißt du ja inzwischen.«

Plötzlich stürzte sich ein glatzköpfiger älterer Herr mit Rollkragenpullover ins Halbdunkel des Filmpavillons, auf dem noch immer umgefallene orientalische Kulissen Staub fingen: »Ich hoffe, ich komme nicht zu spät, Monsieur Conti!«

»Geht schon klar, Claude, einmal ist keinmal. Setz dich, die Noten sind dort.«

Alain Conti fasste Hilde am Arm und führte sie mit liebenswürdiger Hartnäckigkeit ans andere Ende des Studios.

»Na denn, ma Duchesse! Tut mir leid, aber wir fangen hier gleich mit der Arbeit an.«

Am Ausgang drehte Hilde sich noch einmal um und warf einen Blick auf den dicken Mann, der sich auf István Keletys Platz am Klavier gesetzt hatte und irgendeine melodische Phrase spielte. Da gab sie sich einen Ruck und fragte: »Was haben sie denn mit dem Ungarn gemacht? Gestern Nacht kam er schwer betrunken nach Hause, und heute Morgen war er ganz früh, bevor ich wach wurde, schon wieder weg. Wann er seinen Alkohol verdunstet, weiß der Himmel.«

»Darin, mein liebes Kind, besteht eben der Professionalismus des echten Trinkers. Aber weil du mich fragst: Ja, wo ist er? Ich hab dir eben gesagt, la France reinigt sich von allen unfranzösischen Elementen. In der Polizei sind so ein paar Sachen vorgefallen … Kleinkram! Wenn du ihn sehen willst, er sitzt gegenüber, im Bistro. Wenn du hingehst, richte ihm aus, er soll sich hier nicht blicken und auch nicht volllaufen lassen, sonst begeht er einen folgenschweren Fehler. Ich schau in der Mittagspause mal vorbei. Und nun lass dich wenigstens einmal abknutschen, und dann verdufte.«

Alain Conti, Oberbefehlshaber der Kulissen, ihrer Schieber und derer, die sie bespielten, küsste sie rasch, öffnete die Tür zum Korridor und brüllte die sich dort drängenden jungen Frauen an: »Ruhe, das ist kein Jahrmarkt hier! Die Nächste!«

24

Im Bistro gegenüber entdeckte Hilde den Ungarn in der Ecke, hinter einem längst geleerten Glas Cognac – unverändert mager und knochig, mit gelber Haut, kurz: so, als wäre er gerade aus der Leichenhalle entlassen worden.

»Was ist passiert, Isztván?«, fragte Hilde besorgt und setzte sich zu ihm an den Tisch. »Warum bist du nicht bei der Arbeit? Conti hat mir was angedeutet, aber …«

»'nen Kaffee trinkst du sicher? *Garçon*, einen Kaffee für die Dame! … Ja, was ist passiert, Madame Boche? Passiert ist, dass mich jemand angeschmiert hat. Heute Morgen stürmt plötzlich die Polizei unsere heiligen Hallen, und Conti musste gehörig seine Taschen leeren und Strafe zahlen, weil er einen Ausländer mit abgelaufener Arbeitsgenehmigung beschäftigt.« Er schwieg, während der Kellner den Kaffee servierte, dann fuhr er fort: »Tja, so sieht's aus! Aber unter uns gesagt: Irgendwo haben die Leute ja recht: Hier gibt es 'ne Million arbeitsloser Franzosen, denen wir sozusagen die Butter vom Brot nehmen. Aber jetzt, wo sie mich geschasst haben, wird die Arbeitslosigkeit unter Musikern ja deutlich abnehmen; irgendwer muss dem Conti ja seine Carmagnolen runterklimpern, oder? Armer Alain! Musste tief in die Tasche greifen, sonst hätten die Herren

Polizisten mir auch noch mein Visum annulliert... Und bei dir, wie sieht's bei dir aus? Warst du nicht heute im amerikanischen Konsulat?«

Hilde seufzte tief. Ergab es überhaupt einen Sinn, das »Gesetz der allgemeinen Unerträglichkeit« auch noch an Einzelbeispielen zu veranschaulichen? An diesem Morgen war sie schon am Konsulat gewesen, bevor es geöffnet hatte. Sie reihte sich ein in die Schlange der vielen hoffnungslos Wartenden, die die gleiche Idee gehabt hatten wie sie. Im Unterschied zu den anderen Bittstellern jedoch wurde sie diesmal vom Konsul persönlich empfangen. Er war von ausgesuchter Liebenswürdigkeit, als er ihr mitteilte, dass ihr Antrag auf ein Einreisevisum von Washington aufgrund mangelnder Voraussetzungen abgelehnt worden sei. Doch nach einem Blick auf Hildes lange, schlanke Beine ruderte der Konsul zurück und riet ihr, die Hoffnung nicht aufzugeben. Wie nebenbei sprach er eine Einladung für ein Treffen aus, das Hilde ebenso beiläufig ablehnte.

Kelety nickte anerkennend. »Tja, meine Liebe, so sieht's aus! Amerika liebt es, wie jede große Demokratie Ratschläge zu erteilen und den anderen gönnerhaft auf die Schultern zu klopfen. Aber wehe, es kommt jemand einfach so, ohne Einladung, zum Mittagessen vorbei! Es sei denn, es handelt sich um Albert Einstein persönlich. Die USA nehmen nur die auf, die sie brauchen, die anderen – die die Hilfe der USA brauchen – sind ihnen schlichtweg egal.«

Hilde drehte lange ihre Kaffeetasse in den Händen. Anscheinend überdachte sie eine Idee, die ihr plötzlich gekommen war.

»Spendierst du mir einen Wodka, wenn ich dir was zeige?«

»Ich gebe sogar zwei aus, aber die teilen wir schwesterlich.«

Aus dem Beutel, in dem sie tausenderlei unnötigen Krimskrams durch Paris spazierentrug, holte sie die flache, mit violettem Samt bezogene Schatulle heraus. Unter den tief hängenden Kugellampen des Bistros erglänzte das matt rosafarbene Perlenkollier Dr. Hiroshi Okuras.

Hilde wartete ab, bis der verdatterte Ungar den Mund wieder zubekam und das Geschmeide einmal durch seine Hände hatte gleiten lassen, dann fuhr sie fort: »Das hat mir unser japanischer Freund geschenkt. Ich denke, es ist echt. Gerne würde ich es natürlich in Ehren halten, aber ein Mensch, der überlegen muss, ob sein Geld für das nächste Croissant reicht, hat kein Anrecht auf solchen Luxus und kann sich auch keine nostalgischen Gefühle leisten. Ich hab für solchen Schmuck ja auch gar nicht die passende Toilette. Wenn ich dich jetzt was frage, denkst du bestimmt: Tiefer kann man nicht sinken! Aber wir sind jetzt schon so lange am Boden … Was meinst du, wenn du das verkaufst, reicht das Geld für uns beide? Du hattest doch da diesen Plan … irgendwas mit ›nach Saigon fliehen‹.«

»… Shanghai«, sagte der Ungar gleichmütig.

»Na, dann eben Shanghai. Was macht das schon für einen Unterschied?«

ZWEITER TEIL

25

Das Gebetsgemurmel einer vorwiegend aus alten Männern bestehenden Gruppe Gläubiger erfüllte die kalte Luft mit Kondenswölkchen. Über ihren bedeckten Köpfen erschallte der Bariton Rabbi Leo Levins. Er trug die heiligen Worte mit der für deutsche Juden typischen Aussprache auf Hebräisch vor:

»Shema Isroel! Attonoy Elohenu, attonoy Ehot… – Höre, Israel! Der Herr unser Gott, ewig und einzig…«

Ob diese Anrufung den Ewigen und Einzigen an diesem Samstagmorgen wirklich erreichte, ist zweifelhaft, denn sie wurde in einer halbzerstörten buddhistischen Pagode in Hongkou gesprochen, dem größten der vielen Armenviertel von Shanghai. Das Dach mit den typisch aufgestellten Ecken, unter dessen Traufe rot und golden bemalte Drachen böse hervorlugten, war während der japanischen Bombardements fast völlig abgebrannt. Die Detonationswelle hatte vor allem den östlichen Teil des Tempels erfasst. Im Innern hatte das Feuer Abertausende kleiner Druckplättchen aus Holz mit von Hand eingravierten Texten Konfuzius' verschlungen – bewegliche Lettern zum Druck, die bereits jahrhundertelang Verwendung fanden, bevor Johannes Gutenberg unabhängig davon dieselbe Entdeckung für die europäische Welt machte. Die neuen Nutzer der Pagode hatten die verkohlten Plättchen sorgsam wie Ziegel vor Baubeginn in einer Ecke aufgeschichtet, denn auch sie wussten aus ihrem Heiligen Buch gut, dass am Anfang jedes Baus das Wort steht. Und dass jene, die vor den Angriffen geflüchtet waren und ihren Tempel zurückgelassen hatten, vielleicht eines Tages zurückkehrten und nach ihren Gebeten suchten.

Eine verlassene Pagode, die als Synagoge diente – das hatte die Welt auch noch nicht gesehen! Die Idee war Leo Levin gekommen, dem unermüdlichen Rabbi von Düsseldorf, einem bodenständigen Menschen, der als Frohnatur seine Mitmenschen mit unerhörten Geschichten erfreute, von der streng orthodoxen Warte der Chassiden aus betrachtet aber Züge eines Ketzers trug; denn er war geneigt, sich stärker von irdischen Notwendigkeiten leiten zu lassen als von kanonisierten himmlischen Geboten. Respektvoll hatte er sich angehört, wie die Orthodoxen ihm empört mit zusammengebissenen Zähnen zu verstehen gaben, dass Pagoden mit halbverbrannten Drachenfiguren als Türhütern und großen, golden bemalten Buddhastatuen im Innenraum nicht in Einklang mit den jüdischen Vorstellungen von einem Gotteshaus stünden. Die heiligen Texte besagten eindeutig, dass Gott darin auf keine Weise abgebildet sein dürfe, auch nicht in Menschen- oder Tiergestalt. Der Rabbi erwiderte geduldig, dass dieser Buddha mit den gekreuzten Beinen auf der Lotosblüte kein gewöhnlicher Sterblicher sei, aber bei Weitem auch kein Jehova. Die Drachen, das seien bloß mythologische Fantasiegestalten und keine wirklichen Tiere, und über diesen speziellen chinesischen Fall stünde nichts im Talmud. Was aber nicht ausdrücklich verboten sei, dürfe man doch wohl als erlaubt betrachten, oder etwa nicht? Diese nassforsche Argumentation nahm den gestrengen Talmudisten erst einmal den Wind aus den Segeln, auch wenn sie mit dem marmornen, furchterregend die Zähne fletschenden löwenähnlichen Ungeheuer am Eingang, dessen Tatze drohend auf einer Steinkugel lag, nie so recht warm wurden.

Tagsüber verkaufte Rabbi Leo – eigentlich Leonhard – Levin, Magister der Theologie und Hebraistik, auf dem Vogelmarkt von Shanghai die Reistaschen, die seine Frau Esther, bis vor

Kurzem noch Studienrätin an einem Düsseldorfer Gymnasium, herstellte. Nachmittags widmete sich der Rabbi selbstlos den gottesfürchtigen Seelen, die das reinigende Gebet und ein wenig geistliches Licht suchten in der Düsternis dieser fremden, grenzenlosen und abweisenden Stadt. Er war zur Stelle, um neugeborene Knaben zu beschneiden oder Ehen zu schließen, wusste immer Rat, und wenn beim Einzug eines Neuankömmlings Trägerdienste gefragt waren, dann ging er auch da zur Hand. Seine Frau Esther Levin ertrug das neue Leben in Shanghai mit stoischer Ruhe, ohne die Verhältnisse zu dramatisieren. Viele ihrer Leidensgenossinnen, die sich mit den Zuständen in den schwülen, stinkenden und bis unter die Decke mit Menschen, Betten und Koffern vollgestopften Gemeinschaftsschlafsälen nicht abfinden konnten, taten nämlich genau das. In diesen Schlafsälen, meist durch Bomben in Mitleidenschaft gezogene, verlassene Webereien oder Schneiderwerkstätten entlang der Shuqing Street, waren nicht selten vierzig, fünfzig Menschen untergebracht. Eingerichtet und geführt wurden sie von Schwestern des katholischen Karmeliterordens für diejenigen Flüchtlinge, die partout keine andere Unterkunft fanden, und das waren viele. Die reicheren Einwanderer – der Juwelier Yo Bach aus Nürnberg zum Beispiel – hatten sich längst jenseits des Flusses in den »besseren« Wohnvierteln niedergelassen. Bach hatte – wie man munkelte – die Chuzpe besessen, acht haselnussgroße Diamanten in seinen Schuhsohlen einzuschmuggeln. Mag sein, dass das Gerücht, was die Größe der Edelsteine betraf, übertrieben war, aber wozu sind Gerüchte da, wenn nicht, um die Wahrheit so zu übertreiben, bis sie sichtbar wird! Dieser Herr Bach war während der Schiffsreise allen mit seinem notorischen Kalauer auf die Nerven gegangen, dass der einzige Unterschied zwischen ihm und dem berühmten deutschen Komponisten darin bestehe, dass er beschnitten sei. Nun also lebte »der beschnittene Bach« mit seiner Frau und seinen zwei unverheirateten Töchtern in einer recht gediegenen Familienwohnung in der Fuzhou Road, sodass die Nonnen vom Karmeliterorden sich wenigstens um ihn und seine Familie keine Sorgen zu machen brauchten.

Diese Karmeliterinnen waren ausnahmslos Chinesinnen. Nur ihre Äbtissin, Mutter Antonia, war vor vielen Jahren als junge Frau aus Frankreich gekommen, genauer gesagt: aus dem Elsässischen. Darum sprach sie außer Französisch auch ein annehmbares Deutsch, das ausreichte, um sich mit den Neuankömmlingen zu verständigen. Chinesisch hatte sie vor Ort gelernt, sodass sie bei Unterredungen mit verschlafenen Büroangestellten der Stadtverwaltung auch mal Tacheles reden und mit der Faust auf den Tisch hauen konnte, um noch ein paar Verpflegungseinheiten mehr für ihre Armenküche herauszuschlagen. Auf die gleiche Weise erbettelte die kämpferische und willensstarke Ordensschwester auch die Medikamente, die für das eilends aus dem Boden gestampfte Jewish Refugee Hospital benötigt wurden. Geleitet wurde es von Professor Arthur Mandel, vormals Leiter der chirurgischen Abteilung an der Berliner Charité. Mutter Antonia war, mit anderen Worten, eine hingebungsvolle und selbstlose Dienerin ihres Ordens.

Die Betreuung der Flüchtlinge begann für die Schwestern schon bei deren Ankunft im Hafen. Sie kümmerten sich um die Kinder und versorgten Alte und Kranke. Schnell fanden sie heraus, dass ihr besonderes Augenmerk Männern und Frauen mit kurz geschorenem Haar gelten musste, denn dies war das beinahe untrügliche Zeichen dafür, dass sie in Dachau gewesen waren. Der Flötist Simon Zinner fiel besonders auf, denn er hatte nicht nur kurz geschorenes Haar, sondern konnte auch sein Gepäck nicht selbst tragen, wie leicht an den Verbänden um seine von Hansi Steinbrenner zertrümmerten Finger zu erkennen war.

Seine Musikerkollegen, die einige Monate früher eingetroffen waren, küssten ihn überglücklich aufs unrasierte Gesicht: »Sim, lieber Sim! Du lebst noch? Was für ein Wunder, dass du dieser Hölle in Dachau entkommen bist!«

»Hab einfach vergessen abzukratzen«, erwiderte der Flötist finster und hob seine verbundenen Handstümpfe in die Höhe, als wollte er sich ergeben. Doch Simon Zinner war ein Verlierer, der sich niemals ergeben würde.

Die Reisenden kamen einer nach dem anderen über die Landungsbrücke ans Ufer, während das Blasorchester der Karmeliterinnen sie mit einem Strauß-Walzer begrüßte – unter dem Transparent mit der Aufschrift: WILLKOMMEN. Es lag etwas zugleich Groteskes und Anrührendes in diesem exotischen Bild mit Chinesinnen in römisch-katholischer Ordenstracht, die am Ufer des Jangtsekiang »An der schönen blauen Donau« intonierten!

Anrührend war auch die spontan entstandene Freundschaft zwischen der alten, strengen Äbtissin Antonia und der rheinischen Frohnatur Leonhard Levin. Abgesehen von der gemeinsamen Sorge um Empfang, Einweisung und Unterstützung der Flüchtlinge verband sie bald auch eine geheime Leidenschaft. Ohne dass die Nonnen es mitbekamen, brachte der Rabbi der Äbtissin das Pokern bei. Als Spielchips benutzten sie schwarze Bohnen, deren Gegenwert sie auf einen Shanghai-Cent festsetzten. Im Spiel mit der leichtgläubigen Äbtissin, die sich mit immer größerer Leidenschaft ins Spiel hineinsteigerte, blieb natürlich stets der Rabbi Sieger. Doch dies entmutigte Mutter Antonia keineswegs. Vielleicht begriff sie, dass sie hier fürs Leben lernen konnte, wo es häufig darauf ankam, im richtigen Moment zu bluffen.

So wenig Esther, die Ehefrau des Rabbis, ein Drama aus den neuen Lebensumständen machte, so sehr trauerte sie aber doch ihrem alten humanistischen Gymnasium nach, denn sie hatte ihren Beruf als Studienrätin für Geschichte sehr geliebt.

Sie hatte die Schule aus eigenem Entschluss an jenem Tag verlassen, an dem das Ministerium in Berlin verlangte, die Unterrichtenden sollten in die jüngste deutsche Geschichte auch das heroische Kapitel der Münchner nationalsozialistischen Verschwörung vom November 1923 aufnehmen. Hitler hatte mit einer Gruppe seiner Gesinnungsgenossen einen Putschversuch unternommen und war dafür in der Festung Landsberg inhaftiert worden. Dort soll er seinem treuen Gefolgsmann Rudolf Hess den ersten Teil seines Buchs *Mein Kampf* diktiert haben. Für die Lehrer in neuer deutscher Geschichte bedeutete dies nicht einfach nur, die Chronik der Zeitgeschichte mit einem weiteren Datum anzureichern, sondern Inhalt und Entwicklung des nationalsozialistischen Ideenguts darzustellen und dessen Größe und Bedeutung für die deutsche Zukunft gebührend zu würdigen. Der Gymnasialdirektor, ein ehrenwerter Bildungsbürger alter Schule, der gegen nationalsozialistische Propaganda immun war, nahm Esther Levins Entlassungsgesuch zwar betrübt, aber auch erleichtert an, weil es ihm die für ihn ethisch unvertretbare Entscheidung ersparte, eine hervorragende Lehrerin entlassen zu müssen, nur weil sie Jüdin war.

Nun also lehrte Esther Levin nicht den Weg des Nationalsozialismus an die Macht, sondern briet im Hof der alten, aufgelassenen Seidenweberei Reistaschen auf einem Behelfsherd, den sie mit handwerklicher Unterstützung ihres Mannes aus alten Blechen gebastelt hatte. Die Feinheiten der Zubereitung lernte Esther von einer kleinen, der Menge ihrer Falten nach sicher jahrhundertealten Chinesin, die sehr freundlich und hilfsbereit war. Die Verständigung zwischen beiden wurde mit der Zeit immer besser, obwohl die eine kein Chinesisch und die andere kein Wort Deutsch verstand. Und so gelangen Esther Levin schließlich auch ohne Sprachkenntnisse echte chinesische Reistaschen …

In der schweren Wirtschaftskrise, in der Shanghai steckte,

durften die Flüchtlinge nicht wählerisch sein, sondern mussten jede Art von Arbeit annehmen, die auch nur ein Minimum an Einkommen versprach. Die Mieten der kleinen, unkomfortablen Wohnungen, in denen es keine Kanalisation und kein fließendes Wasser gab, dafür aber umso mehr Ratten und Wanzen, verdoppelten und verdreifachten sich. Jeden Morgen in aller Herrgottsfrühe, mit Ausnahme der Samstage, an denen er den Sabbat-Gottesdienst hielt, schulterte Rabbi Leo Levin den dicken Bambusstab, an dessen Enden die beiden Körbe mit den frischen Reistaschen hingen, und lief im Rhythmus des sich biegenden Rohrs zum Vogelmarkt. Neben ihm stakste, mit gleicher Ausstattung, aber knochig und lang wie ein Sendeturm, der Astrophysiker Markus Aronson, ehemaliger Assistent Albert Einsteins und leidenschaftlicher Verfechter der Quantentheorie, weswegen er von seinen Studenten den Spitznamen Markusle Quantissimo verpasst bekommen hatte. Zum allgemeinen Erstaunen hatte er sich geweigert, die Chance zu nutzen, zusammen mit seinem großen Lehrer in die Vereinigten Staaten zu emigrieren. Aronson glaubte, die Speerspitze der physikalischen Forschung sei an deutschen Instituten zu finden. Als er erkannte, dass diese Speerspitze wenigstens für jüdische Forscher ein Pfeil war, der nicht auf fliehende Galaxien, sondern geradewegs auf die Konzentrationslager zeigte, war es bereits zu spät. Der Weg nach Amerika war endgültig versperrt. Und so führte das Schicksal ihn nach Shanghai, wo er als Assistent Rabbi Levins täglich zwischen Hongkou und dem Vogelmarkt pendelte.

Es wäre ein großer Irrtum zu glauben, dass auf dem Vogelmarkt nur gerupfte Hühner, Enten oder an ihren Hälsen aufgehängte Sumpfschnepfen verkauft wurden sowie schwarze, in Sojasauce gekochte Eier und Schwalbennester. Die Hauptattraktion des Marktes, vor allem für die Ausländer aus dem Westen, war das lebende Geflügel, das singend und zwitschernd in locker geflochtenen und bunt bemalten Vogelbauern hockte. Keine Seltenheit stellten aber auch Grillen in kleinen Käfigen aus Reisstrohhalmen dar, die als Haustiere in Europa gänzlich unbekannt waren.

Hunde wurden auf dem Vogelmarkt nicht verkauft. Zum Entsetzen und Abscheu der Europäer bot man sie auf dem Fleischmarkt am unteren Ende des Viertels Nantao an – lebend, in Bambuskäfigen, mit traurigem Blick, gleich neben zerteilten Schweinen, Büffelinnereien, frischem, gepökeltem oder getrocknetem Fisch, Mollusken, Krebsen, Riesenmuscheln und Körben voller Schlangen, die gleich an Ort und Stelle, vor den Augen des Kunden, bei lebendigem Leib gehäutet wurden.

Doch woran gewöhnt sich der Mensch nicht? Die Europäer mussten sich, wenn sie bleiben wollten, damit abfinden, dass der Hund in diesen Breitengraden zu den Nahrungsmitteln zählte. Trotzdem sah man keinen einzigen Weißen in einer der vielen Straßenwirtschaften hinter einem Teller sitzen, auf dem ein Gericht mit Hundefleisch lag. In den großen Restaurants für Europäer am anderen Flussufer standen erst gar keine entsprechenden Gerichte auf der Speisekarte. Dies war sogar durch eine Sonderverordnung streng verboten und wurde bei Nichteinhaltung mit hohen Strafen geahndet.

Der Erste, der sich diese sentimentale Verbundenheit des Europäers mit seinem besten Freund zunutze machte, war der arme Taschendieb und Kleinbetrüger Shlomo Finkelstein. Auf einmal begannen aus den Anwesen in der englischen und französischen Konzession sowie um die Tennis- und Golfplätze der Reichen teure Rassehunde zu verschwinden, vom Pudel bis zum ausgewachsenen Deutschen Schäferhund. Mit welchen Ködern der glatzköpfige, kurzbeinige Gnom Finkelstein es vermochte, die Tiere anzulocken, einzufangen und ohne verräterisches Gebell dazu zu bewegen, ihm zu folgen, blieb ein Rätsel;

nur dass an der Entführungsaktion ein zweirädriger Marktkarren beteiligt war, konnte als so gut wie gesichert gelten.

Die äußerst besorgten Eigentümer taten gut daran, ihre verschwundenen Lieblinge so schnell wie möglich bei den chinesischen, koreanischen und vietnamesischen Fleischverkäufern in Nantao zu suchen, solange sie noch lebendig im Bambuskäfig auf Käufer warteten. Die Händler erklärten den entrüsteten Herrchen und Frauchen, dass sie nicht bei jedem Verkäufer nach Besitzer und Stammbaum des Tiers fragen konnten; ohnehin wurden An- und Verkäufe nicht nach Rasse, sondern unparteiisch nach Kilogramm getätigt. Am Ende mussten die Besitzer mit ansehen, wie ihre vierbeinigen Lieblinge auf die Waage gestellt und ihnen zum marktüblichen Kilopreis für Hundefleisch verkauft wurden – mit dem entsprechenden Aufschlag für Wiederverkäufer, versteht sich: »Bisnis is bisnis, Masta-Masta, okey?«

26

Der Rabbi liebte ja diese schönen Texte voll Trauer und Verlassenheit, in denen Gnadenruf und Treueschwur zum Ewigen und Einzigen sich verbanden. Über Jahrtausende zur Vollendung gereift, konnte man kein Wort hinzufügen, keines wegnehmen. Dennoch hatte er es heute eilig und übersprang bei dieser Sabbatmesse ganze Passagen des Kiddusch-Gebets, ohne dass es irgendjemandem auffiel. Für einen erfahrenen Rabbi und erstklassigen Kantor war das ein Kinderspiel.

Der Grund für seine Eile – obwohl er sich bereits Zeit freigeschaufelt hatte, indem er Markus Aronson heute allein mit den Reistaschen seiner Frau zum Vogelmarkt schickte – war eine besondere Mission. Theodor Weisberg und Professor Arthur Mandel standen schon vor der Pagodensynagoge und traten im Frühjahrsregen ungeduldig von einem Bein aufs andere. Die beiden Männer bildeten mit ihm zusammen das Präsidium der Jewish Refugee Community of Shanghai. So lautete die offizielle Bezeichnung der jüdischen Flüchtlingsgemeinde, die ab 1937 aus Deutschland und Österreich hierhergekommen war und sich vorwiegend in Hongkou niedergelassen hatte.

Die Benennung dieser deutschsprachigen Gruppe Juden war aber etwas irreführend. Denn diejenigen, die vor dem Nationalsozialismus geflohen waren, bildeten nur einen Teil der jüdischen Bevölkerung der chinesischen Hafenstadt. Außer ihnen gab es die bereits erwähnten reichen Bagdadjuden, die vor langer Zeit als Händler und Kaufleute über die Seidenstraße in den Fernen Osten gekommen waren und nun im Stadtgebiet der Internationalen Konzession lebten, und noch zwei weitere jüdische Gemeinschaften. Bei ihnen handelte es sich um etwa vier- bis fünftausend Ashkenaser Juden, bitterarme Menschen, die aus Russland übersiedelt waren. Sie verständigten sich untereinander auf Jiddisch, dieser farbig-fremdartigen Melange aus mittelalterlichem Deutsch und Althebräisch, in die mit der Zeit noch Einsprengsel aus slawischen Sprachen Eingang gefunden hatten. Ein Teil von ihnen war vor den russischen Kasakenpogromen zu Beginn des zwanzigsten Jahrhunderts aus der Ukraine geflohen; weitere infolge der antisemitischen Welle, die es nach der Niederlage im Krieg gegen Japan 1905 gegeben hatte. Der andere Teil hatte nach der Oktoberrevolution von 1917 und dem ihr nachfolgenden Bürgerkrieg, als sowohl die roten als auch die weißen Truppen nach jeder militärischen Schlappe ihre ganze Wut an den Juden in den Vierteln von Berditschew, Odessa oder den Siedlungen um Czernowitz ausließen, wo die russischen Juden ihre sogenannten »Schtetl« hatten, Zuflucht in Shanghai gesucht. Auch sonst wurden diese Schtetl immer wieder Ziel von grausamen Übergriffen, die manchmal spontan aufflammten, manchmal aber auch organisiert durchgeführt wurden, immer aber große Flüchtlingswellen sowohl nach Amerika als auch – über Sibirien und Irkutsk – in den Fernen Osten, nach China und Korea zur Folge hatten. Hier gehörten die Juden zur unteren Mittelschicht, die gerade genug fürs tägliche Brot verdiente und aus kleinen Wirten, Handwerkern, Händlern oder Angestellten bestand.

Entgegen der Legende von der Solidarität unter den Juden hatten diese Gemeinschaften untereinander kaum Kontakt; sie ereiferten sich viel zu sehr über jeden weiteren eintreffenden Flüchtling und betrachteten ihn als Feind und Rivalen im Kampf um das tägliche Brot und die knappe Arbeit. Nicht ohne Bedeutung war auch, dass diese Gemeinschaften aus vollkommen verschiedenen kulturellen Milieus kamen, in denen Geschichte, Traditionen und Sprachen fast keinerlei Verwandtschaft untereinander aufwiesen, wenn man von der Religion und der fernen Erinnerung an die gemeinsamen Wurzeln im Stamm Israels einmal absah.

Der Rabbi und seine beiden Begleiter zwängten sich durch das Menschengewimmel in den Straßen und Sträßchen von Hongkou, durch Geschrei, Geplärr und Gedränge, durch Bettler ohne Arme, ohne Beine, ohne Hoffnung und ohne Geld. Und als genügte dies alles noch nicht, schlugen, droschen und klopften die Verkäufer Holzhämmerchen auf und über alle Arten von Oberflächen, um die Aufmerksamkeit potenzieller Käufer auf sich zu lenken.

Die drei vom Vorstand der Jüdischen Flüchtlingsgemeinde ahnten nicht, dass zwanzig Schritte hinter ihnen ein Gnom mit kurzen Beinen, aber langen Fingern sich seinen Weg durch eine Menge bahnte, die ihn kaum bemerkte: Shlomo Finkelstein. Er hatte sich höchstselbst zum Beschützer der hohen Herren ernannt, wusste er doch nur zu gut, wie man jemanden beraubte, ohne dass dieser es merkte. Und das geschah in Hongkou in jeder Sekunde. Shlomo, primitiv und ungebildet, empfand eine natürliche Achtung vor gebildeten Menschen, die geistig höher standen als er; und wie sich das praktisch äußerte, das hatte er Theodor Weisberg ja schon in Dachau gezeigt. Shlomo war früher in Shanghai angekommen, doch kaum hatte er die Weisbergs am Hafen erblickt, nahm er sein im Lager begonnenes, freiwilliges Beschützerleben wieder auf.

Es ist nicht eben leicht, sich den Weg durch einen Menschenstrom zu bahnen, der sich noch nicht einmal über die Zweckbestimmung der Fahrbahn einigen kann. Dort hatten, ohne sich vom wilden Hupen der motorisierten japanischen Ordnungskräfte einschüchtern zu lassen, Kleinhändler ihre Schilfmatten ausgebreitet, um darauf Gemüse, Reis, Gewürze oder Heilkräuter feilzubieten. Auf den Gehwegen hatte so gut wie jede chinesische Familie, die über eine größere und zwei kleinere Kisten verfügte, ein Straßenrestaurant eröffnet. Als Firmenschild und Lockmittel für hungrige Passanten dienten ein Stückchen Fleisch oder ein kleiner Fisch, die am Schilfvordach aufgehängt und schon bald vom Staub der Straße »paniert« waren.

Erst als die drei Männer die Brücke erreicht hatten, die Hongkou in zwei Teile trennte, wurde es besser. Sekunden später hatte auch Shlomo Finkelstein den Weg über das schmutzige Wasser des Suzhou, eines Jangtse-Nebenflusses, erreicht. Zu beiden Seiten der Brücke standen japanische Soldaten und wärmten sich an einem Feuer aus Schwemm- und anderem Restholz, weil es vor allem in den Morgen- und Abendstunden hier empfindlich kalt wurde.

Anlass für die drei Männer, sich über diese Brücke in die Welt der Satten und Mächtigen zu begeben, waren die Übergriffe einer Gruppe junger chinesischer Faschisten. Bereits zum dritten Mal binnen eines Monats hatten diese Fanatiker, angeheizt von Parolen in der antisemitischen Zeitung *Judaya Kenku*, in den von Juden belegten Massenschlafsälen der Karmeliterinnen randaliert, etliche kleine jüdische Geschäfte und Marktstände zertrümmert und einen Molotowcocktail in das neu eröffnete, ärmliche Konditoreicafé geworfen, das – Ironie des Schicksals – den Namen »Wien« trug.

Die japanischen Soldaten griffen nicht ein. Ihre Aufgabe war die Bewachung der Brücken und strategischen Kreuzungen, nicht die Wahrung der öffentlichen Ordnung. Sie lachten sogar über den komischen Anblick, wie kleine chinesische Nonnen versuchten, die pensionierte Ärztin Sibylle Goldenberg, die Professor Mandel im Lazarett assistierte, unter den trampelnden Füßen der Schläger hervorzuziehen.

Auch die patrouillierenden chinesischen Ordnungshüter mischten sich anfangs nicht ein. Als aber der ehemalige Flötist der Dresdner Akademischen Philharmonie, der unbeugsame Simon Zinner, eine schlagkräftige Bürgerwehr zusammenstellte und es zu regelrechten Handgemengen kam, eilten im Nu zwanzig berittene Polizisten herbei. Leidtragende waren aber keineswegs die Angreifer, sondern die Verteidiger. Simon Zinner wurde wegen öffentlicher Ruhestörung verhaftet und zwei Stunden später, nachdem er den Vorfall dargelegt hatte, wieder auf freien Fuß gesetzt. Die chinesischen Halbstarken, die die Ruhestörung verursacht hatten, waren bereits über alle Berge – und niemand machte sich die Arbeit, sie aufzuspüren.

Judaya Kenku erschien zweisprachig, japanisch und chinesisch. Es war kein Geheimnis, dass die Zeitung finanziell und ideell von offiziellen deutschen Kreisen in Shanghai unterstützt wurde. Genaugenommen war sie eine Zusammenstellung fast wörtlicher Übersetzungen von Texten und Karikaturen aus den propagandistischen Organen des Dritten Reichs. Nach dem wiederholten Versuch, auch hier so etwas wie eine »Reichskristallnacht« zu inszenieren, fasste der Vorstand der deutschsprachigen jüdischen Flüchtlingsgemeinde von Hongkou den Entschluss, sich mit einer Protestnote an die höchsten Emissäre der Verwaltung von Shanghai zu wenden, die die Ausschreitungen der faschistischen Banden tatenlos hinnahmen. In der Protestnote wurde darauf hingeweisen, dass es gegen die offiziellen Neutralitätsvereinbarungen verstoße, Randalierer ungehindert Gewalttaten gegen bestimmte andere Bevölkerungsgruppen begehen zu lassen.

Nun, Proklamationen sind Proklamationen, und ihre Bestimmung ist es wohl, im Ausland, insbesondere in den Vereinigten Staaten, Staub aufzuwirbeln. Zwischen Japan und den USA liefen höchst intensive Verhandlungen über einen Nichtangriffspakt, denn der Anführer der militärischen Okkupationsmacht in Shanghai, General Hisataki Kikan, weigerte sich, die jüdische Dreierdelegation zu empfangen. Seine Befugnisse – so die Antwort – seien rein militärischer Natur und erstreckten sich nicht auf zivile Bereiche. Die chinesischen Marionetten in der Zivilverwaltung wiederum hatten auf die hartnäckigen Schreiben erwidert, dass die aus Deutschland gekommenen Juden de jure deutsche Staatsbürger seien, mit gültigen Ausweisen und Ausreisevisa, ausgegeben von regulären deutschen Behörden. Angesichts des internationalen Statuts der Stadt sei es folglich rechtmäßig, sich an die deutschen Behörden vor Ort zu wenden. Die Stadtangestellten konnten zu diesem Zeitpunkt noch nicht wissen, dass in Berlin die Frage erwogen wurde, ob man den deutschen Juden nicht ihre Staatsbürgerschaft aberkennen und sie somit als »unerwünschte Ausländer« deportieren solle. Bis es so weit war, blieben sie jedoch deutsche Staatsbürger, wenn auch nur mit den Pflichten, aber bei Weitem nicht den Rechten von solchen.

Auf Granit bissen sie bei den Franzosen, die sich in ihrer »concession française« eingemauert hatten wie in einer Wagenburg, gleichgültig gegenüber allen Problemen, die die Interessen Frankreichs nicht tangierten. Ihr Verhalten war sogar verständlich, wenn man bedachte, dass Frankreich sich bereits unter dem ungestümen Andrängen der deutschen Panzerkolonnen krümmte. Das beraubte alle anderen Probleme ihrer Bedeutung. Die Hoffnung, dass diese Panzer vor der berühmten und von den Franzosen für unüberwindlich gehaltenen Maginotlinie ins Stocken geraten würden, hatte sich als Illusion erwiesen. Hitlers Truppen hielten sich nicht damit auf, die französischen Betonbefestigungen zu zerstören, sondern umgingen sie einfach, in dem sie von Norden aus über die belgischen Ardennen das Land überrollten.

Der würdige Repräsentant Englands, Sir Charles Washburn, allgemein anerkanntes Oberhaupt der Internationalen Konzession, asketisch wie ein Offizier von echtem Schrot und Korn und noch immer gut aussehend mit seinem silbergrauen Haar und dem mächtigen, gezwirbelten Schnurrbart –, ehemaliger Stellvertreter des Generalgouverneurs von Punjab, der seine jungen Jahre in den Gentlemen's Clubs von London und auf der Jagd in Indien und im Namib verbracht hatte –, ließ die drei seelenruhig vor seinem Schreibtisch stehen, während er ihnen mitteilte, dass die englische Administration sich nicht in chinesische Kommunalangelegenheiten einmische. Bei den Ausschreitungen handle es sich wahrscheinlich um Halbstarke, die sich irgendwo austoben wollten; sie sollten dem nicht zu große Bedeutung beimessen. Denn wenn sie es täten, würde das der jüdischen Bevölkerung insgesamt schaden, weil jeder sähe, dass sie »gegen die autochthone Bevölkerung« seien. Auch dürfe man nicht vergessen, dass die »Bagdader« sich reichlich reserviert gegenüber ihren deutschen Stammesbrüdern verhielten – wie man sich eben gegenüber armen Verwandten verhält, die ohne Einladung und nicht comme il faut gekleidet auf einem prunkvollen Familienfest erscheinen. Bei der jetzigen hochsensiblen politischen Lage in Shanghai riet Sir Charles ihnen unverblümt, es sei am besten, wenn sie sich direkt an den deutschen Botschafter, Baron Otto von Dambach, wandten. Wie den Herren sicher bekannt sei, befinde sich das Vereinigte Königreich derzeit im Krieg mit Deutschland, und daher unterhielten die Engländer in Shanghai leider keine diplomatischen Beziehungen zu den Vertretern des Deutschen Reichs. Sir Charles warf zum Zeichen, dass alles gesagt sei, einen Blick auf seine Taschenuhr und meinte munter, fast fröhlich: »Es war mir ein Vergnügen, meine Herren. Ich hoffe doch für Sie …« und so weiter und so weiter.

Dies war nicht ihre erste Expedition zu hochrangigen Machtvertretern vor Ort. Nun hatte ihnen endlich jemand – und zwar ein echter Gentleman – erklärt, dass Klagen über das Verhalten der Nationalsozialisten doch bitte schön direkt an die Nationalsozialisten gerichtet werden sollten.

Heute wollte die dreiköpfige Delegation genau dies tun: sich in die Höhle des Löwen begeben. Sie liefen den Uferboulevard entlang, vorbei an Geschäften und Restaurants im europäischen Stil, an Büros und Banken. Neben ihnen rauschte der Verkehr: Automobile, Fahrräder und Rikschas, und an Kreuzungen standen Sikhs, die mit weißen Handschuhen und weißen Turbanen den Verkehr regelten – eine Welt, so nah, dass man nur die Hand auszustrecken brauchte, und doch so fern wie der Mond.

Am mondänen Nanking-Boulevard mit seinen Juweliergeschäften und Parfümerien, seinen Hotels, Modesalons, der Wiener Konditorei, der bayerischen Bierstube, den Nachtbars und dem Glanz der Schaufenstervitrinen, die denen Londons in nichts nachstanden, mit den roten Autobussen und gelben Taxis mussten die drei erst einmal stehen bleiben, um Luft zu holen. Weit hinter ihnen, an einen Lichtmast gelehnt, wartete auch Shlomo. Im Hurraschritt marschierte eine schottische Ehrengarde mit Dudelsäcken an ihnen vorbei. Vermutlich kam sie vom Hafen, wo sie irgendjemand Wichtiges empfangen oder verabschiedet hatte. Auf jeden Fall symbolisierten die adretten Männer mit ihren karierten Röcken das ungebrochene Selbstbewusstsein Großbritanniens.

Weisberg und seine zwei Begleiter zündeten sich eine Zigarette an, sprachlos. Doch jeder wusste, an was der andere dachte: an jene Welt hinter der Brücke, aus der sie gerade gekommen waren. Wie Gefangene, die für einen kurzen Heimaturlaub entlassen worden waren und nicht einen Moment vergaßen, dass sie bald schon wieder zurück mussten in die Misere.

Die diplomatische Vertretung Deutschlands befand sich nicht weit von der Pferderennbahn im Zentrum der deutschen Kolonie. Das zweigeschossige, weit hinten in einem gepflegten Park liegende Cottage hatte hohe Fenster und schien die Ankömmlinge mit seinen beiden seitlichen Gebäudeflügeln umarmen zu wollen. Es war eher im französischen als im herrschenden englischen Kolonialstil erbaut und weiß wie Puderzucker. Davor, in der Mitte der kurz geschnittenen Rasenfläche, hing an einem hohen Mast die Hakenkreuzfahne. Hinter der Residenz, auf der Great Western Road, befand sich die deutsche Eliteschule, in die seit fünf Jahren keine jüdischen Kinder mehr aufgenommen wurden, ganz gleich, ob ihre Eltern in der Lage waren, das extrem hohe Schulgeld zu zahlen.

Die Luft an diesem Morgen war kalt, aber hier wirkte sie wie frisch gewaschen. Es war Monsunzeit, und nach dem Regen roch es nach saftigem, frisch gemähtem Gras und blühendem Jasmin. Ja, auch die Natur schien jenseits der Brücke frischer und freundlicher zu sein!

Erst als er schon mit Dr. Mandel und dem Rabbi dieses von zwei Uniformierten am gusseisernen Portal bewachte Stück Deutschland betreten wollte, bemerkte Theodor Weisberg den bescheiden an der Ecke stehenden Shlomo. Finkelstein zog einen Flunsch, als Theodor ihn mit dem Zeigefinger zu sich zitierte wie einen Lausbuben. Er schaute sich um, als wüsste er nicht, ob er überhaupt gemeint war. Dann spuckte er den Halm aus, auf dem er gekaut hatte, und lief unterwürfig herbei, bereit, jeden beliebigen Auftrag auszuführen. Weisberg jedoch tadelte ihn: »Klebst du schon wieder an unseren Fersen, Shlomo? Ich hab dir doch gesagt, das sollst du lassen!«

Der dicke Gnom schniefte, trat von einem Bein auf das andere und murmelte dann wie ein ertappter Sünder: »Ich muss doch aufpassen!«

»Auf wen? Worauf?«

Shlomo wühlte in der Innentasche seines abgetragenen Mantels, der viel zu eng war, um sich über seinem Kugelbauch schließen zu lassen, und reichte Weisberg ein Portemonnaie.

»Ihre Börse, Herr Weisberg. Sie haben auf dem Weg gar nicht bemerkt, wie eine Plattnase es ihnen noch vor der Brücke stibitzt hat. Nur dass der Dieb nicht wusste, dass hinter ihm noch ein Dieb war.«

Rabbi Leo und Professor Mandel brachen in schallendes Gelächter aus. Theodor Weisberg steckte seine Börse zerstreut ein und murmelte säuerlich etwas, das wohl eine Entschuldigung gewesen sein dürfte.

27

An diesem Samstagvormittag hatte Theodor mehr als nur einen Grund, sauer und bedrückt zu sein. Denn heute wollte Elisabeth unter vier Augen mit ihm sprechen, und so ging er nicht, wie sonst allmorgendlich, auf Arbeitssuche. Meist handelte es sich dabei um einmalige Tätigkeiten für ein paar Cent wie Autowäsche, Trägerdienste oder Fegen des Bürgersteigs vor den Auslagen eines der Edelgeschäfte in der Internationalen Konzession. Jede Art von Arbeit – mit Ausnahme derjenigen, auf die Theodor spezialisiert war. Seit dem Beginn der japanischen Okkupation interessierte sich niemand mehr für klassische Musik; es gab jedenfalls keinen, der dafür etwas zu zahlen bereit war. In Frenchtown, hieß es, habe bis vor einiger Zeit ein ganz passables Kammerorchester gespielt, doch seit der allgemeinen Mobilmachung in Frankreich, die viele dazu zwang, ins Mutterland zurückzukehren, hatte sich das Orchester aufgelöst. Die Pekinger Philharmoniker hatten hier zum letzten Mal vor den japanischen Bombardements gastiert. Nicht dass das Orchester aus Peking Weltklasse besessen hätte, aber es war ein durchaus würdiger Vertreter der sinfonischen Zunft. Mit allem, was man gern als »Hochkultur« bezeichnet, war es seit der Okkupation vorbei, und Shanghai wurde so etwas wie eine riesige offene Kneipe, in der nur das geistlose Vergnügen Anklang fand. Und dort, wo es Hausorchester gab, die in den großen Luxushotels zum Tanz aufspielten, hätte jedes Pult zehnfach belegt werden können, so viele Kandidaten warteten darauf, einen Platz zu ergattern. Die Lage wurde auch dadurch erschwert, dass die arbeitslosen Musiker überwiegend aus Asiaten bestanden, die bevorzugt eingestellt wurden, weil sie niedrigere Löhne forderten. Theodor war ein anerkannter Virtuose, gar kein Zweifel, doch die Inhaber der Gaststätten, in denen Livemusik geboten wurde, ließen sich – vor allem, wenn es Chinesen waren – nicht sonderlich davon beeindrucken, ob jemand in Europa oder sonstwo als große Nummer galt. Und von Theodor selbst konnte man auch nicht gerade sagen, dass er besonderes Talent besessen hätte, sich den neuen Umständen und Anforderungen anzupassen – beispielsweise einen Rumba zu intonieren, während an den umliegenden Tischen Messer und Gabel klapperten, Kellner Bestellungen aufnahmen und betrunkene Gäste alles Mögliche und Unmögliche riefen. Das entsprach ganz und gar nicht dem elitären Umfeld, in dem sein Musikverständnis angesiedelt und in dem er von Erfolg zu Erfolg geeilt war.

Sogar der von seinen Musikerkollegen gemachte Vorschlag, sich abends nach dem Kampf ums tägliche Brot zum gemeinsamen Musizieren zu treffen, erschien ihm als schier übermenschliche Anstrengung. Daher nahm sich Simon Zinner dieser Idee an. Er konnte zwar selbst nicht mehr auf seiner geliebten Querflöte spielen, weil seine in Dachau zertrümmerten Knochen nicht richtig zusammengewachsen waren; doch dafür erwies er sich als ausgezeichneter Organisator. Tagsüber putzte der Flötist a. D. (a. D. im doppelten Wortsinn – außer Dienst und aus Dachau) in der Küche eines der großen Hotels der Konzession, doch jeden Dienstag und Donnerstag gelang es ihm, seine ehemaligen Kollegen abends zur Probe zu versammeln. Dies kostete ihn ungeheuer viel Kraft und Nerven, denn die Leute kamen erschöpft und ohne jedes Fünkchen Motivation, nun auch noch zu musizieren, von einem harten Arbeitstag in Hongkou. Doch Zinners Beharrlichkeit obsiegte über die Apathie, und allmählich verwandelten sich die abendlichen Proben in eine Abwechslung, einen Farbtupfer im grauen Einerlei und weckten vergessen geglaubte Freuden und Leidenschaften in den Musikanten.

Das erste öffentliche Konzert in der halbzerstörten Halle der Maschinenfabrik für Stahlkonstruktionen gaben sie an Yom Kippur. Die Menschen weinten, als Theodor Weisberg mit vor Gerührtheit heiserer Stimme die Gründung der »Shanghaier Filiale der Dresdner Akademischen Philharmonie« bekanntgab. Ganz vorn, als Ehrengäste, saßen die Nonnen vom Orden der Karmeliterinnen einschließlich der Mitglieder der Karmeliter-Blaskapelle. Angeführt wurden die Schwestern von Mutter Antonia, die stolz und glücklich war über dieses Konzert, zeigte es doch, dass sich Lebenswille unter den verzweifelten Flüchtlingen regte.

Konzertmeister und Dirigent war natürlich Theodor Weisberg. Die Aufführung des Konzerts für Violine und Orchester von Peter Tschaikowsky wurde – wie die Zeitungen geschrieben hätten – mit frenetischem Applaus quittiert, vielleicht auch, um hinter erhobenen Händen die neuerlich fließenden Tränen der Rührung zu verbergen.

Damit waren Theodors Fähigkeiten, mit den ungewohnten Schwierigkeiten fertigzuwerden, vor die ihn das Leben als Flüchtling jeden Tag aufs Neue stellte, erschöpft. Ganz anders seine Frau Elisabeth, die mit Würde und – wenn man das so sagen darf – wie ein ganzer Kerl die Prüfungen akzeptierte, die das Schicksal ihr so reich bescherte. Als Theodor und sie in Shanghai eintrafen, verfügten sie so gut wie über keine finanziellen Mittel. Die nationalsozialistischen Machthaber gestatteten die Ausfuhr von Geld nur bis zur Höhe von zehn Reichsmark pro Person, und die Dollars aus dem Hilfsfonds der jüdischen Organisation »Joint«, die von der Schifffahrtsgesellschaft beim Anlegen der Schiffe ausbezahlt wurden, schmolzen dahin, bevor die Menschen sich's so recht versahen. Mit seiner sprichwörtlichen Leichtgläubigkeit – oder war es nur sein Unwille, sich mit materiellen Dingen zu befassen? – nahm Theodor seiner Frau die Geschichte ab, dass der Familienschmuck bei einem Einbruch gestohlen worden sei, während er sich in Dachau befand. Auf die Schnelle war auch kein Käufer zu finden für das Haus in der Dante-Alighieri-Straße, und vielleicht bemühten sie sich auch nicht so recht, weil sie insgeheim ja doch hofften, eines Tages nach Deutschland zurückkehren zu können, und dann – dann brauchten sie doch ein Heim. Sie wussten nicht, konnten nicht wissen, dass, noch bevor der Krieg zu Ende wäre, ihr geliebtes Dresden und mit ihm auch ihr Besitz in Schutt und Asche liegen würde.

Hauptsorge war jedoch nicht die Geldlosigkeit, da Elisabeth recht bald mithilfe der unermüdlichen Mutter Antonia eine Stelle als Klavier- und Deutschlehrerin bei Jonathan Bassat fand, einem der legendären Bagdader Juden. Herr Bassat, ein kleiner und rundlicher, heiterer Mensch, der dem Geschlecht der Bankiersfamilie Bassat aus Alexandria entstammte, herrschte über ein großes Exportkontor an der Avenue Edward VII. Elisabeths Aufgabe war es, seinen Sohn und seine Tochter täglich zu unterrichten. Dafür bekam sie ein so bescheidenes Salär, dass es gerade mal zum Überleben reichte, aber trotz der im Zuge der Wirtschaftskrise sich rasant entwickelnden Inflation war nicht das Geld ihre Hauptsorge. Ja, selbst die jungen chinesischen Epigonen der deutschen Hitlerjugend brachten Elisabeth nicht aus dem Gleichgewicht. Als sie einmal ihr »Dortoir«, wie die großen Schlafsäle auf Französisch genannt wurden, stürmten, den Ruf »*Nagoni*! – Fremdlinge!« auf den Lippen (womit hier vor allem die Juden aus Deutschland gemeint waren), und begannen, mit ihren Bambusstöcken alles kurz und klein zu schlagen, was ihnen im Weg stand oder lag, erstarrte sie keineswegs in panischem Entsetzen.

Da sich zu dieser Stunde des Tages keine Männer im Raum befanden, griff sie – während Frauen und Kinder aufkreischten und die Eindringlinge Fensterscheiben und Betten zertrümmerten – nach einem dreibeinigen Hocker und schwang ihn gegen die Rowdys.

»Missratene Ausgeburten, raus! Raus, hab ich gesagt, ihr verfluchten Vandalen!«

Sie führte sich auf wie eine Furie, und – das Unerhörte geschah: Sie hörte einen auf Chinesisch gebrüllten Befehl, und die Schlägertruppe machte, dass sie hinauskam. Der letzte Chinese, möglicherweise ihr Anführer, ein junger Mann mit Heidelberger Studentenmütze, warf einen neugierigen Blick auf diese groß gewachsene, aparte Frau mit dem kupferfarbenen Haar und den grünen Augen, die keine Angst zeigte. Und was wollten sie sonst, als diese weiblichen *nagoni* zu erschrecken.

»Beleidigen Sie die Vandalen nicht, gnädige Frau«, sagte er in annehmbarem Deutsch. »Sie waren ein germanischer Stamm und kein jüdischer Abschaum!«

Das war zu viel. Elisabeth warf ihren Hocker nach ihm, doch der junge Chinese war schon aus der Tür, die er lachend hinter sich zugeworfen hatte.

Doch das Problem waren auch nicht diese Vandalen, die einen germanischen Volksstamm nachäfften. Nein, das Problem war dieser Schlafsaal selbst. Elisabeth war keineswegs verwöhnt und gehörte auch nicht zu den prätentiösen Damen, doch auch bei ihr gab es eine Schmerzgrenze. Was sie nicht ertragen konnte, war das Leben in diesem widerlichen Gemeinschaftsschlafsaal, in dem immer irgendjemand Geräusche machte, schnarchte, im Schlaf weinte oder sprach. Andauernd kam jemand herein oder ging hinaus. Der eine flüsterte durchdringend, der andere kaute nachts krachend auf einem trockenen Stück Brot herum – und dann noch die Kinder, die husteten und sich dabei verschluckten …

Am schlimmsten war vielleicht, dass es in dieser ehemaligen Seidenspinnerei keine Kanalisation gab. Solange hier noch der Manufakturbetrieb lief, waren die Industrieabwässer ungefiltert in den Suzhou abgeflossen. Jetzt, da die Werkshalle mit Flüchtlingen belegt war, musste jeden Morgen eine dafür eingeteilte Gruppe die Holzeimer mit den Ausscheidungen auf die Straße tragen – und warten, bis die holprige »Fäkalienkarre« auf ihren zwei Rädern angerollt kam, und das bei Hitze und Kälte, Sonnenglut und Monsunschauern. Die Fäkalienkarre war eine gewaltige, von einem Büffel gezogene Holztruhe auf Rädern, in die ein alter Chinese die Eimer leerte, um mit seiner Ladung zu den Sümpfen und Reisfeldern am Delta bei Putung zu fahren. Er nahm fünf Shanghai-Cent pro Eimer.

Dann erneutes Warten auf der Straße, um den Ausrufer nicht zu verpassen, der den Heißwasserverkäufer ankündigte. »Zehn Cent für eine Gallone abgekochtes warmes Wasser, Me'em. Quellwasser, Me'em. Sehr gut zum Trinken, Me'em, wirklich sehr gut. Zehn Cent.« Nur abgekochtes Wasser zu trinken und nur mit abgekochtem Wasser das Gemüse zu waschen war wichtiger noch als das Essen selbst, nämlich lebenswichtig. Denn das, was man in dieser Gegend von Shanghai als Trinkwasser bezeichnete, roch nicht nur nach Sumpf, es war auch ein Brutherd für allerlei Krankheitserreger, von denen Typhus und Ruhr nur die bekanntesten waren. Es gab auch einen in Europa unbekannten, aber gefährlichen Erreger namens *Amoeba*, der sich in die Leber einnistete und sie langsam in ihre Bestandteile auflöste.

Dies war es, was Elisabeth einfach nicht verkraftete: Keine eigene Wohnung zu haben, keine Toilette, kein fließendes Wasser. Ausgerechnet ihr, die zweimal täglich eine Dusche nahm, die kein Stäubchen auf dem Lack des Klaviers duldete, keine unregelmäßige Falte im Vorhang, keinen schmutzigen Aschenbecher und keine gedankenlos hingeworfene Zeitschrift ertragen konnte ... ausgerechnet ihr nun das!

Auf der Bank an der staubigen Uferpromenade, bekannt als Suzhou Creek, brach sie eines Tages plötzlich in Tränen aus. Zum allerersten Mal. Theodor schaute sich hilflos um, dann nahm er ihre kalten Hände und küsste sie.

»Ich halte das nicht länger aus«, schluchzte sie. »Und wenn ich nach dem Unterricht noch irgendwohin putzen oder Teller waschen gehe, aber so halte ich das nicht mehr aus. Ich will eigene vier Wände für uns. Egal, ob ein Zimmerchen, eine Besenkammer oder eine Streichholzschachtel. Aber ich möchte, dass ich auch mal die Tür hinter dir und mir zumachen kann, *nur* hinter dir und mir!«

Theodor konnte auch diesmal seine Zerknirschung darüber nicht verbergen, dass Elisabeth ihrer beider Lebensunterhalt fast allein bestritt. Sein Beitrag zum Familienbudget war eher sporadisch und lächerlich gering. Nachts konnte er nicht einschlafen vor Sorge, und es bereitete ihm Beklemmungen, dass Elisabeth, eine Deutsche, jetzt dies alles seinetwegen zu erleiden hatte! Der Gedanke daran tat ihm regelrecht körperlich weh, stach wie eine Klinge in seine Brust, und er glaubte manchmal, ihm bleibe das Herz stehen.

Zum hundertsten Mal wiederholte er dieselbe Leier: »Es tut mir so leid, Elisabeth... Meine Liebe! Ich bedaure aufrichtig, dass ich der Grund für all dies bin... Aber ich weiß nicht, ich weiß wirklich nicht, wie...«

Sie unterbrach ihn gereizt: »Hör doch auf, Unsinn zu reden! Hör einfach auf, sonst höre ich auf, dich zu respektieren! Ich bin deine Frau, wann begreifst du das endlich? Ich frage dich: Begreifst du, was das heißt? Deine Ehefrau! Du hast mich weder gezwungen, mit dir zu kommen, noch bist du schuld an den Gemeinheiten dieser Idioten in Deutschland. Hör einfach auf, verstehst du, du erstickst mich sonst! Was ich von dir will, ist eines, nur eines: eine Wohnung! Eine freie Wohnung für uns beide!«

Das war leicht gesagt! Freie Unterkünfte lagen in Hongkou nicht einfach so am Weg, und außerhalb des Viertels, geschweige denn in der Internationalen Konzession, waren die Mieten und Hotelpreise astronomisch. Doch das Schicksal hatte ein Einsehen und schickte – Shlomo Finkelstein vorbei. Der dicke Gnom kam vom Fluss und hielt einen riesigen Strauß blühender Jasminzweige im Arm.

»Für Sie, Frau Weisberg«, sagte Shlomo ehrerbietig.

»Danke, Shlomo«, erwiderte Elisabeth und versuchte, die Strenge aus ihrer Stimme zu nehmen. »Das ist sehr lieb von dir. Aber sag mir ehrlich: Wo hast du sie abgebrochen? Und versuch nicht zu lügen!«

»Im Englischen Garten«, antwortete Shlomo unschuldig wie ein Kind.

»Du weißt doch, dass man so etwas Diebstahl nennt, oder?«

»Wieso das, gnädige Frau? Der Park ist öffentlich, er gehört niemandem.«

»Wem er gehört, das wirst du schon sehen, wenn sie dich am Schlafittchen kriegen und einsperren.«

»Machen Sie sich nur keine Sorgen, gnädige Frau. Hab dem

Parkwächter zwanzig Cent gegeben; da hat er mir sogar beim Pflücken geholfen.«

Gegen so viel Charme war auch eine überkorrekte Deutsche machtlos. Sie musste lachen. Und Theodor fragte mit hoffnungsvoller Stimme: »Shlomo, irgendwelche Neuigkeiten in Sachen Unterkunft?«

»Nein, leider nein, Herr Weisberg. Wo soll man in diesem zerbombten und ausgebrannten Viertel eine Bleibe hernehmen? Selbst die Chinesen leben ja zu zehnt in einem Raum. Sogar sie. Ich hätte Ihnen ja mein Dachsloch angeboten, aber da würden Sie beide nur ersticken.«

Als er sah, wie sich Verzweiflung auf dem Gesicht Weisbergs ausbreitete, beeilte er sich hinzuzufügen: »Haben Sie ein bisschen Geduld, Herr Weisberg. Nur noch ein bisschen. Ich habe mitbekommen, dass viele chinesische Familien bald zu ihren Verwandten nach Süden, in die Berge, ziehen werden, wie jeden Sommer. Dann vielleicht …«

Und so kam es dann auch. Als der Winter vorüber war, verließen ganze Sippen im Dunkel mondloser Nächte die Stadt mit ihren wenigen Habseligkeiten und machten sich auf den Weg nach Süden in die Bergdörfer über Hangzhou, wo schon die erste Reisernte bevorstand und das Leben nicht ganz so beschwerlich war wie in Hongkou. Die japanischen Besatzer verschlossen die Augen vor diesen illegalen nächtlichen Umsiedlern. Zwar unterstanden die Gebiete, in die sie gingen, der Kontrolle der chinesischen Nationalisten, doch wenn man bedachte, welche Erleichterung dieser Exodus angesichts der kommunalen Probleme bedeutete, war es besser, nicht hinzuschauen. Außerdem wurde so ein wenig Lebensraum auch für japanische Immigranten frei, meist arme Städter oder proletarisierte Menschen aus Dörfern, die keine Erwerbsmöglichkeit mehr auf den überbevölkerten japanischen Inseln sahen. Nach dem Beginn der japanischen Offensive hatten sich schubweise an die siebzigtausend Japaner im Norden von Hongkou angesiedelt und rasch eine verschworene japanische Gemeinschaft gebildet, die fast vollkommen unter sich blieb und »Little Tokio« genannt wurde.

28

Am Eingang zur deutschen Botschaft nahm die persönliche Sekretärin des Barons die drei Herren in Empfang. Ihre typisch nordische Schönheit stach sofort ins Auge. Mit zurückhaltender Höflichkeit bat die blonde junge Frau sie, doch einzutreten, und entschuldigte sich gleich, dass der Herr Baron sie um etwas Geduld bitte, da er derzeit in einer Unterredung mit einer japanischen Delegation sei. Der heutige Tag steckte voller Überraschungen! Zum ersten Mal wurden sie nicht widerstrebend empfangen, sondern wohlwollend, mit betonter, wenn auch etwas kalter Höflichkeit – und dies ausgerechnet in der offiziellen Vertretung jenes Landes, das sie hierher vertrieben hatte.

»Möchten Sie vielleicht einen Tee? Oder lieber etwas Erfrischendes?«

Der chinesische Diener in traditioneller schwarzer Seidentracht goss Tee ein, verbeugte sich und verschwand lautlos wie ein Schatten. Rabbi Leo nippte an dem aromatischen Grüntee und betrachtete dann mit fast kindlicher Neugier die Tasse aus feinstem chinesischen Porzellan, das außen mattschwarz lasiert und mit goldenen Drachenmotiven verziert war. Drachen, so ging die Sage, schützten die Menschen vor Unheil. Dieser Aberglaube war bis jetzt leider nicht bewiesen, oder er bezog sich nur auf Chinesen. Unerforschlich sind die Geheimnisse der fernöstlichen Mystik, verschlungen und fein wie ein mit dem Pinsel gemaltes chinesisches Schriftzeichen. Er warf einen flüchtigen Blick auf die Sekretärin und bemerkte den ihren, der gespannte Aufmerksamkeit verriet. Sie blätterte in irgendwelchen Papieren, schaute aber von Zeit zu Zeit nachdenklich auf die drei Männer, als versuchte sie, ihre Gedanken zu lesen. Was erregte nur so sehr die Neugier dieser Deutschen?, fragte sich der Rabbi. Vielleicht hatte sie noch keinen jüdischen Geistlichen in traditionellem Gewand gesehen? Möglich. Schließlich waren in Shanghai Rabbis seltener als Amurtiger im zoologischen Garten. Oder sie hatte überhaupt noch nie deutsche Juden gesehen. Auch das soll es geben. Es existierten ja Gegenden, die nach der nationalsozialistischen Rassenlehre rein arisch waren. Wenn sie da aufgewachsen war …

Die Sekretärin brach als Erste das Schweigen: »Wie fühlen Sie sich an diesem Ort, Rabbi Levin? Entschuldigen Sie, wenn ich nicht die richtige Anrede gewählt habe …«

»Das ist ohne Bedeutung, Fräulein. Ich bin, wie man so sagt, nur ein einfacher Diener Gottes. Wichtig ist, wie sich der Diener an seinen Arbeitgeber wendet, vor allem, wenn Sie den meinen nehmen. Jehova ist ein ziemlich strenges und böses Alterchen! Und was Ihre Frage betrifft: Wunderbar. Vor allem in letzter Zeit, seit die Preise für getrocknete Heuschrecken gefallen sind.«

Hier mischte sich Professor Mandel mit finsterer Miene ein: »Glauben Sie ihm nicht. Es geht uns schlecht. Schlechter kann es nicht gehen.«

»So redet nur ein Pessimist«, stichelte der Rabbi weiter. »Der Optimist weiß: Schlimmer geht immer!«

Die Sekretärin musste unwillkürlich lachen, doch dann wurde sie wieder ernst.

»Ich weiß. Ich weiß, dass Sie unter ganz schlimmen Bedingungen leben. Sind Sie schon lange in Shanghai?«

»Unterschiedlich, mein Fräulein«, antwortete der Rabbi. »Der Professor und ich, wir waren unter den Ersten, die im vergangenen Sommer gekommen sind. Herr Weisberg ist … lassen

Sie mich nicht lügen ... seit fünf Monaten hier.« Und leicht zu Theodor gewandt: »Oder vertu ich mich da, Theodor?«

»Seit sieben«, erwiderte dieser knapp.

»Oh, Theodor Weisberg, der Geiger?«, rief die junge Frau überrascht aus.

Theodor nickte irritiert. »Verzeihung, kennen wir uns?«

»O nein. Aber ich kenne Sie. Ich habe eines Ihrer Konzerte besucht, in Potsdam.«

»Nicht zu fassen! Da trifft man am anderen Ende der Welt einen Menschen, der dir in Potsdam zugehört hat ...«

»Sie waren unvergleichlich«, sagte die junge Frau, »vor allem in den Solocapricen von Paganini.«

»Danke, freut mich, das zu hören ...«

Er schwieg einen Moment, dann fügte er mit leiser Trauer hinzu: »Potsdam, ja ... Die Gärten von Sanssouci, die blühenden Apfelhaine. Endlos weiße Wolken an den Ufern der Werder ... Jetzt kommt es mir so vor, als hätte all das nie existiert, als hätte ich es bloß geträumt ... Solocapricen ...«

»Das haben Sie keineswegs geträumt, Herr Weisberg. All das existiert, das kann ich bezeugen ... Ich bedaure, dass sich die Umstände zu Ihren Ungunsten entwickelt haben, doch hoffen wir ...«

»Auf was sollen wir hoffen?«, fragte Professor Mandel mit leicht aggressivem Unterton. »Haben Sie uns denn auch nur irgendetwas gelassen, auf das wir hoffen könnten?«

Es sah aus, als fühlte sich die Sekretärin von dem scharfen Ton des Professors verletzt, denn sie führte in sachlicherem Ton ihren Satz zu Ende. »... hoffen wir, dass der Krieg bald zu Ende ist. Das wollte ich sagen. Die Nachrichten, die wir aus Europa bekommen, sind ausnehmend gut. Geradezu ermutigend. Nachdem unsere Panzerkolonnen im Nu ins französische Hinterland vorgedrungen sind, haben unsere Divisionen jetzt eine groß angelegte Offensive begonnen. Laut gestrigem Kommuniqué der Kommandozentrale zieht sich der Feind auf ganzer Linie zurück, und der Einmarsch in Paris ist nur noch eine Frage von Tagen.«

»Um Gottes willen«, murmelte der Rabbi erschrocken.

»Wussten Sie das nicht?«, fragte die junge Frau beiläufig.

»Natürlich nicht ... Woher sollen wir in Hongkou denn ein Radio nehmen?«

Warum nur wurde Theodor Weisberg das Gefühl nicht los, dass das unbeteiligte Benehmen der Sekretärin nur gespielt war und sie diese Information keineswegs zufällig geäußert hatte, sondern um sie über den Stand der Dinge zu unterrichten? Darauf ließ auch ihr eindringlicher Blick schließen, in dem noch etwas anderes, Unausgesprochenes zu lesen war. Eine neue Gefahr, die sich über ihnen zusammenbraute? Eine Unannehmlichkeit, die ihnen bevorstand? Die blonde Sekretärin wirkte keineswegs dumm oder einfältig. Es war unmöglich, dass sie nicht wusste, dass für vertriebene Juden wie sie diese Nachrichten wohl kaum – wie hatte sie sich ausgedrückt? – »ausnehmend gut« und »ermutigend« waren. Oder war das lediglich Wunschdenken, und er bildete sich alles nur ein? Es konnte ja auch sein, dass ihr leidenschaftsloser Ton einfach nur die Selbstgewissheit des Siegers ausdrückte. Eine Walküre, die den Fuß auf die Brust des überwältigten Feindes gesetzt hatte.

Eine angespannte Stille trat ein, die der Rabbi schließlich zögernd brach. »Entschuldigen Sie, wenn meine Bitte unverschämt klingt ... Aber wir in Hongkou, wir sind vollkommen isoliert und erhalten keinerlei Nachrichten über das, was in Europa passiert. Und die wenigsten von uns können es sich auch leisten, in der Konzession Zeitungen zu kaufen. Wir haben aber gehört, dass Sie seit Kriegsbeginn ein Informationsbulletin herausgeben. Wäre es möglich, uns dazu Zugang zu verschaffen?«

»Aber natürlich, es ist ja nicht vertraulich. Wir sind sogar interessiert daran, dass die Allgemeinheit hier gut informiert ist.

Vor allem jetzt, wo der Abschluss des Dreimächtepakts zwischen Rom, Berlin und Tokio bevorsteht, der vieles ändern wird, auch hier, in Shanghai. Es ist sogar zu erwarten, dass er die Lage drastisch verändern wird.«

Und wieder sah sie Theodor Weisberg mit diesem bohrenden Blick an, und wieder hatte er das Gefühl, das Fräulein wolle ihn vor etwas Gefährlichem warnen. Die drei Männer schauten sich schweigend an. Dreimächtepakt! Bedeutete das nicht, dass der Krieg in Europa und der Krieg im Fernen Osten, so weit voneinander entfernt, so verschieden und mit so verschiedenen Zielen, sich vereinten zu einem Ganzen, das die Welt wie in eine Schraubzwinge einklemmte?

Die Sekretärin wartete die Reaktion der Männer nicht ab, sondern fügte hinzu: »Doch das ist sozusagen Zukunftsmusik, das sind Vermutungen. Wenn es neue Entwicklungen geben sollte, bin ich gern bereit, sie Ihnen mitzuteilen. Sie können sich im Notfall auch gern telefonisch mit mir in Verbindung setzen. In der städtischen Telefonzentrale ist meine Nummer bekannt.«

»Vielen Dank, Sie sind sehr freundlich. Offen gesagt, wir waren es schon nicht mehr gewöhnt … wie soll ich sagen …«

Die Sekretärin lächelte freundlich.

»Nicht nötig, dass Sie das sagen. Das versteht sich doch von selbst. Letztlich sind wir ja doch Landsleute, nicht wahr?«

»Letzten Endes – ja. Teilweise«, warf Professor Mandel finster ein. Er gehörte offenbar nicht zu denen, die einen Dialog mit faschistischen Dienststellenmitarbeiterinnen für nützlich hielten, auch wenn sie sich so freundlich gaben wie diese hier. Rabbi Leo hingegen war weniger kategorisch.

»Wie – Sie anrufen? Wir wissen ja noch nicht einmal Ihren Namen«, sagte er.

»Braun. Fragen Sie nach Fräulein Hilde Braun. Dann wird man Sie verbinden.«

29

Als England und Frankreich gleichzeitig Deutschland den Krieg erklärten, befanden Hilde und der Ungar sich schon auf dem Weg nach Toulon. Die große Hafenstadt war in einen patriotischen Taumel verfallen. Die Menschen hängten Trikoloren aus den Fenstern, als wäre morgen Nationalfeiertag, 14. Juli, und nicht der Beginn eines neuen Krieges. Zu diesem Zeitpunkt wusste noch niemand, dass an ebendiesem nicht mehr fernen Tag, an dem die Befreiung der Revolutionsgefangenen aus der Bastille gefeiert wird, über dem Eiffelturm nicht die französische Flagge, sondern die deutsche Hakenkreuzfahne wehen würde. Über den Champs-Élysées würde anstelle der berittenen Prätorianergarde mit ihren glänzenden Helmen eine deutsche Panzerkolonne rollen, schmutzig und schlammbespritzt und gar nicht festlich, dafür aber siegreich. Schon einen Monat zuvor, am 14. Juni, war Paris in den Händen der Deutschen, und eine Woche nach dem Fall seiner Hauptstadt würde Frankreich in einem Waggon in Compiègne eine erniedrigende Kapitulationserklärung unterschrieben haben. Denselben Waggon, in dem zwei Jahrzehnte zuvor das deutsche Kaiserreich seine Kapitulation hatte unterzeichnen müssen. Doch noch war es nicht so weit, und die Menschen, die glaubten, dass es dazu kommen könne, befanden sich in der Minderheit. Die Berauschten sangen aus voller Kehle die Marseillaise: »Le jour de gloire est arrivé …«

Die Kriegsmaschinerie kam erneut auf Touren. Die Menschheit hatte enorme Fortschritte in der Entwicklung neuer Waffen gemacht, doch leider nicht bei der Entwicklung neuer Ideen, die deren Anwendung ausschlossen. Über die Straßen marschierten mobilisierte Reservisten. Die Zivilbevölkerung schaute verzückt auf die vorbeirollenden Panzerregimenter, auf die für sie außerhalb jeden Zweifels stehende militärische Überlegenheit der *grande nation*. Frankreich war Deutschland übrigens nicht nur bei den Panzern, sondern auch in allen anderen Waffengattungen überlegen, von der schweren Artillerie bis zu den Kampfflugzeugen. Dies war ein unbestreitbares Axiom. Die Gastwirte schenkten den Soldaten Wein und Zigaretten, das Radio beschallte die Plätze unaufhörlich mit munteren Märschen. Und niemandem kam in den Sinn, dass zur selben Zeit arbeitsscheue und wenig vorausschauende Generalstäbe gerade erst begannen, über eine militärische Strategie, eine Taktik nachzudenken, so als handelte es sich bei diesem Krieg um ein zukünftiges und nicht um ein bereits stattfindendes Ereignis.

Am Hafen von Toulon war das Chaos vollkommen: Militärische Truppen wurden verladen, Pferde und Kriegstechnik zur Verstärkung der Garnisonen in Nordafrika; englische Einheiten, die aus dem Nahen Osten zurückkehrten, landeten hier gerade an. Polnische Freiwillige und Juden aus Amsterdam suchten verzweifelt einen freien Platz auf einem der Schiffe, die nach England fuhren. Im Durcheinander war schwer zu sagen, wer warum wohin auf dem Weg war; doch dass die Hoffnungen der Menschen bei diesem unglaublichen Andrang auf den Schiffen nur als höchst naiv zu bezeichnen waren, leuchtete auch einem oberflächlichen Betrachter ein.

Aber wie es eben im Leben so ist: Die Lösung in aussichtslosen, ans Absurde grenzenden Situationen liegt oft ganz nah. Hilde und der Ungar suchten ihren Platz daher nicht dort, wo alle anderen ihn suchten, auf den Hauptanlegestellen, bei den großen Überseeschiffen, sondern ein wenig abseits, am Fischereihafen. Das unerträgliche Französisch des Herrn Kelety und das bezaubernde, vielversprechende Lächeln des Fräuleins Braun, unterstützt durch ein paar amerikanische Dollar, erweckten unter den Fischern so große Sympathie und Hilfsbereitschaft, dass sie die beiden auf einem Fischtrawler ans südliche Ufer des Mittelmeers, nach Bizerte am Cap Blanc nördlich von Tunis, mitnahmen, ohne nach Pässen oder abgelaufenen Visa auch nur zu fragen. Im Übrigen gab es unter den Grenzschutzpolizisten in diesem historischen Moment nicht eben viele, die sich für derlei bürokratischen Kram interessierten.

Der Weg von Tunis nach Ägypten war deutlich schwieriger als die Benutzung der Pariser Metro zur Spitzenzeit des Berufsverkehrs. An Afrikas Nordküste zirkulierten aber eine Unmenge Küstensegelschiffe von Schmugglerbanden sowie Fischkutter, die den Passagen der Sardinenschwärme folgten. Auch sie waren gegen ein kleines Trinkgeld bereit, den einen oder anderen Passagier an Bord zu nehmen, ohne sich für Details wie Papiere oder Staatsangehörigkeiten zu interessieren. Die Köpfe der englischen und französischen Kolonialherrn in diesen Breiten waren im Moment von ganz anderen Sorgen in Anspruch genommen als der, die Pilgerströme von Deserteuren oder Flüchtlingen einzudämmen oder des Schmuggels mit algerischen Zigaretten und marokkanischem Anisschnaps Herr zu werden.

In den Nachtlokalen Alexandrias gingen die beiden als reiches Ehepaar durch, das die erstaunten Blicke englischer Offiziere und ihrer Mädchen auf sich zog, weil sie einfach nicht begreifen konnten, wie eine so attraktive Blondine sich mit einem so dürren und immer leicht angetrunkenen Kavalier abgeben konnte. »Da kommt die wiedererstandene Nofretete mit der Mumie des Echnaton!«, begrüßte sie Javier da Silva, Kapitän des unter panamesischer Flagge segelnden Passagierschiffs »Asunción II«. Als der Kapitän mit dem Aussehen eines Bonvivant in den besten Jahren sich ihnen mit einer Flasche Gin näherte und um die Erlaubnis bat, sich an ihren Tisch setzen zu dürfen, konnte Hilde noch nicht ahnen, dass dies der Moment war, in dem ihr Glücksstern erneut aufging. Doch schon nach dem ersten gemeinsamen Glas war heraus, dass die »Asunción II« in zwei Tagen den Anker lichtete und durch den Suezkanal, das Rote Meer und den Golf von Aden direkt Kurs auf Fernost nahm und über Macao, Singapur und Manila den ersehnten Hafen von Shanghai ansteuerte.

Hilde und Isztván waren zwar im Moment bestimmt nicht reich, aber doch zweifellos für eine gewisse Zeit »aus dem Schneider«. Das Collier aus japanischen Rosenperlen mit Goldanhänger des Dr. Hiroshi Okura, verkauft an einen seriösen Pariser Juwelier in der Rue Rivoli, gestattete es ihnen, sich standesgemäß zwei Kajüten erster Klasse zu mieten – wie es sich für königliche Hoheiten vom Range Nofretetes und Echnatons geziemte. Vor dem Hintergrund der trüben Zukunftsaussichten war dies sicherlich pure Geldverschwendung; doch die beiden Flüchtlinge waren nicht ganz unbegründet zu der Überzeugung gelangt, dass es nicht gut war, in den Augen von Kapitän da Silva als notleidende Flüchtlinge dazustehen. Die große ägyptische Hafenstadt wimmelte auch ohne Hilde und den Ungarn nur so von heimatlosen und meist auch mittellosen, vom Winde verwehten Abenteurern, internationalen Betrügern, desertierten Fremdenlegionären oder einfach nur armen Unglücksraben.

Und siehe da, der Kapitän wühlte im tiefen Fach der eisernen Reserven und fischte zwei Kajüten für Notfälle heraus, vor allem nachdem er gehört hatte, dass seine beiden neuen Passagiere nicht etwa Jungvermählte auf der Hochzeitsreise, ja noch nicht einmal ein Liebespaar waren, sondern nur zwei reiche Müßiggänger, die einen Weg suchten, um so schnell wie möglich aus dem kriegführenden Europa zu verschwinden. Was er nicht erfuhr, war, dass die Dame Jüdin und ihr Kavalier ein von der ungarischen Polizei wegen einer Morphiumaffäre Gesuchter war. Ganz richtig hatten die beiden erkannt, dass man gut daran tat, dem ehrenwerten Kapitän nicht mehr Details zu verraten als nötig.

Die Kontrollen der Grenzschutzpolizei von Alexandria auf der »Asunción II« waren mehr als nachlässig. Sie wollten nur wissen, woher das Schiff kam (aus Stockholm) und zu welchem Zweck es in Alexandria eingelaufen war (Zwischenstopp). Der englische Major besah sich voller Skepsis Hildes deutschen, mit französischen Stempeln übersäten Pass; doch ihre Geschichte, dass sie vor den Nationalsozialisten aus Deutschland geflüchtet sei, gerade aus Frankreich komme und nun auf dem Weg nach Shanghai sei, hörte sich überzeugend an. Das entsprach ja auch der Wahrheit, nur wirkt eben die Wahrheit in diesem Rätsel namens Leben oft am wenigsten überzeugend. Der Krieg war noch jung. Die Deutschen gestatteten es Inhabern britischer Pässe noch, aus den von Deutschland okkupierten Staaten Europas auszureisen, und die Briten hinderten deutsche Diplomaten nicht an der Durchreise. Auch sowjetische Emissäre konnten ungehindert den blauen Planeten kreuz und quer durcheilen. Die Zeit, in der jeder Fremde, vor allem, wenn er aus dem feindlichen Lager kam, misstrauisch einer gründlichen Prüfung unterzogen wurde, war noch nicht gekommen. Die Hexenjagd nach Spionen, die beiderseitigen Schikanen gegenüber zivilen Personen würden erst später einsetzen, als der Himmel über London, Nürnberg und Leningrad von Fliegeralarm und Flugabwehrkanonen zerrissen wurde und die Menschen endgültig erkannten, dass es sich bei diesem Krieg nicht um eine kurzzeitige und banale bewaffnete Auseinandersetzung handelte, sondern um eine Schlacht, wie es sie in der Geschichte der Menschheit in diesem Ausmaß noch nie gegeben hatte.

30

Die Motoren tief unten im Rumpf dröhnten monoton und versetzten das gesamte Schiff in Vibration. Hilde schaute geistesabwesend durch die geöffnete Luke, denn der Anblick unterschied sich nicht von dem vor einer Stunde und würde es vermutlich auch nicht in der nächsten tun. Mit Ausnahme vielleicht der roten afrikanischen Sonne, die – während sie den Horizont hinabwanderte – zu einem Riesenball anwuchs.

Die »Asunción II« schipperte durch den Suezkanal nach Süden, zur Linken Asien, zur Rechten Afrika, vorbei an wüstenähnlichen Landstrichen, die im Abendrot verdämmerten. Vereinzelt waren Dattelwäldchen zu sehen, müde Fellachen, die Kamele, Ziegen und Buckelrinder mit langen Hörnern zurück in ihre Lehmhüttendörfer trieben.

Sie fuhr zusammen, als plötzlich die Klingel an ihrer Kajüte ertönte, gefolgt von einem dezenten Klopfen. Davor stand ein Mann mit bronzefarbener Haut und einer Marineuniform mit allem Drum und Dran, als wäre er Lord Nelson persönlich. Er hatte einen Schnurrbart und feuchtschimmernde, leicht hervortretende Augen. Er verbeugte sich formvollendet, als hätte er es wirklich mit keiner Geringeren als der göttlichen Nofretete zu tun.

»Für Sie, Miss Brown und Mr. Kelety. Von Kapitän da Silva … Wenn Sie etwas benötigen, können Sie über den Kammerdiener nach mir suchen lassen. Ich bin der Erste Offizier. Mein Name ist Paco Ramirez. Verfügen Sie zu jeder Tages- und Nachtzeit über mich. Und nun entschuldigen Sie bitte die Störung.«

Er ließ seinen feuchten Blick über die blonde Passagierin wandern, verbeugte sich erneut und verschwand. Hilde erinnerte dieser Mann eher an einen Zuhälter oder Drogendealer als an einen Ersten Offizier.

Der Umschlag, den er ihr überreicht hatte, trug in der oberen linken Ecke Wappen und Namen des Schiffs; darin lag eine kalligraphisch schön von Hand geschriebene Einladung, die in einem geschnörkelten Barockstil die Empfänger davon in Kenntnis setzte, dass Kapitän da Silva es als außerordentliche Ehre betrachten würde, wenn Hilde und ihr Begleiter geruhten, an seinem, dem Kapitänstisch, mit ihm zu Abend zu speisen. »Erlauben Sie mir, Ihnen meine aufrichtige Hochachtung …« und so weiter. Offensichtlich hatte auch da Silva die für echte lateinamerikanische Caballeros typische Schwäche für Rituale der Ehrerbietung. Hilde musste lächeln über das gestelzte altertümliche Französisch des Kapitäns, das sie an die Sprache aus der Corneille-Zeit, der Epoche der *honnêtes hommes* erinnerte. Besondere Bedeutung maß sie dieser Einladung jedoch nicht bei. Sie wusste nicht, dass dieser meerblaue Umschlag mit dem königlich wirkenden Wappen in gar nicht ferner Zukunft eine schicksalhafte Rolle in ihrem Leben spielen sollte.

Die Jüdin mit deutschem Namen und deutschem Pass hatte damit eine Art Fahrkarte mit Platzreservierung in jenem Zug erhalten, von dem Alain Conti so eindringlich gesprochen hatte, bevor er sie ziehen ließ, der Oberbefehlshaber über Korridore voller Statistinnen.

Das Restaurant für die Reisenden der ersten Klasse befand sich auf dem Oberdeck. Durch die weit geöffneten quadratischen Luken wehte eine sanfte Brise von der Wüste herein und bauschte die Vorhänge aus Atlasseide. Die beiden Reihen mit Ventilatoren an der Decke linderten die Schwüle der Tropennacht zumindest ein wenig. Ein kleines, aber feines Damenstreichorchester spielte auf. Die Tische waren trotz der frühen Stunde schon bis auf den letzten Platz besetzt – eines der sichersten Zeichen dafür, dass man sich auf einem Schiff befand, das lange unterwegs und auf dem die unheilbarste aller Seekrankheiten bereits ausgebrochen war: die Langeweile.

Als Hilde und Isztván Kelety, von Ramirez begleitet, das Restaurant betraten, sprang Kapitän da Silva sofort auf und eilte ihnen entgegen, um der Tischgesellschaft mit großer Geste die neuen Gäste vorzustellen. Das waren ein finnisches Ehepaar, das zur Handelsniederlassung ihres Landes in Victoria reiste, jener englischen Kolonie, die von den Chinesen selbst Hongkong genannt wurde, und zwei schwedische Ingenieure, die auch nach Shanghai fuhren, von wo aus sie einen Linienbus nach Kobe nehmen wollten. Sie verbargen nicht, dass sie Vertreter des schwedischen Waffenherstellers Beaufort waren und die Aufgabe hatten, einen neuen Typus auch im Gebirge leicht zu transportierender Haubitzen einzuführen. Dem unbeteiligten Beobachter wäre es sicher merkwürdig erschienen, dass das neutrale Schweden durch die Unterweisung in der Produktion neuer Waffen für ein kriegführendes Land Partei ergriff, doch zu jener Zeit, als der gerade ausgebrochene Krieg sich noch nicht zu einem Weltkrieg ausgewachsen hatte, passierten noch weitaus seltsamere Dinge.

Wenige Minuten später näherte sich dem Tisch, wieder geführt vom unermüdlichen Ersten Offizier Paco Ramirez, eine füllige Dame mittleren Alters, die unter ihrem Puder ein strahlendes Lächeln zeigte, das die Grübchen in ihren Wangen zur Geltung brachte. Sie strahlte Offenheit aus und wirkte unkompliziert, was ein angenehmes und von subtilen Rücksichtnahmen unbelastetes Miteinander versprach. Sie schien wohl eine alte Bekannte zu sein und bildete sofort den Mittelpunkt der kleinen Gesellschaft am Kapitänstisch, denn als sie darauf zusteuerte, standen alle ohne Ausnahme auf. Kapitän da Silva stellte ihr die neuen Gäste vor.

»Hier haben Sie eine Landsmännin, Fräulein Hilde Braun. Und dort Maestro Kelety, Pianist aus Ungarn …«

Der Maestro, der soeben zum ersten Mal mit diesem Titel bedacht worden war, verbeugte sich und küsste der neu Angekommenen die Hand, etwas, das er unter Leuten seines Schlags in Paris niemals getan hätte. Doch wie sagt der Franzose so schön: *Noblesse oblige*!

Als Kapitän da Silva am Ende seines umständlichen gegenseitigen Vorstellens angelangt war, enthüllte er endlich, wer die verehrte Dame eigentlich war: »... unsere liebe Freundin, Baronin Gertrude von Dambach.«

Die »Baronin« hinderte Gertrude von Dambach nicht daran, sich vollkommen ungezwungen zu verhalten und Hilde ein warmes Lächeln zu schenken. Ja, diese Baronin war jemand zum Anfassen, süß, weich und gepudert wie ein Berliner Krapfen.

Dann wurde aufgefahren: Wodka mit schwarzem russischem Kaviar, Champagner mit getrüffelter französischer Gänseleberpastete, eiskalter Chardonnay mit skandinavischem Räucherlachs ... All das hätte dem erlesensten Pariser Feinschmeckerrestaurant zur Ehre gereicht. Erster Offizier Paco Ramirez, hinter seinem Vorgesetzten stehend, verfolgte jeden einzelnen Akt dieses Spektakels mit gespannter Aufmerksamkeit, und da wir schon einmal bei barocken Dingen sind, so können wir auch sagen, dass er die Rolle des Zeremonienmeisters spielte.

Niemand schenkte den flüchtigen, aber wiederholten Blicken Beachtung, die zwischen dem Zeremonienmeister und dem Maestro aus Ungarn hin- und herflogen. Sie waren allzu sehr beschäftigt mit sich selbst und dem Hühnchen in Madeirasauce. Ebenso wenig wurden die strafenden Blicke Hildes bemerkt, die ihren Kavalier daran zu hindern versuchte, sich in einer für diese Gesellschaft ungehörigen Schnelligkeit mit Alkohol abzufüllen. Doch ihre Aufmerksamkeit wurde schon bald von der Baronin beansprucht, die Hilde wohl auf Anhieb ins Herz geschlossen hatte und nach einer Weile einfach darum bat, sich neben sie setzen zu dürfen, was eine Reihe von Platzwechseln erforderte.

»Ich freue mich, eine Landsmännin hier zu treffen … Aus welchem Teil Deutschlands sind Sie denn, meine Liebe?«

»Aus Berlin. Ich habe aber in Babelsberg gearbeitet, bei der UFA.«

»Oh, bei der UFA. Schauspielerin?«

»Nicht ganz …«

»Und was sind Sie ganz?«

»Wie soll ich sagen … Ich hab Frau Riefenstahl, der Regisseurin, assistiert«, brachte Hilde verlegen heraus, selbst überrascht, wie leicht ihr diese Lüge über die Lippen kam.

Die Baronin betrachtete sie inzwischen voller Begeisterung.

»*Der* Leni Riefenstahl? Das ist ja formidabel! Liebes, warum meine ich, Sie irgendwo schon einmal gesehen zu haben?«

»Das ist wohl kaum möglich«, erwiderte Hilde.

»Nein, nein! Wenn mir jemand Eindruck macht, dann vergesse ich ihn mein Lebtag nicht. Wo habe ich Sie nur gesehen? Hm! Auf jeden Fall beneide ich Sie sehr!« Die Baronin neigte sich zu Hildes Ohr, als wären sie schon alte Intimfreundinnen, und flüsterte: »In den goldenen Zwanzigerjahren war ich Tänzerin am Friedrichstraßenpalast. Aber das bleibt unter uns, ja? Doch der Mensch weiß nie, was das Schicksal ihm beschert. Ich hab davon geträumt, Kinoschauspielerin zu werden, und was wurde ich am Ende? Baronin!« Wieder brach sie in ihr ansteckendes Lachen aus. Ebenso plötzlich, wie es eingesetzt hatte, brach es auch wieder ab. »Jetzt weiß ich's! Ich habe Fotos von Ihnen im *Stürmer* gesehen. Stimmt's, oder hab ich recht?«

Gott im Himmel, dachte Hilde, dann hat der Fuchs Werner Gauke diese Trottel also wirklich um den Finger gewickelt und seine Fotografien durchgedrückt! Das erinnerte sie daran, dass es das Honorar von fünfhundert Reichsmark für dieses Shooting war, mit dem ihr Abenteuer begonnen hatte.

»Ja, so was hat es mal gegeben«, erwiderte sie unwillig, »kann mich entfernt erinnern. Habe die Fotos allerdings selbst nie gesehen.«

»Oh, ich kann mich sehr gut erinnern. Sind in Paris aufgenommen worden! Nicht, so war es doch? Einfach unglaublich! Und wo treffe ich Sie? Auf irgendeinem Schiff fünf Länder weiter! Was schreibt das Leben nur für Geschichten. Mitarbeiterin der Riefenstahl! Unfassbar!«

Sie küsste Hilde voller Überschwang schmatzend auf die Wange, und das nach nur einem Wodka, zwei Gläsern Champagner und einem kleinen Gläschen Chardonnay, ach ja, und einem Schlückchen vorzüglichem Bordeaux.

Als sie die Tafel aufhoben, war die Tropennacht schon sternenlos und undurchdringlich. Unter den Scheinwerfern des Schiffs sah der Meeresspiegel aus wie weicher Asphalt, und nur das Vibrieren des Schiffskörpers und das Gluckern des Wassers, das er verdrängte, verrieten, dass die »Asunción II« sich bewegte.

Nachdem sie eine Dusche genommen hatte, beschloss Hilde – nach der langen Zeit unter einem Dach in Paris vermutlich aus alter Gewohnheit –, dem Ungarn einen kleinen Besuch abzustatten. Sicher trieb sie aber auch der Wunsch, mit einem Vertrauten noch einmal über den Abend zu sprechen. Denn natürlich war – von der Idee bis zur Durchführung – er es, der sich dieses waghalsige Unterfangen für sie beide ausgedacht hatte. Zudem nagte das schlechte Gewissen an ihr, und sie fragte sich, ob sie sich nicht für ihre bösen Blicke am Tisch entschuldigen und ein bisschen Schönwetter machen sollte. Ihre Sorge hatte sich nämlich als unbegründet erwiesen. Trotz des bemerkenswerten Alkoholquantums, das Kelety in sich hineingeschüttet hatte, war sein Benehmen am Tisch tadellos gewesen.

Hilde hatte ihre Tür gerade einen Spalt weit geöffnet, da bemerkte sie, wie sich in die Kajüte ihres Begleiters der Erste Offizier Paco Ramirez stahl. Eine Sekunde später hörte sie schon, wie das Schloss von innen verriegelt wurde. Lächelnd brach sie ihr Vorhaben ab, kehrte in ihr Zimmer zurück und schloss die Tür hinter sich. Was für ein Schlitzohr, dieser Ramirez! Am frühen Abend wirft er ihr flammende Blicke aus feuchten Basedowaugen zu, doch nun stellte sich heraus, dass dies ein geschicktes Täuschungsmanöver war, um leichter an ihr vorbeizukommen. Sie fragte sich, wie sie es anstellten, die Homosexuellen, dass sie sich gegenseitig geradezu rochen. Doch da diese Frage sie nicht betraf, beschäftigte sie sich nicht weiter damit.

Mit untrüglichem weiblichem Instinkt ahnte sie jedoch, dass es gleich auch an ihre Tür klopfen würde. Und tatsächlich... Die Tür öffnete sich, und herein kam der Kapitän mit einer Flasche Champagner unter dem Arm. Wenn da Silva nicht zwei unversehrte Arme gehabt hätte, hätte sie fast geglaubt, diesen Moment schon einmal erlebt zu haben.

»Sie gestatten?«

In ihrer Bedrängnis schüttelte sie den Kopf. Mit treuherzigem Augenaufschlag sagte sie: »Sehr liebenswürdig von Ihnen, Kapitän. Sie überraschen mich. Was für eine bezaubernde Idee! Nur dass ich soeben all die Köstlichkeiten und guten Tropfen, die ich in Ihrer charmanten Gesellschaft zu mir genommen habe, wieder von mir geben musste.«

»Ein, zwei Gläschen Champagner werden Ihre Seekrankheit besänftigen, meine Schöne. Seien Sie dessen gewiss.«

»Ein, zwei Gläschen? Sagen wir lieber: Wenn ich ein Glas trinke, gebe ich zwei wieder von mir, davon bin *ich* überzeugt. Denn wissen Sie, lieber Kapitän, das Problem ist nicht die Seekrankheit. Ich bin schwanger.«

Schwer zu sagen, wer überraschter war über diese Lüge, die sie schneller ausgesprochen hatte, als sie denken konnte: der Kapitän oder Hilde selbst. Sie lernte sich kennen als eine, die so impulsiv und natürlich lügen konnte, dass es überzeugend wirkte wie ein Schluckauf.

Auf dem Gesicht des Kapitäns da Silva zeichnete sich abgrundtiefe Enttäuschung ab. Ihm blieb nichts anderes übrig, als die Hacken zusammenzuschlagen und den geordneten Rückzug anzutreten, mit dem Rücken zur Tür und einer Verbeugung, wie sie einer Dame mit solch hoheitsvoller Ausstrahlung gebührte. Doch Kapitän da Silva war ein echter Caballero! Sekunden später, als sie gerade abschließen wollte, klopfte es erneut. Auf Zehenspitzen huschte der Schürzenjäger herein, schnappte sich den Champagner und verschwand. Die Nacht war noch jung und das Schiff groß. Es würde sich wohl eine Dame finden lassen, die noch Durst hatte – und nicht schwanger war.

31

Eines frühen Nachmittags lagen Hilde und Isztván an Deck auf der Chaiselongue. Ihre Blicke fanden nichts, woran sie sich hätten festhalten können; ringsum nur Wasser, Wasser und noch mal Wasser. Die Baronin trug einen Strohhut, dessen breite Krempe ein Schattengitter über ihr volles, rundes Gesicht warf.

»Meine Liebe, nun sind wir schon so viele Tage beisammen, aber immer noch weiß ich nicht, wohin Ihre Reise geht. Nach Singapur? Nach Manila? Oder handelt es sich um ein Geheimnis?«

»Nein, nicht im Geringsten! Sagen wir: ans Ende der Welt.«

»Das heißt?«

Hilde versuchte sich an den Namen des »Endes der Welt« zu erinnern, aber er fiel ihr auch diesmal nicht ein. Sie streckte den Arm aus und tippte dem Ungarn auf die Schulter, der eingeschlummert war. Sie hatte den Verdacht, dass bei diesem seinem Erschöpfungsschlaf auch das geheimnisvolle weiße Pulver eine Rolle spielte, das er in seiner Schnupftabaksdose mit sich führte. Hilde hatte nie danach gefragt, denn sie wusste, dass dies nichts daran änderte, dass jeder Mensch in seinem eigenen Kokon aus Lastern, Schwächen und geheimnisvollen Abhängigkeiten gefangen war.

»István, sag, wo ist das Ende der Welt?«

Der Angesprochene fuhr zusammen, hörte, aber verstand die Frage nicht und wandte sich damit an den hinter ihm stehenden, allzeit bereiten Paco Ramirez: »Paco, wo ist das Ende der Welt?«

Ramirez schaute sich erschrocken um; eine so vertrauliche Anrede war in der Öffentlichkeit mehr als verräterisch. Doch niemand hatte etwas gehört. Ramirez straffte sich und sagte, den Blick auf den Horizont gerichtet, in dienstlichem Tonfall: »Neuesten Forschungen zufolge, Sir, soll die Erde rund sein. Anfang und Ende der Welt befinden sich also im Betrachter selbst, Sir.«

Die Baronin applaudierte begeistert. »Bravo, bravo, Sie sind ja ein richtiger Philosoph! Sie scheinen mir ganz und gar nicht dumm zu sein, *mon cher*!«

»Ich hoffe, es klingt nicht anmaßend, Madame Baronin«, erwiderte Ramirez, ohne seinen Blick vom Horizont abzuwenden, »doch ich teile Ihren Eindruck durchaus!«

»Nur weiß ich immer noch nicht das Ziel Ihrer Reise, mein Kind. Wollen Sie es mir nicht endlich verraten? Wir sind doch Freundinnen, oder?«, beharrte die Baronin milde, aber bestimmt.

Hilde versuchte, den Namen dieser komischen Stadt ihrem Gedächtnis zu entlocken.

»Wie hieß das doch noch gleich? Saigon! Nicht wahr, nach Saigon fahren wir, István?«

»Nach Shanghai«, korrigierte sie verschlafen der Ungar.

»Ja, Herr im Himmel, da fahre ich doch auch hin!«, rief die

Baronin aus. »Und das nennen Sie ›Ende der Welt‹? Ich will Ihnen sagen, Shanghai ist nicht das Ende der Welt, sondern der Anfang der Hölle. Ich lebe schon so lange dort – Sie können mich ruhig fragen! Und was wollen Sie an diesem Ort der Verdammten, wenn ich so indiskret sein darf zu fragen?«

»Ich weiß es nicht … wirklich nicht. Alles sehr schwierig und kompliziert«, stieß Hilde in einem Anflug von Verzweiflung hervor. Sie konnte ja nicht das Hauptmotiv ihrer unfreiwilligen Reise verraten: dass sie Jüdin war. Also erklärte sie: »Konkrete Pläne habe ich noch nicht.«

Die Baronin wurde nachdenklich. Dann streichelte sie ihrer Freundin mitfühlend über den Arm und sagte etwas, das der Lektüre eines Groschenromans hätte entnommen sein können: »Jetzt hab ich's. Liebeskummer! Sie können das Ende einer Beziehung nicht verwinden, und nun laufen Sie vor sich selbst davon. Warum bin ich nicht gleich darauf gekommen? Es schmerzt Sie, darum reden Sie nicht gern davon. Aber passen Sie auf, meine Liebe, dass Ihnen Ihr Gefühl keine Falle stellt und Sie sich in rosaroten Erinnerungen verlieren. Ganz gefährlich! Also Butter bei die Fische: Ich gehe sicher zu recht davon aus, dass Sie keine Millionärin sind. Wenn das so ist: Wovon wollen Sie dann in dieser chaotischen Stadt leben?«

»Ich werde mich wohl um irgendeine Arbeit bemühen, egal, welche.«

»O Gott! In Shanghai? Da, wo Sie Arbeit suchen können wie die Stecknadel im Heuhaufen? Wo die Hälfte der Leute arbeitslos ist? Nein, nein, kommen Sie mir nicht damit! Mal ganz abgesehen davon, dass Sie zartes Pflänzchen nicht für ›egal, welche Arbeit‹ geschaffen sind! Widersprechen Sie mir nicht!«

Die Baronin versank erneut in Nachdenken, und da Hilde ihr nicht widersprach, fuhr sie mit ruhigerer Stimme fort: »Was haben Sie denn für eine Ausbildung?«

»Ich habe an der Berliner Universität französische und deutsche Philologie studiert.«

Den kleinen Umstand, dass sie dieses Studium zwar begonnen, aber nicht abgeschlossen hatte, behielt sie für sich.

»Na, sehen Sie?«

Hilde verstand nicht, was sie verstehen sollte, doch da half ihr die Baronin schon auf die Sprünge.

»Ich kenne in Shanghai einen liebenswürdigen alten Herrn, der zwar nicht gerade zu vielem zu gebrauchen ist – aber der wird Ihnen eine anständige Arbeit besorgen. Darauf schwöre ich blind! Er hat eine Schwäche für schöne Frauen, ist aber – da können Sie ganz beruhigt sein – vollkommen ungefährlich. Er wird Ihnen den Hof machen, wird so tun, als wollte er Sie erobern, aber am Ende bleibt es dabei, und er trinkt lieber ein Bier, als sich persönlich von Ihren Vorzügen zu überzeugen.«

»Und wer ist dieser radschlagende Pfau?«

»Wie – wer? Ottomar natürlich, mein Mann, liebes Kind. Baron Ottomar von Dambach«, antwortete die Baronin und ließ dabei ihr glockenhelles Lachen erklingen.

Indessen hob István Kelety die Hand und machte bei geschlossenen Augen ein Zeichen mit den Fingern.

»Paco, bist du da?«

»Versteht sich, Sir.«

»Würdest du mir bitte einen Wodka bringen – einen doppelten, wenn's beliebt. Mit Eis und einem Spritzer Zitrone.«

»Bedaure, Sir, aber die Bar ist noch geschlossen.«

»Mensch, wie hängt mir diese Fahrt zum Hals raus! Nimmt diese Schipperei denn gar kein Ende?«

»Jede Fahrt, die einen Anfang hat, hat auch ein Ende, Sir.«

»Und wann genau kommen wir in diesem verdammten Shanghai an, wenn ich fragen darf?«

»Genau um Mitternacht, Sir.«

»Und wie viel Uhr haben wir jetzt?«

»Jetzt haben wir« – Paco schaute auf seine Armbanduhr – »genau sechzehn Uhr zwanzig, Sir.«

»Ojemine – um Mitternacht erst!«

»Bedaure, Sir, aber auf die Route habe ich keinen Einfluss. Die ›Asunción II‹ wird um Mitternacht in genau neun Tagen in Shanghai anlegen, Sir.«

32

Endlich war es so weit, und Hilde konnte die drei Vertreter der Jewish Refugee Community of Shanghai zum höchsten diplomatischen Vertreter Hitler-Deutschlands vorlassen. Allein schon diese Tatsache war bemerkenswert und ein weiterer Beleg für die Paradoxe und Perversionen in dieser Stadt, die ihrem offenen Status zu verdanken waren.

Baron Ottomar von Dambach war ein großer, leicht gebeugter älterer Herr mit hellblauen Augen und weißem, glatt nach hinten gekämmtem Haar, das vermutlich einmal strohblond gewesen war. Selbst der penibelste Wahrer rassischer Reinheit hätte wohl keinen Anlass gefunden, an seiner keltischen oder nordischen Herkunft zu zweifeln.

Das, was allen drei Besuchern als Erstes auffiel, war der runde Anstecker mit dem Hakenkreuz, der auf dem Revers des Barons prangte und bedeutete, dass er Mitglied der NSDAP war. In diesem Fall rief es jedoch nicht das übliche Entsetzen hervor, denn natürlich wussten Weisberg, Mandel und Rabbi Levin, dass jeder, der eine verantwortliche Position in der staatlichen Hierarchie des Dritten Reichs innehatte, Mitglied dieser Partei sein musste. Sie konnten nicht wissen, dass der deutsche Botschafter, ein Diplomat alter Schule, selbst keineswegs ein glühender Anhänger dieser Partei war, sondern sie eher als unumgängliches Übel betrachtete und nur widerwillig ihre Ideen und Anschauungen vertrat. Von Dambach stand kurz vor der Pensionierung, und sein Denken und Streben galten nicht so sehr der strahlenden Zukunft des vom Führer verheißenen Tausendjährigen Reichs als vielmehr der Planung seines Ruhestands, der Vorfreude darauf, sich auf die Besitzung der Dambachs in Thüringen zurückzuziehen und endlich Zeit für Kinder und Enkel zu haben.

Der Baron verließ seinen Platz hinter dem Schreibtisch, ging um die vergoldete Büste des Führers herum und wies mit großzügiger Geste auf die Sitzgruppe, auf der eben noch die Vertreter der japanischen Delegation gesessen hatten. Hilde hielt eine Akte im Arm und blieb am Fenster stehen.

»Bitte, nehmen Sie doch Platz, meine Herren!«

»Kann ich gehen, Herr Baron?«, fragte Hilde.

»Nein, bleiben Sie, ich habe Ihnen noch etwas zu diktieren…« Und dann, zu seinen Gästen gewandt: »Ich höre, meine Herren!«

Professor Mandel übernahm es, die Ereignisse im Zusammenhang mit den jungen chinesischen Faschisten zu schildern, die immer wieder die deutschen Juden in Hongkou terrorisierten. Von Natur aus jeder diplomatischen Ausdrucksweise abgeneigt, gab Professor Mandel mit reichlich scharfen und direkten Formulierungen seinem Verdacht Ausdruck, dass als Drahtzieher hinter diesen Exzessen die hiesige diplomatische Vertretung Deutschlands selbst stehe. Rabbi Leo versuchte, Mandels Ausführungen abzumildern, als er sah, wie der Baron befremdet die Augenbrauen hob.

»Wir denken dabei selbstverständlich nicht an Sie persönlich, Herr Baron. Doch zweifellos gibt es da jemanden, der sowohl diese Zeitung *Judaya Kenku* finanziert als auch die antisemitischen Ausschreitungen. Wenn man sich, wie soll ich sagen, die Handschrift des Ganzen ansieht, dann deutet die wohl kaum auf chinesische oder japanische Urheber hin.«

»Japanische sind es mit Sicherheit nicht«, stieß von Dambach mit schiefem Lächeln hervor.

Ganz offensichtlich hatte er etwas gegen die Japaner, wollte es aber nicht aussprechen. Es war jedoch kein Geheimnis, dass trotz der offiziell proklamierten freundschaftlichen Beziehungen das Verhältnis zwischen Hitler-Deutschland und Hirohitos Japan nicht gerade von partnerschaftlicher Rücksichtnahme getragen war. Die beiden Seiten unterrichteten sich über ihre geheimen Pläne nur spärlich und voll versteckten Misstrauens, und dies nicht ohne Grund, da sich die Absichtserklärungen allzu häufig nicht mit dem deckten, was dann tatsächlich geschah. Der mitstenografierte Dialog zwischen Adolf Hitler und Generaloberst Jodl aus dem Führungsstab der Wehrmacht, in dem der Führer seine japanischen Freunde als Lügner und Betrüger bezeichnete, stellte dann wohl keine große Geheimsache dar. Das »jüdische Problem« hingegen, für das die nationalsozialistische Elite mit zunehmendem Fanatismus immer radikalere Lösungen suchte, tangierte den Inselstaat im Osten so gut wie gar nicht, da es kaum Juden in Japan gab. Was die eroberten Territorien auf dem asiatischen Kontinent anging, so arbeiteten die japanischen Okkupanten in bestem Einvernehmen mit den fünf-, sechshundert Familien der Bagdader Juden zusammen, während die deutschen und russischen Juden für sie weniger ein rassisches als ein soziales Problem darstellten. Diese Haltung war auch nicht weiter verwunderlich, da die Japaner in den alteingesessenen Bagdader Juden einen nützlichen Verbündeten sahen, um den traditionellen japanischen Isolationismus zu überwinden.

Der Baron zündete sich eine lange ägyptische Zigarette an, betrachtete nachdenklich und mit übertriebenem Interesse die rauchende Glut an der Spitze und sagte dann: »Schauen Sie, meine Herren, ich bin nicht Gott. Ich verstehe Sie, doch abgesehen von uns Diplomaten gibt es hier auch noch wirtschaftliche, politische und propagandistische Strukturen, die direkt ihren Zentralen in Berlin unterstehen. Ja, zweifellos, rein nominell bin ich das Haupt der deutschen Gemeinschaft in Shanghai, aber … leider eben nur nominell, wenn Sie verstehen.« Und als er nicht wusste, wie er anders seine Machtlosigkeit darlegen sollte, fügte er gereizt hinzu: »Letzten Endes war es ja nicht ich, der Sie in diese Sackgasse gelockt hat. Diese Suppe haben Sie sich selbst eingebrockt, nun müssen Sie sie auch selbst auslöffeln.»

»Sie wissen doch nur zu gut, welche Umstände uns zu diesem Schritt gezwungen haben«, entgegnete Theodor Weisberg mit leiser Stimme. »Wir hätten Deutschland doch niemals verlassen, wenn nicht…»

»Lassen wir doch die Wenn und Aber einmal beiseite, meine Herren. Ich verspüre keine Neigung, die Politik der deutschen Regierung mit Ihnen zu diskutieren!«, unterbrach von Dambach ihn schroff.

»Verzeihen Sie«, fuhr der Geiger leise fort, »wir hatten nicht die Absicht, Handlungsweisen zu diskutieren, die durch die Gleichgültigkeit der einen und das Schweigen der anderen möglich wurden. Die hängen nicht von Ihrem und schon gar nicht von unserem Willen ab. Wir möchten nichts als ihre Fürsprache …!«

»Gut, gut, ich hab ja verstanden, was Sie möchten. Ich will versuchen zu tun, was in meinen Kräften steht. Ich erwarte zwar nicht, dass Sie daraufhin zu Bällen und Empfängen eingeladen werden, aber ich hoffe, dass diese Rabauken von *Judaya Kenku* sie nicht mehr drangsalieren. Doch dafür möchte ich von Ihnen eine Gegenleistung, einen Loyalitätsbeweis. Ich bitte Sie eindringlich, Listen mit allen Angehörigen Ihres Volkes zu erstellen, die seit 1937 aus Deutschland und Österreich nach Shanghai gekommen sind. Kann ich auf Sie zählen?»

Die drei Männer schauten sich verdutzt an. Warum seit 1937?

Das war klar, denn in diesem Jahr hatte die japanische Offensive stattgefunden, die zur Okkupation der Stadt führte. Die Frage war nur: Wozu sollten diese Listen dienen? Theodor Weisberg warf unwillkürlich einen fragenden Blick zu von Dambachs Sekretärin, die immer noch am Fenster stand und die Akte an ihre Brust presste. Es schien ihm, dass sie kaum merklich den Kopf schüttelte.

»Wozu brauchen Sie denn diese Listen?«, fragte er mit belegter Stimme.

Es war nicht ausgeschlossen, dass auch der Botschafter selbst über den Sinn dieser Listen nicht ausreichend informiert worden war, denn er erklärte ganz unbefangen und leichthin: »Die Anordnung kam jetzt aus Berlin. Vielleicht geht es um eine Aktualisierung der letzten Volkszählungsdaten oder etwas dergleichen … Daher wird auch um möglichst umfassende Angaben gebeten wie Alter, Geschlecht, Gesundheitszustand und so fort.«

Weisberg warf erneut einen Blick zur Sekretärin, die auch diesmal kaum wahrnehmbar den Kopf schüttelte.

Betretenes Schweigen.

»Das ist doch eine undurchführbare Aufgabe«, sagte der Rabbi schließlich. »Sie haben vermutlich noch keinen Fuß nach Hongkou hineingesetzt und wissen nicht, was für ein Chaos herrscht; wie viele Menschen dort zusammengepfercht leben. Außerdem geht es ja nicht um ein paar hundert Leute, sondern um Zigtausende deutscher Immigranten, die der Kampf ums tägliche Brot über die ganze Stadt zerstreut hat. Sie wissen vielleicht auch, dass wir über keine Verwaltung verfügen, keine Register. Wir besitzen ja noch nicht einmal eine Schreibmaschine oder gar ein Telefon. Es ist einfach unmöglich, eine ganze deutsche Kleinstadt in Listen zu erfassen, Herr Baron.«

»Eine jüdische Kleinstadt«, verbesserte der Botschafter ihn sarkastisch.

»Warum wenden Sie sich nicht mit dieser Bitte an die Japaner?«, fragte Professor Mandel, den Sarkasmus überhörend. »Wir sind ja nicht mit Fallschirmen abgesprungen, Herr Baron, sondern allesamt auf dem Wasserweg hier eingetroffen, vollkommen legal und mit gültigen Papieren. Ich rede nicht von einigen Juden aus der Tschechoslowakei oder Litauen, die mit der Transsibirischen Eisenbahn gereist sind. Die japanischen Herren haben gleich am Hafen peinlich genaue Kontrollen durchgeführt, oder etwa nicht? Alle Neuankömmlinge sind in Grenzübertrittsregistern erfasst worden, und dass sie dabei nicht auch noch die Mädchennamen ihrer Großmütter wissen wollten, war alles. Warum also erkundigen Sie sich nicht dort?»

Der Baron setzte erneut ein schiefes Lächeln auf.

»Nach Ihren Großmüttern habe ich ja nun nicht gefragt! Wie mögen die auch schon heißen? Rebekka oder Sarah, stimmt's. Was die Japaner betrifft: Die würden sogar ein Geheimnis draus machen, wenn ich sie nach der derzeitigen Temperatur in Tokio fragen würde. Nein, nein, meine Herren, ich verlasse mich ganz auf Sie. Auf Sie persönlich. Als deutsche Staatsbürger ...«

»*Noch* deutsche Staatsbürger«, warf Professor Mandel verbittert ein.

»Solange Sie es noch sind, ja!«, konterte der Baron und stand auf.

Damit durften die drei Bittsteller ihre Audienz als beendet betrachten.

33

Die Information, die die Sekretärin des deutschen Botschafters ihnen gegeben hatte, erwies sich als zuverlässig: Genau eine Woche, bevor Mussolini Griechenland angriff, wurde in

Berlin der Dreimächtepakt zwischen Italien, Deutschland und Japan geschlossen. Die Unterschrift leisteten der deutsche Außenminister von Ribbentrop, sein italienischer Kollege Graf Ciano und der japanische Botschafter in Italien Saburo Kuruso. Trotz ihrer divergierenden Ziele und heimlichen Rivalität hatten die drei Länder zu dieser Zeit gemeinsame strategische Interessen. Dies waren an erster Stelle die Zonen in Europa, Afrika und dem Fernen Osten, die auch militärisch unter beherrschendem, britischen Einfluss standen.

Die Nachricht verbreitete sich in Windeseile unter den neuen Bewohnern Shanghais. Besorgt fragten sie sich, ob die Deutschen jetzt nicht leichter Druck auf ihre neuen japanischen Verbündeten ausüben würden, ähnlich wie sie es bei ihren kleinen Satelliten Ungarn, Kroatien, Rumänien und Bulgarien schon getan hatten, von den okkupierten europäischen Ländern ganz zu schweigen, in denen Hitlers Gesandte bedingungslose Unterstützung und erbarmungslose Umsetzung ihrer antisemitischen Politik verlangten.

In welcher Form sich dieser Druck hier in Shanghai zeigen würde, konnte zum gegenwärtigen Zeitpunkt noch niemand sagen, doch Rabbi Leo Levin nahm die Beobachtung Theodor Weisbergs ernst, die Sekretärin des Barons habe ihm ein ablehnendes Zeichen gemacht, als ihr Chef sie aufforderte, ihm eine Liste aller deutschen Juden in Shanghai zu erstellen. Der Geiger gehörte nicht zu den Leuten, die leichtfertig und übereilt ihre Schlüsse zogen, und so beauftragte der Rabbi seine Frau Esther unverzüglich, sein bescheidenes Synagogenregister zu verbrennen. Darin verzeichnete er Geburten und Todesfälle, Spenden für die Hilfskasse, Beschneidungen, Eheschließungen und die Aufnahmerituale junger Juden in die religiöse Gemeinschaft, Bar-Mizwa genannt.

Doch die Freude ist die Schwester der Trauer: Dies oder etwas Ähnliches wollte die uralte Chinesin, die Esther Levin das

Teigtaschenbacken beibrachte, mit Worten und Gesten wohl zum Ausdruck bringen, als sie beobachtete, wie ihre Nachbarin Seiten aus einem dicken Heft heraustrennte, sie in kleine Stücke riss und ins Feuer warf. Die Alte glaubte an diese unbeweisbare, doch immer wieder vom Leben bestätigte Maxime, und wenn auch nicht immer ein Gleichgewicht erkennbar war, so blieb doch festzuhalten, dass zeitgleich mit diesen negativen Nachrichten der ergebene Shlomo Finkelstein die ersehnte Wohnung für Familie Weisberg gefunden hatte, und das sogar zu einem erschwinglichen Preis.

Es handelte sich um ein kleines Lehmhäuschen unweit der Werkshalle für Stahlkonstruktionen und wurde vermietet von dem Verwandten einer jener Familien, die Shanghai nach Süden ins Gebirge verlassen hatten. Es besaß zwei Zimmerchen und einen niedrigen Anbau, der als Lagerkeller diente. Seit der japanischen Okkupation hatte dort ein japanischer Koch mit seiner Familie gelebt, der jetzt aber Arbeit in einem japanischen Restaurant der gehobenen Klasse am anderen Ufer gefunden hatte, in der Internationalen Konzession. Diese beiden wunderbaren Zimmerchen waren genau das, wovon Elisabeth Müller-Weisberg monatelang geträumt hatte. Im Anbau bastelte Shlomo eine beinahe richtige Dusche aus dem Dieseltank eines während der Bombardements ausgebrannten Lkws. Im Vergleich mit der allgemeinen Misere, dem Gestank und der Enge von Hongkou war dies ein kleines Paradies, eine Miniaturoase aus japanischer Reinlichkeit, die sogar über Blümchenvorhänge an den kleinen Fenstern verfügte. Zu allem Überfluss hatte die japanische Familie auch noch einige Möbelstücke zurückgelassen.

Doch so preiswert die neue Unterkunft der Weisbergs auch war, sie strapazierte das ohnehin knappe Familienbudget, denn bisher hatten sie zwar unter für Elisabeth unerträglichen Bedingungen gewohnt, doch dafür waren die »Dortoirs«, die Gemeinschaftsschlafsäle der Karmeliterinnen, auch kostenlos gewesen. Nun hieß es, zu jedem Monatsersten die Miete berappen.

Die Erfüllung ihres sehnlichsten Wunsches veranlasste Elisabeth daher, ihren Stolz zu überwinden, als Simha Bassat, die Frau ihres Arbeitgebers Jonathan, sich mit der Bitte an sie wandte, ihr doch einen geeigneten Juden für den Posten des Hilfsgärtners zu vermitteln. Einige Bagdader Juden boten aus Mitgefühl derlei zusätzliche Arbeitsstellen an, andere taten es, weil es ihnen die Gelegenheit gab, mit der Größe ihres Besitzes zu prahlen. Doch genaugenommen war es schon eine Hilfe, wenn die reichen Familien der Bagdader Juden überhaupt jüdische Mitarbeiter einstellten, denn die Lohnforderungen der Chinesen waren in jedem Fall niedriger, auch dann, wenn es sich um erfahrene Fachleute handelte. Frau Bassat sah die Angelegenheit aus noch einem anderen Blickwinkel: Wenn sie einen Flüchtling aus Hitlers Reich verpflichtete, konnte sie sich mit ihm auf Deutsch unterhalten. Deutsch aber hatte sich in den Kreisen der reichen Familien der Bagdadjuden von Shanghai als weiteres Symbol für einen besonders hohen gesellschaftlichen und kulturellen Status etabliert.

Elisabeth zögerte nicht, ihrem eigenen Mann vorzuschlagen, die angebotene neue Stelle anzunehmen. Auf die Frage ihrer Arbeitgeberin, welchen Beruf er denn gelernt habe, murmelte sie etwas Unbestimmtes wie Angestellter. Dass ihr Theodor ein Geiger von Weltformat war, verschwieg sie lieber, um in der gutherzigen Simha Bassat keine moralischen Skrupel aufkommen zu lassen, geschweige denn Zweifel an seiner Eignung, denn letzten Endes sollte die neue Arbeitskraft ja wirklich Gartenarbeit verrichten und nicht Paganini-Capricen spielen. Und so wurde das Mitglied der Preußischen Akademie der Künste Gehilfe des alten Wu Laozian, der in der Pflege von Blumen und Nutzpflanzen nicht weniger virtuos war als Theodor auf seinem Instrument.

Die roten Linienbusse der Stadt Shanghai fuhren nicht über die Brücke ins Armenviertel Hongkou am anderen Ufer des Suzhou, sondern nur bis ans Ende des Uferboulevards, wo sie in einer Schleife wendeten. Die Bevölkerung von Hongkou hatte gar nicht die finanziellen Mittel, den öffentlichen Personennahverkehr zu nutzen, es war noch nicht einmal eine Option für Ausnahmefälle. Auch Rikschen waren für Elisabeth und Theodor viel zu teuer, von Taxis gar nicht erst zu reden. So kam es, dass das Ehepaar Weisberg jeden Tag frühmorgens die fünf Kilometer von ihrem Domizil in der Nähe des Werks für Stahlkonstruktionen über die Brücke des Suzhou, dann über die Garden Bridge über den Jangtsekiang am Englischen Garten liefen, um schließlich das Haus der Bassats an der Rue Cardinal Mercier 342 zu erreichen. Dort angekommen, ging jeder an seine Arbeit: Elisabeth unterrichtete die beiden Kinder der Bassats in Deutsch und Klavier, Theodor trug Torfsäcke, grub Beete um oder jätete Unkraut.

Eines Morgens beobachtete Simha Bassat, nachdenklich ans Geländer der Veranda gelehnt, die Arbeit ihres Gärtners und von dessen Gehilfen.

»Herr Weisberg, würden Sie bitte einen Moment …«, rief sie ihn auf Deutsch zu sich. Ja, vor dem Zweiten Weltkrieg war Deutsch nicht nur in der entsprechenden Sprachumgebung, sondern weltweit jene Sprache, in der gebildete Juden sicher sein konnten, sich mit ihresgleichen, egal, woher sie stammten, unterhalten zu können. Frau Bassat sprach passabel Deutsch, obwohl sie nie in ihrem Leben in Europa gewesen war. Die weiteste und aufregendste Reise für sie war der Besuch Jerusalems im englischen Protektorat Palästina gewesen, der Heimat ihrer Urahnen.

Es war damals nicht üblich, sich an jemanden aus den Reihen des Dienstpersonals mit der Anrede »Herr« zu wenden, auch nicht auf Deutsch – vor allem nicht in diesen Breiten, wo der Trennung zwischen Herren und Dienern, Reichen und Armen, Asiaten und Europäern noch der Beigeschmack der gar nicht so lang vergangenen Zeit der Sklaverei anhaftete. In unserem Fall war aus der ungewöhnlichen Anrede zweifellos der Respekt herauszuhören, den Frau Bassat gegenüber diesem bescheidenen und zurückhaltenden, zweifellos hochgebildeten Europäer empfand. Wie die meisten »Deutschen« (so nannte man ironischerweise in Kurzform die aus Deutschland geflohenen Juden), ganz gleich welchen Bildungsstandes, musste auch er jede Arbeit annehmen, um zu überleben. Dass er dies ohne zu klagen tat, ja sogar mit sichtlichem Bemühen seinem unmittelbaren Vorgesetzten Wu Laozian zur Hand ging, der mit seinen herabhängenden, an einen Mandarin erinnernden Schnurrbartspitzen auch wirklich die Würde eines solchen ausstrahlte, war Frau Bassat nicht entgangen.

Gärtner waren auch Laozians Vater und Großvater gewesen, und sie hatten der Bassat-Dynastie schon vor dem Opiumkrieg gedient. Wu selbst hatte nie irgendwo anders als bei den Bassats gearbeitet. Als er in Jugendjahren dort begann, lebte der alte Menahem Bassat und sogar der Urgroßvater des jetzigen Familienoberhaupts, Jeroham, noch. Kein Wunder, dass Wu Laozian zum Inventar der Familie gehörte.

Theodor lehnte seinen Spaten an einen Baum und näherte sich der Veranda, nicht ohne dabei ehrerbietig seinen Strohhut zu ziehen.

»Sie wünschen, Frau Bassat?«

»Ich schaue Ihnen zu und mache mir so meine Gedanken«, sagte sie. »In Deutschland haben Sie mit Ihrer wundervollen und so gebildeten Frau sicher ein ganz anderes Leben geführt … ein sinnvolleres.«

»O ja, das war es in der Tat, gnädige Frau: anders … und sinnvoller.«

»Das macht mir, wenn ich offen sein soll, ein wenig zu schaffen. Weil Sie ein anderes Los verdient haben.«

»Das sollte es aber nicht, Frau Bassat. Schauen Sie, ich bin Ihnen einfach dankbar. Sie wissen doch, wie schwer es ist, eine feste Anstellung in Shanghai zu finden.«

»Jaja, sehr schwer …«, sagte sie nachdenklich, doch ihre Gedanken waren woanders. Ohne Übergang fragte sie plötzlich: »Was machen Sie eigentlich am Sabbat? Ich meine, feiern Sie ihn wie jeder ordentliche Jude?«

Theodor war innerlich empört. Was sollte das in Frau Bassats Vorstellung heißen: ein »ordentlicher Jude«? War man nicht ordentlich, wenn man den Sabbat nicht feierte? Weisberg erinnerte sich an seine frühe Kindheit, als er an manchen Freitagabenden mit seinen Eltern die Großmutter in Berlin-Dahlem besucht hatte. Er sah ihre zitternde Hand vor sich, mit der sie die Kerzen entzündete, das runde Brot, das sein Vater dann brechen musste, um jedem am Tisch feierlich ein Stück davon zu reichen. Ja, er sah sogar noch den silbernen, auf der Innenseite vergoldeten Pokal vor sich und wie er sich schüttelte, als er den Gerbsäuregeschmack des kräftigen Rotweins darin auf seiner Zunge spürte. »Sabbat shalom!« Ja, genau so hatte es geheißen: Sabbat shalom! Friede dem Feiertag … Doch seit diesen Kindertagen war viel Wasser die Spree hinabgeflossen und mit ihm ganze Jahrzehnte samt Feiertagsfrieden. Was sollte das also heißen: »ordentlicher Jude«?

»Es wäre uns eine Freude«, fuhr Frau Bassat fort, »wenn Sie diesen Freitag mit uns zu Abend speisen würden. Mein Sohn hat Geburtstag. Bedauerlicherweise können wir nicht auch den alten Laozian einladen, weil er Chinese ist und nicht unseres Glaubens, verstehen Sie?«

Theodor schluckte das unbedeutende Detail hinunter, dass auch Elisabeth nicht »unseres Glaubens« war. Und wie stand es mit ihm? War er es denn, dessen Eltern beide ethnische

Juden waren, der selbst und aus eigenem Entschluss aber nur höchst selten – und wenn, dann nicht aus religiösen Gründen – die prachtvolle Synagoge in der Oranienburger Straße betreten hatte?

»Später bekommen wir dann Gäste«, fuhr Frau Bassat fort. »Wissen Sie, in diesen Gegenden beginnt das weltliche Leben spät, erst nach zehn Uhr abends. Ich hoffe, es wird unterhaltsam werden.«

»Haben Sie vielen Dank, Frau Bassat, das ist sehr liebenswürdig von Ihnen, aber …«

Die Angesprochene bemerkte, wie Weisberg entschuldigend an sich herabsah: Er trug ein altes blaues Hemd, darüber zerschlissene Arbeitskluft. Andere Kleidung besaß er längst nicht mehr. Seine nackten Füße steckten in geflochtenen Sandalen.

Sie machte eine wegwerfende Handbewegung.

»Das ist ohne Bedeutung. Jonathan, mein Mann, hat mehr zum Anziehen, als er tragen kann. Er ist zwar kleiner als Sie und viel korpulenter, aber wir werden uns schon etwas einfallen lassen!»

34

Elisabeth, die doch nach so vielen Auftritten auf den großen Bühnen der Welt, so vielen Empfängen und offiziellen Feierlichkeiten eigentlich abgeklärter hätte sein müssen, nahm die Einladung Ihrer Arbeitgeberin mit für sie selbst überraschender Erregung an, so, als handle es sich um ihre erste Party. Ihr schien, als wäre ihr in der Tristesse ihres Lebens in Hongkou auf einmal ein Lieblingsbuch aus der Vergangenheit in die Hände gekommen, in dem sie nun einige Stunden Zeit haben würde, ein paar Lieblingsstellen wiederzulesen.

Im Unterschied zu ihrem Mann machte sie die Kleiderfrage

nicht verlegen: Im großen Lederkoffer würde sich allemal etwas Passendes finden. Frau Bassat fand auch für Theodor etwas, auch wenn es nicht ganz seinen Maßen entsprach. Nein, die Kleiderfrage war nicht das Hauptproblem für die Weisbergs! Viel mehr bewegte sie die Frage, wie sie mit dem wenigen Geld, das sie besaßen, dem Geburtstagskind ein Präsent kaufen sollten. Ihm einen Ball zu schenken, das war allzu banal. Sie mussten etwas auftreiben, das zwar bescheiden war, aber doch Geschmack verriet. Schließlich gerieten sie mit der Hilfe Rabbi Levins an einen alten chinesischen Straßenhändler, der seine Ware unweit der »Synagogenpagode« auf seiner Schilfmatte ausgebreitet hatte. Dieser Händler bot dem interessierten Käufer ein reiches und mehr als farbiges Sortiment an: Da gab es Brillen, in denen nur ein Glas fehlte, einen kaputten Wecker, eine Zahnprothese, ein Bund Schlüssel, zu denen niemand mehr die Türen wusste, Drahtfedern unbestimmter Herkunft und Zweckbestimmung und gebrauchte Zündkerzen für Automobile. Zwischen diesem ganzen Trödel stach ein kleiner lachender Buddha aus Nephrit ins Auge, der einen Fisch in den Händen hielt und an seinem Bauchnabel durch ein rotes Schmuckperlchen aufgefädelt und um den Hals getragen werden konnte, vermutlich als Talisman. Er sah abgenutzt aus von den vielen Händen und Taschen, durch die er gegangen war. Aber da war dieser Fisch, Symbol für Jerusalem, und wenn man noch bedachte, dass sie in Hongkou ja auch eine buddhistische Pagode als jüdisches Gotteshaus benutzten, dann erschien das Buddha-Figürchen mit dem Jerusalem-Symbol in Händen genau das Richtige zu sein.

Beim Kauf dieses Talismans erhielten Theodor und Elisabeth denn auch ihre erste Lektion in fernöstlichem Feilschen. Das erledigte aber der Rabbi für sie, der durch sein Teigtaschengeschäft viel Erfahrung in den Grundlagen fernöstlicher Handelsrituale gesammelt hatte. Es überraschte den Rabbi gar nicht, dass der alte Händler anfangs einen ganzen Shanghai-Dollar für das Figürchen von ihm haben wollte, nicht ohne theatralisch kundzutun, dass er von diesem Preis keinen Cent abrücken werde. Der Rabbi tat, als überlegte er, dann bot er dem Mann mit der Entschlossenheit eines Fallschirmspringers einen einzigen Cent an. Theodor wand sich vor Peinlichkeit angesichts dieser ungeheuren Preisdifferenz, doch der Rabbi bat ihn, einfach zuzusehen und sich nicht in Dinge einzumischen, von denen er nichts verstand. Der Chinese benahm sich, als wäre er zu Tode beleidigt; der Rabbi bekräftigte mit streng zusammengezogenen Augenbrauen: Jaja, er habe ganz richtig verstanden – ein Cent! Der Händler gab scheinbar widerwillig nach und halbierte seinen Preis: Also gut, dann fünfzig Cent! Die Verhandlungen wurden mit Händen und Füßen geführt, und es schien dabei gar nicht zu stören, dass jeder seine Argumente in seiner eigenen Sprache vorbrachte und nur den jeweils vorgeschlagenen Preis mit erhobenen Fingern anzeigte.

Nach einer erbitterten Redeschlacht unter Taubstummen erklärte sich der Rabbi bereit, sein Angebot auf zwei Cent zu erhöhen. Der Alte schüttelte natürlich empört den Kopf und machte ein letztes Angebot: dreißig Cent! Doch als der Rabbi scheinbar erbost den Arm hob und sich anschickte zu gehen, lief der Verkäufer ihm nach und schlug einen vernünftigen Kompromiss vor: zwanzig Cent. Der Handel wurde abgeschlossen, Käufer und Verkäufer schüttelten sich lang die Hände. Rabbi Leo war zufrieden, dass er das Händlerlatein inzwischen so gut beherrschte, dass er das Figürchen zu einem fünffach niedrigeren Preis als dem Anfangsgebot erstanden hatte, und der Verkäufer, dass er zehnmal so viel erhalten hatte, wie vom Käufer geboten.

Die Weisbergs lachten noch lange, als sie begriffen hatten, dass es sich um eine Art Theater handelte; der Rabbi hingegen erläuterte ihnen die Regeln des soeben abgeschlossenen und für beide profitablen Geschäfts: »Wenn ich dem Mann sofort den verlangten Preis von einem Dollar gezahlt hätte, wäre der Alte niedergeschlagen nach Hause gegangen, in der festen Überzeugung, an einen geistig Unterentwickelten geraten zu sein, der ihn um das Vergnügen brachte, seine Geschicklichkeit zu demonstrieren. Was für ein verlorener Tag! Hier wissen schon die Kinder, dass der Anfangspreis immer unerhört hoch ist und der vom Kunden vorgeschlagene unerhört niedrig. Das gehört zum guten Ton bei Kaufgeschäften. Ein Handel ohne rituelles Feilschen, Schlitzohrigkeiten und Finten ist ein deprimierender Vorgang, langweilig und öde wie ein regnerischer Novembertag. Doch ein Handel, der sich über Stunden hinzieht – was für ein Fest! Fragt Mutter Antonia, die hat auch schon begriffen, dass das Spiel und das Bluffen wichtiger sind als der Gewinn. Wir Juden, die als große Händler gelten, können, so betrachtet, diesem Alten nicht das Wasser reichen!«

Das Hausmädchen brachte Laozian ein Tablett mit seinem Lieblingsessen, Reis mit gedünstetem Gemüse, stellte es auf dem Holztischchen vor dem Häuschen des Gärtners ab und verbeugte sich ehrerbietig.

»Bo Laozian, möge es dir wohlschmecken!«, sagte sie und ging zurück zur Küche.

Die Anrede »Bo« bedeutete »Onkel«, und der Alte fühlte sich sehr geschmeichelt, dass sowohl seine Herrschaft als auch das gesamte Hauspersonal sich mit dieser Anrede an ihn wandte.

Gegenüber, im großen Haus, waren trotz der frühen Abendstunde schon alle Fenster hell erleuchtet. Die Freitagabende waren heilig für seine Herrschaften, das wusste der Gärtner schon lang. Das Abendessen begann früh, wie üblich bei den Juden, auch das war ihm bekannt. Die Kerzen mussten vor Sonnenuntergang entzündet werden, denn bis zum Abend des nächsten Tages war es verboten, sich einem Streichholz, einem Stück

Kohle oder einem Lichtschalter auch nur zu nähern. Es war sogar eine Sünde, wenn man seine Bediensteten darum bat, es stellvertretend für einen zu tun. Laozian fragte sich nicht, warum. So hielten es die Juden eben, anders kannte er es nicht, weder von den jungen Herrschaften noch von den alten …

Der Gärtner aß seinen Reis, trank von seinem Tee, lehnte sich gegen sein Kissen, stieß auf und stopfte sich behaglich seine lange Tonpfeife, entzündete sie und betrachtete das Werk seiner geschickten Hände – den Garten. An der Stelle, von der aus er ihn betrachtete, in diesem weißen Häuschen, waren seine Söhne geboren worden, hier war seine Frau gestorben. Er hatte immer davon geträumt, seine beiden Söhne zu großen Gärtnern zu machen, die stolz den Namen seiner Vorväter, Wu, tragen durften. Doch beide zogen es vor, Soldaten zu werden. Eines Nachts, auf den Geschmack gebracht durch einen Freund, hatten sie ihr Heim und den Garten verlassen und waren zur Armee des Generals Chang Junjang in Chungking gegangen. Seitdem hatte der Alte nur ein einziges Mal Nachricht von ihnen erhalten. Es war eine Sendung mit einem Brief zum neuen Mondjahr, den Durchreisende ihm überbrachten und in dem die Söhne ihm Gesundheit und ein langes Leben wünschten. Beigefügt war eine Metalldose mit englischem Pfeifentabak. Den Tabak hatte er schon längst aufgebraucht, die Dose aber hütete er wie seinen Augapfel, und manchmal, wenn ihn die Sehnsucht nach seinen Kindern übermannte, betrachtete er sie in ihrer Nische an der Wand. Dort stand auch die Porzellanstatue des alten Shu Sinh, der Gottheit des langen Lebens, gestützt auf einen krummen Stock. Am Gürtel trug der Gott eine Kürbisflasche, denn es war ja bekannt, dass der Weg von der Jugend zum Alter kurz war, der Weg der Alten durch den Tod jedoch sehr lang, sodass man besser eine Flasche mit Wasser dabei hatte.

Einige Alte maßen die vergehende Zeit am weichen Klang

der Elfenbeinperlen ihrer Zählkette, Laozian maß sie mit dem göttlichen Atemrhythmus der Natur. Zuerst, wenn die Menschen noch gar nicht gemerkt hatten, dass der Winter vorbei war, blühten die Magnolien, dicht gefolgt von den Pflaumen und Sauerkirschen, auf die wiederum die Pfirsiche und Mandeln folgten – zartrosa wie die Lycheefrucht. Dann reckten die Narzissen ihre Köpfe, und der Jasmin wurde weiß. Auf dem Teich öffneten sich bald die Lotosblüten und die der Seelilien. Es folgten die gelbe Akazie mit ihrer Blütenpracht, sodann die Mimose sowie der weiße und der rote Oleander und schließlich die blutroten Blüten des Granatapfels, der von den fernen Ufern des Euphrat den Weg hierher gefunden hatte. Den Blütenreigen beschlossen würdig die weißen und gelben japanischen Chrysanthemen, deren Köpfe so groß waren wie die von Salat. Und vom Frühjahr bis weit hinein in den Herbst verzauberten Rosen aller Arten mit ihrem Duft und ihrer Schönheit die Menschen. Der Spätherbst wurde mit dem Gelbwerden der Zitterpappelblätter eingeläutet, die bald wie dünne Goldmünzen den Rasen bedeckten und vom Ende des Blütenmärchens kündeten.

Ja, so war es seit Urzeiten: dass alles seine Zeit hatte, dass aus dem Kind ein alter Mensch wurde, der Geburt der Tod folgte, um neuem Leben Platz zu machen.

35

Frau Bassat hatte ihre Pflicht als Mutter getan und die Kerzen im silbernen Leuchter rechtzeitig angezündet. Herr Bassat sprach die heiligen Worte »Baruch ata Attonoy Elohenu« und brach anschließend das Brot.

Das kleine Familienfest verlief in schönster Harmonie. Die beiden chinesischen Diener trugen die von Frau Bassat persönlich zubereiteten jüdischen Speisen, die die Gäste an die arabische Küche erinnerten, herein. Die Hausfrau versicherte ihnen, dass alles, was auf den Tisch kam, gemäß den traditionellen Vorschriften koscher sei, rein, obwohl weder Theodor noch Elisabeth wussten, was sie sich darunter vorzustellen hatten.

Nach dem Essen überreichte Theodor dem Geburtstagskind, das zehn Jahre alt wurde, den kleinen Nephrit-Buddha mit dem Fisch, Elisabeth spielte etwas auf dem Klavier, und alle sangen »Happy Birthday«, dabei wurde für den Jungen eine Torte mit zehn brennenden Kerzen darauf hereingebracht.

Das höfliche Interesse der Gastgeber am Leben der Gäste bedingte, dass in den Tischgesprächen auch die Ausschreitungen der jungen Chinesen Erwähnung fanden und die Nachricht, dass Deutschland, Italien und Japan einen Dreimächtepakt geschlossen hatten. Doch genau bei diesen Themen wollte das Gespräch nicht so recht in Gang kommen. Herr Bassat teilte voll und ganz die Meinung des englischen Gouverneurs Sir Charles Washburn, dass solches »Randalieren von Halbstarken« es nicht wert sei, auch noch mit Aufmerksamkeit bedacht zu werden. Auch dem Bündnis der Nazis mit den Japanern maß der Hausherr keine besondere Bedeutung bei. »Das sind bloß politische Händel«, erklärte er, »die uns als Juden gar nicht betreffen. Halten wir uns also lieber schön heraus!«

Frau Bassat äußerte sich zu so kontroversen Themen überhaupt nicht, sondern demonstrierte Langeweile. Europa und die Dramen, die sich dort abspielten, waren allzu weit weg, ebenso wie der europäische Antisemitismus, dessen Wurzeln bis zu den Kreuzzügen zurückreichten und der mit seinen durch die Jahrhunderte gewachsenen und pervertierten Folgeerscheinungen hier im Fernen Osten unbekannt war. Dies bedeutete natürlich nicht, dass die Bassats nicht informiert waren über das, was in Europa geschah; im Moment standen die dortigen Ereignisse im Zentrum der Berichterstattung; doch sie fühlten sich davon etwa so viel oder so wenig betroffen wie von einem Bericht über den letzten Putsch in Uruguay.

»Mein Gott«, rief Simha Bassat aus, »wer bestreitet denn den Beitrag des deutschen Geistes zur euopäischen Zivilisation? Reden wir lieber von etwas Angenehmerem. Haben Sie den letzten Film mit Fred Astaire gesehen? Stellen Sie sich vor, sein richtiger Name soll Austerlitz sein. Der geniale Fred Astaire – auch ein Jude …«

Nein, Elisabeth und Theodor hatten den Film nicht gesehen. In Hongkou gab es leider kein Kino. Kurz, die neue und ungewohnte Nähe am Tisch zwischen den reichen Bagdadern und den verarmten Weisbergs aus Berlin war heikel, aber solange keine der beiden Seiten auf etwas beharrte, durchaus tragfähig. Am Ende setzte sich die Hausherrin sogar zu Elisabeth ans Klavier und spielte mit ihr vierhändig.

Doch dann erschien die alte und korpulente Chinesin, die das Hauspersonal befehligte, im Esszimmer, neigte sich zur Hausherrin hinab und flüsterte ihr etwas ins Ohr. Simha Bassat sprang strahlend auf.

»Endlich! Joni, das Schiff ist angekommen!«

»Joni« – Jonathan – eilte hinaus. Simha erklärte ihren Gästen: »Wir erwarten einen alten Geschäftsfreund meines Mannes. Er ist gerade von Deutschland aus über Kobe hier eingetroffen. Ein sehr angenehmer, ein wirklich ausgesprochen angenehmer Mensch, Sie werden sehen! Er wird Ihnen ganz gewiss gefallen.«

Kurz darauf führte der Hausherr einen strahlend lächelnden Deutschen in Generalsuniform herein, der eine Hakenkreuzbinde am Arm trug. Simha lief ihm entgegen.

»Was sehe ich da, Manfred? Bist du unter die Offiziere gegangen? Nein, es ist nicht zu glauben – unser Manfred in Uniform!«

Der Angesprochene schlug schneidig die Hacken zusammen,

hob die Hand zum Hitlergruß, wie es Vorschrift war, breitete dann die Arme aus, umarmte die Hausherrin und küsste sie auf beide Wangen.

»Nicht einfach nur unter die Offiziere, sondern gleich unter die Generäle! Aber derlei Dienstgrade erwirbt man sich nicht durch Erfolge im Kampf, sondern durch Kontakte zu den richtigen Menschen hinter den richtigen Schreibtischen. Was will man machen, liebe Freundin: Auch wir Bürokraten sind aufgerufen, unser Scherflein zum Krieg beizutragen. Und der verändert vieles – nicht nur Staatsgrenzen, sondern auch die Kleiderordnung. Aber nun sag: Steht sie mir wenigstens, die Uniform?«

Mit der gespielten Koketterie eines Fotomodells drehte er sich um sich selbst. Simha lachte und meinte: »Der Krieg steht dir wie angegossen! Aber erzähl, wie geht es unseren Freunden, hast du Nachrichten von ihnen?«

»Die beste Nachricht ist, dass wir eine Zweigniederlassung in Paris eröffnet haben. Gerade letzten Monat war ich dort. Eine wundervolle, begeisternde Stadt, in der ich mich sofort wie zu Hause fühlte! Dieses Parfüm habe ich dir von dort mitgebracht!«

Er schlug zum Spaß noch einmal galant die Hacken zusammen und reichte ihr das hübsch verpackte Schächtelchen: »Voilà!«

Erneut wurden die Anwesenden mit dem neuen Gast bekannt gemacht. Die Tatsache, dass Herr und Frau Weisberg aus dem königlichen Dresden kamen, verbuchte der General als »angenehme Überraschung«. Er fing gleich an, aus dem Nähkästchen zu plaudern: »Dem Familiennamen nach zu urteilen sind Sie deutsche Juden, nicht wahr? Nein, nein, verstehen Sie mich nicht falsch, ich habe viele Freunde unter ihnen, auch in Dresden! Sie kennen vielleicht die Zimmermanns? Nein? Sehen Sie, selbst die haben sich als Juden herausgestellt! Ein großes Hallo, als das rauskam, aber kein Einzelfall! Ich hatte in Deutschland viele Bekannte, die plötzlich entdeckten, dass sie der jüdischen Rasse angehörten, ohne es auch nur im Entferntesten geahnt zu haben! Für einige war das ein schwerer Schlag, aber was will man machen? Blut ist dicker als Wasser! Aber wie gesagt, ich hege keine Abneigung gegen Sie, im Gegenteil, ich bewundere Ihre Rasse sogar. Aber zugeben müssen Sie schon, dass Sie große Schlitzohren sind: Sie dürfen im Hinterland Autobahnen bauen, während unsere Jungs an der Front den Kopf hinhalten müssen, bei Eis und Schnee. Wo ich gerade beim Thema bin, ich kenne da einen tollen Judenwitz …«

Der Gast interessierte sich, wie es schien, für alles, nur nicht dafür, was diese großartigen deutschen Juden hier in Shanghai machten. Ohnehin konnte Manfred es kaum erwarten, seine zweite gute Nachricht loszuwerden. Sie bestand darin, dass er mit der Offerte an Jonathan Bassats Firma aus Kobe kam, die Liefermengen beträchtlich zu erhöhen, allerdings unter der Voraussetzung, dass die jüdischen Banken in Shanghai neue Kreditlinien eröffneten. »Krieg, meine Herren, Krieg, sage ich nur! Und der braucht Zinn, Chrom und Rohkautschuk, um erst gar nicht vom Öl zu reden, hab ich recht?«

Der Kaufmann in Uniform war so begeistert von seinem eigenen Scharfsinn, dass er in lautes Lachen ausbrach.

»Krieg braucht Menschen«, warf Theodor leise ein.

»Oh, was für eine düstere Sichtweise!«, entgegnete Manfred. »Aber das ist ja nichts Neues, dass die deutschen Juden – bei aller Sympathie – ein bisschen zur Schwarzmalerei neigen, stimmt's, oder hab ich recht? Bei jedem kleinsten Anlass fangen sie an zu philosophieren und sich über die herrschende Ordnung zu beklagen. Dabei habe ich natürlich nicht Sie im Sinn, aber die meisten Ihrer deutschen Volksgenossen haben sozialdemokratische, ja sogar« – er beugte sich verschwörerisch vor – »kommunistische Neigungen! Ist doch so, oder? Hier hingegen sind die Juden aus ganz anderem Holz geschnitzt! Wirklich, das soll keine persönliche Wertung sein, aber ich habe tatsächlich unzählige Freunde unter Leuten vom Schlage Jonathan Bassats. Joni, sag doch, ist es so oder nicht?«

Jonathan Bassat zuckte schweigend die Schultern. Die Richtung, die das Gespräch nahm, schien ihm – bei aller Sympathie – nicht zu gefallen, da er aus den von ihm bevorzugten neutralen Gewässern herausführte. Der frischgebackene General, ganz Stratege, begriff sofort, dass es besser war, einzulenken. Fröhlich resümierte er: »Die prosaische Wahrheit ist doch, dass der Krieg einen immensen Rohstoffbedarf hat, so wie ich jetzt erst einmal einen großen Cognac brauche! Nein, wie schön ist es doch, wenn man aus Europa kommt, diesem Irrenhaus, und gute alte Freunde in einem friedlichen und gastfreundlichen Erdenwinkel wiedertreffen kann!«

Gerührt von seinen eigenen Worten, küsste er zärtlich Simha Bassats Hand. Ja, diesem als General verkleideten Importeur kriegswichtiger Rohstoffe war Ungezwungenheit wirklich nicht abzusprechen, wenn auch die ein wenig zur Grobheit neigende deutsche Fröhlichkeit gelegentlich an den Schlag eines dicken Holzhammers erinnerte …

Bald kamen auch die übrigen Gäste. Wie die Dame des Hauses schon angedeutet hatte: Das weltliche Leben begann spät in Shanghai. Bei der überwiegenden Zahl der Eingeladenen handelte es sich um Vertreter großer deutscher Unternehmen mit ihren Gattinnen; ansonsten erschienen nur noch zwei chinesische Bankiers aus Singapur und ein hochrangiger japanischer Offizier.

Es folgte ein wildes Durcheinander von hingeworfenen Bemerkungen, Witzen, Kommentaren, echtem und gekünsteltem Lachen, Tratsch über bevorstehende Verlobungen und bereits erfolgte Untreue, halbe Antworten.

Der Japaner stand da und verstand meist nicht, was an dem Gesagten lustig sein sollte, und wenn jemand ihm die Pointe umständlich erklärte, lachte er hastig und nickte höflich. Die japanische Vorstellung von dem, was komisch war im Leben, war von der europäischen so weit entfernt wie das Taktgefühl des deutschen General-Importeurs in Fragen, die das jüdische Lebensgefühl und Schicksal betrafen.

Theodor saß wie auf glühenden Kohlen. Zweimal bat er Elisabeth leise zu gehen, doch sie drückte seinen Arm zum Zeichen, dass dies unhöflich sei. Sie wollte Simha Bassat Zeit geben, die sichtlich darum bemüht schien, die Flecken zu beseitigen, die Manfred bei seinen gut gelaunten Tritten in die Fettnäpfchen der Judenfrage auf den Hemden der beiden Bewohner von Hongkou hinterlassen hatte. Als Elisabeth dennoch das Zeichen zum Aufbruch gab, sagte Frau Bassat: »Aber doch nicht jetzt, meine Lieben, wo Weiße Lilie den Punsch hereinträgt. Sie hat sich so viel Mühe gegeben – Sie würden sie tödlich beleidigen. Der Abend wird doch gerade erst so richtig lustig, hm?«

Weiße Lilie war der Name der beleibten Chinesin, und was das Lustige des Abends betraf, so bedurfte es nach dem dritten großen Cognac keiner wiederholten Bitten seitens der Hausherrin, den deutschen Geschäftspartner dazu zu bewegen, sich ans Klavier zu setzen und die gesellige Runde ein wenig mit heiteren Klängen zu erfreuen. Er spielte gar nicht so schlecht für einen Rohstoffhändler, musste Elisabeth neidlos anerkennen.

»Spielen Sie uns doch einen Schlager, der in Deutschland derzeit en vogue ist, Herr General«, bat einer der Gäste. »Sie wissen doch, in unseren Breitengraden kommt alles immer mit mindestens zwei Jahren Verspätung an!«

»Etwas zum Tanzen«, bat Simha Bassat mit geröteten Wangen.

So weit, so gut. Doch Steine, die einmal ins Rollen gekommen sind, können auch von noch so sehr um Harmonie bemühten Gastgebern nicht aufgehalten werden. Der musikalische Vertretergeneral besann sich auf genau jenen Ohrwurm, der auch Hansi Steinbrenner nicht aus dem Sinn ging. Mit jener schmalzig-sentimentalen Inbrunst, die den deutschen Schlager dieser Jahre auszeichnete, intonierte er, sich selbst begleitend:

In einer kleinen Konditorei,
Da saßen wir zwei
Und träumten vom Glüüück …

Theodor spürte, wie ihm das Kristallglas vom Untersetzer glitt, wie der Punsch sich über seinen geliehenen Anzug ergoss und der Rest zusammen mit dem Glas auf den Mosaikfußboden fiel und in tausend Stücke zerbarst. Das Klavier verstummte. Der General drehte sich um. Die Hausherrin eilte bereits mit einer Serviette in der Hand herbei.

»Das macht doch nichts, Herr Weisberg! Das kann man leicht herauswaschen. Da bleiben keine Flecken.«

»Doch«, stieß Theodor hervor, weiß wie die Serviette.

Theodor trank selten, vielleicht war ihm der Alkohol deshalb so schnell zu Kopf gestiegen. Er nahm seine Frau am Arm und stieß sie Richtung Haustür. Ein bisschen komisch sah er ja aus in seinem geliehenen Anzug mit den zu kurzen Ärmeln und Hosenbeinen. Der General sagte in bester Absicht: »Ich kann Ihnen eine Paste geben, mit der Sie jeden Fleck herausbekommen!«

»Herr General, wissen Sie, was Sie mich können?«, sagte Weisberg und sprach zum ersten Mal einen jener Sätze aus, die er in Dachau aus dem Mund seiner primitiveren Mitgefangenen so abstoßend gefunden hatte: »Am Arsch können Sie mich lecken.«

Die Gastgeberin stand mit offenem Mund da, die Gäste schauten sich fragend an: Was war denn los, was hatte der Mann bloß auf einmal?

36

Der Mann folgte Hilde Braun schon fast eine Stunde, bemüht, unbemerkt zu bleiben. Inmitten einer solchen Menschenmenge, wie sie sich fast vierundzwanzig Stunden am Tag durch die in grelles Licht getauchten Geschäftsstraßen der Internationalen Konzession wälzte, war das eine Aufgabe, die sogar für einen Ungeübten zu bewältigen war. Hilde hatte wohl für heute Feierabend, denn sie schien es nicht eilig zu haben. Sie betrachtete Schaufensterauslagen, wühlte in Kleidern und Krimskrams, die draußen zum Verkauf angeboten wurden, betrat eine Parfümerie und suchte lange, bevor sie sich für einen Lippenstift entschied. Danach hielt sie sich längere Zeit in der französischen Buchhandlung auf, öffnete hier und da ein Buch, las einen Abschnitt und legte es wieder zurück. Am Ende kaufte sie eine Modezeitschrift und verließ den Laden.

Die Nanking Road ist ein schrecklich langer Boulevard, der Spaziergänger bald ermüdet. Nach einigem Hin und Her beschloss Hilde, in die Wiener Konditorei einzukehren und sich ein wenig auszuruhen. Dort bekam man eine fast originalgetreue Sachertorte oder einen Apfelstrudel, und zwar in einer Qualität, die mit der des Originals durchaus konkurrieren konnte.

Der Mann wartete so lange draußen und beobachtete, wie kleinwüchsige Prostituierte ausländische Seeleute an ihren Hemden zupften und sich anboten: »Sailor, sailor-man! Short time two Dollars, long time five Dollars! Sailor ...«

»Sailor« war die verbreitete Anrede für Seeleute aus dem Ausland, und wenn man bedachte, dass man für einen US-Dollar sechs Shanghai-Dollars bekam, so war die Offerte – zwei Dollar für die schnelle Nummer, fünf für das volle Programm – mehr als verlockend. Nachdem dies ausgehandelt war, verlagerte sich das Geschehen in die Innenhöfe hinter den steinernen Gebäuden entlang des Boulevards, wo sich die Wohnungen des chinesischen Dienstpersonals und ihrer vielen Kinder befanden. Sie säumten die Grundstücke wie eine Umzäunung, und da sie meist aus Holz gebaut waren, wurden viele während der japanischen Bombenangriffe Opfer der Flammen. Auf den Veranden vor diesen Häuschen sah man durch die zum Trocknen aufgehängte Wäsche alte Frauen beim Kochen. Der durchdringende Geruch von angebratenen Zwiebeln und verbrannter Erdnussbutter lag in der Luft. In diesen Hinterhöfen befanden sich auch die »Lasterhöhlen«, wo man eine Opiumpfeife rauchen, billig geschmuggelten Alkohol kaufen oder eben Liebe »short time« oder »long time« machen konnte. Theoretisch war dies alles verboten und von der Polizei streng zu bestrafen, doch praktisch konnte der aufmerksame Beobachter nicht selten auch die Ordnungshüter unter den Gesetzesbrechern erspähen, wenn sie nicht sogar Teilhaber an diesen illegalen Geschäften waren.

Der junge Mann, der Hilde folgte und gelegentlich durch die Schaufenster ins Innere der Konditorei schaute, um sie nicht aus den Augen zu verlieren, war kein Unbekannter. Ganz im Gegenteil. Vor geraumer Zeit hatte Hilde ihn unter dem Namen Vladek in Paris kennengelernt. Hier in Shanghai war er bei der japanischen Kommandantur mit Schweizer Pass unter dem Namen Jean-Loup Vincent registriert, tätig als freier Journalist.

Von Hilde Brauns Anwesenheit erfuhr er aus den Gesellschaftsspalten der Zeitungen, die sich nicht selten mit ihrer Person beschäftigten, entweder als Begleiterin der Baronin Gertrude von Dambach auf Cocktailpartys oder Wohltätigkeitsveranstaltungen oder in ihrer Funktion als persönliche Sekretärin des diplomatischen Vertreters des Dritten Reichs, Baron Ottomar von Dambach. Auf den Seiten der hiesigen Klatschpresse fehlten natürlich auch nicht pikante Andeutungen über eine Verbindung intimerer Art zwischen ihr und dem Herrn Baron. Auf die dreisten Fragen der überaus neugierigen Klatschreporter dieser Skandalblättchen, die es in Hülle und Fülle in Shanghai gab, antwortete die Baronin selbst nur mit herzhaftem Lachen. Sie lachte einfach – was die Spekulationen natürlich nährte. Verwunderlich war nur, dass die Baronin sich davon so gar nicht aus der Ruhe bringen ließ. Das konnte nur bedeuten, dass sie über sichere Informationen in dieser Affäre verfügte.

Jean-Loup Vincent, seines vorgeblichen Zeichens freier Korrespondent für europäische Zeitungen, trieb sich auffallend häufig in der Nähe des Fotoateliers Agfa auf der North Sichuan Road herum. Dort entwickelte er wohl seine Fotoreportagen, um sie anschließend irgendwohin zu versenden. Nicht selten leistete er auch dessen Inhaber Alfred Kleinbauer, bekannt dafür, russischen Wodka zu lieben, auf seinen abendlichen Kneipentouren Gesellschaft.

Während all der Wochen, die er sich nun schon hier aufhielt, ließ ihm eine Frage keine Ruhe: War Hilde Braun in Paris als Gestapospitzel gewesen? Hatte sie damals der Polizei seine Adresse verraten, sodass er anschließend die ganze Tortur von Verhören, Arrest und Ausweisung zu erdulden hatte? Was war ihr wahres Ziel? Warum tarnte sie sich als deutsche Jüdin, die vor den Nazischergen aus Deutschland geflohen war, wenn sie nun, als wäre nichts gewesen, auf einmal fünfzehntausend Kilometer weiter östlich in der diplomatischen Vertretung ebendieses Deutschlands arbeitete. Hier hatte sie aller Wahrscheinlichkeit nach ein neues Spiel begonnen, mit neuer Identität, neuer Biografie, neuen Beweggründen. Jüdinnen konnten unmöglich Angestellte in der deutschen Botschaft sein, Geheimagenten hingegen durchaus.

Etwas veranlasste ihn, Hilde weiter zu folgen, als sie die Konditorei verließ und am Fluß entlangspazierte. Doch als sie die Kreuzung am Boulevard auf der rechten Seite des Jangtseufers erreichte, musste sie anhalten. In sicherem Abstand hinter ihr blieb auch Jean-Loup Vincent alias Vladek stehen. Die Passanten verlangsamten ebenfalls ihre Schritte. Die hinter ihnen Gehenden stießen sie zur Seite, um zu sehen, was da los war.

Vom Fluss her kam ihnen eine dichte Menschenmenge entgegen. Sie trugen Stoffbanner und Pappschilder mit Schriftzeichen darauf, die sicher nur von den allerwenigsten Europäern, die den Boulevard entlangschlenderten, entziffert werden konnten. Einige wenige Worte in englischer Sprache verrieten jedoch, worum es hier ging: »Japaner raus, China ist keine Kolonie!« – »Arbeit und Sicherheit!« – »Schluss mit dem Krieg!«

Die Demonstranten waren eine Mischung aus studentischer Jugend, Menschen in normaler städtischer Kleidung, Männern in Metallarbeiterkluft und Textilarbeiterinnen jeden Alters; auch Frauen mit Kindern fehlten nicht. Voran schritt eine Gruppe würdiger Greise: Professoren und Doktoren der hiesigen Universität, Intellektuelle und bärtige buddhistische Lehrer. Letztere erinnerten in ihrer ganzen äußeren Erscheinung an Porzellanfiguren aus Gebetsnischen; nur dass diese hier eben im Unterschied zu den Heiligen in der Nische unter recht irdischen Losungen einherschritten.

Vom Englischen Garten am anderen Ende des Uferboulevards her war bereits das wilde Trillern von Polizeipfeifen zu hören und das Trappeln von Pferdehufen. Warnschüsse wurden abgegeben. Einen Augenblick später trieben die berittenen chinesischen Polizisten, von den japanischen Besatzern als zusätzliche städtische Sicherheitstruppe aufgebaut und unterhalten, einen Keil in die Demonstrantenmenge und begannen nach allen Seiten mit ihren Hartlederstöcken um sich zu schlagen.

Ehe sie sich's versah, wurde Hilde hineingerissen in das

Chaos aus Schreien, Schlägen, Laufen und Treten. Eine Reiterphalanx versuchte, die Demonstrierenden zurückzudrängen; Kollegen zu Fuß, mit Bambusstöcken ausgerüstet, hieben und stießen wild um sich, bis einer, wohl der Einsatzleiter, mit heiserer Stimme den allgemeinen Lärm mit kurzen, drohenden Kommandos auf Chinesisch überschrie.

Zwei Polizisten hatten eine junge Frau verhaftet, die kreischend versuchte, sich loszureißen; an ihren Rock klammerte sich ein kleines Mädchen, das markerschütternd brüllte. Einer der Polizisten stieß das Kind verärgert weg. Es fiel hin und rollte über den Asphalt. Ohne zu überlegen, stürzte sich Hilde auf das Kind und riss es vor den Hufen der Pferde weg. Ein berittener Polizist beugte sich aus dem Sattel, griff nach ihr und riss dabei den Ärmel ihres Kleides ab, während Hilde verzweifelt versuchte, sich und das Kind zu verteidigen, indem sie um sich schlug und Flüche in jeder ihr bekannten europäischen Sprache ausstieß.

Einem der Reiter wurde es zu bunt. Er packte sie am Haar und zog sie hinter sich her. Da hielt es der Mann, der Hilde die ganze Zeit gefolgt war, nicht länger aus. Er packte den Arm des Polizisten und riss ihn vom Sattel. Der Ordnungshüter stürzte zu Boden, sprang aber sofort wieder auf und hob seinen Schlagstock. Dies nötigte Hildes unverhofften Schutzpatron, den Uniformierten mit einem rechten Haken erneut zu Boden zu schicken.

Hilde, das weinende Kind im Arm, verschlug es buchstäblich die Sprache vor Überraschung: »Vladek, bist du das?«, hauchte sie.

Doch der Polizist, klein und erschrocken, hatte sich schon wieder aufgerappelt und war im Begriff, seine Pistole aus dem Halfter zu ziehen. Aus diesem Grund gab es für Vladek zunächst nur eine Antwort: noch einen rechten Haken.

Alles Weitere würde sich finden.

37

Der weiße Raum mit dem kleinen vergitterten Fenster quoll über vor verhafteten Demonstranten. Um die fünfzig Männer und Frauen saßen auf der umlaufenden Wandbank oder auf dem nackten Fußboden und redeten leise miteinander. Als Hilde und Vladek in den Raum geschubst wurden, verstummten sie wie auf Verabredung, obwohl auf den ersten Blick zu erkennen war, dass die beiden Europäer waren und wohl kaum ihren chinesischen Singsang verstanden. Vladek ließ seinen Blick über die Bänke wandern und setzte sich anschließend in die Ecke, ohne sich im Geringsten um seine Begleiterin zu kümmern. Hilde überlegte, was sie tun solle, hockte sich dann aber ergeben zu Vladek auf den schmutzigen Zementboden, der mit Zigarettenkippen und den roten Häutchen gerösteter Erdnüsse übersät war. Zwischen den beiden herrschte eine unbestimmte Spannung. Hilde schaute Vladek einige Male erwartungsvoll an, in der Hoffnung, dass er etwas sagen würde, doch der wandte jedes Mal finster sein Gesicht ab. War dies wirklich derselbe lustige und gesellige Junge aus Paris, der ihr so enthusiastisch die Kathedrale Notre-Dame geschenkt hatte? Hilde ahnte, was die Ursache seines feindseligen Verhaltens sein könnte, doch hier war weder die Zeit noch der Ort, um Missverständnisse auszuräumen. Ihre Geschichte konnte in Vladeks Ohren ja nur unglaubwürdig klingen.

»Du hast mir meine Frage nicht beantwortet: Was du hier machst?«, sagte sie endlich.

»Und du«, fragte er finster, ohne sie anzusehen, »was machst du hier?«

»Jedenfalls nicht das, was du denkst.«

»Was denke ich denn deiner Meinung nach?«

Bei dieser Frage drehte er sich zum ersten Mal zu ihr um,

wohl um sie mit Blicken zu strafen: »Hast du der Polizei in Paris meine Adresse verraten? Bestimmt! Außer dir wusste nämlich niemand, wo ich wohne. Niemand! Nicht mal meine Kameraden aus Spanien ...«

Hilde schaute ihn überrascht und mit offenem Mund an. Seine Unterstellung war so ungeheuerlich, dass sie keine Worte fand. Sie hatte nicht übel Lust, ihm eine Ohrfeige zu verpassen, vor allen anderen in dieser engen Zelle. Doch dies verhinderte ein einfacher Polizeibeamter, der die Zelle betrat, sich umschaute und auf Hilde und Vladek deutete: »Ihr beiden – mitkommen.«

Das kleine Büro des Polizeichefs war mächtig verräuchert. Der Mann hatte bräunlichgelbe Raucherfinger und saß an seinem Schreibtisch. Über seinem Kopf waren die Umrisse eines hellen Rechtecks an der Wand zu erkennen. Dort musste viele Jahre ein Bild gehangen haben. Jetzt war die Stelle notdürftig mit einer Reproduktion der Verbotenen Stadt von Peking kaschiert. Der Hauptmann sog gierig den Rauch seiner Zigarette ein und blies ihn durch die Lücken seiner braunen Zähne wieder aus. Dabei studierte er misstrauisch den Pass der Verhafteten, vor allem die mit Grenzübertrittsstempeln übersäten Seiten.

Die Stille im Raum war erdrückend. Hilde und Vladek hockten dem Polizeichef auf Holzstühlen gegenüber und warteten darauf zu erfahren, was dieser ausheckte. Das Telefon klingelte. Der Hauptmann hob ab. Eine näselnde chinesische Stimme drang aus dem Hörer. Er antwortete kurz in derselben Sprache und legte auf. Erst danach hob er den Blick von den Seiten des Reisepasses und sagte in fast einwandfreiem Englisch: »Misses, von Ihrer offiziellen Gesandtschaft wurde soeben bestätigt, dass Sie dort angestellt sind. Gut, damit wäre Ihre Identität geklärt, doch nicht Ihr Handeln gerechtfertigt. Haben Sie etwas zu Ihrer Verteidigung zu sagen?«

»Ich habe gar keinen Grund, mich zu rechtfertigen. Ich kann nur zum x-ten Mal wiederholen: Das Vorgehen Ihrer Polizisten ist einfach widerlich, Herr … Polizei …«

»… Hauptmann«, half er ihr auf die Sprünge.

»Na gut, Hauptmann … Es handelte sich um friedliche Demonstranten, unter ihnen auch Kinder! Ich werde das nicht auf sich beruhen lassen, sondern Baron von Dambach über diese Ereignisse in Kenntnis setzen, und zwar in allen Einzelheiten!«

»Das ist Ihr gutes Recht. Unser Recht aber ist es, Sie bis zu drei Tagen in Gewahrsam zu nehmen. In dieser Zeit werden wir uns selbstverständlich bemühen, den Dieb Ihrer Handtasche ausfindig zu machen, auch wenn ich – offen gestanden – keine großen Hoffnungen hege, dass uns das gelingen wird. Der Raub von Privatsachen ist … Privatsache, und die Tatsache, dass Sie deutsche Staatsbürgerin sind, enthebt Sie nicht der Verantwortung, auf Ihren Besitz achtzugeben. Also: bis zu drei Tagen, gesetzt den Fall, dass die Staatsanwaltschaft sich nicht einschaltet – etwas, was ich Ihnen nicht wünsche.«

Mit dem Trotz einer bestraften Schülerin antwortete Hilde: »Gut, bleibe ich halt drei Tage. Sogar mit dem größten Vergnügen, damit es Ihren Leuten zur Schande gereicht!«

Der Polizeichef hob seine schweren Augenlider, heftete den Blick auf Hilde und sagte schließlich teilnahmslos: »Für Beleidigung der Staatsgewalt können es noch mal drei Tage zusätzlich werden.«

»Macht zusammen sechs. Und dann?«

»Dann«, mischte sich Vladek auf Französisch ein, »werde ich draußen auf dich warten und dir derart Bescheid stoßen, dass du mich dein Lebtag nicht vergisst! Hör auf, den Mann zu reizen. Wir müssen uns hier rauswinden, so schnell es irgend geht.«

»Dann winde dich doch, wenn es dich nicht erniedrigt, dich bei ihnen lieb Kind zu machen.«

»Da schau einer an, eine deutsche Jeanne d'Arc! Die wehrhafte Hilde … Hieß sie nicht Brunhilde bei euch?«

»Bitte keine Privatgespräche in anderen Sprachen«, unterbrach sie der Polizeichef, »Sie vergeuden nur meine Zeit.« Er blätterte erneut in Vladeks Pass. »Schang Lupp …«

»Man spricht das *Zhang-Lu* aus …«

»Ich weiß, wie man das ausspricht, Herr Wensjan! Ist es so richtig?«

»Ganz genau – Wensjan! Sie haben eine Aussprache wie jemand, der geradewegs am Ufer des Genfer Sees geboren ist.«

»Und Sie? Wo sind Sie geboren?«

»In Lausanne, wie Sie vielleicht gütigerweise meinem Pass entnommen haben.«

»Und wo befindet sich dieser See?«

»Noch immer an seinem angestammten Platz. Ob Sie es mir glauben oder nicht: Der Genfer See befindet sich in der Nähe von Genf. Zur Zeit liegt das noch in der Schweiz.«

Der Beamte beschloss, diese Aussage unter Vorbehalt erst einmal zu glauben, und schob dem Befragten ein Blatt hin, das dicht mit chinesischen Schriftzeichen bedeckt war.

»Unterschreiben Sie … hier, Herr Wensjan.«

»Aber … der Text ist auf Chinesisch, und ich habe leider nicht die Ehre, Ihre Schriftzeichen lesen und verstehen zu können.«

»Mit nachfolgend Bezeichnetem gestehe ich«, las der Polizeichef ihm geduldig vor, »dass ich einen Vertreter der Staatsgewalt geschlagen habe. – Bitte hier unterschreiben.«

Vladek zögerte, ob er seinen Füllfederhalter ins Tintenfass eintauchen sollte, kratzte sich erst einmal mit ihm im Nacken, blickte sich um wie einer, der Zeit gewinnen will oder sich anschickt, vertraulich zu sprechen, und sagte dann: »Schauen Sie, Herr Magistrat. Geschehen ist geschehen, und es wäre nicht gut, die Sache auszuposaunen. Wir sind hier unter uns, wie soll ich sagen – unter Freunden sozusagen. Da können wir die

Sache doch auch regeln, wie es zivilisierte Menschen tun, hm? Was meinen Sie? Sie wissen doch, welcher Sympathien sich die Polizei Shanghais in der Schweiz erfreut… Wären Sie damit zufrieden?« Er holte aus der Brusttasche seines abgerissenen Armeehemdes fünfzig Shanghai-Dollar und schob sie dem Polizeihauptmann hin. Dieser zog in einem geübten Reflex seine Schreibtischschublade auf und ließ den Schein darin verschwinden.

»Sehen Sie, die Hälfte der Schriftzeichen haben Sie ja schon entziffert. Wie steht es mit der anderen Hälfte?«

Vladek wühlte in seinen Taschen, dann wandte er sich hilfesuchend auf Französisch an Hilde: »Könntest du mir mit der gewünschten Hälfte des chinesischen Alphabets aushelfen?«

»Bedaure, aber wie du schon gehört hast, hat man mir im Gewühl die Handtasche gestohlen. Außerdem habe ich ja schon gesagt, was ich von deiner Einschleimerei halte. Ich sitze meine drei Tage Arrest lieber ab!«

»Sechs«, korrigierte Jean-Loup Vincent alias Vladek.

»Dann eben sechs. Soll die Welt ruhig erfahren, was in Shanghai los ist!«

»Glaub mir, dass die Welt nicht die Bohne von deiner Wahrheit erfahren wird. Du aber wirst erfahren, was es heißt, sechs Tage zwischen verlausten Taschendieben und Prostituierten mit Krätze zu liegen…« Und da er sich der Wirkung seiner Worte noch nicht sicher war, setzte er noch eins oben drauf: »… und mit Syphilis. Und Lepra.«

Hilde überlief ein plötzlicher Juckreiz. Ihre Kampfeslust schwand.

»Ja, ja, ist ja gut, habe verstanden, kannst deine Aufzählung beenden. Was sollen wir deiner Meinung nach tun?«

Vladek wandte sich erneut dem Beamten zu und sagte im verbindlichsten Tonfall, der ihm zu Gebote stand: »Schaun Sie, lieber Chef, wir sind doch Ehrenmänner. Ich gebe Ihnen mein Wort, dass ich Ihnen morgen die restlichen fünfzig Dollar bringe.«

»Für mich, Monsje« – er schaute in den Pass – »Monsje Wensjan ist Ihr Ehrenwort von unschätzbarem Wert, doch vergessen Sie nicht, dass ich Ihren Pass so lange einbehalte.«

»Meinen Pass? Chef, nur über meine Leiche!«

»Oh, warum denn gleich Leichen? Sagten Sie nicht, wir seien zivilisierte Menschen? Ihr Pass muss so oder so einbehalten werden. Das ist hier Usus. Er wird Ihnen ganz nach Vorschrift später ausgehändigt. – Was haben Sie denn da für ein schönes Schreibgerät?«

Vladeks Gesicht leuchtete auf. Warum war ihm das nicht selbst eingefallen?

»Das ist ein Montblanc mit goldener Feder, achtzehn Karat. Erlauben Sie mir, ihn Ihnen zum Beweis unserer Freundschaft zu schenken. Bitte betrüben Sie mich nicht – nehmen Sie ihn, und betrachten Sie diese kleine Kostbarkeit als Souvenir.«

Der Mann hinter dem Schreibtisch nahm den Füller in die Hand, drehte die Kappe ab und kritzelte – nachdem er einen skeptischen Blick auf die Feder geworfen hatte, so als wäre die Karatzahl auf ihr abzulesen – einige Striche auf ein leeres Blatt Papier. Vladek kommentierte in gespielter Begeisterung: »Sehen Sie – er schreibt!«

»Gut, ich glaube Ihnen, dass Sie mir morgen das fehlende Geld bringen. Und was Sie betrifft, Misses, so hoffe ich doch, dass derlei nicht wieder vorkommt. Überbringen Sie dem Baron unsere außerordentliche Wertschätzung.«

Hilde nickte, schweigend und verwirrt, während der Polizist schon wieder den Pass Ihres Retters durchblätterte. Vladek deutete dieses Interesse falsch und streckte die Hand aus, um ihn an sich zu nehmen; wozu sonst hatte er auf die vereinbarte Finanzhilfe für die darbenden Polizeikräfte Shanghais auch noch ein achtzehnkarätiges Schreibinstrument draufgelegt, als Zeichen aufrichtiger Freundschaft? Doch der Chinese legte seine Hand auf den Ausweis.

»Was ist mit meinem Pass?«, fragte der Verhaftete kleinlaut.

»Ich sagte doch: Sie erhalten ihn auf dem vorschriftsmäßigen Dienstweg zurück. Sie können gehen, Monsje ... Monsje ...«

»Wensjan«, knurrte Vladek böse, sprang auf und wandte sich wie von der Tarantel gestochen zur Tür.

»He, warte!«, rief Hilde, eben noch bereit, ohne Vladek sechs Tage unter verlausten Leprakranken mit Krätze und Syphilis zu verbringen, ihm erschrocken hinterher, »willst du mich hier sitzen lassen?«

Der Angesprochene blieb widerwilllig stehen, packte sie am Arm und zog sie nicht sonderlich zartfühlend hinaus.

Sie setzten sich auf die Bordsteinkante vor dem Polizeirevier und warteten darauf, vom Wagen der deutschen Botschaft abgeholt zu werden. Hilde schwieg, Vladek rauchte grimmig.

»Und? Sagst du mir jetzt, wer du bist?«, fragte er schließlich.

»Ich bin genau die, die du aus Paris kennst, das kann ich schwören. Aber die Dinge sind verfahren und furchtbar kompliziert, Vladek. Das hier war meine einzige Überlebenschance, verstehst du?«

»Nein. Ich versuch's erst gar nicht. Stehst du bei der Gestapo auf der Gehaltsliste?«

»Um Gottes willen, was denkst du von mir?«

»Dann erzähl mir mal, wie ausgerechnet eine Jüdin – das warst du doch laut eigener Aussage – sich das Vertrauen dieser Nazibanditen erschleichen konnte?«

»Wenn du den Baron meinst – der ist alles andere als ein Bandit, eher ein netter Opa, der mir viele Dienste erwiesen hat.«

»Und ... die Gegenleistung?«

»Dir bekommt offenbar das Klima hier nicht. Hör endlich auf, dummes Zeug zu reden! Du weißt doch, wie und warum ich als Kind einen deutschen Namen angenommen habe, sogar getauft bin. Und ich hab dir auch die Sache mit den Parisfotos erzählt, durch die ich aus Deutschland rausgekommen bin.«

»Und was dann?«

»Ich hatte einfach Glück, sagenhaftes Glück, rechtzeitig aus Frankreich hierher fliehen zu können und unterwegs die richtigen Leute zu treffen. Wenn du willst, erzähl ich's dir gern. Aber alles, was ich dir sage, muss unter uns bleiben, Vladek. Wenn es rauskommt, bin ich erledigt!«

Er schwieg lange, bevor er misstrauisch fragte: »Du hast der Polizei in Paris also nicht meine Adresse verraten?«

»Mein Gott, was für ein Sturkopf! Nein, nein und nochmals nein! Wann glaubst du mir endlich?«

»Dafür ist es noch zu früh. Erst muss ich wissen, wer du wirklich bist.«

»Und du … Wer bist du in Wirklichkeit?«

»Ich bin auch der, der ich in Paris war. Wenn du das nicht vergessen haben solltest.«

»Hab ich nicht. Du bist der ›Polyglottist‹, der urplötzlich verschwunden war, ohne eine Nachricht zu hinterlassen oder sich sonst auf irgendeine Weise, die mich beruhigt hätte, bei mir zu melden. Aus dieser ganzen mysteriösen Geschichte mit der Polizei habe ich nur verstanden, dass du dich mit irgendetwas beschäftigst, was der Obrigkeit ein Dorn im Auge ist.«

»Da bin ich aber neugierig zu erfahren, wie du darauf gekommen bist! Hab mich so bemüht, nichts zu tun, was gegen das Gesetz verstößt.«

»Das kannst du meiner Großmutter erzählen! Tscheche, Pole, Portugiese … Und jetzt stellt sich heraus, dass du in Lausanne geboren bist. Da kann ich mich ja geehrt fühlen, einen anständigen Schweizer zu kennen, der das Gesetz peinlichst einhält. Jetzt fehlt nur noch, dass du brav und bescheiden Schweizer Käse herstellst. Na, wie dem auch sei … Und ich Dummerchen trotte hinter dir her wie eine verliebte Katze!«

Vladek schwieg lange. Dann deutete er mit dem Zeigefinger auf sie, als wollte er eine schwere Anschuldigung vorbringen, und sagte schließlich: »Nur damit du es weißt: Ich war auch total verknallt in dich – und wie!« Er spuckte in den Staub und verwischte anschließend den nassen Fleck mit einer seiner Armeestiefelsohlen. »Na ja, nicht gleich so, dass ich dachte, ich könnte ohne dich nicht mehr leben, aber … Ich musste oft an dich denken, auch dann noch, als ich schon längst nicht mehr in Paris war.«

»Und wo warst du?«

»Irgendwo. Unwichtig. Konnte mich jedenfalls nicht bei dir melden, es ging einfach nicht. Und dann wusste ich ja auch nicht, wo du dich aufhältst.«

»Na, wenigstens das weißt du jetzt. Schade nur, dass du nicht mehr der tolle Typ bist, der Schuhe von Pariser Brücken in die Seine wirft.«

»Du bist ja auch nicht mehr das arme Mädchen, das noch nicht mal Geld für ein Schinkenbaguette hat! Was ist denn jetzt aus deinen jüdischen Problemen geworden, nachdem diese Bürohengste in Paris dir keine Aufenthaltserlaubnis mehr geben wollten? Und wie bist du hier gelandet? Ach ja, und wenn's kein Geheimnis ist: Wie wird man als Jüdin die Privatsekretärin des obersten Nazivertreters in Shanghai? Erzähl doch mal!«

»Ich beantworte immer nur eine Frage auf einmal. Aber nicht jetzt und nicht hier. Du kannst mich jederzeit anrufen. Warum nur habe ich das dumpfe Gefühl, dass du meine Telefonnummer schon hast?«

»Ja, ich gebe zu, ich hab hundertmal die Hand nach dem Hörer ausgestreckt und es dann sein lassen. Aber jetzt werde ich dich anrufen, ich will es einfach wissen. Aber vergiss nicht: Du schuldest mir was! Deinetwegen habe ich heute fast einen ganzen Arbeitstag verloren. Und fünfzig Dollar.«

»Hundert, wenn ich richtig verstanden habe.«

»Die restlichen fünfzig übernimmst du.«

»Wer Bestechung anbietet, der muss auch selber zahlen. Ich will mit so etwas nichts zu tun haben. Aber für die sechs Tage Arrest, die du mir erspart hast, kann ich dir einen Dollar geben. Einen Shanghai-Dollar! Nicht mehr und nicht weniger.«

»Meinst du das ernst? Wer hat mich denn in diese Bredouille gebracht? Ich an deiner Stelle wäre mal nicht so vorwitzig und würde im Namen des Dritten Reichs die ganzen hundert Dollar übernehmen.«

»Na, dann übernimm sie doch an meiner Stelle, das sag ich doch. Wenn du Geld hast, versteht sich. Ansonsten könnte ich dir was leihen. Übrigens: Was arbeitest du eigentlich in Shanghai? Hand aufs Herz!«

Jean-Loup alias Vladek nuschelte etwas vor sich hin.

»Derzeit bin ich freiberuflich tätig.«

»Du sagst das so, als wärst du in Paris Mitglied des Senats gewesen … Und seit wann bist du hier … freiberuflich?«

»Seit drei Monaten. Weiß schon ganze fünf Wörter auf Chinesisch.«

»Ein echter Polyglottist eben.«

Hilde schwieg nachdenklich, zögerte, dann gab sie sich einen Ruck und sagte: »Weißt du, was mich die Concierge gefragt hat – du weißt schon, die Dicke –, als sie dich verhaftet haben?«

»Was?«

»Ob du ein deutscher Spion wärst.«

»Nein, das bin ich ganz bestimmt nicht.«

»Was den deutschen Spion betrifft, glaube ich dir zu hundert Prozent. Aber genau so hundertprozentig weiß ich, dass du mir nicht ein einziges Mal die Wahrheit gesagt hast. Und ein großer Kavalier bist du auch nicht. Du könntest mir ja mal eine Zigarette anbieten.«

Vladek wühlte in den Taschen seines Hemds und fischte

ein zerknautschtes Päckchen Zigaretten heraus. Als er ihr Feuer gab, zuckte sie erschrocken zurück vor der gewaltigen Flamme, die aus seinem Armeefeuerzeug schoss.

»Was ist denn das für ein Flammenwerfer? Damit kannst du ja in den Krieg ziehen!«

»Meinst du?«, sagte er zerstreut, dann fragte er aus heiterem Himmel: »Was ist das eigentlich für ein Mensch, dein Herr Baron?«

»Warum willst du das wissen? Du hast doch nicht etwa auch diesen Blödsinn in den Zeitungen gelesen?«

»Ich frage nicht nach euren intimen Beziehungen, die gehen mich nichts an … Was ich gern wüsste, ist, ob er dir zum Beispiel seine Ansichten über einen gewissen Adolf Schicklgruber mitteilt, bekannter unter dem Namen seiner Mutter – Hitler? Solche Dinge, spricht er mit dir darüber?«

»Ist er verpflichtet, derlei mit seiner Sekretärin zu erörtern? Willst du mir vielleicht etwas über den Baron sagen? Ich denke, die wesentlichen Dinge weiß ich über ihn.«

»Glaubst du wirklich?«, murmelte er. »Na, was soll's, Schwamm drüber.«

Hilde stand auf. »Da ist er ja, der Wagen! Entschuldigung noch einmal wegen der Unannehmlichkeiten, Monsieur Vincent. Ob du's glaubst oder nicht: Ich habe mich sehr gefreut, dich wiederzusehen! Du meldest dich mal, ja? Versprich's mir!«

Sie beugte sich zu ihm, um ihn auf die unrasierte Wange zu küssen, aber er zog den Kopf zurück. Ein schwarzer Opel, an dessen rechtem Kotflügel ein Hakenkreuzfähnchen flatterte, hielt neben ihnen. Das war die Botschafterlimousine. Mit der Zigarette im Mund und zusammengekniffenen Augen folgte Vladeks Blick lange der schwarz glänzenden Nobelkarosse, bis sie im Strom der Rikschas, Fahrräder und Busse verschwunden war.

Der wachhabende Polizist vor dem Revier verzog das

Gesicht zu einem Grinsen und wandte sich an Vladek: »Das schöne, sehr schöne Lady! Yes, yes!«

38

Die Sekretärin des englischen Gesandten warf einen vielsagenden Blick auf ihre Armbanduhr, bevor sie mit demonstrativer Verwunderung den Mann, der mit halb offenem Armeehemd und schweren Armeestiefeln vor ihr stand, musterte.

»Mister Vincent, es geht mich ja nichts an, doch ich möchte Sie darauf aufmerksam machen, dass der Lord inkorrektes Verhalten seitens seiner Untergebenen nicht gewöhnt ist.«

Mister Vincent wunderte sich nun seinerseits.

»Untergebene, sagten Sie? Schau'n Sie mal, ich bin kein Untergebener Ihres Lords, und zwar aus mindestens drei Gründen: Erstens bin ich kein Mitglied der Kolonialstreitkräfte Ihrer britischen Majestät, sondern freier Journalist. Zweitens bin ich kein englischer Staatsbürger, sondern durch eine glückliche Fügung Schweizer. Und drittens bin ich aus Prinzip niemandes Untergebener, mit Ausnahme der Gesetze meines Kantons. Sie haben vielleicht schon einmal vom Schweizer Föderalismus gehört.«

Die Sekretärin war über diesen Redeschwall zwar irritiert, bewahrte jedoch die Fassung: »Ich möchte Sie doch sehr bitten, sich nicht auf meinen Arbeitstisch zu setzen! Sir Charles hat ausdrücklich angeordnet …«

»… hat höflich darum gebeten, wollten Sie sicher sagen …«

»Wenn Ihnen das besser gefällt, bitte schön!«

»Sie gefallen mir besser, junge Frau. Aber ich bin kein Schürzenjäger und schenke Ihnen die Freiheit. Also, worum hat Sir Charles gebeten?«

»Ihnen auszurichten, Sie möchten unverzüglich bei ihm vorstellig werden. Ich hoffe, dies verletzt nicht die Gesetze Ihres Kantons. Und, bitte, fassen Sie sich kurz. Sir Charles hat danach noch einen weiteren wichtigen Termin.«

Um das Gesagte zu unterstreichen, schaute die Sekretärin erneut auf ihre Armbanduhr, bevor sie den Schweizer Staatsbürger in Armeekleidung zum Arbeitszimmer des englischen Gesandten geleitete.

Dieses wirkte umso weiträumiger, als es spartanisch eingerichtet war. Es hatte etwas von einer Kasernenschreibstube an sich. Nur der steinerne Buddha, der in der Ecke neben der britischen Flagge, unterhalb des kleinen Porträts der englischen Könige stand, verriet, dass dieser Raum sich im Fernen Osten befand. An der Decke drehte sich der Propeller eines Ventilators. Fast die ganze linke Wand neben dem Schreibtisch wurde von einer riesigen Karte von Shanghai einschließlich der Küstenregion eingenommen.

Der Lord stand etwa in der Mitte seines Kabinetts, vielleicht um zu verhindern, dass der Eintretende sich allzu weit vorwagte.

»Jean-Loup Vincent, Sir«, stellte dieser sich vor. »Zu Ihren Diensten!«

Sir Charles ignorierte mit dem Selbstbewusstsein und der Arroganz des Ranghöheren die zum Gruß hingestreckte Hand seines Besuchers. Stattdessen betrachtete er mit hinter dem Rücken verschränkten Händen den nachlässig gekleideten Schweizer mit dem aufgeknöpften Hemd und den aufgekrempelten Ärmeln und starrte dann auf die riesigen Stiefel mit den dicken Profilsohlen. Vladek folgte seinem Blick und beugte sich selbstironisch vor, als ob er nicht wüsste, welcher Bestandteil seines Outfits das besondere Augenmerk des englischen Aristokraten erregte.

»Ah, mein Schuhwerk! Das ist noch Qualitätsarbeit, wie? Sind aus Spanien, von der republikanischen Armee. Zwei Jahre bin ich während des Bürgerkriegs als Berichterstatter kreuz und quer durchs Land getrampt, von Gibraltar bis zu den Pyrenäen, und trotzdem sehen sie wie neu aus, nicht? Sie werden lachen, aber während der Bombardierung Madrids …«

»Entschuldigen Sie, aber ich habe Sie nicht rufen lassen, damit Sie mir die Geschichte Ihrer Fußbekleidung erzählen«, unterbrach ihn der Lord.

»Ach, wirklich? Womit kann ich Ihnen dann dienen?«

Als der englische Gesandte seine Hände vom Rücken nahm, wurde klar, warum er sie dort versteckt hatte: Er hielt den Reisepass Jean-Loup Vincents darin.

»Vielleicht sollten Sie erst einmal versuchen, sich selbst nicht zu schaden. Gegen Sie liegt eine förmliche Beschwerde der Shanghaier Polizei vor, dass Sie gegen das Statut der ausländischen Journalisten verstoßen und an Ordnungswidrigkeiten beteiligt waren. Man wirft Ihnen Gewalt gegenüber einem friedlichen Polizisten vor.«

»So friedlich, wie Sie sagen, war er keineswegs, Sir, glauben Sie mir! Da wurde ordentlich auf die Leute eingedroschen!«

»Ich rate Ihnen, sich nicht in die hiesigen Angelegenheiten einzumischen. Wenn ich richtig verstehe, kommen Sie aus Spanien.«

»So kann man es ausdrücken …«

»Kommen Sie nun aus Spanien, oder kann man es nur so ausdrücken?«

»Man kann es so ausdrücken, dass ich aus Spanien komme. Habe aber Zwischenstation in Frankreich gemacht, um endlich den Louvre zu besuchen. Sie wissen schon: Mona Lisa und so weiter. Hatte auch dies und das am Place Pigalle zu tun – Sie wissen schon … Ja, und dann war ich natürlich auf einen Sprung in der Schweiz, um Mama zu besuchen. Hier in Shanghai bin ich seit drei Monaten.«

»Sie machen mich unendlich glücklich damit, dass Sie Ihre

Mutter nicht vergessen haben. Doch ich hoffe, es ist Ihrer geschätzten Aufmerksamkeit dennoch nicht entgangen, dass wir hier nicht in Spanien sind, wo alle behaupten, Köche zu sein, nur um sich in die Küche drängeln und an die Fleischtöpfe gelangen zu können.«

»Der Vergleich mit den Köchen und den Fleischtöpfen gefällt mir. Vor allem, wenn man weiß, welches Fleisch darin gekocht wird. Hier – in der Tat – ist noch nicht Spanien, aber gemach!, das kommt noch. Glauben Sie mir.«

Der Lord hob erstaunt den Kopf und schaute dem Gast direkt in die Augen.

»Ich habe offen gestanden Mühe, Ihren Gedanken zu folgen.«

»Das haben mir meine Lehrer auch immer gesagt, bevor sie mich aus dem Klassenzimmer verbannt haben. Nur dass ich am Ende meist recht behielt … Das heißt, Mylord, Spanien war ein Übungsfeld, auf dem der europäische Militarismus seine Möglichkeiten ausgelotet hat; Shanghai ist das Übungsfeld der Japaner. In Europa verlief die Probe aufs Exempel ja bekanntlich mit vollem Erfolg – die republikanische Armee wurde vernichtend geschlagen. England und Frankreich haben dabei, wie Sie wissen, diskret zur Seite geschaut und so getan, als bemerkten sie nichts, dachten aber: besser Faschisten als Kommunisten!«

»Dieser Meinung bin ich auch heute noch!«, erwiderte Sir Charles im Brustton der Überzeugung.

»Daran zweifle ich nicht. Sie als waschechter Brite haben ja sozusagen die Pflicht zur Sturheit! Schau'n Sie, was ich Ihnen sagen will, ist: Ich habe Reportagen geschrieben über britische Freiwillige von den Internationalen Brigaden. Tapfere Jungs, derer England sich rühmen kann. Bei Teruel sind die meisten von ihnen gefallen, doch nicht für Spanien oder gar den Kommunismus, nein, sondern für die Demokratie, Mylord. Sie haben die Schlacht verloren. Und das eben war für die Faschisten die erfolgreiche Generalprobe, die sie brauchten. Jetzt können sie die Premiere des Spektakels auf die große europäische Bühne verlegen. Die Zerstörung Guernicas war eine Apotheose des spanischen Flamenco; bald werden wir wissen, wie man zu deutschen Märschen tanzt. Bald liegen auch die englischen Städte in Schutt und Asche, glauben Sie mir.«

»Unsinn! Machen Sie doch keine dummen Witze!«

»Ja, man stirbt geradezu vor Lachen. Vor allem, wenn man von Kugeln und Bomben gekitzelt wird. Wollen wir wetten? Das tut der Brite doch gern, oder?«

Doch dem Lord stand der Sinn nicht nach einer Wette. Vladek schniefte einmal hörbar, dann sah er sich um und fragte kleinlaut: »Darf man hier rauchen?«

»Nein.«

»Dachte ich's mir doch. Aber lassen Sie einen kleinen freiberuflichen Reporter es noch einmal auf den Punkt bringen, Sir: Shanghai ist das Spanien des Fernen Ostens. Das heißt: Auch hier wird nach der Generalprobe im Kleinen die Premiere auf größerer Bühne stattfinden. Und zwar genau dann, wenn Sie den Japanern nicht unverzüglich zu verstehen geben, dass Sie sie ordentlich zusammenstauchen werden, wenn sie versuchen sollten, ihren Einfluss auf das Festland auszuweiten.«

»Hm ...«

Die Verlegenheit des Engländers bei diesen Worten kam nicht so sehr vom eben Gesagten als vielmehr davon, dass auf der Türschwelle mit strahlendem Lächeln die Baronin von Dambach erschienen war.

»Hoffentlich störe ich nicht. Aber Sie wissen ja, Mylord, ich bin stets pünktlich wie der Glockenschlag von Big Ben.«

Der Angesprochene verbeugte sich knapp.

»Sie stören niemals, liebe Baronin.« Dann wandte er sich kurz und sachlich an Vladek und händigte ihm seinen Pass aus. »Hier, nehmen Sie, und machen Sie, dass Sie wegkommen. Wir werden noch Anlass haben, über Generalproben zu sprechen!«

»Selbstverständlich, mit dem größten Vergnügen. Offen gestanden, als ich vor Ihrem weiblichen Zerberus im Vorzimmer stand, hatte ich erwartet, einen weitaus hochnäsigeren Herrn zu sehen.«

Mit diesen Worten klopfte er dem britischen Aristokraten vertraulich auf die Schulter, was dem Lord fast den Atem verschlug vor Entrüstung. Beim Hinausgehen warf der Schweizer Staatsbürger Jean-Loup Vincent, der sich nun wieder als solcher ausweisen konnte, einen neugierigen Blick auf die deutsche Baronin. Auch sie drehte sich nach ihm um. Erst als Vladek die Tür hinter sich geschlossen hatte, fragte Baronin von Dambach: »Wer war denn diese Gestalt?«

Sir Charles begnügte sich damit, mit seinem Zeigefinger kreisende Bewegungen an der Schläfe zu vollführen.

»Also, Mylord, ich bin gekommen, um mit Ihnen über die Schnepfenjagd zu sprechen. Bei einem so erstklassigen Schützen wie Ihnen werden die Tiere am Sonntag sicherlich geradezu vom Himmel regnen.«

»Die Augen, die Augen, meine Liebe, sie sind längst nicht mehr das, was sie einmal waren. Wenn Sie mich nur in meiner Jugend gesehen hätten, in den Jagdgründen Namibias …«

»Oh, ich bin sicher, dass da die erlegten Löwen nur so vom Himmel geprasselt sind!«

Washburn lachte, nahm ihre Hände und gab auf beide einen Handkuss alter Schule.

Bei seinem Treffen mit der Delegation der Jüdischen Flüchtlingsgemeinde von Hongkou hatte der Lord dennoch nicht gelogen, als er erklärte, dass er aufgrund des Kriegszustands zwischen Großbritannien und Deutschland keinerlei diplomatische Beziehungen zu Vertretern des Dritten Reichs in Shanghai unterhalte. Doch die privaten »undiplomatischen« Beziehungen wurden natürlich fortgesetzt. Die Leute kannten sich seit vielen Jahren, ihre Kinder waren befreundet oder heirateten sogar untereinander; und heute war die Baronin nur deshalb erschienen, weil sie die Einzelheiten des geplanten Jagdpicknicks besprechen wollte. Das jedenfalls hatte sie der Sekretärin erzählt …

39

Der Mann, den seine Bekannten nur »den Ungarn« nannten, rappelte sich hoch und setzte sich auf die schmutzige und zerschlissene Schilfmatte. Er fuhr sich mit der Hand übers Gesicht, blickte sich mit schläfrigen, geröteten Augen um und realisierte nur langsam, wo er sich befand. Er schaute auf seine große, schwere Armbanduhr mit Stoßschutzgitter, die er englischen Marinesoldaten auf dem Schwarzmarkt abgekauft hatte. Sonntag, 7. Dezember, sechs Uhr nachmittags. Zeit, sich zu jener verfluchten Seemannskneipe auf der Nansha Road, ganz in der Nähe des Hafens, aufzumachen, die sich »Zu den Blauen Bergen« nannte. Dort gab es zwar weder blaue noch sonstwie gefärbte Berge, dafür aber überreichlich schmutzigbraunes Jangtsewasser. Auf den Dschunken waren zahllose Kormorane gelandet. Die japanischen Polizeiboote am Fischereihafen gerieten jedes Mal ins Schaukeln, wenn die Bugwelle eines größeren Schiffs sie erreichte.

Durch die Spinnennetze an den beiden Fensterchen fiel das trübe Licht des zu Ende gehenden Wintertags, und es sah so aus, als würde es den blauen Rauch, der unter der Decke hing, langsam verwirbeln. In dem niedrigen, finsteren Raum, der sicher seit hundert Jahren nicht mehr geheizt worden war, herrschte feuchte Kühle. Auf den Schilfmatten entlang der Wände lagen in seligem Rausch oder still und nachdenklich rauchend abgerissene Kulis, die in der letzten Nacht mit ihrer Rikscha den einen oder anderen Cent verdient hatten und hier ihre letzte Chance, sich wenigstens einmal anständig zu ernähren, buchstäblich in Rauch aufgehen ließen. Es gab auch chinesische Kleinhändler, die ihre Lädchen für Popcorn, Rösterbsen und Sirupe in allen Farben erst abends öffneten, wenn die Menschen sich in Massen durch die Straßen wälzten. Dann sah man hier russische Emigranten in Kosakenuniform und eine blasse Europäerin, die, ihrem Äußeren nach zu urteilen, vermutlich aus Skandinavien stammte.

Es war eine Raucherstube für Menschen mit bescheidenen Möglichkeiten. Das Opium, das hier verkauft wurde, hatte schon einen Durchgang in den teuren und exklusiven Rauchsalons hinter sich. Der Rausch, der sich beim »zweiten Gang« einstellte, kam vom verkohlten Harz der Mohnpflanze, der so stark teerhaltig war, dass er sofort die Sinne betäubte. Während der Konsument dieser Giftmischung in seliger Bewusstlosigkeit schlief, war das zu ertragen, ja es löste sogar alle Spannungen im Kopf und schuf so ein Gefühl grenzenlosen Behagens. Darauf aber folgte unerbittlich ein heftiger Kater, der einem beim bloßen Gedanken an Nahrung jedweder Art einen unüberwindlichen Brechreiz bescherte. Diesem Übelsein war nur beizukommen, wenn man die nächste Pfeife rauchte.

István Keletys Mund war völlig ausgetrocknet und brannte. Seine Zunge fühlte sich rau an, als wäre sie mit Feilspänen bedeckt. Das Schlucken schmerzte im Hals. Ja, so war das immer, wenn man nach einem »Zweitrauch«-Opiumrausch erwachte. Kelety sehnte sich jetzt nach nichts mehr als einem großen, einem sehr großen, einem Eimer gut gekühlten Reisbiers, auch wenn es weder Kohlensäure noch Hopfen enthielt; denn es löschte den Durst immer noch besser als zwei Liter abgekochtes und dennoch muffig nach Sumpf riechendes Wasser. »Der billigste Kopfschmerz der Welt!«, nannte der Ungar diese gelbliche chinesische Brühe, die aus unerfindlichen Gründen dem Bier zugerechnet wurde. Aus der Perspektive des Reisbiertrinkers wurde der Mensch dafür, dass er das proportional größte Hirn besaß, auch mit dem heftigsten Kopfweh bestraft.

Ächzend erhob er sich und stieg über die Liegenden hinweg. Auf dem Weg zog er den Rock der in tiefen Schlaf versunkenen Skandinavierin herunter, damit ihre entblößten Schenkel bedeckt waren. »Good-bye, teure Ilona! Oder Inga? Oder vielleicht Jeannette? Küss mir Europa, wenn du es zufällig in deinen Träumen erblicken solltest – unser wunderbares, widerliches Europa! Und hoffentlich kommst du hier irgendwann aus diesem Höllenkessel raus, ich würde es dir wünschen!« Er murmelte diese Worte auf Ungarisch, während er die blasse junge Frau mitfühlend anschaute. Sie schlief mit halb geöffnetem Mund und an die Decke starrenden, offenen Augen, deren Pupillen, wie er bei einem Wedeln mit der Hand feststellte, tatsächlich auf keinen Bewegungsreiz mehr reagierten. Nein, dass die hier noch mal rauskam, war mehr als zweifelhaft! Der zweite Rauch lässt seinen Konsumenten nicht so leicht los; er klammert sich an ihn wie ein festgerosteter Deckel oder ein Anker, der sich mit seinen Widerhaken in den Abgründen des Seelenmeers verhakt hat.

Im Vorraum besprengte er sein Gesicht mit Wasser aus der bereitstehenden Schüssel. Eine alte Frau, deren Zähne von einer Art Lack schwarz gefärbt waren, verbeugte sich in ritueller Höflichkeit vor dem Gehenden, wie man es in dieser verlausten Elendsbaracke eher nicht erwartet hätte, und brachte ihm ein Handtuch von zweifelhafter Sauberkeit. Kelety nahm es mit den Fingerspitzen und legte es zur Seite. Davon, dass diese alte »Priesterin vom Tempel des zweiten Rauchs« kein Ungarisch verstand, konnte Kelety eigentlich ausgehen; dennoch sagte er ihr in seiner Muttersprache: »Danke, Gräfin Mariza, danke, gelbe Mimose. Hier, das ist, was ich an Zaster habe. Und nun Servus und auf ein nächstes Mal!«

Er ließ das Trinkgeld, etwa ein Dutzend winziger Kupfermünzen, in ihre knochige Hand rieseln und begann, die hölzerne Treppe hinabzusteigen.

Draußen war es feucht und kalt. Eine elektrische Spannung lag in der Luft wie vor einem Gewitter. Schwere, dunkle Wolken hingen über den Straßen. Das hektische Blinken und Flimmern der bunten Reklameschilder unterstrich nur ihre ungewöhnliche Leere. Alles zusammen erweckte den Eindruck einer seltsam apokalyptischen Stimmung, die bei István das Gefühl eines nahenden Unheils hervorrief. Während er sich in einer Rikscha zum Hafen bringen ließ, spürte er, dass während der Zeit, in der er sich in dieser Opiumhöhle betäubt hatte, etwas Außergewöhnliches passiert sein musste. An den Straßenecken und auf den Dächern der Hotels patrouillierten japanische Soldaten, ab und zu waren kleine Panzer und Panzerfahrzeuge italienischer Herkunft auf den Kreuzungen zu sehen, deren Gewehrläufe auf einen unbestimmten Feind gerichtet waren. Die wenigen Passanten machten, dass sie nach Hause kamen. Über ihren Köpfen brummten die kleinen, wendigen japanischen Jagdflugzeuge, die man in der Abenddämmerung von Shanghai mehr hörte als sah.

Isztván Kelety tippte seinem Kuli leicht mit dem Fuß auf den Rücken. Dieser verlangsamte seine Schritte und wendete den Kopf, ohne anzuhalten.

»Was ist hier los, Masta-Masta?«, fragte Isztván auf Englisch.

Der klapperdürre Kuli, geschmeichelt von der Anrede »Masta«, war vermutlich überzeugt, dass auch er Englisch konnte, denn er ließ eine atemlose Suada vom Stapel, von der der Ungar nichts außer dem Wort *Nippon* verstand. Es hatte ganz den Anschein, dass dies auch das wichtigste Wort war. Nach einer Weile hielt der Ungar den Mann noch einmal auf dieselbe Weise an.

»Stopp, Euer Durchlaucht, stopp!«

Diesmal blieb der ausgezehrte Chinese auf der Stelle stehen.

Sein Fahrgast sprang aus der Rikscha und lief zu dem kleinen Tabakgeschäft im Schatten des Hotels Palace. Der Verkäufer war ein heiterer Mensch, der drei Verbeugungen machte, bevor er seinem Kunden fragend ein Päckchen Zigaretten aus schwarzem algerischem Tabak zeigte. Der Ungar schüttelte den Kopf.

»Nein, keine Zigaretten. Ich habe gefragt, was passiert ist! Ratatata… Avio! Nippon. You realize? Comprends? Capito? Verstehn? Was ist mit Japan los?«

Das diensteifrige Lächeln erstrahlte erneut auf dem Gesicht des Verkäufers, der zum Zeichen, dass er jetzt verstanden hatte, heftig nickend »Yes, yes, Sir!« sagte und die algerischen durch japanische Zigaretten austauschte.

Der Ungar machte eine wegwerfende Handbewegung. Es hatte keinen Zweck. Also nahm er das Päckchen, zahlte und verließ den Laden.

Die Nachricht hatte sich wie ein Lauffeuer in der Stadt verbreitet. Die Radiosender meldeten im Eiltempo, dass die japanische Luftwaffe an diesem Morgen die amerikanische Marinebasis Pearl Harbor auf der Hawaii-Insel Oahu überfallen habe. Der Luftangriff kam völlig überraschend, wenn man bedachte, dass zwischen Japan und den USA gerade intensiv über einen Nichtangriffspakt verhandelt wurde, dessen Ratifizierung nur noch eine Frage der Zeit zu sein schien.

Bei dem Angriff wurden von den Japanern acht Schlachtschiffe sowie elf weitere Kriegsschiffe versenkt oder beschädigt. Die Zahl der auf der Erde oder in der Luft vernichteten Flugzeuge betrug 272, die der getöteten Amerikaner 2476.

Der 7. Dezember 1941, ein Sonntag, markierte das Ende der amerikanischen Nichteinmischung in den Zweiten Weltkrieg. Doch alles hat seinen Preis, und Japan musste den höchsten bezahlen; denn trotz des Chaos in Pearl Harbor war es den Amerikanern gelungen, das Flugzeug abzuschießen, in dem der

Leiter der See- und Luftwaffenoperation, der geniale Stratege Admiral Yamamoto, saß.

Die Windrichtung hatte sich urplötzlich geändert, und aus den beiden Kriegen, dem europäischen und dem fernöstlichen, war der Zweite Weltkrieg geworden. Dies stellte auch den Beginn der japanischen Expansion dar. Nicht lange nach Pearl Harbor nahmen die japanischen Truppen Malaya ein und danach die Philippinen. Eine nach der anderen hissten die britischen Kolonien Singapur und Victoria (bekannter unter dem Namen Hongkong) die weiße Fahne, bald gefolgt von Birma, Neuguinea und Niederländisch-Indien. Ziel der Japaner waren nun die fernen Ufer von Australien und Neuseeland. Das Inselreich der aufgehenden Sonne würde dann nicht nur über den halben Pazifischen und Indischen Ozean herrschen, sondern auch über die globalen Rohstoffreserven an Kautschuk, Zinn, Chinin und die wichtigsten Reisanbaugebiete.

All das schlummerte an diesem Abend, an dem der Ungar sich auf dem Weg zu den »Blauen Bergen« befand, noch im Schoß der Zeit. Noch hieß es für Kelety, in der Kneipe am Hafen wie jeden Abend bis in die frühen Morgenstunden auf dem klapprigen Klavier populäre amerikanische Filmmelodien zu variieren. Dass es auf Hawaii einen amerikanischen Kriegsmarinestützpunkt namens Pearl Harbor gab, das musste er erst noch lernen.

Die Kneipe, die sich unter einem kleinen eingeschossigen Hotel mit nur wenigen Zimmern befand, war ein düsteres und feuchtes Souterrain mit unverputzten Ziegelmauern und einer Tanzfläche aus Zement. Ja, die »Blauen Berge«, die tiefer als der Bürgersteig vor dem Haus lagen, waren schon fast eine Sehenswürdigkeit. Zehn Stufen führten zu ihnen hinab; das war die erlaubte Maximaltiefe in Shanghai, denn die Stadt war wie Petersburg und Venedig auf ins Jangtsedelta gerammten

Pfählen erbaut. Die Vorratskeller, die kaum einen halben Meter tiefer reichten, standen ständig unter Wasser. Aus diesem einfachen städtebaulichen Grund gab es in Shanghai keine Bunker, in die die Bewohner der Stadt sich bei Luftangriffen hätten flüchten können. Entsprechend hoch war die Zahl der Opfer, als die japanische Invasion begann.

Hilde hatte sich nur einmal in diese feuchte Kellerkneipe gewagt, nämlich um herauszufinden, wo ihr Freund und Fluchtkamerad aus Paris steckte; doch schon als sie eintrat, wurde sie von so vielen gierigen Seemannsblicken, Pfiffen und Zurufen empfangen, dass der Ungar sie, so schnell er konnte, wieder hinauskomplimentierte.

Sie setzten sich in die Wiener Konditorei. István stocherte angewidert in seiner Torte herum, machte Hilde zuliebe aber wenigstens gelegentlich den Versuch, die süße Köstlichkeit hinunterzuwürgen. Hilde musterte, das Gesicht auf ihre Hände gestützt, schweigend ihren Freund. Seine Gesichtshaut, pergamenttrocken und straff über die hohen Wangenknochen gespannt, hatte eine graubraune Färbung angenommen. Einige rötliche Flecken waren sicheres Anzeichen dafür, dass Opium das Seine zu seinem Teint beitrug.

»Und, wie lebt unsere Mademoiselle von den Halles de Paris jetzt?«, fragte er.

»Ich komme klar. Und du?«

»Beschissene Arbeit. Ob du's glaubst oder nicht, manchmal sehne ich mich sogar nach den übelsten Kneipen von Budapest zurück. Mit ihren Trinkern, denen nach ein paar Gläsern weich ums Herz wird, dem tintenfarbenen Wein und den genialen Improvisationen der Zigeuner. Die Ungarn haben kein Meer, nur diesen Tümpel namens Plattensee. Inzwischen sag ich: Gott sei Dank!, denn ich werd schon seekrank, wenn ich Matrosen nur sehe. Alain Conti fehlt mir auch. Ein toller Kerl war das!«

»Der kämpft jetzt sicher auch irgendwo in Afrika.«

»Oh, da kennst du ihn aber schlecht. Alain Conti im Krieg? Nein, nicht er! Er schlürft jetzt wahrscheinlich seinen Cognac am weißen Klavier und schert sich einen Teufel darum, welche Idioten gerade Frankreich regieren.«

Der Ungar konnte nicht wissen, wie fern er der Wahrheit war. Alain Conti, der Kinogrande mit der Zigarre, der ganze Heerscharen von Statistinnen kommandierte, wurde am 4. Februar 1944 in aller Herrgottsfrühe im Gebäude der Pariser Gestapo erschossen, weil er englische Fallschirmspringer versteckt hatte.

Die beiden plauderten noch ein wenig miteinander in der Wiener Konditorei am Ende der Welt, doch bald wurde klar, dass ihre Wege sich unwiderruflich trennten. Sie, Hilde Braun, konnte die Spelunken nicht ertragen, in denen Isztván einen Großteil seiner Zeit verbrachte, und ihm graute es, von der strahlend weißen Residenz des deutschen Botschafters, an deren Rasenauffahrt die Hakenkreuzfahne wehte, auch nur zu hören. Hilde versuchte, ihn noch einmal zu einem Treffen in diesem Café an der Nanking Road zu überreden oder vielleicht auch in der französischen Buchhandlung, doch der Widerwille, der sich auf seinem Gesicht abzeichnete, sagte ihr, dass es vergebliche Liebesmüh war, ihn aus seinem Milieu herauszulocken. Kelety murmelte etwas wie: Er würde sich bei ihr melden, wenn er soweit aus dem Gröbsten heraus sei, dass er ihr das Geld zurückgeben könne, das er von dem Verkauf des Rosenperlencolliers in Anspruch genommen habe, doch Hilde wusste, dass das nur ein Versuch war, ihr etwas Nettes zu sagen.

In derselben Kneipe, in der der Ungar zum Tanz aufspielte, trat neuerdings von neun Uhr abends bis um Mitternacht auch eine Sängerin mit dem wenig künstlerisch klingenden Namen Elisabeth Müller-Weisberg auf, eine aparte Frau mit grünen Augen und kupferfarbenem Haar, die die Seeleute von der deutschen Kriegsmarine und den deutschen Handelsschiffen unterhielt, ja sie gelegentlich zu stürmischem Beifall hinriss. Sie sang Lieder von Zarah Leander, einem der leuchtendsten Sterne am Unterhaltungshimmel des Dritten Reichs. Für einen erfahrenen Klavierbegleiter wie István Kelety war schnell klar, dass diese Sängerin nicht nur eine klassische Gesangsausbildung genossen, sondern mit Sicherheit auch auf ganz anderen Podien und vor einem ganz anderen Publikum gesungen hatte als dem, das sich in Kaschemmen wie dieser herumtrieb. Doch trotz ihres ungeheuren stimmlichen Potenzials und ihrer Professionalität, mit dem sie sich in dieses für sie fremde Genre einarbeitete, musste man zugeben, dass Zarah Leander mit ihrer tiefen Bruststimme und ihrer Art, die Worte lasziv zu dehnen, ein unerreichtes Original blieb. Das Repertoire, mit dem Elisabeth Müller-Weisberg auftrat, fand ebenso großen Anklang bei den deutschen wie den englischen und französischen Matrosen, die trotz des Krieges hier brüderlich vereint beisammensaßen. Vielleicht wäre es nicht ganz so friedlich zugegangen, wenn die Seeleute von dem Gerücht erfahren hätten, dass Zarah Leander, der Liebling der nationalsozialistischen Kulturpolitik und des deutschen Publikums, für die britische Gegenaufklärung arbeitete.

Niemand wusste, welche Winde Elisabeth Müller-Weisberg an diese fernen Gestade verschlagen hatten. Sie gab sich reserviert und wirkte ein wenig arrogant, weshalb es ihr gelang, die nach Liebe dürstenden Seeleute in gebührendem Abstand zu halten. Bei jedem Annäherungsversuch wusste die Sängerin zu signalisieren, dass es sich um Zeitverschwendung handelte. Sie trank keinen Alkohol und nahm keines der Getränke an, die die Gäste für sie orderten, kurz, sie unterband jeden Versuch, sich ihr zu nähern.

Das betraf auch István Kelety, dem es in all der Zeit nicht gelang, die unsichtbare Mauer zu überwinden, welche die deutsche Sängerin zwischen sich und den anderen errichtet hatte. Das Einzige, was sie vielleicht ein bisschen verband, war die deutsche Sprache, die der Sohn der vor gar nicht so langer Zeit zerbrochenen k.u.k. Donaumonarchie recht und schlecht beherrschte.

In der Nacht wurde sie immer von einem groß gewachsenen, hageren Mann in abgetragener Kleidung abgeholt, mit dem zusammen sie eine Rikscha bestieg und nach Hause fuhr. Der Ungar vermutete, dass es sich um den Ehemann der Sängerin, einen wohl verfolgten Juden, handelte.

Der Eigentümer der »Blauen Berge«, der dicke Yen Qingvey, mit seinem von Brillantine geglätteten Haar, zahlte seinen Künstlern so wenig, dass dieses ungleiche Paar – die elegante Sängerin und die abgerissene Vogelscheuche – sich wohl nur eine Unterkunft im stinkenden Elendsviertel von Hongkou leisten konnte. István Kelety hatte mehr Glück: Mr. Yen hatte dem Ungarn so etwas wie einen Speicher unter dem Dach seines kleinen Hotels zur Verfügung gestellt, für dessen Miete er von seinem Hausmusikanten ein Drittel seines Honorars einbehielt.

40

In der Regel glauben Staatsmänner nicht an schlechte Träume oder beunruhigende Nachrichten. Das haben die Speichellecker, die um jeden Thron herumscharwenzeln, schnell heraus und bestärken die Machthaber auch noch in ihrer Verleugnung der Realität. Der Sultan, so wird überliefert, habe dem Boten, der mit schlechter Kunde kam, sogar den Kopf abschlagen lassen, weil er sich davon nicht den Appetit verderben lassen wollte.

Sir Charles Washburn war natürlich weit entfernt von dem Gedanken, seiner guten Freundin Gertrude von Dambach den Kopf abschlagen zu lassen, als sie ihm unter dem Vorwand, ein Jagdpicknick organisieren zu wollen, eine jener Nachrichten überbrachte, die Baron von Dambach als offizieller Vertreter des Landes, dem England den Krieg erklärt hatte, nicht mehr überbringen konnte und durfte. Es handelte sich um die streng vertrauliche Anordnung aus der Abteilung B4 des Hauptdezernats »Reichssicherheit«, dass im Zusammenhang mit der Veränderung der japanisch-amerikanischen Beziehungen bewachte Wohnungen, Hotels und/oder Residenzen für zweihundert Mitarbeiter der SS und der Gestapo sichergestellt werden sollten.

Der Baron, der wie gesagt keine großen Sympathien für die Japaner hegte, konnte nicht voraussagen, welches die nächsten Schritte Nippons sein würden, doch da er auch den verblendeten Fanatikern aus Berlin nicht sehr gewogen war, hielt er es für seine Freundespflicht, seine Ehefrau als geheimen Kurier einzuspannen, um Sir Charles in Kenntnis zu setzen. Dem Gewissen des englischen Gouverneurs überließ er es, die erhaltene Information weiterzugeben, wie er es für richtig hielt.

Der Baron verfügte über glaubwürdige Hinweise, dass in Shanghai eine starke amerikanische Spionageeinheit arbeitete, die von Major Robert Smedley befehligt wurde, der offiziell als Militärattaché seiner Mission fungierte. Auch um diesen Smedley brodelte die Gerüchteküche. Irgendwann, vom Ende der Zwanzigerjahre bis zur japanischen Invasion 1937, hatte hier eine amerikanische Journalistin, Agnes Smedley, gearbeitet, die eine enge Freundin von Richard Sorge war, aller Wahrscheinlichkeit nach also eine sowjetische Undercoveragentin. Ob der gleichlautende Nachname von Robert und Agnes ein Zufall war oder nicht, bekam niemand heraus; doch wenn es zwischen den beiden Smedleys eine Verbindung gab, konnte das bedeuten, dass über sie der inoffizielle Informationsaustausch zwischen dem amerikanischen und dem sowjetischen Geheimdienst lief, wenigstens, was japanische Fragen betraf. Beide, USA wie UdSSR, waren ja hochgradig daran interessiert, von den geheimen Plänen der Japaner so früh wie möglich zu erfahren. Aus diesem Grund zerbrach sich Baron von Dambach erfolglos den Kopf darüber, wie es möglich war, dass der amerikanische Geheimdienst, der doch für gewöhnlich aus Shanghai und Tokio immer ausgezeichnet informiert wurde, ausgerechnet die Sache mit Pearl Harbor verschwitzt haben sollte.

Doch weiter als bis zu Sir Charles, seinem alten und diskreten Poker- und Jagdgefährten, wollte Baron von Dambach auch nicht gehen, denn genau so weit reichten die Grenzen seiner persönlichen Sicherheit. Es war nicht das erste Mal, dass die beiden – überzeugte Anhänger der Maxime, dass das geteilte Geheimnis die beste Basis für gegenseitiges Vertrauen und gute Freundschaft ist – eine Information von solch intimem Charakter austauschten. Der alte Baron war überdies ein großer Verehrer des immer noch mächtigen britischen Königreichs. Dass Sir Charles seine Sympathien für die neuen Machthaber in Deutschland nicht verhehlte, gab hingegen nicht selten Anlass zu heftigen Debatten. Es war schon fast makaber, dass der Botschafter des nationalsozialistischen Deutschlands dem britischen Gouverneur die Bewunderung für die Machthaber jenes Landes ausreden musste, gegen das sein British Empire doch Krieg führte. Sir Charles brachte den Anstrengungen Hitlers, der deutschen Nation Lebensraum für die kommenden tausend Jahre zu erobern, Verständnis entgegen, immer vorausgesetzt natürlich, dass sich dieser Lebensraum südlich oder östlich von Großbritannien befand.

Zu Beginn musste Sir Charles erst einmal herzlich lachen: »Meine liebe, liebe alte Freundin! Woher nehmen Sie nur immer diese finsteren Gedanken? In spätestens einem Monat werden wir einen ratifizierten Nichtangriffspakt haben. Das weiß ich aus sicherer Quelle.«

Die Baronin aber insistierte: »Das glaube und glaube ich einfach nicht! Mag sein, dass Ihr Informant zuverlässig ist, aber geschlagene zweihundert SS- und Gestapo-Mitarbeiter mit Weisungsbefugnis werden nicht einfach so aus einer Laune heraus nach Shanghai entsandt. Und dies, wo dramatische Veränderungen in den Beziehungen zwischen Japan und den USA ins Haus stehen! Machen Sie damit, was Sie wollen! Es war in jedem Fall Ottomars und meine Freundespflicht, Ihnen diese Nachricht nicht vorzuenthalten.«

Am Ende der Unterredung versprach Sir Charles, die Angelegenheit wenigstens zu überdenken, so übertrieben ihm die Befürchtungen seiner deutschen Freunde auch vorkamen. Er konnte vielleicht beim traditionellen Montagstreffen im Gentlemen's Club auf der Bubbling Well Road bei einem Glas Sherry testen, wie Major Smedley auf dieses Misstrauensszenario reagierte. Ja, das war wohl das Beste!

Jetzt war Donnerstagmorgen, der 4. Dezember 1941, und bis Montagabend waren es noch fast fünf Tage; genug Zeit, um sich die Sache gründlich durch den Kopf gehen zu lassen. Der Lord, ein echter Zögling des traditionellen englischen Aristokratentums, mochte überstürztes, hitzköpfiges Handeln ganz und gar nicht. Er bevorzugte es, jeden seiner Schritte einzeln zu überdenken. Manchmal übertrieb er es mit dieser seiner Bedachtsamkeit, und vielleicht hatte er darum auch nie geheiratet.

Als die Ereignisse von Pearl Harbor dem Montagssherry um genau einen Tag zuvorkamen, war der arme Sir Charles tief erschüttert und von Schuldgefühlen gepeinigt, dass er den amerikanischen Major nicht sofort aufgesucht hatte. Vielleicht hätte es ihn beruhigt zu wissen, dass auf dem einzigen Radioempfänger, der auf der vollkommen zerstörten Marinebasis von Pearl Harbor intakt geblieben war, ganze vier Stunden nach dem Ende der Attacke eine verschlüsselte Nachricht aus Washington eingetroffen war, in der auf höchster Alarmstufe angeordnet wurde, sofort maximale Sicherheitsvorkehrungen zu treffen, da ein massiver japanischer Angriff zu befürchten sei.

Offenbar hatten die amerikanischen Aufklärungsdienste in Tokio und Shanghai ihre Hausaufgaben sehr wohl gemacht und den japanischen Schlag rechtzeitig ausgekundschaftet; doch an irgendeiner Stelle des Dienstwegs muss diese Botschaft wegen zu großer Unerfreulichkeit liegen geblieben sein. Wie schon gesagt – der Sultan liebt es nicht, beim Essen durch unliebsame Mitteilungen gestört zu werden.

So jedenfalls sah es aus – auf den ersten Blick.

41

Zu glauben, dass nur die Herren in Washington die schlechte Angewohnheit hatten, jede Nachricht, die von ihrer Vorstellung der Welt abwich, von sich zu weisen, wäre mehr als naiv. Die französische Nonchalance-Haltung beim blitzartigen deutschen Überfall 1940, die schon an Selbstverleugnung grenzte, war ein schlagender Beweis dafür. In Paris ließ sich selbst dann niemand beim Mittagessen stören, als eine Flut von Meldungen eintraf, dass deutsche »Touristen« massenhaft in Luxemburg eingedrungen seien, die sich seltsam methodisch über die ganze Länge der französisch-luxemburgischen Grenze verteilten.

Ein anderes Beispiel war der selige Schlaf der Verantwortlichen in Moskau, die leichtfertig die Warnung der in Tokio und Shanghai installierten Ramsai-Gruppe in den Wind geschlagen hatten, die – neben vielen anderen vertrauenswürdigen Nachrichtenquellen in Europa – eine bevorstehende Aggression Deutschlands gegen die Sowjetunion vermeldete. Ganze dreimal wurden in dieser dramatischen Angelegenheit chiffrierte Nachrichten mit höchster Dringlichkeitsstufe an die Zentrale gefunkt, sicherheitshalber auch noch einmal aus dem Fotoatelier Agfa, der Ramsai-Zentrale von Shanghai. Sowohl die japanische als auch die deutsche Gegenspionage hatten diese chiffrierten, an eine unbestimmte Adresse gerichteten Signale aufgefangen. Sie wurden vermutlich von einem außerordentlich erfahrenen Funker in den Äther geschickt, denn sie waren immer so kurz und schnell, dass der Sender nicht lokalisiert werden konnte.

Am 15. Mai 1941 um zwei Uhr nachts Ortszeit wurde das schwache Radiosignal in Wladiwostok empfangen und unverzüglich nach Moskau weitergeleitet. In der Zentrale ergab sich nach der Dechiffrierung folgender Wortlaut: »Deutschland wird die Sowjetunion am 20. oder 22. Juni angreifen. *Ramsai.*« Am 21. Mai folgte etwa um die gleiche Nachtzeit: »Deutschland hat an der sowjetischen Grenze 9 Armeen und 150 Divisionen konzentriert. *Ramsai.*« Vier Tage später, am 25. Mai, um fünf Uhr morgens kam die Nachricht: »Der Angriff wird am 22. Juni in den frühen Morgenstunden auf breiter Front erfolgen. *Ramsai.*«

Die Herren des Kreml hatten jedoch so ihre eigenen Ansichten in dieser Frage und zogen es vor, lieber ihren Verdauungsgeräuschen zu lauschen als einer so unfreundlichen Nachricht. Weder schenkten sie diesen eindringlichen und sachlich genau spezifizierten Warnungen Glauben, noch ergriffen sie irgendwelche präventiven Abwehrmaßnahmen. Sie wiegten sich nach dem 1939 zwischen Hitler und Stalin vereinbarten Nichtangriffspakt in Sicherheit, umso mehr, als die deutschen Gesandten, auf die Ballung deutscher Divisionen an der sowjetischen Grenze angesprochen, ihnen mit einem listigen Augenzwinkern erklärten: »Aber Freunde, das dient doch nur dazu, die Aufmerksamkeit der Briten abzulenken.« Und aus dem Kreml wurde zurückgezwinkert: »Na dann, Genossen, auf gutes Gelingen!«

Als die Deutschen aber genau an dem von der Funkmeldung avisierten Tag, dem 22. Juni, in den frühen Morgenstunden die

Grenze überschritten, wurden die sowjetischen Augenzwinkerer mit heruntergelassenen Hosen erwischt.

Als der deutsche Feldzug in vollem Gange war und erbitterte Kämpfe um die Festung Brest geführt wurden, betranken sich Alfred Kleinbauer, der Inhaber des Fotoateliers Agfa, und sein chinesischer Freund Cheng Suzhin frustriert darüber, dass ihre Warnungen kein Gehör gefunden hatten. Nach langem Kopfzerbrechen, wie so etwas möglich war, schrieben sie es am Ende den mit großer Verspätung in Shanghai angekommenen Gerüchten zu, dass im Rahmen der letzten Säuberung eine ganze Reihe hochrangiger sowjetischer Funktionäre erschossen worden war, inklusive ihres obersten Führungsoffiziers in Moskau, Jan Bersin, des mit seiner Bildung und Erfahrung unersetzlichen Lehrers einer ganzen Generation sowjetischer Agenten.

Die Angehörigen des umfangreichen Informantennetzes von Suzhin waren ebenfalls in Trübsal verfallen; nicht wegen Bersin und der Erschießung einer so beachtlichen Zahl hochrangiger sowjetischer Offiziere. Derartige Zeitungsmeldungen hielten sie für gewöhnliche antisowjetische Propaganda. Nein, besorgt waren sie über die schweren, kaum zu erklärenden Niederlagen der Roten Armee zu Beginn des deutschen Russlandfeldzugs. Chengs Informantennetz bestand aus freiwilligen Antimilitaristen und Russlandfreunden, die vornehmlich aus akademischen, gesellschaftlich exponierten oder Wirtschaftskreisen stammten und weitläufige Beziehungen zu hohen japanischen Militärs und Staatsdienern in der fernöstlichen Metropole hatten, die für sich genommen schon so etwas wie ein Staat im Staate war.

Cheng Suzhin hielt sich strikt an das Verbot, keinerlei Kontakte zu chinesischen Kommunisten zu unterhalten, die in tiefer Illegalität agierten. Verboten waren ihm auch Kontakte zu weißrussischen Emigranten. Dort wuchs, trotz vielfach unbeglichener persönlicher Rechnungen mit den Sowjets, das Solidaritätsgefühl mit dem in die Opferrolle gedrängten Russland. In ihren Kreisen agierte allerdings auch sehr erfolgreich eine russische Agentur, die sich hinter dem unverfänglichen Namen »Verband der Heimatrückkehrer« versteckte und mit hoher Wahrscheinlichkeit unter japanischer Beobachtung stand. Darum zog Cheng Suzhin es sogar bei seinen Aufenthalten im russischen Dampfbad vor, sich von ihren regelmäßigen russischen Besuchern fernzuhalten.

Am Vorabend des japanischen Angriffs auf Pearl Harbor hätte das Fotogeschäft Agfa allen Grund gehabt zu triumphieren: Agenturen auf der ganzen Welt vermeldeten an diesem Tag, dass die Rote Armee angesichts der Gefahr, dass Moskau von den deutschen Truppen eingenommen wurde, entschlossen und mit überwältigender Truppenstärke zu einem Gegenschlag ausgeholt habe, bei dem achtunddreißig deutsche Eliteeinheiten vernichtet worden seien. Diese hatten das Rückgrat der Operation »Taifun« gebildet, deren Ziel die Einnahme Moskaus vor Einbruch des harten russischen Winters war. Der Schlag, so berichteten die Agenturen, sei so gewaltig gewesen, die deutschen Verluste so groß, dass nüchterne Beobachter diese Schlacht wenn nicht für den Anfang vom Ende, so doch wenigstens für das Ende der Blitzsiege der Deutschen Wehrmacht hielten. Selbst den Militärstrategen in Hitlers Generalstab begann schmerzlich bewusst zu werden, dass dies hier nicht einfach nur eine Schlappe, sondern eine strategische Niederlage war und der Krieg im Osten von nun an nicht mehr gewonnen, sondern bestenfalls in die Länge gezogen werden konnte.

Aus diesem Grund wurde Vladek auch sein massiver Regelverstoß, sich nämlich in die Straßenschlacht gegen die Demonstranten eingemischt zu haben, um Hilde herauszuboxen, großmütig nachgesehen. Eine entscheidende Rolle spielte dabei die Überzeugung Cheng Suzhins, der ein Vorzugsschüler des alten Richard Sorge gewesen war. Dieser hatte immer gefunden, dass in entscheidenden Fällen nicht das übervorsichtige, sondern nur das tollkühne, von allen Rücksichten und störenden Komplexen freie Verhalten die beste Verteidigung gegen Verdachtsmomente sei. Zur Feier des Tages gestattete Vladek sich etwas, was er sonst nie tat: Er trank in Gesellschaft Kleinbauers ein ganzes Wasserglas russischen Wodka leer. Danach musste er sich übergeben und schwor zerknirscht, in Zukunft nicht mehr in allem blind seinem Chef zu folgen, der immer einen Anlass fand, sich zu betrinken – mal, weil die Nachrichten so schlecht, mal, weil sie so gut waren. Heute gab es von beidem etwas: gute Nachrichten aus Moskau, aber schlechte, sehr schlechte aus Tokio.

Die Leute vom Agfa-Studio fühlten sich, vor allem nach dem Jubel über die Rettung Moskaus, von anderen Nachrichten regelrecht wie mit eiskaltem Wasser übergossen. Vladek, der übrigens der von Kleinbauer so ersehnte technische Mitarbeiter mit vielen Sprachen, Stenografie- und Chiffrierkenntnissen war, hätte sich in einem anderen Punkt stolz in die Brust werfen können, denn zwei Monate zuvor hatte er persönlich in deutscher Sprache eine Nachricht codiert, die vom Ramsai-Kurier aus Tokio gekommen war. Die japanische Gruppe vermutete offenbar, dass ihre Funkmeldungen abgefangen wurden und die Schlinge sich um ihren Hals zusammenzog, denn neuerdings waren sie extrem vorsichtig. Darum hatten sie diesen Umweg über Kurier für einen Text gewählt, der nicht länger als zwei Zeilen war und im Agfa-Studio durch Zeilen und Buchstaben codiert wurde, die den Seiten des »Statistischen Jahrbuchs für das Deutsche Reich 1935« entstammten, einem Buch, das in die russische Spionagegeschichte des Zweiten Weltkriegs eingehen sollte. Es diente der Ramsai-Gruppe sowohl in Tokio als auch in Shanghai, um in Verbindung mit der Zentrale in Moskau zu bleiben. Im Agfa-Atelier lag es wie zufällig zwischen alten Zeitungen und Zeitschriften herum. Der Text aber, der schicksalsbestimmend werden sollte und vom genialen Funker, mittelmäßigen Fotolaboranten und hartgesottenen Wodkatrinker Alfred Kleinbauer auf 39 kHz in den Äther geschickt wurde, lautete wie folgt: »Der sowjetische ferne Osten kann als sicher vor einem Angriff Japans erachtet werden.«

Dieses Mal schenkte der Kreml der Information von Ramsai Glauben. Das erlaubte es ihnen, gewaltige sowjetische Truppenkontingente von den Ufern des Amur und des Ussuri an der Ostküste bei Sachalin an die Moskauer Front zu verlegen. So sollten sich die Soldaten der Deutschen Wehrmacht, die bis zum Hals in Schlamm und Schneematsch steckten, bei Stalingrad noch einmal mit frischen russischen Truppen konfrontiert sehen, die ihre endgültige Niederlage besiegelten.

Dies also war die eine, die triumphale Seite. Die andere war unerfreulich und besorgniserregend, denn kurz nach versandter Information wurde der Leiter der Tokioter Ramsai-Gruppe, der fröhliche Zyniker, Salonlöwe und Freund der Familie des Botschafters, Generalmajor Eugen Ott, ein über alle Zweifel Richard Sorges erhabener Mann, zusammen mit seiner japanischen Gemahlin Hanako Ishii verhaftet, ohne die Resultate seines entscheidenden Radiogramms noch persönlich erfahren zu können. Dies kam einer Katastrophe gleich. Das Ende in Tokio hatten deutsche Spezialisten für Radiowellenerfassung herbeigeführt, die den dortigen Ramsai-Sender lokalisierten, sodass japanische Spezialeinheiten das geheime Büro stürmen konnten.

Die japanische Führungsspitze strahlte, das konnte man auch in der Tokioter Presse sehen, während am anderen Ende Eurasiens, in Berlin, die Nazigrößen Heinrich Himmler, Heinrich Müller und Joachim von Ribbentrop außer sich waren, wie es möglich gewesen war, sich so viele Jahre von einem Lebemann wie Ott an der Nase herumführen zu lassen.

Doch die Aufregung in Tokio, die den deutschen Botschafter den Posten kostete, hatte im Übrigen nur wenig Auswirkung auf den Westen, denn die Zeitungen dort waren mit etwas ganz anderem beschäftigt: Sie konnten gar nicht damit aufhören, die erste massive Niederlage der Hitler'schen Truppen während des Zweiten Weltkriegs zu analysieren. Niemand vermutete damals, dass diese Niederlage von Menschen eingeleitet worden war, die nun in den Kellern der Geheimpolizei Kempe'tai hochnotpeinlichen Verhören ausgesetzt waren. Acht Tage nach dem japanischen Angriff auf Pearl Harbor, am 15. Dezember 1941, erlag der technische Mitarbeiter und Kurier der Ramsai-Gruppe, Zoshio Kawamura, den Folgen seiner Verhöre. Er war in Shanghai verhaftet worden, was die Leute vom Agfa-Studio zwang, augenblicklich den in seine Bestandteile zerlegten Radiosender aus dem Haus zu schaffen und alle Kontakte der Gruppenmitglieder untereinander einzustellen. Doch die Befürchtung, dass dies auch der Anfang vom Ende der Shanghaier Ramsai-Gruppe war, erwies sich als unbegründet. Kawamura verriet, obwohl er in Gegenwart des japanischen Innenministers, Admiral Suetsugu, unmenschlichen Folterungen und Kreuzverhören ausgesetzt war, keinen einzigen Namen und nicht eine Adresse.

Doch dies änderte nichts an den deutschen Plänen, in die die Dambachs ihren englischen Freund Sir Charles eingeweiht hatten: Es verging kein Monat, und am Flughafen Lunghoa landeten zwei Junkers-Maschinen, denen eine erste Gruppe von Funktionären der Gestapo und der SS entstieg. Aufgrund der offensichtlichen Risiken beim Durchqueren des streng bewachten Luftraums über den Frontlinien und über Sibirien hatten die Passagierflugzeuge einen Umweg genommen, der drei Tage kostete und Zwischenlandungen in der Osttürkei und in Bangkok erforderte. Bei der Nachricht von ihrem Eintreffen bekam Baron von Dambach Sodbrennen; dennoch fuhr er, begleitet von seiner Sekretärin Hilde Braun, zum Flughafen, um die teuren Gäste aus Berlin zu empfangen.

Noch am selben Tag – die Neuankömmlinge hatten noch nicht einmal ihre Koffer ausgepackt – fand schon die erste gemeinsame Sitzung im Bridge House statt, dem Hauptquartier der Kempe'tai in Shanghai. Der Rang des Barons als oberster Vertreter des Deutschen Reichs erforderte seine persönliche Anwesenheit. Die streng vertrauliche deutsche Ausfertigung des mitstenografierten Sitzungsprotokolls aber musste von seiner Sekretärin abgetippt und per Kurier nach Berlin gesandt werden.

42

Das Russische Bad, am Ende der Guanzhou-Straße gelegen, dort, wo sie in den lauten Chungking-Boulevard einmündet, war ein öffentlicher Ort, der keineswegs nur von Russen aufgesucht wurde. Man darf sogar sagen, dass die russischen Laute hier regelrecht untergingen in einem Wirrwarr von Sprachen. Nicht selten begegnete man in den vielen Räumen des weitläufigen Bades, in heiße Dampfwolken gehüllt, ganzen Gruppen nackter, nur in ein Laken gewickelter chinesischer Kaufleute, Europäern aller Nationalitäten und sogar japanischen Militärs, die sich laut miteinander unterhielten. Gespräche und Gelächter hallten durch das Bad, Kupfergefäße klapperten, Wasser plätscherte in Kübel und Wannen. Die vielfältigen Prozeduren auf den heißen Holzbänken dauerten lange und hatten etwas asiatisch oder auch altrömisch Verschwenderisches. Die Liebhaber dieser Art von Zeitvertreib wurden angezogen von der Sauberkeit und der guten Bedienung, den exotisch wirkenden Besen aus frischen Birkenreisern, mit denen die Badenden ihre

Körper schlugen, bis die Haut krebsrot war, vom eiskalten russischen Kwass, der sich nach dem Genuss unverzüglich in Schweißbäche verwandelte, und schließlich von den fetten tatarischen Badegehilfen, die einen massierten, bis die Knochen krachten. Und danach konnte man durch einen direkten Zugang ins russische Restaurant gelangen, mit seiner unvergleichlichen Fischsuppe und den sibirischen Pelmeni, begleitet – natürlich! – von original russischem Wodka. Die Kellner trugen Stiefel über ihren Kosakenhosen, dazu grüne Leinenhemden, bei denen man an Erzählungen Nikolai Gogols oder Dostojewskis denken musste. Sie schleppten dampfende Samoware durch den Raum, schenkten Tee in Gläser aus, die auf vernickelten Untersetzern standen.

Das Russische Bad mit seinem angeschlossenen Restaurant war längst zu einem Zentrum für alle Arten von Zusammenkünften, Klatsch und Handel geworden. Abgesehen davon war es einfach ein Ort, an dem man seine freie Zeit höchst angenehm verbringen konnte. Im Unterschied zu den elitären Klubs und Restaurants auf der Nanking Road war hier der Eintritt für Chinesen nicht verboten, was die Lokalität zu einem Anziehungspunkt für Leute aus der Mittelschicht machte; hier konnten sie ihre geschäftlichen und freundschaftlichen Beziehungen zu Partnern vor Ort pflegen.

Nachdem die Redaktion der Morgenausgabe der *China Daily Post* bis hin zur letzten Verlobungsanzeige abgeschlossen war, fand sich hier im Bad nicht selten auch der politische Beobachter Cheng Suzhin mit seinen Redaktionskollegen ein. An diesem frühen Mittwochabend kam Suzhin jedoch allein, zur Entspannung nach einer harten Nacht in Gesellschaft von Alfred Kleinbauer und Jean-Loup Vincent im Agfa-Fotoatelier. Dass die Nacht so anstrengend gewesen war, lag daran, dass die Herren in der Zentrale inzwischen unersättlich waren, neue Informationen darüber zu bekommen, was im pazifischen Raum vor sich ging. Nun saß Suzhin müde und wohlig entspannt in der Schwitzkammer, einer Kreuzung aus finnischer Sauna und chinesischer Waschküche, als er auf einmal eine volle und weiche Stimme neben sich sagen hörte: »Freue mich, Sie zu sehen, Mr. Cheng!«

Der Journalist fuhr zusammen und versuchte, mit den Augen den dichten Dampf zu durchdringen. Major Smedley! Sie waren sich oft auf Pressekonferenzen und banalen Botschaftsempfängen begegnet, mal mit, mal ohne konkreten Anlass. Einige Male hatte Cheng Suzhin den Major interviewt. Dem Rascheln im Shanghaier Blätterwald zufolge hätte Major Smedley eigentlich schon gar nicht mehr hier sein dürfen; denn nach Pearl Harbor und dem Ausbruch des Kriegs hatten die Japaner die Präsenz von Diplomaten und Handelsvertretern aus den Vereinigten Staaten für unerwünscht erklärt. In dieser Liste von unerwünschten Personen stand natürlich auch der Name des Militärattachés, dem genau zehn Tage Zeit gegeben wurden, aus Shanghai zu verschwinden. Gewöhnliche amerikanische Staatsbürger, von denen es hier nicht wenige gab, versuchten, aufgeschreckt von den Gerüchten über geplante Repressionen, Beschlagnahmungen und sogar Internierungen, in Windeseile ihren Besitz und ihre Geschäfte zu verkaufen oder nahestehenden Personen zu übereignen.

»Sie haben mich ja ganz schön erschreckt, Herr Major! Ich dachte, Sie seien schon über alle himalajischen Berge«, sagte Suzhin und rückte näher an den Amerikaner heran.

»Da haben Sie auch fast richtig gedacht, mit nur geringer Zeitverschiebung. Morgen geht es nämlich wirklich ab nach Hause mit dem neuseeländischen Frachtschiff ›Tuatapere‹. Eine elendigere Nussschale haben Sie sicher noch nicht gesehen, aber was will der Mensch machen? Wenn es keine anderen Fortbewegungsmittel gibt, dann paddeln wir auch im Kajak nach Amerika.«

»Ja, der Krieg versetzt die Schifffahrtsgesellschaften in Angst und Schrecken, und die Schiffe in den Häfen schmelzen dahin wie Eisberge in den Tropen. Hoffe für Sie, dass Sie Ihr Ziel trotzdem erreichen …«

»Hoffnung und Religion sind die Krücken des Menschen auf dem Weg in die Ewigkeit. Leider bin ich nicht religiös, also was bleibt mir anderes als die Hoffnung, dass wir wenigstens zu irgendeinem Hafen gelangen, von dem aus es noch normale Verbindungen in die Staaten gibt – und dass die japanischen Unterseeboote uns nicht von unten Löcher in den Bauch schießen.«

Der Major brach in dröhnendes Gelächter aus, als hätte er einen Witz gerissen.

»Sie können ganz beruhigt sein, wenigstens was die U-Boote betrifft«, sagte der Chinese. »Erwartete Ereignisse treten meist nicht ein … Ich sage das nicht aus Schmeichelei, aber Sie werden uns fehlen. Sie gehören einfach zum Inventar.«

»Danke, danke. Fühlen Sie sich nicht verletzt, da Shanghai ja immerhin Ihre Heimat ist, aber lassen Sie sich sagen, dass mir das Leben hier nicht fehlen wird. In keiner Weise! Offen gestanden, mir hängt alles hier zum Hals heraus.«

»Verstehe Sie. Shanghai ist wirklich nicht der beschaulichste und sicherste Platz, den man sich vorstellen kann.«

»Ich befürchte, dass es beschauliche und sichere Plätze nirgendwo mehr gibt. Sie sehen ja, was passiert ist an einem Platz wie Pearl Harbor, den alle für ein irdisches Paradies hielten.«

»Was ist denn da genau passiert?«, fragte der Chinese neugierig. »Ich meine natürlich nicht, was uns die Communiqués aufgetischt haben, sondern das, was sie uns vorenthalten.«

Major Smedley übergoss sich mit einem Kesselchen heißen Wassers, schüttelte dann sein dunkelblondes Haar aus, schnaubte vor Behagen und fragte zurück: »War das jetzt eine investigative Journalistenfrage oder einfach nur so?«

»Einfach nur so. Wenn Sie mir Ihre Meinung dazu verraten,

gebe ich Ihnen mein Pfadfinderehrenwort, Sie nicht zu zitieren!«

»Gut, aber dann Offenheit gegen Offenheit. Den ersten Schritt machen Sie, Mr. Cheng. Und zwar möchte ich von Ihnen wissen, was Ihre Kreise über Pearl Harbor herausbekommen haben. Amerika ist, wie Ihnen bekannt sein dürfte, alles andere als gleichgültig gegenüber dem, was die Weltöffentlichkeit meint und denkt.«

»Ja … manchmal«, meinte Suzhin lustlos.

Er wusste sehr gut, wer Major Smedley war; nur politisch Naive konnten glauben, dass er tatsächlich lediglich Amerikas Mann fürs Militärische in Shanghai war. Zweifellos hatte er rechtzeitg dafür gesorgt, hier ein solides Informantennetz aufzubauen, bevor er morgen an Bord der »Tuatapere« gehen würde. Major Smedley hatte übrigens auch so seine Vermutungen, was den guten Mr. Cheng Suzhin anging. Sein professioneller Instinkt sagte ihm, dass der chinesische Journalist sich mit Sicherheit nicht nur mit den wirtschaftspolitischen Aspekten der Produktion von Reis befasste. Nun eröffnete sich die Möglichkeit, diese Verdachtsmomente zu erhärten oder zu verwerfen. Wenigstens zum Teil, soweit dies in einem Dampfbad eben möglich war.

Die Güsse und Anwendungen trennten sie für eine Weile. Im Restaurant, während er mit Appetit in die Blini mit dem iranischen schwarzen Kaviar biss, die Teil des Rituals mit der berühmten Fischsuppe des Hauses waren, fragte der Amerikaner: »Also, Mr. Cheng, und weiter? Ich höre!«

»Ah ja. Wo waren wir stehen geblieben?«

»Pearl Harbor.«

»Ja, natürlich, Pearl Harbor.« Suzhin zögerte, rührte mit seinen Löffel in der Suppe und beobachtete die dabei entstehenden kreisförmigen Schlieren. Schließlich hob er den Kopf: »Major, man redet davon, dass das japanische Zauberkunststück im

Hawaiier Archipel gewisse Kreise in Washington ganz und gar nicht überrascht hat. Sie haben es nicht nur erwartet, sondern sogar heiß ersehnt.«

»Oh, sogar heiß ersehnt! Und … warum?«

»Das werden Sie mir jetzt sagen. So war doch unsere Abmachung, stimmt's?«

»Die Abmachung gilt. Aber wir sagten auch: Schritt für Schritt, einer schön nach dem anderen. Ich würde also jetzt wie beim Kindergeburtstag, beim Topfschlagen, sagen: Warm! Einfach so, um Ihnen Mut zu machen. Da hätte also nun jeder einen Schritt getan. Wie ist Ihr nächster?«

»Mein nächster hat mit dem Gerücht zu tun, dass Ihr Hauptquartier schon Tage vor dem Angriff still und leise die modernsten Kriegsschiffe und Flugzeuge von der Insel Oahu abgezogen hat. Getroffen wurden nur Rostlauben aus dem Ersten Weltkrieg. Das Geheul um Ihre unwiederbringlich verlorene Flotte ist gespielt. Es heißt, die meisten Schiffe seien in ein paar Monaten wieder auf Reede. So munkelt man … Es heißt auch, dass die verursachten Schäden stark übertrieben dargestellt worden seien. Für den Hausgebrauch, sprich: zur Stimulierung patriotischer Wut im durchschnittlichen Yankee.«

Der Amerikaner schaute den chinesischen Journalisten aus seinen klaren blauen Augen an und fragte, ohne den Blick von ihm abzuwenden, mit sanftem Nachdruck: »*Wer* munkelt und redet so? Eine solche Einschätzung ist mir hier weder in der Presse noch in den offiziellen Kommentaren begegnet.«

»Es kann doch nicht sein, dass Sie von dem Geheimbericht Otto Skorzenys an Hitler nicht gehört haben?«

Schon als er diese Frage aussprach, durchlief es Suzhin heiß und kalt. Ein unverzeihlicher Fehler! Das hätte er nicht sagen dürfen. Der Geheimbericht Skorzenys war nämlich nirgendwo veröffentlicht, weil er unter strengster Geheimhaltung stand, zugänglich nur einem extrem eingegrenzten Kreis von dem

Führer nahestehenden Personen. Der Chinese kannte den Inhalt des Berichts in groben Zügen. Er hatte ihn als chiffrierte Funknachricht von der Zentrale in Moskau erhalten. Doch die hochgeheime Quelle dieser Informationen war in dem Radiogramm nicht genannt worden; er hätte sie also nicht wissen dürfen … Sehr viel später, als die bleierne Zeit des Sowjetkommunismus beendet war und Teile der Geheimarchive ans Licht der Öffentlichkeit gelangten, sollte bekannt werden, dass es Manfred von Brauchitsch, einer der Organisatoren der Olympischen Spiele von Berlin 1936, gewesen war, der den Inhalt des Skorzeny-Berichts Buchstabe für Buchstabe an Moskau durchgegeben hatte. Brauchitsch hatte also für den sowjetischen Geheimdienst gearbeitet …

Die Welt ist voller Paradoxe. Beweis genug dafür ist, dass Manfred von Brauchitsch der Sohn von Feldmarschall Walter von Brauchitsch war, Mitglied des engsten militärischen Beraterstabs von Hitler und einer der führenden Köpfe des Barbarossa-Plans, der die Strategie des »Blitzkriegs« gegen die UdSSR enthielt. Sein Sohn hatte freien Zutritt zum Dienstzimmer seines Vaters, in dem er an all die Geheimdokumente herankam, die periodisch Richtung Kreml durchsickerten, selbst dann noch, als die Armeen seines Vaters bereits in derselben Richtung die russischen Steppen durchquerten.

Eine kurze chiffrierte Mitteilung des Skorzeny-Berichts war auch im Agfa-Atelier eingetroffen und von Jean-Loup Vincent entschlüsselt worden. Sie war begleitet von der dringlichen Bitte, doch so schnell wie möglich Auskünfte zum Fall Pearl Harbor einzuholen sowie Informationen, die aus japanischen Militärkreisen durchgesickert waren. Wusste man in diesen Kreisen überhaupt, dass der Angriff auf die amerikanische Marinebasis, der in den abgedruckten Presseberichten als Triumph der japanischen Militärstrategie bewertet wurde, sich faktisch als Falle herausgestellt hatte, in die die Japaner getappt waren?

Nachdenklich machte, dass die alten Kriegsschiffe und zerstörten Teile der Marinebasis repariert werden konnten; doch die Jungs, die in Blechsärgen, bedeckt mit der Stars-and-Stripes-Fahne, in ihre Heimat zurückkehrten, konnten nicht reanimiert und ihren Müttern zurückgegeben werden. Auf jeden Fall waren Informationen über den Luftangriff der Japaner den Amerikanern früh genug zugegangen, damit sie präventive Maßnahmen ergreifen konnten. Doch irgendwo auf den olympischen Höhen der Washingtoner Machtzentrale war aus komplexen und weitreichenden strategischen Überlegungen heraus entschieden worden, die Bedrohung schweigend zu übergehen, sie nicht einmal den engsten Mitarbeitern des Präsidenten gegenüber zu erwähnen. Hatte man das in Tokio inzwischen, wenn auch mit Verspätung, begriffen? Das war es, was man in der Moskauer Zentrale erfahren wollte.

Zu diesem Zeitpunkt war die Tokio-Gruppe von Ramsai bereits zerschlagen, und damit richteten sich alle Hoffnungen, doch noch etwas über eine eventuelle Strategieänderung der Japaner zu erfahren, auf das Shanghaier Informationsnetz.

»Also dann, Mr. Cheng, ich brenne darauf zu erfahren, wo an den Bericht von Otto Skorzeny heranzukommen ist? Oder unterhalten Sie etwa eine persönliche Korrespondenz mit Canaris?«

Admiral Wilhelm Canaris war der Chef der Hitler'schen Abwehr und direkter Vorgesetzter von Skorzeny. Cheng Suzhin wusste, dass er mit seiner überflüssigen Demonstration glänzender Informiertheit in einen Sumpf getreten war, aus dem es kein Entrinnen gab. Er versuchte sofort, sich herauszuwinden.

»Außer Canaris gibt es auch noch andere Quellen! Ich bin Journalist, und an solche Informationen heranzukommen ist Teil meines Berufs, ist … wie soll ich sagen …«

Major Smedleys Augen funkelten. Er hatte sofort begriffen,

dass sein chinesisches Gegenüber sich in Schwierigkeiten gebracht hatte. Er schwieg taktierend eine Weile, dann reichte er ihm den rettenden Strohhalm.

»Gut, gut. Jeder soll seine Informanten schützen. Jetzt bin ich am Zug, unter der Bedingung, dass Sie vergessen, von wem Sie es gehört haben… Mit dem Anschlag auf Pearl Harbor, so schmerzhaft er auch für die USA war, haben die Japaner, ohne es zu wollen oder gar zu vermuten, die Briten gerettet.«

»Die Briten? Ich sehe den Zusammenhang nicht…«

»Dabei ist es ein direkter Zusammenhang, und Sie sind intelligent genug, ihn zu erkennen. Wenn Sie die amerikanische Presse verfolgen, wissen Sie, dass bis zum Angriff auf Pearl Harbor zweiundachzig Prozent der Amerikaner kategorisch gegen den Kriegseintritt der USA waren. Ähnlich sahen auch die Abstimmungsergebnisse im Senat aus, der sich heftig der Linie Roosevelts widersetzte, in eine Koalition gegen Hitler einzutreten, die allein in der Lage war, Großbritannien noch zu retten. Und jetzt? Jetzt dürsten siebenundachzig Prozent der Bevölkerung nördlich von Mexiko nach Rache und wollen unverzügliche Vergeltung an allen Fronten. Unsere atlantische Flotte eilt bereits London und Murmansk zu Hilfe. Die Marines und unsere Luftwaffeneinheiten sind bereits in kriegerische Handlungen eingetreten. Das Ende ist noch fern, sehr fern, aber unser alter Onkel Winston Churchill kann sich jetzt getrost nach dem Lunch ein Stündchen aufs Ohr legen. Nun, der Preis seiner Nachmittagsruhe ist eben Pearl Harbor. Wir waren ohnehin nicht in der Lage, den japanischen Angriff zu verhindern, und ebenso wenig die ersten bedeutenden Siege Tokios. Die waren unausweichlich, da wir für einen Krieg im fernen Pazifik noch nicht gerüstet waren. Aber so konnte Roosevelt wenigstens einen Nutzen aus dem ersten japanischen Schlag ziehen, ein wirklich großer strategischer Zug seinerseits. Ist Ihnen das jetzt klar?«

Und wieder brach der Major in dröhnendes Lachen aus.

»Eins verstehe ich nicht«, antwortete Suzhin. »Gut! Aus der Sicht Englands und aus Amerikas weiteren Interessen ist das ja nachvollziehbar; aber dass Roosevelt, der schließlich vom amerikanischen Volk gewählt wird, so viele Tote bewusst in Kauf nimmt, will mir nicht eingehen.«

»Bis hierher und nicht weiter, Mr. Cheng. Im Krieg gibt es, die Gefühle von Müttern betreffend, Dinge, die selbst die Götter nicht zu besprechen pflegen. Cheers, teurer Freund! Auf ex!«

Cheng Suzhin ließ sich auch diesmal wieder übertölpeln und begriff zu spät, dass der Amerikaner vielleicht vorhatte, ihn betrunken zu machen. Smedley goss schneller nach, als der wenig Alkohol vertragende Cheng abwinken konnte. Das Restaurant begann sich langsam um den Kopf des Chinesen zu drehen, während Smedleys Blick unverändert klar und fest blieb, mit einem Funken Ironie darin.

»Auf die Freundschaft und den gemeinsamen Sieg. Ja, das kann man wohl inzwischen so sagen!«

»In wwwie-weit?«

Jetzt drehte sich das Restaurant nicht nur, es verzerrte sich auch. Doch sosehr sein Bewusstsein auch getrübt war, die Frage war schon ernst gemeint: inwieweit »gemeinsamer Sieg«? Was hatte China zu tun mit diesem ganzen angloamerikanischen Politflirt? Was meinte der Amerikaner damit?

»Nun sind wir doch Verbündete gegen einen gemeinsamen Feind – ich meine Sie persönlich! Schauen Sie mal, was die Zeitungen dazu schreiben.«

Aus der Innentasche seines Sakkos zog er eine zusammengefaltete Ausgabe der russischen *Krasnaya Zvezda*, breitete den Leitartikel vor Suzhins Gesicht aus und musterte ihn dabei mit forschendem Blick. Suzhin griff mit unsicherer Hand nach der Zeitung, warf einen verdutzten Blick auf den Text und radebrechte: »Ddddass iss ja … inner F-fremmd-sprache …«

»Wie – Fremdsprache? Russisch! Sie enttäuschen mich, lieber Cheng! Ich dachte, Sie könnten Russisch.«

Dreckiger Bastard, dachte der Chinese, was für ein Dreckskerl! Laut aber sagte er: »Nnnei-ein. W-w-was schreiben die?«

Der Amerikaner sah ihn bewundernd an.

»Sie haben gewonnen, Cheng Suzhin! Eins zu null für Sie. Als anständiger Verlierer übernehme ich gern die Rechnung!«

Nein, Cheng hatte sich nicht betrunken stellen müssen, er war es wirklich. Doch als er sich in den Sessel der Rikscha plumpsen ließ, huschte ein Lächeln über sein Gesicht. In der Tat, beim Saufen haben die Yankees nicht Ihresgleichen, aber ich habe mich wacker geschlagen. Die Nummer mit der Zeitung, die war klasse, die werde ich mir merken!

Er räkelte sich genüsslich und schlief im Nu mit einem zufriedenen Lächeln auf den Lippen ein, während der Kuli mit rhythmischem Klatschen seiner nackten Fußsohlen in Richtung Park-Hotel trabte.

43

An der Brücke über den Suzhou zahlte Hilde und stieg aus der Rikscha. Hier also war es, das Einfallstor zum südlichen Teil Hongkous. Die Sonne ging hinter schweren, tief hängenden Wolken unter – ein riesiger Feuerball, der roten Scheibe auf der Flagge nicht unähnlich, die über dem hölzernen Beobachtungsturm wehte. Die japanischen Soldaten unten an der Eisenbrücke betrachteten mit Neugier die groß gewachsene blonde Frau, die mit Sicherheit nicht jener Welt angehörte, auf die sie unsicher zuging.

Kurz darauf tauchte sie bereits in das lärmende Menschengewühl von Hongkou ein, in diesen menschlichen Ameisenhaufen aus Asiaten und Europäern. Vom Meer her wehte ein feuchter, scharfer Wind, in der Luft tanzten die ersten kleinen Schneeflocken, die sich, kaum zu Boden gefallen, sofort im schwarzen Dreck auflösten. Am anderen Ufer, im Konzessionsgebiet, hatte sich der nachts zuvor gefallene Schnee in kleinen weißen Inseln unter Bäumen und Sträuchern in Parks und Gärten gehalten, zur Freude der Kinder, die das weiße Wunder vom Himmel nur selten zu Gesicht bekamen. Doch das war drüben, eine Brückenlänge nur entfernt und doch unendlich weit weg. Hier gab es weder weißen Schnee noch klare Regentropfen und auch keine frische Brise, die nach Jasmin duftete. Hier endete jede Sauberkeit, hier war Hongkou.

Hilde bahnte sich mühsam ihren Weg durch die von Fußgängermassen, Kleinhändlern, Gemüsekarren und unaufhörlich klingelnden Fahrradfahrern verstopfte Straße.

Sie drückte ihre Handtasche fest an sich, auch wenn sie nach der Erfahrung mit dem Taschenraub während der antijapanischen Demonstration vorsichtshalber alle Wertsachen daraus entfernt hatte. Die Straßenverkäufer boten ihr mit fast schon bedrohlicher Penetranz Gegenstände aus Holz, Ton oder Bein an, deren Verwendungszweck sie sich überhaupt nicht vorstellen konnte. Bettelnde Krüppel zupften sie am Rock und streckten die Hand nach einer milden Gabe aus. Doch sie hatte die Warnung der Baronin von Dambach nicht vergessen, die sie ihr gleich nach der Ankunft in Shanghai gegeben hatte, niemals Almosen zu spenden, weil sich im nächsten Moment von überallher, aus allen Erdlöchern, Dutzende, ja Hunderte von Elendsgestalten auf sie stürzen würden. Es habe Fälle gegeben, in denen Gäste, überwältigt von ihrem Mitleid, nur mit Hilfe bewaffneter Polizei aus den Fängen dieser Leute befreit werden konnten …

Es hieß, die Unterwelt von Hongkou lebe in erträglicher Nachbarschaft mit der Bevölkerung, die sich ihrerseits widerborstig, ja feindselig sowohl gegenüber den chinesischen Ordnungshütern als auch gegenüber den japanischen Sicherheitskräften verhielt. »Nichts gehört, nichts gesehen, nichts gewusst« – mit dieser wenig kooperativen Antwort endeten die meisten polizeilichen Ermittlungen hier. Früher, sagte man, hätten die Polizisten, aber auch die Rezeptionisten der großen Hotels, ausländische Besucher Shanghais vor Spaziergängen durch Hongkou gewarnt, doch seit sich in das riesige Viertel zunächst eine große japanische Umsiedlerwelle ergossen hatte, gefolgt von zahllosen Ankömmlingen aus Europa, war diese Stadt in der Stadt noch chaotischer und unregierbarer geworden. Falls ein Ausländer es aber trotz ausdrücklicher Warnungen doch einmal wagte, durch Hongkou zu gehen, fühlten sich die Ordnungskräfte jeder weiteren Verantwortung für solch unvernünftiges Verhalten enthoben.

Hier und da hielt Hilde Passanten mit europäisch aussehenden Gesichtern an, die meist Arbeitsanzüge trugen und wahrscheinlich deutsche Juden waren, weil sie auf ihre Fragen in tadellosem Deutsch antworteten. Und alle wiesen in dieselbe Richtung – nach Süden.

Endlich entdeckte sie, was sie suchte: einen kleinen Platz, an dessen Ende eine halbverbrannte Pagode stand, die als Synagoge diente. Hilde trat behutsam in das kühle Halbdunkel des Tempels, dessen Boden mit großen roten, von den vielen Füßen uneben gewordenen Tonziegeln bedeckt war. Das hin und wieder aufleuchtende Licht der sich meist hinter schweren Wolken versteckenden Sonne fiel milder durch die überall gähnenden Brandlöcher. In der Tiefe des Raums, auf einem kleinen Podest, erhob sich der riesige, mit gekreuzten Beinen auf einem Lotos sitzende, aber arg mitgenommene Buddha, den Blick auf einen gusseisernen siebenarmigen Leuchter gerichtet. Und wer konnte schon deuten, wie dieses kaum merkliche Lächeln des Erleuchteten gemeint war: ironisch, überheblich oder auch mitleidig?

Da ertönte von oben eine Stimme: »Suchen Sie jemanden?«

Hilde schaute sich lange um, bis sie Rabbi Leo Levin entdeckte, der mit einem Hammer in der Hand auf einem Balken saß.

»Ja, Sie, Herr Levin! Ich bin Hilde Braun von der Deutschen Botschaft …«

»Herrje, Fräulein Braun! Moment, bin gleich da!«, rief der Rabbi und verschwand im dunklen Raum zwischen den Balken. Von irgendwo hinter der Buddhastatue hörte Hilde das Knarren alter Holzstufen; kurz darauf stand Leo Levin schwer atmend und voller Staub in Arbeitskleidung vor ihr. Er war übersät von Spinnweben, auf seinem Gesicht hatten die verkohlten Dachbalken Rußflecken hinterlassen. Er hob seine schmutzigen Handflächen in die Höhe, um zu zeigen, warum er der Besucherin nicht die Hand geben konnte.

»Freue mich, Sie zu sehen, Fräulein …« Er verstummte abwartend, ohne auch nur den Versuch zu unternehmen, sein Unbehagen über diesen Besuch zu verbergen.

Ihr schien es ähnlich zu gehen, denn sie zögerte, bevor Sie fragte: »Ich darf mich doch mal umsehen?«

Hilde ging einige Schritte, um die Buddhastatue besser in Augenschein nehmen zu können, als sie die Aberhunderte sorgsam gestapelter Holzplättchen mit den Gebetstexten darauf entdeckte. Sie nahm eines davon in die Hand, betrachtete es interessiert von allen Seiten und legte es behutsam wieder an seinen Platz zurück. Während sie sich langsam mit dem Inneren der Pagode vertraut machte, hallten ihre klackenden Absätze im Raum wider.

»Also hier halten Sie Ihre Gebetsstunden ab?«

»Ja, eine andere Möglichkeit haben wir nicht.«

»Stören die Leute sich nicht daran, dass der Tempel nicht jüdisch ist?«

»Was hat das für eine Bedeutung? Einst haben die Menschen

Bäume oder Felsen angebetet. Das Bedürfnis zu beten war also immer da. Wichtiger als der Ort ist das Gebet selbst – und die Hoffnung, dass es gehört wird.«

»Bäume und Felsen, sagen Sie … Ich erinnere mich aus dem Religionsunterricht, dass es hieß: ›Ich bin der Herr, dein Gott. Du sollst keine fremden Götter neben mir haben.‹ So ungefähr steht es doch geschrieben, oder?«

»Das haben Menschen geschrieben.«

»Also ist er *nicht* der Einzige, Ihr Gott?«

Der Rabbi dachte eine Weile nach und erwiderte dann mit einer gewissen Traurigkeit: »Offen gestanden, ich weiß es nicht mehr. Weshalb sollen die Chinesen schlechter sein als wir? Warum sollen ihre Götter weniger ›wahre‹ Götter sein als der unsere? Bei euch Christen ist er wenigstens nicht ganz so allein, sondern hat noch einen Sohn … Die Menschen haben ein Bedürfnis zu glauben. Lassen wir es sie mit ihrem Glauben doch halten, wie sie es für gut und richtig halten. Wenn es ihre Leiden lindert, warum sollten wir sie des Glaubenstrostes berauben?«

»Ganz gleich, welchen Glaubens?«

»Ganz gleich, wie er sich nennt und in welcher Kirche er gepredigt wird. Den Menschen werden schon genug Prüfungen auferlegt, sodass wir sie nicht auch noch mit dem Zweifel beladen sollten, ob ihre Götter die richtigen sind. Sicher, oftmals sind auch die Götter ohnmächtig … oder bringen unser ohnehin schon verpfuschtes Leben noch mehr durcheinander. Doch vergessen wir nicht, dass auch sie ihre Altersbeschwerden haben und wir lernen müssen, sie zu verstehen und ihnen zu verzeihen.«

Der Rabbi kicherte über seinen letzten Satz lautlos in sich hinein.

»Sie sind ein guter Mensch. Ich kenne mich in Theologie nicht aus, aber so viel weiß ich, dass die Vertreter anderer Religionen nicht so großherzig und einander wohlgesonnen sind wie Sie. Ich erinnere mich, dass Sie seinerzeit, als Sie zu uns gekommen sind, gesagt haben, Sie seien Gottes Diener. Welchen Gottes, wenn es doch so viele und verschiedene gibt? Welchem von ihnen dienen Sie?«

Rabbi Levin breitete die Arme aus. »Na, meinem! Jeder dem seinen. Wenn Gott die Wahrheit und Gerechtigkeit und Liebe zwischen den Menschen ist, dann bin ich sein Diener.«

»Und wenn er gar nicht existiert?«

»Dann sollen die Leute sich eben direkt an mich wenden, ohne zuvor mit ganz oben Verbindung aufzunehmen. Klingt das zu ketzerisch für einen Rabbi?«

Hilde gab keine Antwort. Rabbi Levin wischte sich mechanisch und viel zu lange mit einem alten Lappen die Hände ab; er wartete, dass sein Gast endlich den Grund seines Besuchs nannte. Sie würde sich wohl kaum die Mühe gemacht haben, in dieses vermaledeite Viertel zu kommen, um eine zweckentfremdete Pagode zu besichtigen und dabei philosophische Gespräche zu führen. Schließlich hielt er das Schweigen nicht mehr aus und fragte höflich: »Nun, Fräulein Braun, erlauben Sie mir … Welchem Anlass verdanke ich die Ehre Ihres Besuchs?«

Die Angesprochene schreckte aus ihren Gedanken auf.

»Ach ja! Bekommen Sie regelmäßig unser Bulletin?«

»Selbstverständlich. Und dafür möchten wir uns bedanken, ist es doch wenigstens ein Fensterchen, durch das wir auf die Ereignisse in Europa blicken können, wenn auch ein … wie soll ich sagen …«

»… nationalsozialistisch verglastes Fensterchen?«

»Etwas in der Art …«

»Das dürfte Sie nicht überraschen. Es wird ja nicht von einer Bildungsorganisation herausgegeben.«

»Natürlich …«, stimmte der Rabbi zu. »Dennoch wissen wir Ihre Geste sehr zu schätzen!«

Und wieder betretenes Schweigen. Die Frau blickte sich um, holte seufzend Luft und ging endlich geradewegs auf ihr Ziel los. »Herr Levin, Sie können sich bestimmt denken, dass ich nicht wegen des Bulletins gekommen bin. Obwohl … Sollte jemand von Ihren Leuten mich gesehen haben und nach dem Grund meines Kommens fragen, dann geben Sie bitte genau das als Grund an. Der wahre Grund meines Besuchs ist: Ich habe schlechte Nachrichten. Und ich möchte, dass Sie sie als Erster erfahren. Was Sie anschließend damit machen, wissen Sie sicher selbst am besten. Da kann ich Ihnen keinen vernünftigen Rat geben …«

Der Rabbi schaute sie gespannt und besorgt zugleich an, doch als Hilde Braun nicht weiterredete, ermunterte er sie: »Ich höre …«

»Sie erinnern sich vielleicht noch, dass der Botschafter von Ihnen Listen aller jüdischen Bewohner von Shanghai erbeten hat. Dieser Anweisung haben Sie – das ist Ihr gutes Recht – nicht entsprochen. Nur, in den nächsten Tagen werden Sie erfahren, wozu man diese Listen von Ihnen haben wollte. Auf nachdrückliche Anordnung unserer … ich meine, der deutschen Führung, die Sie auch weiterhin eingeschränkt als Bürger betrachtet, haben die Japaner die Weisung erhalten, einen Teil Hongkous in ein Ghetto zu verwandeln. Ein Ghetto für … für alle Juden, die wie Sie aus Deutschland und Österreich gekommen sind.«

Leo Levin zweifelte zunächst, ob er richtig gehört hatte.

»Was … bedeutet das?«, fragte er, als wäre er begriffsstutzig.

»Wissen Sie nicht, was das heißt – Ghetto?«

»Doch, das weiß ich nur zu gut. Aber ich verstehe nicht – wie jetzt? Wieso hier in Hongkou? Das ist doch unmöglich – in diesem Ameisenhaufen.«

»Nichts ist unmöglich. Ich kenne Hongkou nicht, doch ich kenne die Leute, die diese Entscheidung getroffen haben. Sie werden nicht eine Sekunde zögern, das Beschlossene auch umzusetzen. Ich kann Ihnen nicht genau sagen, wann und wie, aber das werden Sie sicher bald erfahren.«

Dem Rabbi verschlug es die Sprache. Hilde fuhr in teilnahmslosem, monotonem Ton fort, als hätte sie bei einer Konferenz eine Bekanntmachung Ihres Vorgesetzten zu verlesen:

»Sie werden unter strenge Kuratel gestellt. Das heißt, das Verlassen dieses Ghettos unterliegt genauen Auflagen ... Alle Ihre Leute müssen sich zum Beispiel abends bis zu einer von oben festgesetzten Uhrzeit im Ghetto eingefunden haben. Das bedeutet vermutlich neue und unerwartete Schwierigkeiten für Sie. Man könnte auch sagen ... Prüfungen, ganz wie Sie wollen.«

Der Rabbi schluckte.

»Das ist doch unmöglich! Furchtbar! Ein Ghetto! Gott im Himmel – ein Ghetto, und das in der Mitte des zwanzigsten Jahrhunderts ...«

»In Europa, ebenfalls in der Mitte des zwanzigsten Jahrhunderts, geschehen noch weitaus schrecklichere Dinge.«

»Aber das hier ist doch eine Stadt mit internationalem Statut, welches garantiert, dass ...«

»Die Welt, lieber Rabbi, befindet sich im Krieg, und niemand garantiert mehr etwas!«, unterbrach sie ihn seltsam kalt und öffnete den Mund, als wollte sie noch etwas sagen, doch dann winkte sie mit der Hand ab und schwieg.

Der Rabbi hingegen war sich sicher und erklärte: »Die englische Administration von Shanghai wird das unmöglich zulassen! Denn das überschreitet ... nein, unmöglich!«

»Seien Sie sich da mal nicht so sicher; denn bald wird es hier keine englische Administration mehr geben. Oder haben Sie vergessen, dass England und Japan sich im Krieg befinden?«

Hilde warf erneut einen langen Blick auf die Buddhastatue, als erwartete sie, dass diese nun ihre Meinung zum Thema kundtat. Doch dem Erleuchteten war auch jetzt nicht mehr zu entlocken als ein geheimnisvolles Lächeln.

»Nun, das war's, Herr Levin. Ich kann Ihnen leider nicht helfen, wollte aber, dass Sie es wenigstens rechtzeitig erfahren. Damit es nicht wie aus heiterem Himmel kommt… Es tut mir so schrecklich leid …«

Der Rabbi überlegte und überlegte, und auf einmal überkam ihn die absurde Hoffnung, dass das alles ja gar nicht wahr sein konnte.

»Sagen Sie ehrlich: Das mit dem Ghetto, das haben sich doch sicher die Halbstarken von *Judaya Kenku* ausgedacht? Um uns mal wieder einen Schrecken einzujagen, oder?«

»Leider nein. Ich bedaure sehr, aber so einfach ist es diesmal wirklich nicht.«

Der Rabbi nahm sie scharf ins Visier, und in seinem Blick zeigte sich etwas Verschlagenes der Art: ›Du glaubst doch nicht, du könntest mich aufs Kreuz legen, wie?‹ Dann fragte er: »Warum teilen Sie mir das eigentlich alles mit? Nein, wirklich – warum? Oder hatten Sie etwas anderes im Sinn? Sie sind ja schließlich die Sekretärin des deutschen Botschafters?!«

Hilde zuckte lediglich mit den Schultern.

»Jeder sucht seinen eigenen Weg zu… zu, sagen wir… seiner Kirche. Das klingt jetzt vielleicht überheblich, aber eigentlich glaube ich gar nicht an solche Klischees von Kirchen und himmmlischen Wahrheiten, die unsere Gemeinheiten kaschieren müssen. Ach, was rede ich da… Ich habe es Ihnen gesagt, damit Sie Bescheid wissen. Und grüßen Sie ganz herzlich Herrn Weisberg von mir, er ist ein wirklich großer Musiker! Ich habe irgendwo gelesen, dass er sogar hier Symphoniekonzerte organisiert hat. Das finde ich – in Ihrer Situation – mehr als seltsam.«

»Warum? Auch ein Konzert kann Ausdruck des jüdischen Überlebenswillens sein.«

»Sicherlich. Bedaure, dass ich nicht dabei sein kann. Ich

würde gern einmal wieder gute Musik hören in dieser heruntergekommenen Stadt! In jedem Fall grüßen Sie ihn. Und sagen Sie ihm, dass Potsdam und die blühenden Apfelhaine an den Ufern des Werders wirklich existieren; er hat sie nicht bloß geträumt. Und er möge die Hoffnung nicht verlieren, dass er sie wiedersehen wird... Jetzt muss ich aber gehen. Nein, begleiten Sie mich nicht hinaus. Und ich bitte Sie noch einmal, nicht preiszugeben, von wem Sie die Information haben. Ich tue etwas, das – wie Sie sicher leicht erkennen – mir nicht gestattet ist.«

Hilde gab dem Rabbi noch nicht einmal die Hand zum Abschied, als sie die Pagode verließ. Im Vergleich zu dem großen Buddha hinter ihm war Leo Levin ein verstrubbelter Zwerg, bedeckt mit Spinnweben und schwarzen Rußflecken im Gesicht.

Am Eingang hielt Hilde Braun noch einmal inne und betrachtete nachdenklich die beiden ebenfalls angekokelten Drachenfiguren, die unter den nach oben gebogenen Ecken des Vordachs hockten und ein bisschen wie Löwen aussahen, die eine Pfote auf eine steinerne Kugel gelegt hatten, als gehörte die ganze Welt ihnen. Hilde strich einem der Drachen über den Kopf, dann tauchte sie wieder ein in den Ameisenhaufen Hongkous.

44

Hauptmann Masaaki Saneyoshi, Präsident des Shanghai-Departments der Kempe'tai, verstand die Deutschen nicht. Nein, er verstand sie einfach nicht, obwohl er bei seinen Vorgesetzten doch als brillanter Deutschlandkenner galt, der Land, Leute und Sprache eingehend studiert hatte. Doch wie er die Sache auch betrachtete, er konnte die Logik nicht erkennen, nach der diese seltsamen Menschen handelten.

Saneyoshi-San hatte Jura in Leipzig studiert, besaß ein Diplom von der höheren Polizeischule in Berlin, und SS-Führer Heinrich Himmler persönlich hatte ihn mit einer Ehrennadel ausgezeichnet. Er teilte die Idee einer engeren militärpolitischen Annäherung an Hitler-Deutschland im gemeinsamen Kampf gegen die angloamerikanischen und bolschewistischen Dämonen. So weit, so gut – Freundschaft ist Freundschaft, doch alles musste doch irgendwie seine rationalen Gründe und einen realen Nutzen haben. Worin aber bestand der Nutzen, Abertausende Hungerleider in diesem Drecksloch namens Hongkou zusammenzupferchen, nur weil sie Juden waren? Nicht dass er persönlich irgendwelche Sympathien für sie hegte oder gar Mitleid empfand. Diese menschliche Schwäche kannte Hauptmann Saneyoshi nicht. Er war sogar stolz darauf, ein harter und unbarmherziger Kämpfer zu sein, ein echter Nachfahre der Samurai eben, bereit, bedingungslos der Heimat zu dienen, ja notfalls auch für sie und ihren Kaiser zu sterben. Sicher, das hatte ihn nie daran gehindert, auf eigene Rechnung etwas für sich abzuzweigen – das eine schloss das andere nicht aus, und kleinliche Redlichkeit schaffte nur unnötige Probleme. Das Leben wollte das Seine, und die Polizistengehälter in Japan waren nicht die höchsten. Doch das waren private Angelegenheiten. Was aber die dienstlichen anging, da hatte der Hauptmann nicht selten persönlich und ohne jedes Zögern an gefährlichen und massenhaften Polizeioperationen gegen aufrührerische Elemente teilgenommen, denn all das war vernünftig und nützlich für die japanische Sache. Der Unsinn, den die Deutschen da veranstalten wollten, grenzte an Paranoia, belastete nur sein ohnehin knappes Personal mit artfremden Aufgaben und ging zu Lasten der Bewachung strategischer Objekte und der öffentlichen Ordnung in Shanghai. Dasselbe galt auch für die chinesischen Kollegen. Ihm reichten schon jetzt die Schwierigkeiten mit den illegalen antijapanischen, pazifistischen, kommunistischen und nationalistischen Studentenorganisationen. Die schossen nur so aus dem verseuchten Boden – wie Giftpilze! Zertrat man einen, wuchsen drei nach …

Ohne Umschweife gesagt: Das war eine Schwachsinnsidee, eine Vergeudung von Mitteln, Energie und Zeit! Das würde nur einen weiteren Spannungsherd zur Folge haben, die chinesische Bevölkerung noch mehr gegen die Obrigkeit aufbringen und ihn dazu zwingen, sich mit den Problemen und Sorgen von Leuten zu befassen, die ihn nicht das Geringste angingen. Das müssten die in Tokio doch eigentlich schon wissen und sich die Angelegenheit vorher gründlich überlegen, bevor sie die Verordnung unter dem Aktenzeichen K-013/42 und mit dem Vermerk »Zur gewissenhaften und freundschaftlichen Unterstützung unserer deutschen Verbündeten in ihren Plänen, Personen deutscher Staatsangehörigkeit, aber jüdischer Abstammung, die zum gegenwärtigen Zeitpunkt in Shanghai ansässig sind, zu konzentrieren« an den zuständigen Minister Nobumasa Suetsuga zur Unterschrift weiterleiteten.

Diese wortreiche Ministerialverordnung war die maßgebende Basis für die Regierung in Tokio, ein Ghetto in Shanghai zu errichten. Und all dies angeblich im Namen einer fragilen Allianz gegen den Feind.

Saneyoshi-San verstand nicht und würde auch nie die fanatische, beinahe mystische Besessenheit verstehen, mit der die Deutschen all dies anpackten. Und warum ausgerechnet jetzt, wo ihre Armeen an zahllosen Fronten in Europa und Nordafrika ums Überleben kämpften?

Der Instinkt des erfahrenen Polizeichefs sagte ihm, dass diese schwachsinnige Umsiedlung für die Deutschen keinen Zweck erfüllte, sondern nur ein Mittel war. Vielleicht also hatte die Operation, die für ihn jedes gesunden Menschenverstandes entbehrte, eine verborgene Dimension, beruhte auf Plänen, die die Deutschen wie so manches andere vor ihren japanischen Verbündeten geheim hielten? Wie dem auch sei: Er hatte einen

Befehl erhalten, und den würde er eben ausführen. Und was die »verborgenen Dimensionen« anbelangte, kam ihm ein Spruch in den Sinn, den er in Deutschland oft gehört hatte: »Abwarten und Tee trinken.«

Draußen fällt ein widerlicher Nieselregen, der das Licht der Automobilscheinwerfer gleichsam schraffiert, so dass der Blick durch die Windschutzscheibe der Projektion eines alten, viel zu oft gezeigten Stummfilms gleicht. Der Personenkraftwagen steht mit leise laufendem Motor an der Ecke der Brücke. Der Chauffeur, ein rangniedriger japanischer Gendarm, wischt von Zeit zu Zeit mit dem Handrücken die beschlagene Windschutzscheibe frei. Hauptmann Saneyoshi sitzt auf dem Beifahrersitz, hinter ihm beobachten zwei deutsche SS-Männer in Uniform rauchend und schweigend die Übersiedlung der jüdischen Bevölkerung. Was Uniformen betrifft, so zog Hauptmann Saneyoshi es, bis auf wenige offizielle Anlässe, immer vor, in Zivilkleidung zu erscheinen. Ähnlich verhält es sich auch mit seinen Kempe'tai-Kollegen aus Tokio. Doch die Deutschen sind anders: Sie vergöttern die Uniform. Seit dem Abschluss des Dreimächtepakts sind viele deutsche Fachleute, Berater, Militär-, Polizei- und andere Vertreter nach Japan gekommen. Nun wimmelt es auf der Nanking Road und in den anliegenden Bars, Teestuben und Gaststätten nur so von Leuten, die stolz ihre Uniform präsentieren. Man kann fast den Eindruck gewinnen, nicht die Japaner, sondern die Deutschen hätten Shanghai erobert.

Auf einmal springt einer der beiden Deutschen, Hauptsturmführer Willi Stockmann, aus dem Auto, stellt sich breitbeinig mit dem Rücken zum Wagen und schlägt seinen Regenumhang zurück. Eine Windbö, die den Harnstrom nach links weht und ihn zerstreut, zeigt den im Auto sitzen gebliebenen Herren, was er dort macht. Der Hauptsturmführer schüttelt sich gründlich aus, steigt wieder in den Wagen und zündet sich die nächste Zigarette an. Schweigen. Worüber sollen sie auch reden? Alles ist doch bereits gesagt.

Saneyoshi-San schließt die Augen. Er will nur noch schlafen. Hoffentlich ist das hier bald vorbei!

Das Durcheinander, das in dieser Regennacht herrschte, war unbeschreiblich, denn die japanischen Invasoren hatten für die Umsiedlung eine Frist von drei Tagen – zweiundsiebzig Stunden – gesetzt. Hörte sich viel an, ging aber schneller vorüber als gedacht, nämlich genau heute um Mitternacht. Auf dem Einweisungsbefehl, der in chinesischer, deutscher und englischer Sprache an die Wände plakatiert worden war, wurden alle Juden, die ab 1937 nach Shanghai gekommen waren, also nachdem die Stadt in die Zuständigkeit der Japaner gefallen war, aufgefordert, sich ohne Ausnahme in den südlichen Teil Hongkous zu begeben, der auch »Innere Stadt« genannt wurde. Die Innere Stadt platzte auch jetzt schon aus allen Nähten. Die Betroffenen, in der überwältigenden Mehrheit Emigranten aus Deutschland, mussten also zusehen, wie sie ihre Habe aus den verstreuten Miniquartieren oder den Gemeinschaftsschlafsälen der Karmeliterinnen in die Innere Stadt schafften, die in der dem Aushang beigegebenen Stadtplanskizze als »Zone« bezeichnet wurde.

Was für eine Zone? Wieso »Zone«? War das eine neue, der einheimischen Bevölkerung bekanntere Bezeichnung als das in Ostasien unbekannte europäische Wort »Ghetto«? Auf jeden Fall hieß der abgezirkelte Bereich nicht »Jüdisches Viertel«, denn ethnisch einheitliche Stadtteile gab es natürlich überall auf der Welt, und das Ghetto hatte seine Wurzeln in den konfessionellen Bestimmungen des Mittelalters in Europa. Der Grund für die Bezeichnung »Zone« lag also wohl einfach darin, dass man – abgesehen davon, dass die Juden hier konzentriert wurden – nicht direkt von Deportation in ein »Lager« sprechen konnte, da die neuen Bewohner unter Auflagen das Recht behielten, ihren neuen Wohnplatz zu verlassen.

»Die Vertreibung aus dem Paradies«, kommentierte Professor Mandel mit der ihm eigenen bitteren Ironie den Anblick der aus allen Ecken und Enden Hongkous zusammenströmenden Menschen, um sich hier im Winkel zwischen dem Jangtse und seinem Zufluss, dem Suzhou, »konzentrieren« zu lassen.

Den einziehenden Juden kam ein zahlenmäßig geringerer Strom Chinesen entgegen. Nach dem zu urteilen, was sie an Habe mit sich schleppten, ging es ihnen materiell auch nicht besser als den Juden. An der eisernen Brücke drängten sie sich dicht aneinander vorbei, ohne ein Wort miteinander zu wechseln. In welcher Sprache auch? Die Chinesen, von Natur aus eigentlich gutmütig und leutselig, bedachten die Menschen, derentwegen sie ihre Unterkünfte verlassen mussten, mit feindseligen Blicken. So ist es ja immer: Die Obrigkeit schafft die Konflikte, und das niedere Volk prügelt sich deshalb untereinander.

Rabbi Levin und Professor Mandel standen unter einem Schutzdach aus Zeltleinen vor der kleinen Pagode und rauchten, während die Menge sich über den kleinen Platz an ihnen vorbeiwälzte. Die beiden Abgeordneten des Jüdischen Flüchtlingskomitees saßen an einem langen, vermutlich aus einer alten Schneiderei beschafften Tresen und wurden von einer grellen Petromaxlampe angestrahlt, die die Gesichter der Menschen, die in ihren Lichtkegel traten, totenbleich erscheinen ließ. Vor ihnen lagen Listen, Karteikärtchen mit Adressen und eine auseinandergefaltete Karte des Viertels. Sie selbst, »die Ältesten«, ohnmächtig und übernächtigt, versuchten Ordnung in das Chaos zu bringen und die viel zu kleinen Gemeinschaftsunterkünfte gerecht aufzuteilen. Jeder der Bedürftigen besaß natürlich seine guten Gründe, warum er ein besonderes Anrecht auf bevorzugte Unterbringung hatte: eine kranke Frau, eine alte Mutter, kleine Kinder …

»Was denken Sie, Rabbi«, fragte Mandel, »Sie müssten von solchen Sachen doch was verstehen: Sehen so Gottes Strafen aus? Und das, obwohl die Beweislage miserabel und völlig ungeklärt ist, wer von diesen Elenden hier welche juristische oder moralische Schuld auf sich geladen hat.«

Rabbi Levin sog so lange und kräftig an seiner Zigarette, dass er sich schließlich am Rauch verschluckte.

»Was soll ich Ihnen darauf antworten, Professor? Ich weiß ja noch nicht einmal, ob es eine Strafe ist. Es ist vielleicht ein Exodus. Göttliche Vorsehung, uns Normalsterblichen unbegreiflich. Der Alte da oben denkt sich vielleicht sein Teil dabei, aber wer weiß schon, was? Natürlich ist das hier nicht der Exodus aus Ägypten zum ersehnten Gelobten Land, eher schon ein Übergang aus der ägyptischen in die babylonische Gefangenschaft. Doch steht auch geschrieben: ›Gibt es Schatten ohne Licht, Nacht ohne Tag und Bös ohne Gut?‹ Auch die Gefangenschaft ist nicht ohne Sinn und kann eine Lehre sein. Wüssten die Leute sonst, was Freiheit bedeutet? Ich weiß es nicht! Ich bin nicht Mose, und der Suzhou ist nicht das Rote Meer. Aber Süd-Hongkou könnte sich als so etwas wie der Sinai herausstellen, denke ich. Da werden wir mit Gottes Hilfe erneut durchmüssen, bis eine verstreute Gemeinde den Glauben wiedererlangt, dass sie kein Haufen von Sklaven ist, sondern Teil eines großen Volkes mit gemeinsamem Schicksal. Der tiefere Sinn der vierzig Jahre in der Wüste, wenn Sie sich vielleicht erinnern …«

»Das sind ja blendende Aussichten: vierzig Jahre!«

»Nehmen Sie diese Dinge aus der Bibel doch symbolisch. Es brauchen ja nicht genau vierzig Jahre zu sein, es können auch vier oder vierhundert sein. Aber vielleicht verbirgt sich dahinter eine göttliche Vorsehung, die erst später ihren Sinn offenbart. Das sage ich nicht aus Liebe zu Paradoxen … Sehen Sie es doch mal so: Die Nationalsozialisten setzen mit ihrem Rassenhass einen schicksalhaften höheren Plan um: Ihretwegen wird das über die Welt verstreute und in verschiedenen Sprachen redende Volk Israel wieder zusammengeführt. Die Sache, die der Zionist Herzl begonnen hat, wird vielleicht durch Hitler vollendet …«

Also sprach Rabbi Levin angesichts der chaotischen, sich schubsenden Menge, bevor ihm der scharfe Rauch der billigen chinesischen Zigarette wieder einen Hustenanfall bescherte. Schließlich trat er den Stummel aus und wandte sich zu der mit alten Leuten überfüllten Synagoge. Es war nämlich Freitag, Sabbatabend, und die Menschen, die gekommen waren, erwarteten von ihm ein tröstendes Wort und einen Hilferuf an den Einen um Gnade.

»Shemà Isroel …«

Die »Zone« wurde von spiraligem Stacheldraht und einer in größeren Abständen aufgestellten Reihe chinesischer Polizisten nach außen abgeriegelt. Die Männer in ihren durchgeweichten Uniformjacken, bibberten vor Kälte. Sie empfanden weder Hass noch Sympathie für diese Menschenströme, die im Scheinwerferlicht mit ihren Bündeln und Kisten, ihren überladenen Karren und Kinderwagen wie ein Geisterzug wirkten.

Die meisten dieser Polizisten wussten noch nicht einmal, was ein Jude eigentlich war. Sie kamen vornehmlich vom Land, konnten oft nicht lesen und schreiben, waren unterwürfig und geduldig und trauerten ihren Geburtsorten nach, ihrem Heim, ihren Kindern, vor allem aber den fruchtbaren Äckern, die sie während und wegen des Krieges verloren hatten. Deshalb und nur deshalb waren sie da. Hier erhielten sie wenigstens lumpige sechzig Shanghai-Dollar monatlich, dazu kostenlose Reisrationen, die Uniform und eine Pritsche in der Kaserne. Das war nicht die Welt, aber auch nicht wenig in dieser schweren Zeit, in der Alte, Frauen und Kinder auf Unterstützung warteten. Hoffentlich hörte dieser Regen bald auf, denn dass jemand einem ein Schälchen heißen Tee brachte, darauf konnte man wohl lange warten!

45

Mutter Antonia und ihre Nonnen waren wie immer von rührender Hilfsbereitschaft. Sie hatten es mit einer Truppe tatkräftiger Männer bereits geschafft, drei Herbergen des bekannten »Dortoir«-Typs in verfallenen Lagerhallen einzurichten. Doch die halbdunklen Räume, erhellt nur von einer Reihe hochliegender, vergitterter Fensterchen, reichten noch nicht einmal aus, um wenigstens die Alten, Behinderten und Bedürftigen unterzubringen. In einer der Hallen – vermutlich einem aufgelassenen Lager für Gewürze und Aromazusätze – hing noch der Duft nach Anis und unbekannten Kräutern in der Luft. Der Geruch schien irgendwie die Stimmung zu verbessern, und so erlebte die Äbtissin beinahe komische Rangeleien unter den Alten, wer mehr Anrecht darauf habe, im »duftenden Schlafsaal« einquartiert zu werden. Mutter Antonia konnte nur mit Mühe ihre Wut zügeln, wenn die eigensinnigen Alten, um an ihr Ziel zu gelangen, sie mit Beleidigungen bezüglich ihres katholischen Glaubens in die Enge zu treiben versuchten. Am Ende fand sie aber doch eine annehmbare Lösung für alle.

Nicht nur den Alten gingen die Nerven durch. Auch andere Übersiedler verloren die Geduld und rebellierten dagegen, sich bei der Unterbringung den Vorstellungen des Ältestenrates zu beugen. Sie stürmten geradezu das Stahlwerk; zunächst die Verwaltungsgebäude, schließlich auch die Werkshallen einschließlich der Treppenaufgänge. Denjenigen, die noch finanziellen Spielraum hatten und aus den reicheren Stadtvierteln kamen, wie etwa Bach, »der Beschnittene«, mit seinen zwei Töchtern und acht Diamanten (vermutlich waren es inzwischen nur noch sieben oder sechs), war es gelungen, gegen freilich immens hohe Mieten die Häuser zu belegen, die einige der Chinesen hinterlassen hatten. Zwei oder gar drei Familien auf einmal zogen in eine der kleinen Wohnungen mit ihren noch kleineren Zimmerchen. Fließend Wasser gab es dort natürlich nicht, auch keine Kanalisation, von anderen zivilisatorischen Annehmlichkeiten ganz zu schweigen. Die Eigentümer verlangten die Miete für viele Monate im Voraus, denn sie selbst wussten ja nicht, wann und ob sie je zurückkehren würden. Das eigenmächtige Beziehen eines solchen Hauses aber – so stand es ausdrücklich in der Umsiedlungsverordnung der Kempe'tai – wurde strengstens geahndet.

Diese Anordnung betraf nicht nur die Juden, sondern auch die in der Zone verbliebenen Chinesen. Aus unerfindlichen Gründen fielen nämlich ganze Straßenzüge innerhalb der stacheldrahtumzäunten Zone nicht unter den Aussiedlungsbefehl. Im Ergebnis bildeten sich rein chinesisch und rein jüdisch bewohnte Areale heraus. Was die Restriktionen beim Verlassen der Zone anging, die nur die Juden betrafen, so war selbst einem Polizisten mit höchst beschränkten Geistesgaben zuzutrauen, dass er am Brückenkontrollpunkt in der Lage war, einen europäischen Juden von einem Chinesen zu unterscheiden.

Doch vor dem Hintergrund der mitternächtlichen Massenstampede bewegte ein Akt unerwarteter Solidarität den von Natur aus säuerlichen Skeptiker Sigmund Mandel zutiefst, und das war die geradezu unglaubliche Improvisationskunst, mit der Männer und Frauen, geleitet vom Organisationstalent Simon Zinners, noch bevor sie selbst ein Obdach für sich und ihre Familien gefunden hatten, den Umzug des jüdischen Flüchtlingskrankenhauses bewerkstelligten – einschließlich jener Kranken, die außerstande waren, sich ohne fremde Hilfe in die Zone zu begeben. Als neue Räumlichkeiten dieses Hospitals dienten die Klassenzimmer der Grundschule des Viertels, eines langgestreckten, eingeschossigen Gebäudes mit gestampftem Lehmboden, das wie so viele andere öffentliche Gebäude während der japanischen Invasion 1937 verlassen worden war. Das Dach der Schule wies stellenweise aufgrund der Bombenangriffe Löcher auf; doch auch dieser Schaden wurde mithilfe herumliegender rostiger Bleche und einiger Zeltbahnen aus dem Fundus Mutter Antonias behoben. In dem kleinen Lehrerzimmer, in dem noch ein abgerissener Kalender von 1937 hing und ein ausgestopfter Reiher Staub fing, wurde das Behandlungs- und Operationszimmer für Professor Mandel eingerichtet.

An diesem Abend ging Elisabeth Müller-Weisberg nicht zur Arbeit in die »Blauen Berge«. Schon tagsüber hatte sie mit erstickter Stimme Shlomo Finkelstein gebeten, doch für sie zum Hafen zu laufen und dem Inhaber der Gastwirtschaft, Yen Qingvey, von der erzwungenen Umsiedlung zu berichten, ihm ihre Entschuldigung zu überbringen und zu versichern, dass sie ab morgen und zukünftig … Aber was bedeutete morgen? Gab es noch ein Morgen in Süd-Hongkou, das jetzt ein Ghetto, ein Konzentrationslager geworden war, eine neue Art von Hölle, nachdem sie der alten gerade erst eine erträgliche Existenz abgerungen hatten?

Sie saß so apathisch auf ihrem großen Lederkoffer, der einst auf ihren Gastspielreisen ihr ständiger Begleiter gewesen war, als gingen sie die Menschen, von denen die Stahlwerkshalle aus allen Nähten platzte, nichts an. Über ihrem Kopf schaukelten gefährlich große, an Ketten befestigte Haken. Die Menschen belegten gerade die Absätze der Treppen, die über mehrere Etagen nach oben führten. Eine Familie hatte sich sogar ganz oben, in der Vorarbeiterkabine, niedergelassen, einem Metallkäfig mit trüb gewordenen Scheiben.

Elisabeth saß wie versteinert da. Sie schaute sich das alles an, ohne im Geringsten davon berührt zu werden. Vielleicht nahm sie das Meiste auch gar nicht wahr. Nur eines wusste sie: Die »romantische Periode« in dem kleinen, reinlichen Häuschen mit seinen Stoffvorhängen, den Blümchen auf der Fensterbank und der originellen Dusche, die Shlomo Finkelstein aus dem alten Benzintank gebastelt hatte, war viel zu kurz gewesen. Sie lag nun, fern wie die blaue Blume, jenseits der eisernen Brücke über den Suzhou …

Ihr Mann war wie vom Erdboden verschluckt; dabei hätte er schon längst wieder da sein müssen. Elisabeth ahnte, wo er abgeblieben sein konnte, obwohl Theodor ihr nichts gesagt hatte. An jenem Morgen, an dem alle Juden von Hongkou vor den Plakaten mit der Bekanntmachung der Kempe'tai standen, hatte nichts den Geiger mehr in Besorgnis versetzt als der erstorbene Blick seiner Ehefrau. Er hatte ihr voller Beklemmung, so als trüge er Schuld an dem Umsiedlungsbefehl, gesagt: »Wir müssen bis Mittwoch Abend unser Häuschen verlassen, Elisabeth. Dann läuft die Frist ab …«

»Gut«, hatte sie ihm gleichmütig erwidert, »wenn es sein muss …«

»Die Zone beginnt leider drei Straßen weiter, da können wir einfach nichts machen. Gar nichts.«

»Ja, verstehe …«

»Soll ich dir beim Packen helfen?«

»Nein, nein, ich komm schon zurecht.«

Er hatte einen besorgten Blick auf seine Frau geworfen und gefragt: »Elisabeth, ist alles in Ordnung mit dir?«

Sie hatte darauf keine Antwort gegeben, sondern nur den Blick abgewendet und auf ihre Schuhspitzen gestarrt.

Es ist ja bekannt, dass der Mensch bei Schicksalsschlägen dieser Größenordnung entweder in Hysterie oder in vollkommene Apathie verfällt. Dass ausgerechnet die zupackende, lebensbejahende Elisabeth nicht hysterisch, sondern apathisch reagierte – das war es, was Theodor so große Sorgen bereitete.

Da kam ihm die rettende Idee, zu den Bassats zu gehen, sich für sein unangemessenes Verhalten zu entschuldigen … und um Hilfe zu bitten. Die Bassats unterhielten freundschaftliche Beziehungen zu hochgestellten Nazipersönlichkeiten und waren sicher in der Lage, sie zu unterstützen. Vielleicht war ja die Zeit gekommen, damit herauszurücken, dass Elisabeth gar keine Jüdin war, sondern »reinrassige Deutsche«. Dies würde es sicher erleichtern, eine Lösung zu finden. Letzten Endes befand sich ihr kleines Heim, das sie nun verlassen sollten, ja nicht etwa im Konzessionsgebiet, gar an der Nanking Road, sondern in Hongkou, nur wenige Schritte von der Zone entfernt!

Weisberg lief Richtung Rue Cardinal Mercier im vollen Bewusstsein, dass das bevorstehende Treffen mit seinen ehemaligen Arbeitgebern erniedrigend sein würde.

Aber es gab noch einen weiteren Grund zur Besorgnis. Nachdem sie schon lange nicht mehr bei den Bassats arbeiteten, hatte eines Nachmittags eine Rikscha vor ihrem kleinen Haus in Hongkou gehalten, was natürlich die Neugier der Nachbarn weckte. Die Leute aus dieser Gegend fuhren nicht mit Rikschas zu Besuch, dafür hatten sie kein Geld. Sie bekamen aber auch keinen. Das Gefährt neigte sich bedenklich zur Seite, als ihr Fahrgast, eine korpulente Chinesin, ausstieg. Obwohl schon nach zehn Uhr am Morgen war Elisabeth noch im Nachthemd, da es immer sehr spät wurde, bis sie von ihren Auftritten in der Hafenkneipe nach Hause kam. Theodor hatte dann schon leise das Haus verlassen, nicht ohne ihr ein kleines Frühstück vorbereitet zu haben.

»Weiße Lilie!«, rief Elisabeth überrascht aus, als sie die Tür öffnete und sah, wer auf der Schwelle stand. Die beiden Frauen umarmten und küssten sich. Dann sagte die Chinesin in ihrem unvergleichlichen Englisch: »Herrin told me say you come back to working, nothing bad happened, yes-yes!?«

Auch an diesem Morgen war Theodor schon unterwegs. Er schleppte Koffer und Pakete, machte kleine Botengänge oder wusch Autos im Imperial, einem kleinen Mittelklassehotel für Ausländer, das nicht weit von der deutschen Vertretung lag und außer seinem Namen nichts Herrschaftliches an sich hatte. Bisher hatte diesen Arbeitsplatz der Bibliothekar der Münchner Universitätsbibliothek, Magister Karl Rosenbusch, innegehabt, ein melancholischer Einzelgänger, der schwer an Beri-Beri erkrankt war. Er spuckte schon Blut, und die ersten Zähne fielen ihm aus, als er Theodor Weisberg bat, ihn »zeitweilig zu vertreten, solange ich krank bin«. Vermutlich wusste nicht nur Theodor, sondern auch der Magister, dass dieses »zeitweilig« eine Umschreibung war. Der Inhaber des Hotels, ein Niederländer, stellte den Vertreter seines erkrankten Angestellten sofort ein, denn der überwiegende Teil seiner Gäste waren deutsche Kaufleute und Handelsvertreter auf der Durchreise nach Japan, die sich darüber beklagten, dass das chinesische Personal keinerlei europäische Sprache beherrschte.

Auch bei Elisabeth hatte sich die deutsche Herkunft in diesem von Arbeitslosen wimmelnden Moloch Shanghai als rettend erwiesen. Es war wie ein Sechser im Lotto, dass beide Eheleute fast gleichzeitig, dank Shlomo Finkelstein, neue Arbeitsstellen fanden. Der hatte auf seinen Erkundungsgängen eine zerknüllte Zeitung gefunden und aufgehoben, die in deutscher Sprache erschien: das *Shanghaier Nachrichtenblatt*. Darin stand die vierzeilige, fett umrahmte Anzeige einer Hafenschänke, eben »Zu den Blauen Bergen«, der zu entnehmen war, dass eine Sängerin europäischer Herkunft gesucht wurde, die nicht nur über ein englisches, sondern auch über ein deutsches Repertoire verfügte, das Seeleute ansprach.

Aber zurück zum Besuch von Weißer Lilie. Elisabeth ließ Simha Bassat durch ihre Dienerin ausrichten, dass sie ihr sehr danke und bei nächster Gelegenheit einmal vorbeikommen werde. Doch eine solche Gelegenheit ergab sich nicht, denn die Hafenschänke hatte an sieben Tagen in der Woche geöffnet. Hinzu kam, dass Elisabeths Herz sich schon beim Gedanken an jenen grauenvollen Sabbatabend zusammenkrampfte. Und so schob sie ihren Besuch immer wieder hinaus – bis auf den Sankt Nimmerleinstag …

Theodor hatte den hohen Eisengitterzaun des Anwesens am Rue Cardinal Mercier 342 fast erreicht. Das Haus kam ihm ungewöhnlich still vor. Sämtliche Fenster waren geschlossen, die Vorhänge zugezogen. Er stieg die drei Steinstufen der Freitreppe hinauf und klingelte, doch es öffnete niemand. Er läutete erneut, wartete. Nichts. Schließlich umrundete er das Haus von der Gartenseite. Nach dem dritten Klopfen an die hohen Eisenportale, durch die im Herbst die Ochsengespanne mit Torf und Erde hineinfuhren, hörte er endlich die zitternde Stimme Wu Laozians.

Die Begegnung war bewegend und erschütternd zugleich. Der alte Gärtner teilte ihm mit, die Bassats hätten vor drei Wochen Shanghai verlassen. Wie die meisten Bagdader Juden waren sie britische Staatsbürger, die laut Kriegsrecht in japanischen Besitzungen hätten interniert werden müssen. Aber Jonathan Bassat ließ seine Verbindungen zu hochrangigen deutschen »Sans« ebenso spielen wie seine weitreichenden Kontakte zur japanischen Administration. Am Ende gelang es ihm, eine Erlaubnis für sich und seine Familie zu erwirken, die Stadt mit einem großen englischen Schiff Richtung Bombay zu verlassen. Auf demselben Schiff befand sich auch die gesamte britische Gesandtschaft, angeführt vom Optimisten Sir Charles Washburn.

Der alte Laozian war mit der gesamten Dienerschaft am Hafen gewesen, um die Herrschaft zu verabschieden. Die Frauen weinten. Frau Bassat hatte für jeden ihrer Angestellten ein schönes Erinnerungsgeschenk bereit gelegt: Laozian, der als guter Geist im Hause bleiben würde, hatte sie ausreichend Geld dagelassen, damit er das Anwesen in Ordnung halten konnte, sowie ein Zettelchen mit der Adresse der japanischen Handelskammer, an die er sich in Notfällen wenden sollte. Sie schenkte ihm eine englische Pfeife aus Rosenwurzelholz und eine neue Brille mit Horngestell. Jetzt, so erzählte der Alte, hüte er das verwaiste Haus, wohne aber nach wie vor in seinem kleinen Häuschen am Ende des Gartens.

Theodor lehnte die Einladung des Alten, doch einzutreten und eine Tasse Tee mit ihm zu trinken, ab. Er verabschiedete sich und lief niedergeschlagen die fünf Kilometer von Frenchtown wieder zurück nach Hongkou.

46

Durch die Panik, in die die ablaufende Dreitagesfrist die Menschen versetzte, waren sie nicht sehr wählerisch, sondern schauten zu, dass sie überhaupt eine Unterkunft ergatterten. Da gab es »normale« Wohnungen in zweifelhaftem hygienischem Zustand, aber auch regelrechte Löcher, die als Behausung zu betrachten unter anderen Umständen wohl niemand auch nur erwogen hätte. Da waren Gemeinschaftsunterkünfte, Lagerhallen und verlassene Baracken, in denen vor dem Krieg die Fabrikarbeiter gelebt hatten.

Die Zupackenden hatten sich bereits eingerichtet und waren dabei, so etwas wie Auslagen für ein Lebensmittelgeschäftchen zu gestalten. Der erste Friseursalon entstand aus einigen Holztruhen, die einfach zusammengefügt und mit beschädigten Möbeln ausgestattet wurden, die die Leute irgendwo aufgetrieben hatten. Anstelle einer Tür behalf sich der Friseur mit herabhängenden Kattunstreifen. Und um Kunden aufmerksam zu machen, hatte er eine chinesische Papierlaterne über die »Tür«

gehängt. Das Café Wien hatte vorübergehend Quartier in einem ausgebrannten Autobus ohne Räder und Motor bezogen.

Was das Hospital betraf, so gab es Leute, die es mit Missfallen sahen, dass es sich ausgerechnet in der verlassenen Grundschule eingerichtet hatte, denn sie fanden es wichtiger, dass die Kinder mit ihrem Lernstoff nicht allzu sehr zurückblieben. Rabbi Leo wäre aber nicht Rabbi Leo gewesen, wenn er nicht auch hierfür rasch eine Lösung gefunden hätte, indem er einfach in der Pagode eine Schule für die Kleinsten eröffnete. Dort kehrte seine Ehefrau Esther, ohne ihren Handel mit Reisböreks zu vernachlässigen, voller Enthusiasmus zu ihrem geliebten Lehrerberuf zurück, ohne nationalsozialistische Höllenhunde im Nacken, die ihr vorbellten, was sie den Kindern beizubringen hatte.

Diese Streiflichter mögen genügen, einen Eindruck davon zu vermitteln, wie unsere Leute versuchten, die sechstägige Bemühung des Schöpfers nachzuahmen, Ordnung ins kosmische Chaos zu bringen. Ideen gab es genug. Man weiß ja, dass die Juden, so wie ihr Gott, immer mehr Ideen haben, als sie umsetzen können; darum geben sie auch anderen mehr Ratschläge, als diese befolgen können. Wie dem auch sei – das Leben kam trotz der erschwerten Umstände langsam wieder in Gang.

Eines der vielleicht herausragendsten Beispiele für den Ideenreichtum der Menschen beim Versuch, den Umständen das maximal Mögliche abzutrotzen, war die Nutzung des Wasserturms, der am westlichen Ende des Fabrikhofs stand und der Form nach einem Schornstein glich, dessen Wände sich nach oben verengten. Das gewaltige Loch, das ein Geschoss in seine Mitte geschlagen hatte, gab den Blick auf rostige Stahlgitter frei, die eigentlich unter Beton hätten verborgen sein sollen. Das Erklettern dieses Turms an der Innenseite erforderte angesichts der eisernen Fußhalter, die zum Teil verbogen waren und zum Teil ganz fehlten, beinahe alpinistisches Können. Zwei

Draufgänger scheuten kein Risiko und wagten die Besteigung: der ehemalige Flötist Simon Zinner und die Bohnenstange Markus Aronson, Albert Einsteins ehemaliger Assistent. Die ringförmige Erweiterung des Turms an der Spitze mit den kleinen schmalen Bogenfenstern und den beiden winzigen Balkonen sowie dem Wasserreservoir in der Mitte, das schon lange trocken lag, verwandelte sich im Nu in die extravagante Behausung zweier exzentrischer Menschen

Go Yang legte den Kopf in den Nacken, um die Spitze des Wasserturms sehen zu können, auf dessen einem kleinen Balkon sich zwei winzige Menschen zeigten; dann ließ er seinen Blick langsam über die versammelte Menge gleiten. Dieser Go hielt sich offenbar für ziemlich wichtig, denn er zog das angespannte Schweigen schier unerträglich in die Länge. Er hatte sich mit einem Mikrofon auf eine Truhe gestellt, damit ihn die Tausende Menschen, die sich im großen Fabrikhof zwischen den Abraumhalden, den herumliegenden Bohlen, den Schrotthaufen, ja sogar auf dem flachen Dach des Verwaltungsgebäudes und der Gießereien versammelt hatten, nicht nur hörten, sondern auch sahen. Selbst der riesengroße Fabrikhof des Werks konnte die Menschen nicht fassen, obwohl immer noch nicht alle Juden aus der Zone versammelt waren. Gekommen waren vornehmlich junge Leute, Familienoberhäupter, Arbeitslose und Neugierige, die hören wollten, was ihnen der Vertreter der Obrigkeit zu sagen hatte. Und er hatte ihnen etwas zu sagen, das war seinen Gesten zu entnehmen.

»Ich bin Go, euer neuer Kommissar«, begann der kleine, gedrungene Mann mit dem ausgebleichten und ungebügelten schwarzen Anzug ohne jede Vorrede. Sein Stiernacken schien den Krawattenknoten jeden Moment zu sprengen. Da er Deutsch sprach, ging ein anerkennendes Raunen durch die Menschenmenge. »Wenn ihr mich ansprecht, dann bitte mit

›Mr. Go‹; dann bin ich gerne bereit, euch anzuhören, es sei denn, ihr redet dummes Zeug … Ihr befindet euch im südlichen Teil von Hongkou. So ein beschissenes Loch gibt's nur einmal auf der Welt. Das müsst ihr wissen, und darauf müsst ihr euch einstellen. Euch drohen Malaria, Beri-Beri, Pest und Cholera, Flecktyphus, Ruhr, Krätze und 'ne Menge Darmkrankheiten, die berüchtigte Amöbenruhr nicht zu vergessen, und noch ein paar Dutzend andere, von denen die infektiöse Hepatitis noch die am leichtesten zu kurierende ist. Wascht eure Klamotten in kochend heißem Wasser wegen der Läuse. Guckt, dass eure Kinder keine Ratten anfassen. Wascht euch die Hände, so oft es geht. Esst kein altes Obst und trinkt kein Wasser aus dem Kran. Bestreut eure Klosetts mit Chlorkalk, die Kommandantur stellt ihn euch kostenlos zur Verfügung. Wenn ihr irgendeine Möglichkeit habt, in euer nach schlechter Küche stinkendes Europa zu verduften, seht zu, dass ihr euch lieber heute als morgen davonmacht. Für den Fall, dass ihr hierbleibt: Ich erwarte bedingungslose Unterwerfung, denn hier – hier bin ich der König der Juden. Habt ihr mich verstanden?!«

Allgemeines Schweigen. Der König der Juden fasste diese Totenstille als Zeichen ungeteilter Zustimmung auf. Er hielt inne, ließ siegesgewiss seinen Blick über die Menge schweifen, hob erneut den Blick zum Reservoir des Wasserturms: Warum waren diese beiden Idioten da bloß so hoch hinaufgeklettert?

Mr. Go war Studienrat für deutsche Sprache und Literatur in Osaka gewesen und hatte für die dortige Provinzpresse Auszüge aus Hitlers *Mein Kampf* übersetzt. Aus diesem Buch hatte er erfahren, dass es so etwas wie Juden überhaupt gab. Er wusste zwar nicht, wo in Japan und Umgebung Vertreter dieser »Rasse« zu finden waren, doch am selben Tag, an dem Shanghai in die Hände der japanischen Streitkräfte fiel und über der Stadt die Flagge mit der aufgehenden Sonne gehisst wurde, verließ er Osaka Richtung asiatisches Festland und trat in den Dienst der japanischen Besatzer. Da Go Yang das Werk von Adolf Hitler nun schon einmal gelesen und teilweise sogar übersetzt hatte, hielt er sich für einen Experten in Judenfragen, und vielleicht war dies der Grund dafür, warum man ihn als Aufseher für die Zone ausgewählt hatte. Die Tatsache, dass mit dieser Aufgabe nicht ein Mann aus dem Staatsapparat betraut wurde, sondern ein Deutschlehrer von der Insel, hätte jenen, denen die fernöstliche Art besser vertraut war, verraten können, dass die japanischen Besatzer der Anordnung ihrer deutschen Partner in Bezug auf die Juden offiziell zwar nachkamen, aber eigentlich nichts damit zu tun haben wollten.

»So, und nun kommen wir zur Hausordnung in der Zone«, fuhr Kommissar Go fort. »Die Polizeistunde dauert von Mitternacht bis sechs Uhr morgens. Während dieser Zeit ist die Brücke über den Suzhou für Juden gesperrt. Auch tagsüber dürfen sie nur jene von euch überqueren, die mir ein schriftliches Dokument vorlegen, dass sie außerhalb arbeiten. Ich möchte genau wissen, was und wo. Die Passierscheine gebe ich persönlich aus. Sie sind grün für einen Tag, gelb für eine Woche und rot für einen Monat. Keinerlei Ausnahmen! Wer nachts arbeitet, erhält von mir einen zusätzlichen Erlaubnisschein zur Überschreitung der Polizeistunde. Damit das klar ist: Wir führen Krieg gegen das jüdische Angloamerika! Unsere deutschen Verbündeten kämpfen überdies auch gegen das jüdische Russland. Aus diesem Grund betrachte ich euch als Kriegsgefangene mit gelockerten Haftbedingungen – jedenfalls so lange, wie ich mich nicht genötigt sehe, sie zu verschärfen. Das hängt ganz von euch ab und von dem Respekt, den ihr mir entgegenbringt …

Das wär's für heute. Abtreten!«

47

Noch bevor er die Augen öffnete, streckte Vladek gewohnheitsmäßig die Hand zum Kopfkissen neben sich aus und betastete es. Die andere Betthälfte war leer. Verschlafen richtete er sich auf und entdeckte die Gesuchte. Hilde stand halbnackt am Fenster, rauchte und schaute dabei auf den breiten Strom, auf dem Schiffe und Dschunken flussauf- und flussabwärts dahinglitten. Schiffssirenen drangen, wenn auch gedämpft durch die Entfernung, an ihr Ohr, dazu das Tuckern der Fischkutter und gleich unter dem Fenster das Hupen der Autos auf dem Uferboulevard. Das Licht, das von außen hereindrang, verwischte die Konturen ihres grazilen Körpers, löste sie auf und bewirkte so, dass Hilde selbst wie das Strahlen des sanften Morgenlichts aussah.

»Komm her«, sagte er.

Sie schrak aus ihren Gedanken hoch.

»Komm her zu mir«, wiederholte er.

»Nein. Ich muss gehen. Ich komme sonst zu spät.«

»Doch nicht heute! Es ist Sonntag.«

»Du solltest allmählich wissen, dass jeden Sonntag um elf Uhr die Hautevolee von Shanghai ihren Spaziergang durch den Englischen Garten macht, wenn es nicht gerade aus Eimern schüttet. Und die Baronin besteht darauf, dass ihr Lieblingsspielzeug, also meine Wenigkeit, sie begleitet.«

»Und ich bestehe darauf, dass du bei mir bleibst. Jeden Sonntag um elf Uhr! Denn da weiß ich, was wir machen. Ihr hingegen – womit verplempert ihr eure Zeit dort?«

»Willst du ein genaues Protokoll? Na gut. Nach dem Spaziergang trinken wir eine Melange und essen warmen Aprikosenstrudel mit Schlagsahne in der Konditorei Schnitzler auf dem Kung Ping. War diese Auskunft für Sie zufriedenstellend?«

»Typisch deutsche Sonntagsbeschäftigungen!«

»Ja, so sind wir halt, wir typischen Deutschen.«

»Gediegenes Bürgertum mit aristokratischen Ambitionen …«

»Du hast etwas vergessen – das ›faschistisch‹.«

»Ah ja, genau. Aber das verzeih ich dir, komm!«

»Nein!«

»Oder musst du deine Kräfte für den Herrn Baron schonen?«

Sie warf ihre Zigarettenschachtel nach ihm.

An der Tür klopfte es. Von außen ertönte eine Frauenstimme. »Guten Morgen, Herr Wensjan, das Frühstück.«

Vladek hatte ein Zimmer in der Pension May Dulac gemietet, der blassen diskreten Witwe eines Kolonialwarenhändlers namens Georges Dulac, der nach dem Ersten Weltkrieg und der nachfolgenden Weltwirtschaftskrise das Mekongdelta mit der Jangtsemündung getauscht hatte. Immer wenn Hilde Vladek in seinem Quartier besuchte, klopfte die wie die meisten Vietnamesinnen sehr kleine Frau May leise an die Tür und stellte das Tablett mit dem Frühstück für zwei auf der Fußmatte vor dem Zimmer ab. Vladek ging barfuß zur Tür, holte das große Tablett herein, trank einen Schluck Tee, verbrannte sich den Mund und verschwand augenblicklich im Bad. Hilde warf erneut einen nachdenklichen Blick zum Fluss. Aus dem Bad war das Rauschen der Dusche zu hören, begleitet von Tönen, die hier und da an die Arie des Mephisto aus der *Faust*-Oper von Gounod erinnerten.

Vladek hatte sich vor drei Monaten bei Hilde gemeldet. Tag für Tag hatte sie auf diesen Moment gewartet und bei jedem Klingeln des Telefons gedacht: Das ist er! Vladek gab sich bei diesem Anruf gleichgültig, ja sogar spöttisch, aber sehen wollte er sie am Ende doch. Als Hilde ihm endlich in der französischen Buchhandlung gegenüberstand, küsste sie ihn, ohne lange zu überlegen. Und er erwiderte ihren Kuss. Es war wie zu den besten Zeiten in seiner Mansarde in Paris.

Von diesem Tag an sahen sie sich, wann immer es ging. Da Hilde eigentlich ständig im Dienst war, gaschah das nicht allzu oft. Auch Vladek verschwand häufig ohne Angabe von Gründen. Hilde begriff, dass sie einfach nicht fragen oder auf einer Antwort bestehen durfte; denn Vladek nahm seine alte (Un-) Sitte wieder auf, ihre Fragen mit einem Scherz zu beantworten statt mit der Wahrheit. Hilde war nicht so dumm zu glauben, dass seine Hauptbeschäftigung darin bestand, exotische Reportagen für die Schweizer Presse zu schreiben. Von Anfang an hatte sie einen bestimmten Verdacht, jetzt war sie sich sicher.

Während sie von ihrem Tee trank, sah sie ihn verstohlen über den Rand ihrer Tasse hinweg an. Er war zwar nicht schön, besaß jedoch einen jungenhaften Charme. Sein pechschwarzes, krauses Haar glänzte über der schmalen Stirn und dem etwas derben, aber offenen Gesicht. Er war stämmig und breitschultrig. Sie liebte ihn so, wie er war, mit einer ängstlich-besorgten und atemlos-panischen Liebe, weil sie das Gefühl nicht loswurde, dass er jederzeit wieder verschwinden konnte. Dabei fiel ihr auf, dass es immer die Polizei war, die sie trennte, das erste Mal in Paris, das zweite Mal in Shanghai.

»Weißt du, was ich jetzt möchte?«

»Wenn es das ist, was ich auch möchte, dann komm ins Bett.«

»Zyniker! Ich möchte, dass du mir eines Tages deine Heimat zeigst.«

»Die Tragödie ist, Liebste, dass ich das auch möchte; aber die will mich nicht. Genausowenig wie dich die deine.«

»Meine heißt Deutschland. Und wie heißt die deine, die sich so leichtfertig von ihren Bürgern lossagt? Selbst wenn es so kluge und attraktive sind wie du?«

Vladek ließ seinen Blick, in dem Verzweiflung über ihre Hartnäckigkeit zu lesen war, lange auf ihr ruhen. Hilde beeilte sich, ihn zu besänftigen.

»Gut, gut, hab schon verstanden – die Schweiz natürlich ... Du hast mir noch nicht gesagt, ob ich es diesmal richtig gemacht habe mit dem Feuerzeug ...«, meinte Hilde, verschluckte aber den Rest des Satzes, weil Vladek blitzschnell einen Finger über seine Lippen legte.

Er hatte ihr nicht nur einmal eingeschärft, nicht in geschlossenen Räumen über diese Dinge zu reden, ihr sogar verboten, daran auch nur zu denken, ganz egal, wo sie sich befanden. Sie hielt das für übertriebene und überflüssige, ja sogar angeberische Vorsicht.

Als sie einmal irgendeine technische Einzelheit im Zusammenhang mit der Herkunft des Feuerzeugs wissen wollte, verschloss er ihr den Mund mit einem Kuss: »Je weniger du weißt, desto besser für dich. Ich hoffe nicht, dass du eines Tages erfahren musst, was ich damit meine!«

Er hatte ihr nicht nur einmal erklärt, dass die Sache, mit der er sich befasste, kein Scherz und schon gar kein romantisches Abenteuer sei, sondern tödliche Gefahren berge. Dennoch hatte Hilde sich ohne Zögern bereit erklärt mitzuarbeiten. Sie wollte gar nicht genau wissen, an wen die Informationen gingen, die sie lieferte, und was er damit anstellte. Politik interessierte sie nicht ... dachte sie, ohne sich bewusst zu sein, dass sie schon mittendrin steckte. Sie war bereit, für die Russen, die Amerikaner, die Engländer und, wenn es sein musste, auch für den Teufel selbst zu arbeiten. Für sie zählte nur eines: gegen wen diese Tätigkeit gerichtet war! »Wenn es mir gelingt, das Ende Hitlers und seiner Bande mit meiner Hilfe auch nur eine Sekunde schneller herbeizuführen, dann kannst du voll auf mich zählen!«

Das sagte sie, als Vladek ihr das Feuerzeug reichte, und sie sagte es ernst und voller Überzeugung. Es handelte sich um ein einfaches Benzinfeuerzeug mit einer riesigen Flamme. Eigentlich nichts Besonderes, nur dass es um eine Kleinigkeit größer war als die anderen der Serie und mit einer winzigen, kaum sichtbaren Glasperle an der Seite verziert. Hinter dieser Perle konnte man einen Mikrofilm einlegen, auf den hundert Fotografien passten. Das war keine Kleinigkeit! Bis jetzt hatte Hilde zehn in schwarzes Papier eingewickelte Filmrollen von der Größe einer Sojabohne in Vladeks Tasche gleiten lassen, wenn sie sich in Konditoreien, Kinos oder einfach so auf den Flaniermeilen Shanghais trafen. Zehn Filme, das bedeutete tausend Seiten aus dem hochgeheimen Archiv des Barons von Dambach. Im Atelier Agfa entwickelte Alfred Kleinbauer die Filme, und Cheng Suzhin schickte sie unverzüglich per Kurier nach Mukden. Dort übernahmen Leute von der anderen Seite der Grenze die kostbare Fracht. Eigentlich ganz unspektakulär!

48

Das Leben kam, ganz wie Rabbi Levin es prophezeit hatte, langsam wieder ins Lot. Sogar die Orchesterproben wurden, wenn auch unter enormen Schwierigkeiten, wieder aufgenommen. Die Orchestermitglieder trafen sich – nicht immer ganz vollzählig – in der Pagode und vergaßen für eine Weile ihr Los. Die Musiker erschienen meist in ihrer abgetragenen Arbeitskleidung zur Probe, wenn sie keine Zeit mehr fanden, ihre alten, geflickten Anzüge anzuziehen, in denen noch ein wenig deutscher Geruch hing. Theodor Weisberg, seine geliebte Geige unter den Arm geklemmt, dirigierte. Und siehe da, schon nach wenigen Takten veränderten sich ihre Gesichter und begannen, von innen heraus zu strahlen. Vielleicht war es die Musik selbst, die das bewirkte, oder aber die Erinnerung an ein einst ganz der Muse hingegebenes Dasein.

Der Lebensalltag wurde allerdings auf sehr niedrigem

Niveau wieder aufgenommen: Die meisten hungerten, denn die Armenküche Mutter Antonias konnte kaum mehr als eine Schale Reisbrei für die Bedürftigsten anbieten. Vergleichsweise besser gestellt waren die, die einer Arbeit außerhalb der Zone nachgingen. Auf Anregung Simon Zinners, der auch jetzt nicht nur ein strenger Organisator der Orchesterproben war, sondern meist auch als treibende Kraft hinter sozialen Initiativen stand, mussten alle, die Einnahmen hatten, zehn oder zwanzig Prozent davon an eine gemeinsame Hilfskasse abführen. Dies erleichterte immerhin einigen ihre ausweglose Lage. Wie unzureichend aber selbst dieser Fonds war, zeigte die wachsende Zahl von Erkrankungen durch Unterernährung, vor allem bei den Kindern. Doch trotz allem Elend begannen diese wieder zu spielen. Die Kleinsten buken Kuchen aus Sand und verkauften sie gegen kleine Steinchen; die Größeren spielten mit lumpengefüllten Stoffbällen, und die Backfische wagten sich zum ersten Mal auf das glatte Parkett der Verliebtheit.

Professor Mandel und seine freiwilligen Helfer kämpften, so gut sie konnten, um das Leben der Menschen, standen aber ohnmächtig vor dem Missverhältnis zwischen der großen Zahl der Kranken und dem fast völligen Fehlen von Arzneimitteln. Es gab besonders schwere Fälle, die ins Central Hospital of Shanghai eingeliefert werden mussten, was nur gegen hohe Bestechungsgelder möglich war, angefangen beim Judenkönig Mr. Go, der sich als äußerst gierig herausstellte, und endend bei der Kommunalverwaltung. Diese Ausgaben verschlangen einen beachtlichen Teil der Armenkasse.

Durch eine skandalöse Geschichte, die einen großen Schatten auf den Mythos von der jüdischen Solidarität warf, hatte sich die Lage im Lazarett noch mehr verschärft. Im Durcheinander der Übersiedlung war der Arztkoffer Professor Mandels entwendet worden, der einen kompletten Satz hochwertigen und unverzichtbaren Operationsbestecks enthielt. Er hatte das kostbare Stück aus Berlin herübergerettet und hütete es wie der Geigenvirtuose seine Stradivari, umso mehr, als er in seiner neuen Heimat Shanghai schnell herausfand, dass es so ein Wunderding aus Solinger Stahl und deutscher Feinmechanik hier einfach nicht gab, nicht einmal für Menschen, die über genug Geld verfügten.

Das Gerücht von diesem empörenden Diebstahl ging wie ein Lauffeuer durch die Zone, doch alle Vermutungen, wer Mandels Koffer entwendet haben könnte, führten zu nichts. Am Ende kam man zu dem Schluss, dass der Einzige, der irgendetwas mit dem Fall zu tun haben konnte, Shlomo Finkelstein war. Galt er etwa nicht als Spezialist für Diebstähle aller Art? Er und kein anderer – so entschieden die Alten.

Als Shlomo davon erfuhr, heulte er vor Schmerz über diese ungeheuerliche Anschuldigung. Elisabeth Müller-Weisberg versuchte ihn zu trösten, indem sie ihm sagte, dass er für sie über jeden Zweifel erhaben sei, weil er viel zu gut und hilfsbereit sei, um irgendjemanden aus der Zone zu schädigen. Doch das war vergebliche Liebesmüh, und der Gnom blieb mit einer zutiefst verletzten Seele zurück.

Kurz darauf erbat Shlomo von Mr. Go einen Tag Ausgang, was ihn zehn Shanghai-Dollar kostete. Das war das erste Mal, dass er nicht zu seinen alten Handelspartnern auf dem Fleischmarkt in Nantao ging, sondern hinunter zu den Hafendocks. Dort, hinter den Lagerhallen und der Fischbörse, hinter Bergen aus Truhen und Ballen, befand sich das »Fundbüro«, der Umschlagplatz für gestohlene Waren. Für die Polizei war der Ort kein Geheimnis. Die Staatsdiener vermieden es jedoch, sich in unnötige Händel mit der chinesischen Gewerkschaft der Langfinger einzulassen, die ihre Interessen sehr wohl zu verteidigen wusste. Diese Organisation war mächtig und erbarmungslos; ihr wurde der kriminellste Teil der Shanghaier Unterwelt zugerechnet. Die Polizeibeamten zogen es vor, gegen eine kleine monatliche »Wegsehprämie« nicht allzu sehr in diesen Jagdgründen nach Wilderern zu suchen.

Shlomo spazierte gemächlich, die Hände tief in den Taschen seines zerschlissenen und viel zu langen Mantels vergraben, als wäre er ein Geschäftspartner mit den besten Absichten, durch dieses Biotop der Diebe, in dem Dinge aller Art verhökert wurden: Damenhüte und Handtaschen, Uhren, Ferngläser aus Militärbestand, Schusswaffen, Portemonnaies aus teurem Leder, Schmuck, Seemannspässe und alles, was die Diebeszunft sonst noch so in den Taschen anderer Leute gefunden und hierher zum Verkauf geschleppt hatte.

Und da war er auch schon, der Koffer von Professor Mandel, ausgestellt auf einer Truhe wie ein seltenes Exponat, zur Schauseite hin geöffnet, damit die teuren verchromten Instrumente auch hübsch im Sonnenglanz blitzen, funkeln und Käufer anlocken konnten. Shlomo fragte beiläufig, was die Ware denn kosten solle. Doch das Verkaufsgespräch lief von Anfang an ganz anders, als man es von den Händlern auf den Schilfmatten gewohnt war. Der Verkäufer verlangte für die Tasche eintausend Shanghai-Dollar und keinen Cent weniger. Er wusste wohl sehr gut, dass der Wert des Koffers samt Inhalt diesen Preis um wenigstens das Fünffache überstieg, und ließ absolut nicht mit sich handeln. Shlomo besaß keine tausend Dollar, auch keine hundert, dennoch begann er aufmerksam die Skalpelle, Scherchen und Zangen und all die anderen seltsam aussehenden Teile des chirurgischen Bestecks, deren Verwendungszweck er nicht kannte, mit Kennerblick zu begutachten. Er prüfte sogar, ob die Verschlüsse der Tasche noch intakt waren. Im selben Augenblick, in dem der Verkäufer durch eine Streiterei für kurze Zeit abgelenkt war, schnappte sich Shlomo das schwere Ding und gab Fersengeld.

Sofort hob ein großes Geschrei an, und Leute schwärmten in alle Richtungen aus; doch der Kofferdieb war schon im Labyrinth der Gänge aus Truhen und Ballen verschwunden. Die bestohlenen Diebe palaverten noch lange und suchten im kleinsten Mauseloch, doch vergeblich: Shlomo blieb unauffindbar!

Strahlend und schnaufend, mit pfeifendem Atem, schleppte er den Koffer an und überreichte ihn feierlich Professor Mandel, der seinen Augen nicht trauen wollte. Der Arzt war so bewegt, dass er sofort durchs Krankenhaus lief, um seinen Helferinnen und Helfern die freudige Nachricht mitzuteilen. Nur vergaß er darüber, dem mutigen Finder wenigstens Danke schön zu sagen. Shlomo machte das nichts aus, denn ihm reichte es, sich mit dieser Tat in den Augen seiner Mitbrüder und -schwestern rehabilitiert zu haben. Dachte er …

Viele Leute im Lager von Hongkou-Süd interpretierten die Geschichte jedoch ganz anders: »Hab ich's euch nicht gesagt?«, fühlten sie sich nun erst recht bemüßigt zu schimpfen, »er wusste, wo der Koffer ist, also war er auch an dem Diebstahl beteiligt. Jetzt, nachdem wir ihm das auf den Kopf zugesagt haben, hat er Muffensausen bekommen und das Ding schnell zurückgebracht. Aber was will man erwarten: Dieb bleibt Dieb!«

Wenn Shlomo jetzt durch die Straßen ging, konnte man meinen, er habe die Pest, denn alle wichen ihm aus oder warfen ihm böse oder spöttische Blicke zu. Für all diese »anständigen« Leute war er nichts als ein unverbesserlicher Kleinkrimineller, nicht mehr und nicht weniger; ein unwürdiger Vertreter des Stammes Israel, den man eigentlich gar nicht mehr in die Synagoge lassen sollte!

Elisabeth wunderte sich, warum Shlomo diesmal so förmlich von ihr Abschied nahm. Er verließ die Zone doch nicht zum ersten Mal Richtung Stadt, um seine Hundegeschäfte zu machen. Doch diesmal wirkte er traurig, ja irgendwie feierlich. Er küsste ihr sogar die Hand, bevor er sie bat, ihm zu verzeihen, wenn er ihr in irgendeiner Form wehgetan haben sollte.

Am anderen Morgen fand man den Körper Shlomo Finkelsteins auf dem Uferschlamm des Suzhou. Sein Rücken wies sechzehn Messerstiche auf, seine Kehle war durchgeschnitten.

49

Einen Monat nach diesen traurigen Ereignissen, die dem ohnehin finster gestimmten Professor Mandel vollends das Leben vergällten, erwies sich ein Samstag als besonderer Tag, denn er brachte neue Hoffnung. Mr. Go, der Lageraufseher, rief die Mitglieder des Flüchtlingskomitees zusammen und teilte ihnen die Neuigkeit feierlich mit. Sie bestand darin, dass die Reifen- und Gummiwerke in Qingpu, dreißig Kilometer südöstlich von Shanghai, tausend neue Arbeiter suchten. *Arbeit für eintausend Menschen* – das war keine Nachricht, das war eine Sensation! Rabbi Levin versuchte, seine Freude zu unterdrücken, und fragte mit gespielter Gleichgültigkeit: »Bitte, verzeihen Sie die Nachfrage, Mr. Go, aber was werden unsere Leute dort arbeiten? Es wird ja wohl kaum jemand darunter sein, der Erfahrung oder Kenntnisse in der Gummiverarbeitung hat. Und … Wie ist die Bezahlung?«

»Sie denken doch nicht etwa, ich sei Gummispezialist? Ich bin Germanist und kein Schlauchhersteller!«, erwiderte Herr Go erbost auf Deutsch. »Man hat mir aber versichert, dass dort japanische Leute vom Fach arbeiten und die Bedienung der Pressen, Öfen sowie Dreh- und Fräsmaschinen leicht zu erlernen sei. Na, und das Auf- und Abladen der Ware dürfte ja wohl auch keine besondere Philosophie erfordern, oder?«

Er verstummte und schaute die Anwesenden einen nach dem anderen mit dem prüfenden Blick des Lehrers an, der wissen wollte, welcher Schüler die Antwort kannte, dann fuhr er fort: »Der mittlere Tageslohn beträgt zwölf Shanghai-Dollar.

Ruhetage gibt es keine – wir haben Krieg. Ich bekomme von jedem Lohnempfänger zwei Dollar pro Tag. Ich denke, das ist ein faires Angebot für die Mühe, euch Arbeit zu verschaffen, damit ihr was zu beißen habt… Also, was ist, meine Herren Juden?«

Die »Herren Juden« erbaten Bedenkzeit bis morgen, Sonntag, um mit der Gemeinschaft den Vorschlag zu erörtern, inklusive des Problems mit den zwei Dollar, die Mr. Go fairerweise für seine Vermittlung einbehalten wollte.

Die Nachricht verbreitete sich in Lichtgeschwindigkeit in der Zone. Eine feste Anstellung für zwei US-Dollar am Tag gegen nur zwei Shanghai-Dollar Trinkgeld – das war vielleicht nicht viel, aber wo kam man denn sonst an so eine sichere Einnahmequelle? Es verging keine Stunde, da musste das kleine Lagerorchester seine Probe unterbrechen, da die Synagoge zu bersten drohte vor Männern, die in Erfahrung bringen wollten, wann es losgehe, worin genau die Arbeit bestehe und ob auch Frauen und Kinder zugelassen seien.

Rabbi Levin, der auf dem Sockel der Buddhastatue stand, konnte auf all diese Fragen mangels näherer Informationen noch gar nicht antworten. Er übermittelte den Menschen daher vor allem den Beschluss des Flüchtlingskomitees.

»Erstens: Nur eine Person pro Haushalt, damit wir möglichst viele Nutznießer haben, sprich: tausend Männer, die für den Unterhalt ihrer Familien aufkommen. Zweitens: Jeder gibt von seinem Lohn außer den zehn Prozent für Mr. Go weitere zwanzig Prozent an unseren Hilfsfonds ab.«

Unzufriedenes Gemurmel erhob sich bei den letzten Worten Levins. »Was bleibt denn dann noch für uns übrig?«

Der Rabbi überließ es Simon Zinner, darauf zu antworten.

»So haben wir es eben beschlossen! Und damit wir uns richtig verstehen: bitte keine Versuche, das Fünftel für die Arbeitslosen, Kranken und Behinderten zu hinterziehen. Wir verlassen uns bedingungslos darauf, ist das klar? Punkt, Schluss, aus! Füllt die Liste aus und übergebt sie Rabbi Leo. Wir brauchen sie bis heute Abend. Zuerst kommen die Väter kinderreicher Familien dran. Wenn der Vater arbeitsunfähig ist, dann trägt sich der älteste Sohn ein. Und aufgepasst: Vergesst ihr einen besonders Notleidenden, dann macht ihr mich sehr böse und den dicken Sitzriesen da hinter mir auch. Also, Brüder, am Montag, punkt sechs Uhr früh, treten alle, die auf der Liste stehen, hier auf dem Platz an, abmarschbereit.«

Der Rabbi schloss die außergewöhnliche Sabbatmesse mit den Worten: »Tausend Seelen! Gesegnet sei dieser Sabbat! *Baruch ata Attonoy Elohenu … Amen*!«

Der Morgen war an diesem Montag noch nicht angebrochen, da liefen sie schon – mangels Straßenbeleuchtung in Hongkou zumeist mit Papierlaternen in Händen – aus allen Ecken und Enden der Zone herbei. Der kleine Platz vor der Pagode füllte sich mit den Männern, die auf der Arbeiterliste für das Gummiwerk standen. In den langen Nächten der dunklen Jahreszeit war nur das durchdringende Miauen der letzten noch nicht gefangenen und aufgegessenen Katzen zu hören. Langsam, fast quälend stieg die Morgenröte im Osten aus dieser tiefen Dunkelheit auf. Die beiden Drachen vor dem Pagodeneingang spien rote Flammen, als wären sie außer sich vor Wut, dass man sie so früh weckte. Die Leute stellten sich in Grüppchen zusammen, in denen laut und aufgeregt das ungewöhnliche Ereignis besprochen wurde, das ihnen bevorstand und vielleicht bessere Tage verhieß. Sie hatten sich vorsichtshalber, in Bündel oder Zeitungspapier gewickelt, etwas zu essen mitgenommen, weil sie nicht wussten, ob sie in der Arbeit verpflegt würden oder nicht. Diese elementare Frage wurde dermaßen gründlich von allen Seiten erörtert, wie es nur Juden vermögen. Die vorherrschende Meinung war, dass es dort etwas zu beißen geben würde, vor allem, wenn es sich um einen Staatsbetrieb handelte.

Unter den tausend Kandidaten befand sich auch – wie immer wortkarg und verschlossen – Theodor Weisberg. Trotz seiner Ängste, für die neue Stelle seinen alten Arbeitsplatz aufgeben zu müssen, hatte er sich zu diesem Entschluss durchgerungen. Er hatte genug von der erniedrigenden Arbeit als Mädchen für alles im Hotel Imperial, vom sinnlosen, eintönigen und stumpfsinnigen Leben als Lakai. Sicher, dort bekam er zusätzlich Trinkgelder – was einen Theodor Weisberg aber nicht freute, sondern nur noch mehr bedrückte, weil er sich gezwungen sah, sie anzunehmen. Hier aber, das war ehrliche Fabrikarbeit, die die Japaner da anboten, schwer vielleicht, aber ehrbar! Er wusste sehr wohl, was er riskierte: Der Niederländer, der das Hotel leitete, würde ihm nicht einen einzigen Fehltag durchgehen lassen, sondern sofort einen Nachfolger für ihn suchen. Nun gut, sollte er zum Teufel gehen mit seinem »Imperial«-Gehabe und seinen deutschen Geschäftsleuten!

Mit seiner Frau Elisabeth hatte er nicht darüber gesprochen, ob sie diesen Wechsel guthieß. Seit sie sich unter diesem Treppenaufgang im Verwaltungsgebäude des Stahlwerks niedergelassen hatten, interessierte sie sich immer weniger für ihre Umgebung und wirkte oft abwesend. Sie ging weiterhin ihrer Arbeit in den »Blauen Bergen« nach, spulte ihr Programm herunter und kehrte zurück. Aber das geschah nur noch mechanisch, wie bei einer Aufziehpuppe. Sie hatte keine Wünsche mehr, keine Hoffnungen, lebte nicht mehr, sondern überlebte nur noch.

Endlich setzte sich die Kolonne der Wartenden in Bewegung. Ungeordnet trotteten sie zur von japanischen Soldaten bewachten Eisenbrücke über den Suzhou, angeführt von einem entnervten und unausgeschlafenen Mr. Go, der unbeirrbar seinen ungebügelten schwarzen Anzug und seine Krawatte trug. Auf der anderen Seite der Brücke standen mit laufenden Motoren, eingehüllt in blaue Dieselwolken, fünfzehn japanische Militärlastwagen.

50

Die großen Lastwagen mit ihren offenen Ladeflächen, auf denen sich die Arbeitswilligen drängten, holperten über die mit Schlaglöchern und Rissen übersäte Landstraße nach Qingpu. Ringsum erhoben sich grüne Bergkuppen, an deren Hängen sich neben- und übereinander ein endloser Flickenteppich kleiner Reisfelder ausbreitete. Dazwischen lagen verstreut kleine Pagoden: Kapellen oder vielleicht Familiengrabmale. Bauern, die früh auf den Beinen waren, standen bis zu den Knien im Wasser, ihre Rücken glänzten schweißnass. Sie feuerten ihre folgsamen schwarzen Büffel an, die den Nacken anspannten und versuchten, mit Schollenbrechern Furchen durch die schlammige Erde zu ziehen. Trotz der dröhnenden Dieselmotoren waren die kurzen Zurufe und das Gebimmel der Viehglocken klar zu hören. Dörfer sah man zwar nicht, doch der Atem des Landlebens, das hinter der Hügelkette begann, war zu spüren und machte sich mit fernem Hahnenkrähen und Kindergeschrei bemerkbar. Der graue Staub, den die Lastwagenkolonne aufwirbelte, erschien den Arbeitern gar nicht so schlimm, weil er gesättigt war mit dem Geruch nach Kräutern und Mist – ein regelrechtes Parfüm im Gegensatz zu der stinkenden Luft, die man in Hongkou einatmete. Es war einem leicht, aber auch wehmütig ums Herz an diesem ungewöhnlichen Tag auf der Fahrt durchs Grüne, an den Hügeln vorbei, hinter denen in weiter Ferne die violetten Gipfel des Hochgebirges leuchteten. Und unmittelbar vor den Augen die spiegelnden Flächen der Reisfelder, durch die Reiher stelzten. Diese Weite, dieser Himmel, der ihnen vorkam, als hätten sie noch nie etwas so Blaues gesehen, ließen die Leute noch schmerzlicher das Fehlen jener Welt spüren, die sie verloren hatten.

Sie konnten sich damit aber nicht lange aufhalten, denn die Fahrt war kurz. Als die Reisfelder in eine karge, bucklige Ebene übergingen, tauchten in der Ferne schon die ersten rauchenden Fabrikschlote auf, daneben weiße Silos. Das war das Industriegebiet an der Peripherie von Qingpu. Die Lastwagen drosselten ihr Tempo und blieben schließlich mitten auf dem Feld stehen. Weit vor ihnen war eine riesige Menschenansammlung zu sehen. Hunderte von Männern, Frauen und Kindern hatten die Straße blockiert. Aus der Fahrerkabine des ersten Lasters sprang ein japanischer Offizier heraus und lief auf die Leute zu, deren Schreie bis zu den Lastwagen durchdrangen. Die Menschen schrien auf Chinesisch, der Offizier antwortete in seiner japanischen Muttersprache. Was genau dort vor sich ging, war nicht auszumachen.

Die Menschen auf den Ladeflächen reckten die Hälse, um herauszufinden, was da vorn – verdeckt von den Fahrerkabinen – der Grund ihres plötzlichen Anhaltens war. Von der Gegenseite aus war trotz der Entfernung gut zu erkennen, dass die Männer auf den Lastwagen, die allesamt blaue Arbeitsanzüge trugen, Europäer sein mussten. Da geschah etwas Unerwartetes: In der Ferne ertönte, verstärkt durch ein Megaphon, eine klare Männerstimme, die auf Russisch sagte: »Ihr da hinten! Gibt es jemanden unter euch, der Jiddisch oder Hebräisch spricht? Hört ihr: Jiddisch oder Hebräisch!«

Die Leute auf den Lastern waren wie vom Donner gerührt: Wieso Jiddisch, wieso Hebräisch – hier in Qingpu? Was ist dieses China denn für ein unmögliches Land? Einer behielt klaren Kopf und sprang sofort von seinem Lastwagen: Rabbi Leo Levin. Er ging auf die Streikenden zu, blieb etwa hundert Meter vor ihnen stehen. Er lief um die Fahrerkabine des vordersten Lastwagens herum und erspähte drinnen das erschrockene Gesicht von Mr. Go. Sah ganz so aus, als wäre auch der Lagerkönig der Juden vom Gang der Ereignisse überrascht worden.

»Ich spreche Jiddisch und Hebräisch«, meldete der Rabbi.

Daraufhin trat ein Hüne in blauem Arbeitsanzug und mit einem kurzen Bambusstock in der Hand vor. Finster zischte er auf Jiddisch: »Wir haben gehört, ihr seid Juden aus Deutschland.«

»Ja, die meisten«, erwiderte der Rabbi völlig verdutzt.

»Wir sind russische Juden und arbeiten seit Langem hier in den Kautschukwerken. Geht mit Gott dahin zurück, woher ihr gekommen seid. Wir streiken nämlich.«

»Ihr streikt? Das hat uns niemand gesagt…«

»Jetzt hab ich es euch gesagt. Also los, haut ab.«

Der Rabbi schaute sich verdattert um. Hinter ihm kamen bereits weitere Männer angelaufen, die seinem Beispiel gefolgt und von den Ladeflächen gesprungen waren. Sie hatten etwas Ungutes vermutet und kamen nun ihrem Rabbi zu Hilfe. Einer von ihnen rief, ebenfalls auf Jiddisch, aus: »Hört gut zu, ihr da: Macht uns den Weg frei! Wir brauchen Arbeit…«

»Dann sucht sie euch doch – aber woanders. Hier ist unser Arbeitsplatz«, antwortete der Riese ruhig.

»Aber unsere Kinder hungern!«

»Unsere auch.«

Simon Zinner, Theodor Weisberg und der Rabbi versuchten vergeblich, die Leute zurückzuhalten, als diese mit einem plötzlichen Kriegsschrei nach vorn stürzten, um die Menschenbarrikade zu durchbrechen und den Weg für die Lastwagen frei zu machen. Die russischen Juden zogen ihre Bambusstöcke, Kinder begannen zu heulen. Schläge prasselten nach links und rechts, ein Blutvergießen war unvermeidlich. Da hob der japanische Offizier seine Pistole und schoss das ganze Magazin in die Luft. Das brachte die Gegner wieder zur Besinnung. Beide

Gruppen wichen zurück, bis sich zwischen ihnen ein Abstand von der Breite eines Schützengrabens auftat. Die beiden Parteien keuchten, schauten sich schweigend und hasserfüllt an. Der Offizier wandte sich zu den Lastwagen um und ließ mit schriller Stimme eine Tirade auf Japanisch los. Danach wurde es still. In diese Stille hinein sagte Simon Zinner auf Russisch: »Verzeiht uns. Wir wussten ja nicht …« Worauf er sich zu den Seinen umdrehte und auf Deutsch fortfuhr: »Aufsteigen! Wir fahren zurück in die Zone!«

Der Offizier steckte seine Pistole wieder ins Halfter. Dann ging auch er zu seinem Laster zurück, sichtlich stinksauer darüber, dass man ihn und seine Kollegen so hinters Licht geführt hatte.

51

Vladek nickte den beiden Wachpolizisten freundlich zu und überquerte den kurz geschnittenen Rasen vor der deutschen Botschaft. Der feine weiße Kies auf der Zufahrt knirschte unter seinen spanischen Armeestiefeln. Er blieb einen Moment stehen und betrachtete neugierig den Fahnenmast mit der Flagge, die zum Zeichen der nationalen Trauer auf Halbmast gehisst war. Das Hakenkreuz bog und krümmte sich im Wind, als winde es sich vor Schmerz. Vom Dach der Residenz zu beiden Seiten des vorgebauten und mit Pilastern gesäumten halbrunden Paradeeingangs wehten Trauerfahnen, wie schwarze Zungen, die an der Fassade leckten. So hatte es der Führer höchstselbst angeordnet: Die Welt sollte erschüttert sein, in Trauer versinken über den Tod der Helden von Stalingrad, gefallen im Kampf gegen den Bolschewismus. Die Vernichtung von achtundvierzig Divisionen und drei Brigaden durch die Rote Armee sowie die Gefangennahme von Generalfeldmarschall Paulus und des gesamten Generalstabs der Sechsten Armee waren in der Tat ein schwerer Schlag für Deutschland. Über die Divisionen der rumänischen, ungarischen und italienischen Verbündeten, die zusammen mit dem Schnee an der Wolga hinweggeschmolzen waren, wurde keine Träne vergossen, wenigstens nicht von Hitler, für den sie ohnehin nur Angsthasen und Verräter waren.

Einer der Wachpolizisten wartete, bis Vladek sich entfernt hatte, erst dann stolzierte er gemächlich zum Wächterhäuschen, hob den Telefonhörer ab und rief jemanden an.

Vladek kam nicht zum ersten Mal hierher. Er hatte bereits ein persönliches Interview mit Baron von Dambach geführt, der sich wirklich als netter alter Herr herausstellte und ihn mit echtem französischen Cognac bewirtete. Die Verbindung hatte Hilde Braun hergestellt. Der Baron mochte diesen stets gut aufgelegten und locker wirkenden Schweizer Journalisten, der keine delikaten Fragen stellte, so als spürte er, dass der Baron zu einigen Aspekten des Krieges eine eigene Meinung hatte, die nicht mit der offiziellen konform ging. Ihm gefiel an Vladek auch, dass er, im Unterschied zu den meisten Bewohnern der deutschsprachigen Schweiz, nicht diesen furchtbaren, schwer zu verstehenden Dialekt sprach, sondern astreines Hochdeutsch, vielleicht mit einem etwas bayrisch wirkenden Akzent. Einmal stellte Hilde ihn auch der Baronin von Dambach vor, als sie sich zufällig im Empfangszimmer der Botschaft begegneten. Die Baronin hatte vom Weinen gerötete Augen, weil sie vom Hafen zurückkam, wo sie ihren guten alten Freund Sir Charles Washburn verabschiedet hatte, der mit dem Schiff nach Bombay abfuhr.

Seine Exzellenz, der Botschafter Baron Ottomar von Dambach, war an diesem Trauertag bei aller Sympathie nicht in Stimmung für ein weiteres Interview; deshalb bat er seine Sekretärin, den einbestellten Gast zwar zu empfangen und ihm etwas zu Trinken anzubieten, ihn, den Botschafter, jedoch zu entschuldigen: »Sie wissen schon, wie Sie es vermitteln: nationale Trauer und so weiter …«

Fräulein Braun wusste es. Sie hatte Erfahrung damit, ihren Chef gegen unerwünschte Besucher abzuschirmen.

Dambach zündete eine Zigarre an, sog einmal daran, drückte sie aber mit regelrechtem Widerwillen gleich wieder im Aschenbecher aus. Ihm schmeckte das Rauchen heute nicht. Das ganze Leben schmeckte ihm heute nicht, nicht nur, weil seine Hämorrhoiden sich wieder gemeldet hatten. Er versuchte, die täglich von seiner Sekretärin aus der Post zusammengestellten Informationen aus Berlin zu lesen, doch auch hier ging ihm alles gegen den Strich, und er schlug die Mappe verärgert zu.

Nein, dieser Tag begann nicht gut! Schon allein diese schwarzen Fahnen da, die der Wind gegen die Fenster schlug, als wollten sie ihn pausenlos daran erinnern, dass er heute sehr tief, sehr deutsch und sehr national zu trauern hatte … Dambach trauerte durchaus, aber wegen etwas ganz anderem. Melancholisch wurde er sich – und das nicht zum ersten Mal – dessen bewusst, dass dies hier einfach nicht mehr seine Welt und seine Zeit war! Die alte Welt, in der er erzogen und in die er hineingewachsen war, existierte nicht mehr. Sie war irgendwann zwischen der deutschen Niederlage bei Verdun, der nationalen Demütigung in Compiègne und der Weimarer Republik untergegangen. Entscheidend für ihn aber war, dass trotz aller politischen Sünden und falschen diplomatischen Schachzüge diese Vergangenheit ihm anständiger erschien, menschlicher als das, was jetzt hochgekommen war. Vielleicht war Deutschland auch geblieben, was es immer gewesen war, und er projizierte nur seine eigene Nostalgie, die Nostalgie eines Mannes, dessen Zeit abgelaufen war, auf die ihn umgebende Realität. Vielleicht. Aber warum verspürte er dann einen solch innigen Wunsch, dass ihn die neuen Herren mit ihrem ganzen martialischen Weltmachtgehabe in Ruhe ließen und die Vernunft und

Moral eines Bismarck wieder einzogen? Was hatte Hitler denn dagegenzuhalten, außer seinen paranoiden und verhängnisvollen Ideen einer Weltherrschaft? Gegenüber der maßvollen Politik jener Zeit waren diese Ideen doch wie ein Krebsgeschwür, das die Testikel des Vaterlandes befallen hatte und ihre Fruchtbarkeit zerstörte. Ja, sein Deutschland war verloren, verloren, verloren! Daran konnte kein Zweifel bestehen. Sicher, Hitlers Reich verlor, selbst nach Stalingrad, noch nicht an Raum, doch es verlor etwas viel Wichtigeres: die Hoffnung. Auch sie war ein Raum, ein Erwartungsraum, und der schrumpfte derzeit zusammen wie Chagrinleder. Die nationalen Ideale waren auf dem besten Weg, zum Teufel zu gehen, in den Staub des verlorenen Krieges getreten und vom Wind verweht zu werden. Inzwischen brauchte Deutschland keine Feinde mehr. Es fraß sich selbst auf, versetzte sich den Todesstoß wie ein in die Enge getriebener Skorpion. Doch die, die zuerst über den Jordan gingen, das waren nicht sie, sondern Leute wie er, Dambach.

Der Baron erhob sich, trat an das hohe französische Fenster, das fast bis zum Boden seines Kabinetts reichte, und blickte hinaus auf den gemähten Rasen davor. Der Wind spielte immer noch mit der auf Halbmast gehissten Hakenkreuzfahne: Trauere, trauere, trauere!

Dieter hatte seine Füße wie ein Yankee auf den Schreibtisch gelegt, rauchte und hörte Radio. Der deutsche Sender spielte ununterbrochen Wagner, vor allem den Trauermarsch aus der *Götterdämmerung*. Heute keine Reklame für chinesische Restaurants und Vergnügungseinrichtungen, keine rührenden Geschichten von deutschen Reisenden, die nach jeder Landung einer Junkersmaschine Shanghai überfluteten, über die ferne Heimat. Nein, heute war Trauertag.

Der Funk- und Radioraum befand sich direkt unter dem Dach. Eine Eisentür mit der Aufschrift »Zutritt streng verboten« hielt unerwünschte Besucher fern. Hier konnte man sich herrlich abgeschnitten von der Welt fühlen, vollkommen sicher. Genau so fühlte sich Dieter an diesem Morgen auch, nachdem er den Botschafter in die Residenz chauffiert hatte, denn nun konnte er bis zum Mittag die Beine hochlegen.

Dieter war der Chauffeur des deutschen Botschafters. Wegen der strikten Sparmaßnahmen betreute er auch die hauseigene Funkstation. Die Gefahr, dass er sich durch diese Doppelfunktion überarbeitete, bestand jedoch nicht, da die Funkkontakte des Barons mit Berlin oder der Botschaft in Tokio ziemlich selten waren. Die Sendung chiffrierter Nachrichten erfolgte ebenfalls so selten und so kurz wie möglich, um die Gefahr zu minimieren, dass Amerikaner, Engländer oder Russen die Signale abfingen und entschlüsselten.

Stets zurückhaltend, aber diensteifrig und gewissenhaft bis zur Pedanterie, erlaubte Dieter es sich nie, vertraulich mit der Baronin oder gar mit dem Botschafter zu werden; er kannte seinen Platz ganz genau und damit auch die Grenzen, die er im direkten Kontakt zu wahren hatte. Wenn er sich mit Hilde Braun einen jovialeren Umgangston erlaubte, so lag das daran, dass sie als Sekretärin mit ihm in etwa auf der gleichen Stufe der Diensthierarchie stand.

Die Niederlage von Stalingrad hatte ihn tief getroffen, denn er war ein glühender Anhänger der Tapferkeitsmythen, die sich um den deutschen Soldaten rankten, der in der Tat, miserabel gekleidet und unzureichend vorbereitet auf ein solches Klima, in dem sogar Panzerketten einfroren, sich dennoch nicht so leicht geschlagen gab, sondern der Roten Armee eine erbitterte Schlacht geliefert hatte. Zugleich war Dieter dem Schicksal aber mehr als dankbar dafür, dass es ihn davor bewahrt hatte, Heldentaten vollbringen zu müssen. Es mochte nicht besonders prickelnd, eher sogar nervtötend und ermüdend sein, sich mit einer großen Dienstlimousine zentimeterweise über das schmutzige Pflaster von Shanghai voranzuquälen, behindert von Menschenmassen, Rikschas und Radfahrern, die sich voranklingelten; aber das war immer noch weitaus besser, als hungernd und frierend in den weißen Weiten Russlands zu krepieren.

Als der Wachpolizist von der Pforte unten wie vereinbart bei ihm anrief, um ihm zu melden, dass der Schweizer wieder da sei, nahm Dieter rasch seine Füße vom Tisch. Seine dritte Aufgabe, von der selbst der hochverehrte Herr Baron nichts wusste, war nämlich die Überwachung der Kontakte von Botschaftsangehörigen mit Außenstehenden, vor allem wenn es sich um Nichtdeutsche handelte. So verlangten es die Sicherheitsbestimmungen des Reichs. Nicht dass er irgendwelche Verdachtsmomente gegen diesen Schweizer Journalisten gehabt hätte; doch es war ihm nicht unbekannt, dass der junge Mann recht intime Beziehungen zu Fräulein Braun unterhielt. Das war zwar nicht verboten – wenn es sich nicht gerade um einen Juden handelte –, aber auch nicht sonderlich erwünscht. Die Sekretärin des Botschafters nahm schließlich nicht selten an streng vertraulichen Besprechungen teil und hatte Zugang zu mehr als einem Staatsgeheimnis. Dieter hatte zwar auch gegen Hilde keine Vorbehalte, schließlich konnte sie verkehren, mit wem sie wollte. Dieser junge Schweizer gefiel ihm sogar. Als Dieter Hilde damals vor dem Polizeihauptquartier von Shanghai aufgelesen hatte, war dieser junge Journalist gleich zum »Du« übergegangen, hatte sich fröhlich und ungezwungen mit ihm unterhalten und benahm sich seit diesem Tag, als wären sie alte Bekannte. Aber: Vorsicht ist die Mutter der Porzellankiste – das vergaß Dieter nie!

Die Besucher, vor allem jene, die nicht unverzüglich ins Dienstzimmer des Botschafters durchgingen, wurden erst einmal in den Empfangsraum gebeten. Das war ein kleiner Salon, der das Halbrund des von Säulen gesäumten Paradeeingangs wiederholte und mit teurem chinesischem Mobiliar im Stil der Ming-Dynastie eingerichtet war: rot lackiertes Holz und mit Seidenbrokat bezogene Polster. An den Wänden jedoch hingen nicht alte chinesische Stiche, sondern Reproduktionen von Werken Lucas Cranachs d. Ä., die etwa zur selben Zeit entstanden, als am anderen Ende Eurasiens die Ming-Dynastie herrschte; wahrlich keine schlechte Idee des deutschen Innenarchitekten, als diese Residenz in den goldenen zwanziger Jahren des zwanzigsten Jahrhunderts eingerichtet wurde, auf diese Weise eine harmonische Balance zwischen den Kulturen herzustellen. Hier hatte auch die Delegation des Jüdischen Flüchtlingskomitees darauf gewartet, vom Baron empfangen zu werden.

Dieter wusste all dies nur zu genau, denn wenn er das Eisentürchen in der Wand hinter dem Porträt des Führers aufschloss, warteten in der Nische schon Kopfhörer auf ihn; er musste dann nur noch den Stöpsel in die Buchse für das entsprechende Zimmer stecken, und schon konnte er – nachdem das Anfangsknistern vorüber war – genau hören, was in dem jeweiligen Raum der Residenz gesprochen wurde, einschließlich Baron von Dambachs Dienstzimmer. Hören, nicht sehen, denn die Fernsehbilder hatten damals noch nicht so recht laufen gelernt.

Hilde eilte in den Empfangsraum und küsste den Gast flüchtig auf die Wange. Dann richtete sie ihm aus, dass der Baron sehr bedaure, das Interview für heute absagen zu müssen: »Wegen Stalingrad, meinte der Baron, soll ich ihn bei dir entschuldigen …« Während des Sprechens deutete sie erst auf ihre Ohren, dann auf den Kristallleuchter; er nickte zum Zeichen, dass er verstanden habe. Der chinesische Diener trat leise und mit ritueller Verbeugung ein und brachte Tee. Sie begannen über die letzten Nachrichten von der Front zu reden. Vladek übertrieb es ein bisschen mit der Lobhudelei auf die »Helden von

Stalingrad«, und da dieser Ausdruck offen ließ, welche Seite er meinte, sagte er es im Brustton der Überzeugung. Dieter, der diskrete Zuhörer, war sicher höchst befriedigt, solche Töne aus dem Mund eines Ausländers zu hören.

Ansonsten hatte heute nicht nur der Baron, sondern auch Hilde allen Grund, missgelaunt zu sein, und zwar wegen Dieter, bei dem es gestern Abend offenbar gefunkt hatte. Hilde war nach zweiundzwanzig Uhr, als die Residenz schon längst im Dunkel lag, noch im Büro gewesen, offiziell, um die gerade am Flughafen Lunghoa in Empfang genommene Kurierpost aus Berlin durchzugehen. Einzige Lichtquelle im ganzen Haus war die grünbeschirmte Schreibtischlampe der Sekretärin. Sie warf einen hellen Lichtkegel auf die Texte, die Hilde fleißig mit dem kleinen Glasauge des Benzinfeuerzeugs fotografierte. Seite um Seite. Dann steckte sie die Blätter wieder zurück in ihre Umschläge, deren Rückenlaschen schwer waren vom aufgebrochenen roten Siegellack. Sie hatte die Sondergenehmigung, diese Siegel aufzubrechen, um ihre Depeschenschau für den Botschafter vorbereiten zu können.

Sie fuhr zusammen, als sie hörte, wie jemand die Tür zu öffnen versuchte, die sie vorsichtshalber abgeschlossen hatte. Dann klopfte es, und erst nachdem Hilde alles wieder in Ordnung gebracht hatte, schloss sie auf. Es war Dieter. Er ließ seinen Blick misstrauisch durchs Zimmer wandern.

»Hab gesehen, dass bei dir noch Licht brennt«, sagte er. »Warum schließt du dich ein?«

»Soll ich dir vielleicht erklären, warum eine Frau gelegentlich das Bedürfnis hat, sich einzuschließen?«

»Du hast deine Tage …«

»Primitivling!«

Dieter schaute sich erneut im Büro um, machte ein paar Schritte, lugte schamlos in die Toilette und sagte dann versöhnlich: »Entschuldige bitte, ich wollte einfach nur nachsehen, warum hier noch Licht brennt. Wenn du nichts mehr zu tun hast, würde ich dich gern ins Kino einladen. Es läuft ein Film mit Paul Wegener.«

»Vielen Dank, Dieter«, erwiderte sie, »aber ich muss diesen Haufen Post noch zu einem Bericht zusammenfassen, damit der Baron sie morgen um neun auf dem Schreibtisch hat. Paul Wegener muss leider warten.«

Irgendetwas schien dem Chauffeur noch auf der Seele zu liegen, denn er zögerte einen Moment, sah sich noch einmal um und sagte schließlich: »In Ordnung. Dann also gute Nacht.«

Nach dieser abendlichen Aktion war der nächste Film mit der ganzen neu eingetroffenen Post zur Übergabe bereit.

»Wollen wir nicht ins Theater gehen?«, fragte sie Vladek.

»Theater? Was haben die denn hier für Theater?«

»Qingxi.«

»Und wird das in irgendeiner Sprache gegeben, die wir verstehen?«

»Auch in Qinxi. Mittelalterliche Theatergattung, eine Art Pekingoper.«

Vladek schaute missmutig drein. »Du lieber Himmel, Oper! Und dann auch noch in Mittelhochchinesisch!«

»Wenn sie auf Mittelniederitalienisch wäre, würdest du wohl kaum mehr verstehen. Die Käsemacher in eurem Alpendorf wissen bestimmt noch nicht einmal, was eine Oper ist. Darum fände ich es lustig, wenn wir hingingen. So zur Allgemeinbildung. *Deiner* Allgemeinbildung …«

Es war wirklich lustig, aber nur während der ersten halben Stunde. Irgendwann fragte Vladek, völlig betäubt von Gongs, Becken- und Paukenschlägen: »Und wie lange dauert dieser Opfergang zur Allgemeinbildung noch?«

Hilde musste kichern. »Was wir sehen, ist eine gekürzte Fassung, die dauert nur acht Stunden. Aber keine Sorge, wir gehen gleich.«

Der Grund dafür, dass sie so schnell einwilligte zu gehen, war nicht die Langeweile, mit der Vladek diese Vorführung verfolgte, sondern ein Mann, der genau hinter ihnen saß, ein blonder Europäer, der – so hatte Hilde den Eindruck – versuchte, ihr leises Gespräch mitzuhören.

52

Die Abendluft draußen war empfindlich kühl, doch der Wind ließ schon das Frühjahr ahnen. Hilde sah sich vorsichtig um. Nein, der blonde Typ war ihnen nicht gefolgt. Sie sagte Vladek nichts von ihrer Beobachtung, damit er sie nicht des Verfolgungswahns bezichtigte.

»Für unser Empfinden ist das wirklich todlangweilig«, sagte sie so schuldbewusst, als hätte sie selbst sich diese Operngattung ausgedacht. »Es ist eine extrem stilisierte Bühnensprache, die wir Europäer einfach nicht verstehen. Ansonsten fände ich es gar nicht schlecht, wenn im Leben alles so wäre wie in der chinesischen Oper, klar und eindeutig: Der Ehrliche auf der Bühne ist immer der mit dem roten Gesicht, der Betrüger der mit dem weißen, der tapfere Held hat ein gelbes und die Götter haben goldene Gesichter …«

»Und welche Farbe hat mein Gesicht?«

»Goldgelb natürlich!«

Sie warf sicherheitshalber noch einmal einen Blick über ihre Schulter, bemerkte aber nichts Verdächtiges. Sie steckte ihre Hand in die Tasche seines Trenchcoats, fand seine Hand, schob ihre Finger in die feuchtwarme Handfläche und ließ das kleine, schwarz eingewickelte Röllchen hineingleiten. Noch in derselben Nacht würde Kleinbauer die Bilder entwickeln, und morgen früh würde Cheng sie dem Kurier des Linienkreuzers nach Inko in der Laodunbucht übergeben. Von dort aus ging die Post weiter nach Shenjang, bekannt auch als Mukden. Danach verloren sich die Spuren zeitweilig, denn die Abteilung B4 des Hauptdezernats Reichssicherheit in Berlin hatte eine kodierte Mitteilung geschickt, dass aus einer deutschen Botschaft, aller Wahrscheinlichkeit nach einer Vertretung im Fernen Osten, bedeutende Mengen an vertraulichen Mitteilungen in Richtung des russischen Nachrichtendienstes durchsickerten. Sah ganz so aus, als hätten die Deutschen eine effizient arbeitende Geheimdienstagentur in Moskau, die Wind von der Sache bekommen hatte. Empfänger dieser chiffrierten Mitteilung war aber nicht der Botschafter, sondern Dieter in seiner Funktion als Funker mit Sonderaufgaben, die ihm von ebendiesem Hauptdezernat B4 übertragen worden waren.

Eine Zweierrikscha fuhr sie zur Rue Lafayette in die französische Konzession und hielt vor dem Chinarestaurant »Himmlische Ruhe«, einem feinen Lokal, das jeder chinesische Kuli kannte. Der Eigentümer war ein Chinese, der ganz passabel Französisch sprach. Er geleitete seine neuen Gäste eine steile, nur schwach von roten Laternen mit Seidentroddeln erhellte Treppe hinauf, die so lang war, dass es einem vorkam, als würde man wirklich den Himmel der Ruhe erklimmen. An jedem Treppenabsatz ging ein Korridor ab, der von chinesischen Lampen mit roten Schirmen kaum besser beleuchtet war als die Treppe. Schwere Vorhänge vor den Räumen sollten die Diskretion der Gäste wahren helfen. Der Wirt schlug ihnen ein kleines Séparée vor, das durch einen geschnitzten Paravent abgetrennt war. Sie bestellten ein Menü, das unzählige Fisch- und Fleischspezialitäten enthielt, dazu angedünstetes Gemüse. Die Portionen waren klein, aber schmackhaft und enthielten für den Europäer eine ganze Palette unbekannter Gaumenfreuden. Junge Frauen in alten Nationaltrachten befreiten die Drehscheibe auf ihrem Tisch von den abgegessenen kleinen Tellern und Pfannen und stellten neue darauf.

Hilde bereitete es schon längst keine Probleme mehr, mit Stäbchen zu essen, wie damals in Paris im japanischen Restaurant, als sie mit Dr. Hiroshi Okura zu Abend speiste. Wann immer sie heute mit Stäbchen aß, musste sie schuldbewusst an den introvertierten Japaner denken, der ihr ein so wertvolles Rosenperlencollier geschenkt hatte, bevor er für immer aus ihrem Leben verschwand. Jedenfalls dachte sie, dass es für immer war.

Hier, im Labyrinth der Korridore dieses Restaurants, war zumindest eines sicher: Himmlische Ruhe hatten sie auch davor, belauscht zu werden. Das Lokal wimmelte nur so von ausländischen und chinesischen Gästen. Leise chinesische Musik erfüllte die Räume, und das rote Licht der Laternen mit den Seidentroddeln war wie dicke rote Sauce nur schwer zu durchdringen, so dass man so schnell niemanden erkannte.

Hilde klemmte ein Stückchen Fleisch zwischen ihre Stäbchen, betrachtete es nachdenklich, führte es aber nicht zum Mund. Sie dachte offensichtlich an etwas, das nichts mit diesen fernöstlichen Köstlichkeiten zu tun hatte.

»Du siehst besorgt aus«, sagte Vladek.

»Wir ernähren uns wie Kinder des chinesischen Kaisers. Die Juden im Lager von Hongkou hingegen … denen geht es ja schon jetzt schlecht. Aber was die erst erwartet! Aus Berlin kam gerade eine Mitteilung an den Baron, in der Fachleute vor einem Zusammenbruch der Wirtschaft in Shanghai warnen. Hab ich dir schon erzählt, wie die Japaner die Juden neulich an der Nase herumgeführt haben? Sie hatten gedacht, sie könnten sie in einem Werk für Gummierzeugnisse als Ersatz für die streikende Belegschaft einsetzen.«

»Hab davon gehört. Die Zeitungen berichteten was über diesen Streik. Aber in Hongkou liest sicher niemand Zeitung. Hilde, hör zu, was ich dir sage: Ich bitte dich noch einmal inständig, nicht mehr dort hinzugehen und dich mit dem Rabbi zu treffen! Dadurch legst du eine Spur, die sich nachprüfen lässt. Begreif das bitte. Und glaub bloß nicht, dass man dir deine naiven Ausreden mit Bulletinüberbringen und so weiter abkauft … Vergiss nie das erste Gebot des Überlebens: Halte deinen Gegner nicht für dumm! Rechne immer damit, dass er mindestens so intelligent und vorausschauend ist wie du. Wenn du dein Verhalten an dieser Maxime ausrichtest, hast du gute Karten. Das war jetzt wirklich kein Scherz, sondern ein goldener Tipp für Anfänger.«

»Danke für den kostenlosen Unterricht«, entgegnete Hilde gereizt, »aber nicht ich bin zum Rabbi gegangen, sondern er ist zu mir gekommen!«

Das stimmte tatsächlich. Rabbi Leo war es gelungen, von Mr. Go einen Tag Ausgang zu bekommen. Erst hatte er ihn finster angestarrt, umso mehr, als der Bittsteller keinerlei Anstalten machte, ihm wenigstens einen Zehner in die Hand zu drücken. Doch als der Rabbi beiläufig fallen ließ, dass er in der Residenz des deutschen Botschafters zu tun und eine Audienz beim Baron persönlich habe, gab Herr Go sofort den Tagespassierschein aus. Das war eigentlich kein Schein, sondern ein grüner Blechchip, in den der Buchstabe »J« für »Jude« eingestanzt war. Mit diesem Chip konnte der Besitzer die Eisenbrücke über den Fluss ungehindert passieren und sich bis zur Polizeistunde außerhalb der Zone aufhalten; dann allerdings musste der Jeton wieder in der Kanzlei auf dem Tisch liegen. Die kleinste Verspätung wurde streng geahndet, und der Betreffende durfte nie wieder die Zone verlassen, es sei denn, »mit den Füßen zuerst«, wie der Lagerkönig der Juden es mit einem deutschen Ausdruck umschrieb. Dazu muss man wissen, dass der jüdische Friedhof sich außerhalb der Grenzen, jenseits der Brücke, befand, auf einem kleinen lehmigen Feld in Ufernähe, auf dem die Bevölkerung von Hongkou ihre Abfälle entsorgte.

Der Grund, warum sich der Rabbi mit der Bitte um Hilfe an Hilde wandte, war ein schwieriger und delikater Fall: Die »reinrassige« Deutsche Elisabeth Müller-Weisberg, eine renommierte Sängerin, die mit einem jüdischen Geiger von Weltrang verheiratet war, befinde sich aufgrund der für sie unerträglichen Lebensbedingungen in einer schweren Depression. Ob Seine Exzellenz, der Botschafter, sich nicht für sie und ihren Mann einsetzen und ihr eine bessere Unterkunft beschaffen könne, nicht unbedingt außerhalb von Hongkou, sondern nur außerhalb der Zone?

Hilde sprach ohne Umschweife beim Baron vor, kam aber mehr als betrübt zurück: Das Gesetz über Mischehen sei unzweideutig, habe der Baron ihr erwidert. Solange die Deutsche sich nicht von ihrem Mann scheiden lasse, gebe es keinerlei juristische Handhabe, für die deutsche Familie einzutreten. Jeder müsse wissen, mit wem er die Ehe eingehe, und die Folgen selbst tragen, habe ihr von Dambach gesagt und sich geweigert, über das Thema noch länger zu diskutieren.

Rabbi Leo Levin hatte wieder einmal eine kleine Schlacht verloren. Bedrückt ging er nach Hongkou zurück, sagte Weisberg aber kein Wort über seinen Besuch. Er kannte Weisbergs Stolz nur zu gut und hütete sich, ihn zu verletzen, indem er ihn im Nachhinein in die Rolle eines Bittstellers drängte, dem auf erniedrigende Weise etwas abgeschlagen worden war.

»Beschäftigt dich das sehr, das Schicksal dieser Sängerin?«, fragte Vladek.

»Natürlich. Umso mehr, als ich ihren Mann kenne, den Geiger. Das, was mir aber ernsthaft Sorgen bereitet, das ist unser Fahrer, Dieter. Ich habe das Gefühl, er spioniert mir nach. Er mustert mich neuerdings so komisch. Gestern Abend hat er schon wieder in meinem Büro herumgeschnüffelt. Und immer, wenn der Baron nicht im Hause ist!«

»Halt die Augen offen, Kleine ...«

»Ich hab dir hundertmal gesagt, du sollst mich nicht ›Kleine‹ nennen!«

»Ist gut, entschuldige, Mausi ... Wollte ja nur sagen: Halt die Augen offen, aber sei nicht überängstlich. Denn auch das schränkt das Denkvermögen ein. Oftmals sind die Dinge viel einfacher, als man glaubt. Dieter macht dir vielleicht nur den Hof, wie eben sein Chef auch.«

»Hör mit diesem dummen Zeug auf!«

»Da bin ich ganz in meinem Element, wie meine Tante immer sagte. Ach, übrigens, wo versteckst du eigentlich das Feuerzeug? Der gute Dieter nutzt vielleicht wirklich deine Abwesenheit, um zu schnüffeln?«

»Soll er meinetwegen schnüffeln, so viel er will. Das Feuerzeug hab ich in eine alte Pralinenschachtel getan, zusammen mit Radiergummis, Heftklammern, Anspitzern und dergleichen Kleinzeug. Das alles befindet sich im Stahlsafe. Einen Schlüssel dazu haben nur der Baron und ich. Meinst du, ich sollte es immer bei mir tragen?«

»Nein, auf keinen Fall. Wenn man bedenkt, dass in Shanghai jede Damenhandtasche schon bei der Herstellung als gestohlen gemeldet werden könnte ... Vergiss es.«

Hilde schwieg, stocherte mit ihren Stäbchen im Gemüse herum und fragte schließlich, einem plötzlichen Zweifel nachgebend: »Vladek, hat das alles überhaupt einen Sinn?«

»Was?«

»Na das, was ihr da tut. Du und deine Leute. Ich meine, ihr dürft euch in nichts einmischen, dürft keinem Menschen in Not helfen – diesen Unglücksraben in Hongkou zum Beispiel ...«

»So sind eben die Spielregeln. Was auch immer du siehst: Zähne zusammenbeißen und weitergehen, auch wenn dein Herz dabei blutet. Du darfst nie aus deiner Beobachterrolle ausbrechen. Das ist das Zweite Gebot des Überlebens in unserer … unserem, sagen wir der Einfachheit halber: *Beruf.* Ich habe mich – wie du weißt – einmal eingemischt, um eine dumme Gans zu verteidigen, die drauf und dran war, sich mit der gesamten Polizei von Shanghai wegen eines Kindes anzulegen. Das hätte mich fast den Kopf gekostet.«

»Danke für die ›dumme Gans‹! Aber in diesem Fall, wenn euch jede Einmischung verboten ist, könnt ihr die Welt dann überhaupt verändern? Sie besser machen?«

»Das weiß ich nicht. Im Augenblick ist unser Ziel eines: Hitler daran zu hindern, sie zu verändern. Denn der macht sie mit Sicherheit schlechter. Ich bin aber davon überzeugt, dass diese Arbeit uns selbst verändert. Denn wir erfahren die Wahrheit über die anderen nicht aus der Kinowochenschau oder den Zeitungen; wir stehen nicht so weit weg, dass die Einzelheiten sich verwischen, sondern beobachten das Geschehen direkt im Feindesland. Und von da aus betrachtet, sieht die Welt in der Tat ganz anders aus.«

»Das heißt?«

»Will heißen, dass von außen betrachtet alles klar ist, was die Nazis betrifft, wenigstens die wichtigsten Dinge: ihre barbarische Brutalität, ihre Massenerschießungen, die Lager, der Judenhass … Das ist klar und eindeutig wie ein Propagandaplakat. Wenn du ihre Welt aber von innen siehst, dann sind ihre Armeen nicht mehr nur Richtungspfeile auf einer militärischen Karte, sondern sie zerfallen in einzelne Menschen und ihre Schicksale. Neben den aufgeblasenen Generälen, die sich für Napoleon halten, gibt es auch verzweifelte, die da in etwas hineingeraten sind, das sie zu Mördern wider Willen gemacht hat. Oder Mörder, die plötzlich nicht mehr können. Oder solche, die das Ende schon vor sich sehen und frühzeitig überlegen, wie sie der Vergeltung entrinnen können. Plötzlich teilt sich das Massiv in Betrüger und Betrogene … Oder du siehst fünf deutsche Soldaten, wie sie halb erfroren in ihren dünnen Mänteln in irgendeinem Loch liegen und versuchen, das Fleisch ihres Artilleriepferdes über einem kleinen Feuerchen zu braten, um es dann halbroh zu verschlingen. Oder du beginnst Mitgefühl zu entwickeln für einen Siebzehnjährigen, der noch nichts vom Leben weiß, rein gar nichts, und jetzt aus den Trümmern von Stalingrad einen Brief an seine Mutter in Sachsen schreibt, den diese nie bekommen wird. – Das meine ich. So sehen die Dinge von innen betrachtet aus. Und das verändert den Blickwinkel, den du auf den Feind hast … Ohne Vorurteile und Horrorprojektionen. Deine Retina beginnt Farbnuancen zu unterscheiden und auch auf der Gegenseite die Tragödien zu erkennen. Und dann erst unsere Leute. Weißt du, was unsere eigene Tragödie ist? Dass auch bei uns die, die an der Spitze der Macht stehen, die Informationen, die wir ihnen unter so vielen Opfern und Risiken zuspielen, selektiv so wahrnehmen und verdrehen, bis sie ihren eigenen Wunschbildern vom Feind entsprechen. Was du ihnen auch schickst, sie wissen immer schon vorher, was sie davon zu halten haben. Da ist alles im Vorhinein festgelegt – wie bei deiner Oper da, dieser Qingxi. Darum sind die sogenannten Spezialeinheiten ja so oft im Konflikt mit der Macht, der sie dienen! Klar, sie relativieren die faktische Macht durch die Macht des Faktischen, zerstören ihre Luftschlösser und Sandburgen und …« Vladek hatte auf einmal das Gefühl, sein Gegenüber sei gar nicht mehr anwesend. »Du, hallo, bist du noch da, Hilde? Weißt du, ich möchte, dass du mich verstehst – ebenfalls wegen der Allgemeinbildung.«

Sie streckte die Hand über den Tisch aus, streichelte damit die seine und sagte: »Ich liebe dich.«

»Auf einmal?«

»Nein, auf immer.«

53

An diesem Abend kam Elisabeth früher als sonst bei den »Blauen Bergen« an. Sie hatte das Menschengewimmel in der Werkshalle einfach nicht mehr ausgehalten. Das Getrampel auf den Treppenstufen über ihrer Notbehausung, die Theodor, so gut es ging, mit Sperrholz vor den Blicken anderer geschützt hatte, machte sie wahnsinnig. Vor allem das Hopsen und Springen der Kinder war nervtötend, aber auch das unaufhörliche Geplapper der Alten, die nichts Besseres zu tun hatten, als vor ihrer dünnen Sperrholzplatte stehen zu bleiben und des Langen und Breiten politische Probleme durchzuhecheln. Nach Stalingrad war es besonders schlimm. Gerüchte kochten hoch, Hitler habe nach einem Militärputsch in Berlin Selbstmord begangen. Doch selbst das weckte kaum mehr Hoffnung oder Anteilnahme, sondern war nur ein weiterer Tropfen, der das Fass ihrer Belastbarkeit dem Überlaufen näher brachte.

Theodor, dessen Anwesenheit sie vielleicht etwas abgelenkt hätte, war auch an diesem Abend noch nicht wieder zu Hause – wenn man dieses Loch unter dem Treppenabsatz ein Zuhause nennen konnte. Zu seiner großen Überraschung hatte der Holländer vom Imperial noch keinen Ersatz für ihn gefunden und ließ ihn, wenn auch mit saurer Miene, wieder bei sich arbeiten.

Hier, in den »Blauen Bergen«, hatte sie wenigstens einen Umkleideraum, in dem es vergleichsweise ruhig war und dessen Öffnung zur Welt nur aus einem hohen, vergitterten Fensterchen bestand, das eher der Be- und Entlüftung diente als dem Lichteinfall. Hier konnte sie auch in den Pausen zwischen ihren Gesangsauftritten zur Ruhe kommen, während unten der Ungar Isztván Kelety Gershwin oder Strauß auseinandernahm und wieder zusammensetzte.

Der heutige Abend begann ein wenig anders als sonst.

Der Inhaber Yen Qingvey hatte ihr eine weiße Rose auf das Schminktischchen vor dem Spiegel gestellt, ein exotisches Parfüm in einem Fläschchen aus Nephrit und einen Zettel, auf dem stand: »Happy Birthday!« Dass sie heute Geburtstag hatte, wusste er aus ihrem Reisepass. Qingvey übte die Praxis der meisten chinesischen Arbeitgeber, die Pässe seiner Mitarbeiter einzubehalten, solange sie bei ihm arbeiteten – als Sicherheit, dass sie ihren Arbeitspflichten nachkamen. Die Rose und das Parfüm aber waren Ausdruck seiner Dankbarkeit gegenüber einer Sängerin, die ihm neue Kundschaft aus der immer größer werdenden Zahl deutscher Kriegs- und Handelsschiffe zugeführt und damit die Verluste aus den plötzlich verschwundenen englischen und amerikanischen Matrosen mehr als wettgemacht hatte.

Yen Qingvey wusste nicht, dass man die Interpretin der Lieder Zarah Leanders mit nichts mehr erfreuen konnte. Worüber sie sich selbst wunderte, war, dass sie trotz wachsender Abneigung gegen alles sie Umgebende, gegen Shanghai im Ganzen, Hongkou im Besonderen, gegen diese Seemannsspelunke, gegen alles Chinesische, gegen die Juden, denen sie im Gewimmel und Lärm der Stahlwerkshalle ausgeliefert war, ja sogar gegen ihren eigenen Mann – dass sie trotz alledem kein Heimweh nach Deutschland hatte. In ihr regte sich auch sonst keinerlei Verlangen, und sie empfand buchstäblich nichts außer einer ungeheuren Müdigkeit und einem unendlichen Bedürfnis nach Ruhe und Stille. Sie war schon nicht mehr Teil dessen, was man »die Realität« nannte, sondern nur noch eine Sehnsucht nach Schlaf, nach nicht mehr endendem Schlaf.

Sie saß in Unterwäsche vor dem Spiegel, fand aber einfach nicht die Kraft, das bodenlange, eng anliegende Seidenkleid überzustreifen, in dem sie auftrat und das mit seinen fein eingewirkten goldenen Fäden im Licht so schön schimmerte. Aus der Kneipe unten drang bereits das Gegröle der ersten Betrunkenen an ihr Ohr, begleitet von den Klängen des Klaviers. »Ein Amerikaner in Paris« spielte der Ungar gerade. Ja, und sie war eine Deutsche in Shanghai …

Sie betrachtete sich im zerkratzten, trübe gewordenen Spiegel und strich mit den Fingern über das feine Netz aus Falten, das sich in letzter Zeit um ihre Augen gebildet hatte. Achtunddreißig Jahre alt war sie jetzt! Ja, das Leben verstrich, die Vergangenheit war unwiderruflich vorbei, das Rad der Zeit hatte keinen Rückwärtsgang! War es ein Fehler, dass sie mitgekommen war? Oder wäre es ein Fehler gewesen, in Dresden zu bleiben und sich von Theodor zu trennen? Ganz gleich, für welche Richtung sie sich entschieden hätte, immer betrat sie eine Einbahnstraße. Jede Entscheidung war unwiderruflich. Einen zweiten Versuch gab es nicht.

Leise klopfte es. Ihre Tür wurde halb geöffnet, und der Kopf von Yen Qingvey erschien im Spalt.

»Darf ich?«, fragte er höflich, huschte aber schon ins Zimmer, bevor er eine Antwort erhalten hatte. »Ich störe doch nicht, oder? Ich wollte Ihnen nur zum Geburtstag gratulieren und Ihnen Glück und weiterhin Erfolg wünschen.«

Sie schaute ihn indirekt über den Spiegel an, legte sich ihren langen Seidenschal mit den Fransen um die nackten Schultern, erhob sich müde und setzte sich auf die Ecke des Schminktischchens.

»Danke für die Rose und das Parfüm, Herr Yen. Ich habe ganz vergessen, dass ich mal geboren wurde. Ich bin Ihnen wirklich dankbar. Sie sind der Einzige, der daran gedacht hat.«

»Wie könnte ich Ihren Geburtstag vergessen! Sie sind doch mein Star. Wunderbar und unersetzlich!«

»Das hört man gern«, sagte sie in gleichgültigem Tonfall, und ehe sie sich's versah, hatte ihr Arbeitgeber sie schon umarmt. Sie atmete seinen penetranten, viel zu stark aufgetragenen Patschuliduft ein, der sich unangenehm mit seinem Whiskyatem mischte.

»Glückwunsch zum Geburtstag … Sie erlauben doch einen Kuss?«, fragte er atemlos und streifte ihr den Schal von den Schultern.

Elisabeth sah nun aus nächster Nähe die großen Poren seines geröteten Gesichts, die auseinanderstehenden Zähne, die sich in ihre Unterlippe gruben, sodass ihr der Whiskygestank nun direkt in die Nase stieg.

Sie stieß ihn angewidert von sich, doch er stürzte sich erneut auf sie. Zurückweichen konnte sie nicht, da sich hinter ihr das Tischchen und der Spiegel befanden. Da schlug sie ihm mit dem Handrücken ins Gesicht.

»Hau ab, du Schwein! Raus hier, du stinkendes, fettes, widerliches Schwein!«

Yen Qingvey, der mit der Hälfte der »Salondamen« geschlafen hatte und an ihre stille, diensteifrige Unterwürfigkeit gewöhnt war, erstarrte. Elisabeth sah, wie sein Blick sich veränderte, seine Augen vor Zorn funkelten. Leise, ganz leise sagte er: »So redet man nicht mit seinem Herrn und Gebieter! Hörst du, du deutsche Nutte? Niemand hat sich je erlaubt, so mit Yen Qingvey zu reden!«

Darauf versetzte er ihr eine Ohrfeige, die so kräftig war, dass Elisabeths Kopf nach hinten flog. Dann drehte er sich um, verließ den Umkleideraum und knallte die Tür hinter sich zu.

Elisabeth ließ sich wieder auf den Stuhl fallen, fuhr mit der Hand über die brennende Wange und blieb lange wie benommen sitzen. Dann, von einer plötzlichen Wut ergriffen, packte sie das Parfümfläschen und warf es vehement gegen ihr Spiegelbild. Das Glas zersprang in große dreieckige Stücke und mit ihm ihr müdes Gesicht. Eine zähe gelbliche Flüssigkeit mit schwerer Patschulinote tropfte von den Glasresten an der Wand.

»Ein zerbrochener Spiegel«, sagte sie laut. »Sieben Jahre unglückliche Liebe! Kommen jetzt noch mal sieben?«

Der Ungar ging in der Gaststube langsam zu deutschen und österreichischen Melodien über, ein Zeichen, dass sie bald an der Reihe war. Sie richtete sich schwerfällig auf, zog ihre schlichten Stadtschuhe aus und wollte gerade ihre weichen Pantoffeln überstreifen, als aus dem linken eine erschrockene Ratte heraussprang, gegen ihren Knöchel stieß und mit spitzem Quieken unter den Möbeln verschwand. Elisabeth schrie vor Entsetzen und Abscheu laut auf. Erst dann kamen die Tränen. Sie schluchzte, die Stirn an die gekalkte Wand gelehnt, hemmungslos …

Nach einer halben Stunde verlor der Ungar die Geduld und kam herauf, um nachzusehen. Die Tür zum Umkleideraum war abgeschlossen. Er klopfte, doch von drinnen kam keine Antwort. Er klopfte wieder und wieder. Kein Laut.

Als sie die Tür aufbrachen, fanden sie Elisabeth Müller-Weisberg erhängt an ihrem Seidenschal mit den Fransen. Sie hatte ihn am Gitter des Fensterchens oben in der Ecke befestigt, das der Be- und Entlüftung des Raums diente.

54

Nach Mitternacht wollte Theodor Weisberg seine Frau zu Fuß abholen, um wie immer gemeinsam mit ihr in einer Rikscha nach Hause zu fahren. Die Gaststätte war voll und verraucht, die Stimmung bestens: Die Gäste machten den Mädchen den Hof, der Barmann schaffte es gerade noch, die Bestellungen auszuführen. Yen Qingvey hätte eigentlich übers ganze Gesicht strahlen müssen, aber er lehnte mit einem vollen Glas Whisky am Tresen und stand anscheinend unter Schock. Als Theodor eintrat, ging der betrunkene Chinese sofort auf ihn zu, nahm ihn beiseite und begann, um Worte ringend, ihm so schonend wie möglich beizubringen, was passiert war.

Am anderen Ende des Gastraums hörte Kelety einen Moment auf zu spielen, warf einen mitfühlenden Blick auf Theodor, der nicht recht verstand, was man ihm da sagen wollte, und haute dann umso kräftiger in die Tasten. Der schaurige Tod der Sängerin hatte ihn zutiefst erschüttert, doch er gehörte zu den Männern, die in solchen Situationen vollkommen hilflos waren, unfähig, ihren Gefühlen Ausruck zu verleihen. Darum zog er es vor, sich nicht einzumischen.

Theodor, weiß wie die Wand, sah seine auf eine chinesische Liege gebettete Frau, konnte aber immer noch nicht begreifen, dass sie tot war. Vielleicht war ihr einfach nur schlecht geworden, und sie würde gleich die Augen öffnen und ihm erzählen, dass sie wohl etwas Falsches gegessen oder getrunken oder auch einen Kreislaufkollaps erlitten habe. Der Ungar bot dem Geiger eine Zigarette an, gab ihm Feuer. Weisberg merkte gar nicht, dass er rauchte.

Man konnte nicht sagen, dass Yen Qingvey ein schlechter Mensch war; er verhielt sich einfach so, wie sich in China ein Vorgesetzter seinen Untergebenen gegenüber verhielt, nicht besser, aber auch nicht schlechter. Er war auf einen Schlag nüchtern geworden. Was ihn bedrückte, waren zwei Dinge: Zum einen fühlte er sich mitschuldig am Tod seiner Sängerin, zum anderen fürchtete er sich vor der Polizei. Und dazu hatte er auch allen Grund. Denn wenn die Ordnungshüter einmal angerückt waren, um den Todesfall zu untersuchen, konnten sie ihn auch gleich noch wegen Menschenhandel, Drogengeschäften und illegalem Handel mit Zigaretten und Alkohol und allem, was Matrosen sonst noch so in ihren Seesäcken an Verbotenem anschleppten und zum Verkauf feilboten, um sich die Mädchen leisten zu können, drankriegen. Bei Gaststätten wie der seinen ließ sich derlei einfach nicht vermeiden.

Deshalb verhandelte er lange mit dem Kuli einer Doppelrikscha. Er bot dem Mann ein erhöhtes Beförderungsentgelt an, verdoppelte es schließlich sogar. Und am Ende gelang es ihm tatsächlich, die Angst des barfüßigen Mannes davor zu überwinden, heimlich eine Tote zu befördern und vielleicht in etwas Schlimmes hineingezogen zu werden. Als das erledigt war, griff er tief in die Tasche, zog fünf Hundert-Shanghai-Dollar-Scheine heraus, legte sie in Elisabeths Pass und drückte alles zusammen dem begriffsstutzigen Theodor in die Hand.

»Die Rikscha ist schon bezahlt, seien Sie ganz beruhigt. Das Geld, Sie gestatten, ist für die Beerdigung. Wir haben Sie hier sehr geschätzt, Ihre Frau, sie war eine außerordentliche Sängerin. Ich denke aber, dass es in unser aller Interesse ist, wenn in dieser Sache nicht von der Polizei ermittelt wird, nicht wahr, Sie verstehen?«

Theodor nickte geistesabwesend. Der Ungar half Qingvey, die Tote durch den Hintereingang hinaus zur Rikscha zu tragen. Sie halfen auch Theodor einzusteigen. Dann lief der Kuli mit weit ausholenden, gleichmäßigen Schritten los. In einer Kurve kippte der Kopf der Toten auf die Seite, und plötzlich lag er auf Theodors Schulter.

Wie lange hatte sie das nicht mehr getan, seine Elisabeth, dachte er.

Sie brauchten den grünen Jeton gar nicht vorzuzeigen. Die japanischen Soldaten, die die Brücke über den Suzhou bewachten, kannten das Paar schon: die elegante rothaarige Frau und ihren erbärmlich aussehenden Mann, die mit der Rikscha Abend für Abend eine Stunde nach Mitternacht heimkehrten. Heute schien es entweder besonders gut gelaufen zu sein bei ihrer Arbeit, oder sie war einfach schrecklich müde, denn der Kopf der Frau lag auf der Schulter des Mannes …

Um drei Uhr nachts weckten Nachbarn von der Treppenwohnung den Rabbi. Er nahm die Dinge gleich in die Hand und half, den Leichnam in die Synagoge zu tragen und ihn auf dem erhöhten hölzernen Gestell mit dem siebenarmigen Leuchter aufzubahren. Theodor murmelte: »Bitte, gehen Sie. Ich möchte allein mit ihr sein. Bitte …«

Der Rabbi legte ihm schweigend die Hand auf die Schulter, verließ dann als Letzter die Synagoge und schloss die Tür hinter sich. Theodor setzte sich auf eine Truhe und konnte Stunden den Blick nicht vom Gesicht der Toten wenden, das nur von einer einsamen Kerzenflamme erhellt wurde.

Auf einmal schien es ihm, als hörte er Schritte hinter sich. Er schaute sich um. Shlomo! Der dicke, kurzbeinige Mann schleppte einen pompösen Sessel im Empirestil herbei und nahm auf der anderen Seite der Aufgebahrten darin Platz. Hm, wunderte sich Theodor, genau denselben Sessel hatten sie in Dresden besessen, in ihrem Haus in der Dante-Alighieri-Straße. Elisabeth hatte es immer sehr geliebt, darin zu sitzen, wenn sie las. Shlomo schwieg lange, traurig die Frau betrachtend, der er so ergeben gedient hatte. In der Gegend seines Adamsapfels war eine rote Narbe zu sehen, die noch nicht verheilt war. Seine Stimme schien geradewegs aus dem Kehlkopf zu kommen, gluckernd und rau: »Ich bitte sehr um Entschuldigung, Herr Weisberg, ich habe vielleicht kein Recht, mich einzumischen, aber – Sie sind schuld. Sie und niemand anderes. Sie hätte nicht herkommen dürfen! Warum haben Sie sie mitgenommen? Wussten Sie denn nicht, dass die Juden nichts Gutes erwartete?«

Theodor verzichtete darauf, etwas zu seiner Verteidigung zu sagen. Sein Stolz war hier fehl am Platze. Shlomo hatte ja recht …

Er erwachte von den ersten Sonnenstrahlen, die durch die Ritzen des kaputten Dachs in die Pagode fielen. Die Kerze war niedergebrannt. Als er auf die andere Seite der Aufgebahrten schaute, stand da kein Sessel im Empirestil mehr. Shlomo hatte ihn beim Gehen sicher wieder mitgenommen.

Mr. Go, der König der Lagerjuden, verweigerte jedem außer Theodor und dem Rabbi einen Passierschein zum Verlassen der Zone. Der Vorfall interessierte ihn nicht. Professor Mandel hatte den Totenschein ausgestellt, in dem schwarz auf weiß stand, dass Elisabeth Müller-Weisberg, deutsche Staatsangehörige, geboren am 17. April 1905 in Dresden, an einer akuten Bauchfellentzündung gestorben sei. Das genügte ihm. Es war ja nicht der erste, und es würde auch nicht der letzte Todesfall im Süden von Hongkou sein.

Sie begruben Elisabeth auf dem deutschen Friedhof in der Nähe der evangelischen Kirche. Der Pfarrer hielt eine banale Grabrede ohne jede Anteilnahme, Mutter Antonia sang »Ave Maria gratia plena …«, und das Nonnen-Blasorchester spielte das Largo von Händel. Sogar der Ungar war zur Beerdigung erschienen. Von Anfang an starrte er auf ein und denselben Punkt und verharrte so bis zum Ende der Zeremonie. Die Pupillen seiner Augen waren geweitet, wie es eben der Fall ist, wenn man bestimmte Mittel inhaliert oder schnupft. Zur Überraschung aller traf aus dem Blumengeschäft auf der Nanking Road ein großes Gebinde weißer Rosen ein. Es waren genau achtunddreißig. Auf der schwarzen Trauerschleife stand ein Text in chinesischen Schriftzeichen. Nur Mutter Antonia vermochte ihn zu entziffern: *Der göttlichen Sängerin mit der Bitte um Vergebung. Yen Qingvey*

55

Hauptsturmführer Willi Stockmann war nicht nach Shanghai gekommen, um seine Zeit mit diesen Juden zu verplempern; sie waren nur eine lästige Störung für ihn. Für die Endlösung der Judenfrage gab es eigene Fachleute. Wenn die Führungsgremien in Berlin Wert darauf legten, mit den ehemaligen deutschen Juden, die sich nach China abgesetzt hatten, in Befolgung der Rassengesetze fertig zu werden, dann sollten sie gefälligst Leute rüberschicken, die dafür ausgebildet waren, mit derartigen Scheißsituationen in fremden Ländern zurechtzukommen. Shanghai war ja kein deutsches Herrschaftsgebiet, sondern nur das eines Verbündeten, und damit lag ein ganz ähnlicher Fall vor wie in Ungarn, Rumänien und Bulgarien, wo es auch Juden gab, mit denen formalrechtlich nicht die Deutschen, sondern die verbündeten Machthaber aufräumen mussten. Um sie dahin zu bringen, brauchte man diplomatisches Fingerspitzengefühl, und das besaß Willi Stockmann nicht. Ihm oblag die Reichssicherheit und nichts anderes. An Wichtigkeit überstieg diese Frage das Problem mit den Juden natürlich um ein Vielfaches. Er war hergeschickt worden, um die SS- und Gestapo-Leute zu befehligen, die an diesem Ende der Welt dafür sorgen sollten, dass das deutsche Hinterland vor Bedrohungen geschützt wurde.

Mit Befriedigung empfing er am Hafen das nächste Schiff aus Kobe, mit dem die aus Japan abgezogene Technikergruppe, die auf das Lokalisieren von Radiosendern spezialisiert war, eintraf. In Tokio hatte diese Einheit ausgezeichnete Arbeit geleistet und bewies ein weiteres Mal den technischen Vorsprung der deutschen Elektronik. Die neueste Entwicklung, der Pelengator, hatte den geheimen Sender der Ramsai-Gruppe präzise ermittelt, und was auch immer die Japaner behaupteten, faktisch hatten *sie* dieses Spitzelnest ausgehoben, das Dr. Richard Sorge, ein aus Baku stammender Halbdeutscher, in Tokio aufgebaut hatte. Den Rest der Arbeit mit den russischen Spionen hatten dann freilich die örtlichen Sicherheitskräfte erledigt, das konnte und wollte niemand bestreiten.

Nun stand Shanghai auf der Tagesordnung, wo das Chaos der Sender und chiffrierten Übertragungen nicht geringer war als in Tokio. Im Äther kreuzten sich amerikanische, sowjetische, englische, französische und noch eine ganze Reihe weiterer Geheimsender.

Die aus Tokio mitsamt ihrer ganzen technischen Ausrüstung eintreffende Spezialeinheit bestand alles in allem aus einem Caravan, auf dem groß das Logo der japanischen Firma Bushido prangte, die Künstlerbedarf vertrieb, Pinsel, Tuschen, Farben und so weiter. Alle vier Mitarbeiter waren Ortungsspezialisten, die seinerzeit aus Berlin eingeflogen worden waren. Hinzu kam noch der Fahrer, ein deutscher Gefreiter, der bei den Funkern diente. Der auf dem Caravan montierte Metallstab erregte gelegentlich die Aufmerksamkeit der Passanten, doch die meisten waren an die verrückten Reklameideen der Japaner schon gewöhnt. Der Caravan verließ die Garage des Polizeihauptquartiers von Shanghai immer nur nachts, fuhr jedes Mal zu einem anderen der kleinen, dunklen Sträßchen fernab des Stadtzentrums, und wer nicht genau darauf achtete, der bemerkte gar nicht das leise Rotieren des Metallstabs auf seinem Dach.

Seit etwa zehn Tagen hatten die Techniker ihre Aufmerksamkeit auf einen Sektor gerichtet, den sie nachlässig mit rotem Stift auf dem Stadtplan um die Ecke Sushan-Straße North Sichuan Road eingekreist hatten. In diesem Kreis trafen und kreuzten sich die geraden Linien, die die Spezialisten im Innern des Caravan jedes Mal zogen, wenn auf 32 Kilohertz Kurzwelle das Klopfen des Morsesignals ertönte. Irgendwo aus diesem markierten Gebiet mussten die ungewöhnlich kurzen und schnellen Signale kommen, die kaum länger als einen Lidschlag die nächtliche Funkstille in dieser Gegend durchbrachen. Der weiße Caravan hielt sich zwar wohlweislich fern von dem eingekreisten Bezirk, doch die Funkelektroniker unterzogen diese Gegend natürlich einer persönlichen Inspektion. Die Gebäude waren hier mehrgeschossig und vollgestopft mit Wohnungen, Büros, Restaurants, Schneidereien, Teestuben und Geschäften.

Irgendwo aus diesem brodelnden Hexenkessel kamen die kurzen Morsesignale. Woher genau, das herauszufinden war die Aufgabe von Masaaki Saneyoshi. Seine Zivilbeamten schwärmten aus und befragten, immer höflich und zuvorkommend, die Portiers nach Scheinfirmen, erstellten eine genaue Liste der Anwohner und der im Viertel Arbeitenden. Von allen wurden die wichtigsten Angaben schriftlich fixiert und zehnmal nachgeprüft; dennoch ließ sich kein konkretes Verdachtsmoment ermitteln.

Wie es meist in solchen Fällen ist, half der Zufall. Auf ihn stießen aber nicht die erfahrenen Fachleute, sondern darüber stolperte vielmehr ein blutjunger Techniker, der den Empfänger im Caravan der Firma Bushido bediente. Sein Name war Walter Haberle, und er war Zögling der Bremer Marineschule, auf der er Schiffsfunktechnik gelernt hatte. Als der Caravan sich zu später Stunde den von Saneyoshis Leuten durchkämmten Straßen näherte, fiel dem jungen Mann eine seltsame Regelhaftigkeit auf: Genau eine Minute, bevor eine chiffrierte Morseübertragung begann, erlosch die Neonreklame des Fotoateliers Agfa. Und kaum war die Übertragung beendet, begann das Leuchtreklameschild wieder zu blinken, wie es das Tag und Nacht ununterbrochen tat – bis zur nächsten Übertragung. Walter Haberle traute sich nicht sofort, seine Entdeckung mitzuteilen, um sich spöttische Kommentare zu ersparen. Auf der Liste mit den Aberhunderten geprüfter Personen, Wohnungen und Geschäfte hatten die Kempe'tai-Leute nämlich über den Inhaber des Fotoateliers Agfa, das sich in einem niedrigen chinesischen Häuschen zwischen hohen Wohnblöcken befand, vermerkt: »A. Kleinbauer. Deutscher. Vertrauenswürdig. Unverdächtig.«

Walter Haberle setzte seine Beobachtung jedoch fort, und als er den Beginn der Radioübertragung auf die Sekunde genau vorhersagen konnte, und auch, wann die drei chinesischen Schriftzeichen auf dem Leuchtreklameschild wieder angehen würden, entschloss er sich, Meldung zu machen. Er äußerte auch seine Vermutung, dass das Metallgerüst, über dessen Rippen ein Stahlnetz gespannt war, nichts anderes war als eine Radioantenne – eine schlau getarnte Antenne, die aber problemlos funktionierte, sobald die elektromagnetischen Störwellen aufhörten, die von der Stromversorgung der Neonröhren herrührten.

Die Marineschule von Bremen konnte stolz sein auf solche Schüler!

Als um punkt zwei Uhr fünfzehn in der Nacht die drei Schriftzeichen erloschen und der Empfänger im Caravan anfing, das schnelle und trockene Klopfen der Morsezeichen aufzuzeichnen, begannen die Leute von Kempe'tai ihren Einsatz von allen Seiten zugleich.

Die Operation wurde von einer dunklen Seitenstraße aus verfolgt, in der mit ausgeschalteten Scheinwerfern der schwarze Opel Hauptmann Masaaki Saneyoshis parkte. Auf dem Rücksitz saß, wie bei der Zwangsübersiedlung der Juden von Hongkou in die Zone, Hauptsturmführer Willi Stockmann und entzündete eine Zigarette an der anderen.

»Im Moment sind da mindestens drei Leute drin«, wandte Saneyoshi sich nach hinten zum Deutschen. »Ich habe meinen Leuten eingeschärft, das Feuer nur zu eröffnen, wenn es gar nicht mehr zu vermeiden ist. Ich will sie lebend haben, so wie es uns in Tokio gelungen ist.«

»Ganz richtig, Ihre Entscheidung. Lebende sind erfahrungsgemäß weitaus redefreudiger als Tote.«

Die beiden Beamten in Zivil brachen die Tür auf und drangen – ohne auch nur eine Sekunde zu verlieren – sofort ins Atelier ein und stürmten die steile, enge Treppe hinauf. Doch schon nach wenigen Schritten waren sie gezwungen anzuhalten und sich an die Wand zu drücken, denn Kleinbauer hatte von oben aus seiner kleinkalibrigen Walter sofort das Feuer eröffnet, während Cheng Suzhin eilig sämtliche verräterischen Spuren vernichtete. Dafür war die Zeit so beklemmend kurz, dass Kleinbauer ihm zwischen zwei Salven zurief: »Verbrennen! Sofort alles anzünden.«

Cheng Suzhin zögerte, warf erst einen schnellen Blick auf Vladek, der die Gitter vor dem Bogenfenster aufbrach, dann auf den Riesen, der mit seiner Körperfülle den Weg zum Labor versperrte.

»Nein! Hau erst du ab!«, schrie Suzhin.

Doch Kleinbauer, von mehreren Kugeln durchbohrt, betastete sein Hemd, betrachtete seine blutverschmierte Handfläche und brüllte zwischen den Schüssen: »Hörst du nicht, was ich dir sage?! Anzünden, du chinesischer Halbaffe! Anzünden und sofort abhauen!« Dann zog er sich mit letzter Kraft nach oben zurück.

Als es den Männern Hauptmann Saneyoshis endlich gelang hinaufzukommen, standen die obere Etage und das mit grün emaillierten Ziegeln bedeckte Dach darüber schon in Flammen. In dem schwarzen, giftigen Rauch, der nach brennendem Zelluloid stank, lag der Kolorist chinesischer Familienfotos und leidenschaftliche Verehrer russischen Wodkas, der unverdächtige Deutsche Alfred Gottfried Kleinbauer, vor ihnen auf dem Boden. Er hatte sich mit einem Schuss in die Schläfe erschossen.

Weitere Personen entdeckte die Polizei im Atelier nicht, nur Blutspuren, die zum aufgebrochenen Gitterfenster führten, von dem man auf dunkle chinesische Hinterhöfe schaute. Als die Feuerwehr den Brand gelöscht hatte, fanden sie in der Wanne mit der fast völlig verdampften Entwicklerflüssigkeit nur einen einzigen Mikrofilmstreifen. Aufgerollt, wäre er kaum größer als eine Sojabohne gewesen.

56

Die Tür des Vorzimmers ging plötzlich auf, und herein stürzten, die Revolver im Anschlag, Willi Stockmann und zwei deutsche Beamte in Zivil. Sie sahen aus, als erwarteten sie, drinnen auf eine ganze Kompanie Büroangestellter zu treffen. Doch drinnen saß nur die Sekretärin des deutschen Botschafters und fuhr beim Anblick der Männer erschrocken von ihrem Stuhl auf. Hilde versuchte, ruhig und gleichmütig zu klingen; doch es war nicht zu überhören, dass ihre Stimme zitterte.

»Guten Tag, meine Herren. Womit kann ich Ihnen dienen?«

»Das wirst du schon noch merken«, brummte Stockmann. »Ich brauche den Dambach.«

»Ich werde Ihr Anliegen vortragen.«

»Nicht nötig. Alles schon telefonisch besprochen.«

Mit diesen Worten drang er in das Arbeitszimmer des Barons ein. Bevor er die Tür hinter sich schloss, nickte er mit dem Kinn in Hildes Richtung und rief dann seinen beiden Untergebenen zu: »Und dass mir die hier nicht den Raum verlässt!«

Hilde stand hinter ihrem Schreibtisch und spürte, wie ihr das Blut aus dem Gesicht wich. Kälte kroch ihre Wirbelsäule empor, erfasste ihren Nacken und hielt ihn in eisernem Klammergriff. Eine allesverschlingende Angst ergriff sie, die ihr Verstand und Willen raubte. Wo war jetzt Vladek, um ihr zu sagen, wie man sich in solchen Situationen verhielt? War ihm vielleicht etwas Schlimmes passiert? Wussten die Gestapo-Leute etwas? Oder war das hier nur ein Stochern im Dunkeln?

Die Tür des Vorzimmers ging erneut einen Spalt auf. Herein lugte Dieter, der Chauffeur. Er grinste Hilde frech an und schloss – offenbar zufrieden mit dem, was er sah – die Tür wieder von außen. Die beiden Zivilbeamten hatten sich schweigend und mit starrem Blick links und rechts der Tür postiert.

Nach kurzer Zeit kamen der Botschafter und Stockmann aus dem Dienstzimmer. Das Kinn des Barons, der sich für gewöhnlich gut unter Kontrolle hatte, zitterte vor Erregung, seine Lippen waren weiß.

»Fräulein Braun, es handelt sich vermutlich um ein unangenehmes Missverständnis, aber ich muss Sie bitten, sich zurückzuziehen. Ich habe eine Hausdurchsuchung genehmigt.«

»Darf ich fragen …«, begann Hilde, doch der Hauptsturmführer unterbrach sie schroff: »Hier stellen wir die Fragen. Du hältst die Klappe!«

Er nickte seinen Männern zu, und dann ging es los: In den Schubladen, hinter den Sesseln, unter dem Schreibtisch und den Fensterbänken – überall wurde inspiziert, sorgfältig, akkurat, ohne dass die Aktenordner und die übrigen Gegenstände im Büro in Unordnung gerieten. Offenbar waren diese Zivilbeamten nicht von der politischen, sondern von der Kriminalpolizei, denn man sah ihnen an, dass sie gelernt hatten, keinerlei Spuren zu hinterlassen.

»Den Schlüssel zum Safe!«, befahl Stockmann.

Hilde warf einen zugleich erschrockenen und fragenden Blick zum Baron. Dieser nickte: »Geben Sie ihn ihnen.«

Sie nestelte sich das Kettchen vom Hals, an dem der überraschend große Schlüssel, vom Stoff ihrer Bluse verdeckt, hing. Sie händigte ihn zögerlich aus, als handelte es sich um eine Pistole, mit der sie erschossen werden sollte. Bis jetzt war ihre Hoffnung gewesen, dass die Gestapo-Leute keine Beweise hatten. Die Dokumente, die sie mit dem Benzinfeuerzeug abfotografierte, hätten ja auch schon im Flugzeug oder auf dem Flughafen gefilmt werden können oder von irgendjemand anderem, der Zutritt zur Residenz hatte. Und nun hing ihr ganzes weiteres Schicksal an einem Schlüssel!

Die Akten, die sich im Safe befanden, wurden mit derselben Sorgfalt herausgenommen, durchgesehen und an ihren

Platz zurückgestellt wie die auf ihrem Schreibtisch. Dann war die Pralinenschachtel an der Reihe, die sie irgendwo ganz weit nach hinten geschoben hatte.

Baron von Dambach rührte sich nicht von der Stelle. Bleich, mit leicht angehobenem Kinn, stand er an der weit geöffneten Tür zu seinem Dienstzimmer und hatte die distinguierte Pose eines Aristokraten eingenommen, der äußerst empört darüber ist, übler Machenschaften bezichtigt zu werden.

In Hildes Kopf hingegen schrie es: »Schluss! Aus! Das ist das Ende!« Sie stellte sich lieber nicht vor, was jetzt folgte. Das hatte sie in der Vergangenheit zur Genüge getan. Sie wusste ja, dass sie jederzeit damit rechnen musste aufzufliegen. Doch die menschliche Psyche tat alles, um diese Vorstellung zu verdrängen. So war eben die menschliche Natur.

Der Gestapo-Mann schüttete den Inhalt der Schachtel auf den Schreibtisch. Heftklammern, Radiergummis, Haushaltsgummis und Heftzwecken, eine Tube Klebstoff. Büromaterial und … nichts weiter! Hilde schaute ungläubig auf das Häufchen vor sich: Wo war das Feuerzeug? Gestern hatte sie doch noch einen neuen Mikrofilm eingelegt.

»Wo ist der Apparat?«, fragte Stockmann.

»Welcher Apparat?«

»Tu nicht so dumm! Der Fotoapparat.«

»Ich verstehe nicht, wovon Sie sprechen …«

»Bald wirst du es verstehen, sehr bald! Führt sie ab …« Er wandte sich an den Botschafter: »Sie wollten es ja nicht glauben. Bald werden Sie sich selbst überzeugen können!«

Der Baron nickte abwesend, kaum merklich.

Dieter hielt vor dem Englischen Garten. Der Park war umgeben von einem hohen schmiedeeisernen Gitterzaun. Sein großes Eingangsportal, geschmückt mit dem vergoldeten Abbild der englischen Krone, stand weit offen. Es wurde erst abends geschlossen, damit dieser Platz der Ruhe und Erholung, der den Vergleich mit europäischen Schlossparks nicht zu scheuen brauchte, nicht nachts von Dieben, Säufern und Obdachlosen aufgesucht wurde. Baron Ottomar von Dambach und seine Frau pflegten hier an jedem Abend nach der Arbeit, wenn nicht gerade eine andere Verpflichtung sie daran hinderte, vor dem Abendessen eine Stunde spazieren zu gehen.

»Vielen Dank, Dieter. In einer Stunde wieder hier, wie immer.«

»Hab verstanden, Herr Baron.«

Der Park war wirklich zauberhaft mit seinen exotischen Bäumen, den immergrünen Sträuchern und stets frisch geschnittenen Rasenflächen. Inmitten des stillen Teichs, auf einer künstlichen Insel aus wundersam vom Wasser geformten Felsen, die aus dem Landesinneren herbeigeschafft worden waren, stand eine wunderschöne Pagode.

Das Botschafterehepaar schlenderte schweigend den mit roten Steinchen bestreuten Parkweg entlang und nickte von Zeit zu Zeit höflich Bekannten aus der gesellschaftlichen Elite Shanghais zu, die reichlich ausgedünnt war, seit die Japaner die Engländer und Amerikaner vertrieben hatten.

Auf einmal blieb Gertrude von Dambach stehen, blickte nachdenklich auf ihre Schuhspitzen, mit denen sie leicht in den Steinchen scharrte, und sagte: »Ich kann nicht aufhören, an sie zu denken … die Ärmste! Glaubst du, sie wird da wieder rauskommen?«

»Wohl kaum. Diese Typen haben den Biss von Bulldoggen.«

»Jetzt werden sie wohl auch ihren Freund, diesen Schweizer, in die Mangel nehmen.«

»Wenn sie das nicht schon getan haben.«

»Warum hat sie das nur gemacht, hm, was meinst du? Warum nur?«

Von Dambach ließ sich mit seiner Antwort Zeit.

»Sie wird ihre Gründe gehabt haben. So, wie ich sie kenne,

ist sie kein oberflächlicher Mensch, der sich von Geld verleiten ließe. Sie muss also tiefere Gründe gehabt haben, die wir wohl schwerlich erfahren werden … Vielleicht Liebe … Vorausgesetzt, auch dieser junge Schweizer … Oder … Ich weiß es nicht, ich kann's dir einfach nicht sagen, Trude. Will auch nicht spekulieren.«

»Kannst du ihr nicht irgendwie helfen?«

»Ich fürchte, nein.«

Sie erreichten die Brücke über den Fluss, die den Namen Garden Bridge trug und ein beliebter Platz für Spaziergänger war, und blieben darauf stehen. Die Baronin, ans Geländer gelehnt, wandte den Blick nicht von dem trüben Wasser ab, das unter ihnen dahinfloss.

»Die Ärmste …«, wiederholte sie noch einmal.

Der Baron schaute sich um, dabei hatte er eine Zigarette im Mundwinkel, die noch nicht angezündet war. Zerstreut wühlte er in der Tasche seines englischen Trenchcoats und zog ein Feuerzeug heraus. Er betätigte das Rädchen. Eine gewaltige Flamme schoss heraus. Er zog an seinem Tabakröllchen und atmete den Rauch tief ein. Dann nahm er den Daumen vom Rädchen und ließ die Flamme erlöschen. Er drehte das Ungetüm in seinen Fingern, sah nachdenklich auf das kleine Glasauge unten – und warf es ins Wasser. Die Brücke war viel zu hoch, als dass sie hätten hören können, wie das Metallding aufs Wasser klatschte und für immer in dessen schmutzigbraunen Fluten verschwand.

57

Tief in der Nacht klopfte es leise an das Eisenportal, das zum Garten des Anwesens der Familie Bassat an der Rue Cardinal Mercier 342 führte. Als sich nichts rührte, klopfte es noch einmal am Dienstboteneingang, der zwischen dem Garten und der Ziegelmauer verlief, die das Nachbargrundstück abgrenzte. Und noch einmal. Hier waren seinerzeit die Lieferanten jeden Morgen mit ihren zweirädrigen Karren auf den Hinterhof gefahren und hatten Gemüse, Brot und Fleisch direkt in die Küche geliefert.

Endlich sah man durch die Ritzen, wie drinnen eine Gaslampe aufleuchtete. Dann fragte die brüchige Stimme des Gärtners Wu Laozian: »Wer klopft?«

»Bo, ich bin's, Ching Langkao, erinnerst du dich? Der Sohn des Schreiners Wang, Ching Wang, der, der die Altärchen für die Hausgötter geschreinert hat.«

Der Alte schwieg. Dem nächtlichen Besucher war nicht klar, ob er damit beschäftigt war, sich zu erinnern, oder ob er ihm einfach nicht glaubte. Am Ende sagte Wu: »Du sagst also, du bist Langkao? Langkao ist vor langer Zeit fortgegangen.«

»Wie du siehst, bin ich zurückgekommen.«

»Langkao, der Verrückte?«

»Eben der, Bo Laozian. Mit der Narbe auf der Wange. Der Freund deiner Söhne.«

»O Götter!«, rief der Alte bewegt und zog rasch den eisernen Riegel zurück.

Es war nach dem japanischen Krieg, als Langkao und die Söhne Laozians, statt in Shanghai zu bleiben und die Berufe ihrer Väter zu ergreifen, eines Nachts beschlossen, die Stadt zu verlassen, um Soldaten zu werden. Wann war das bloß gewesen? Vor fünf, sechs oder sieben Jahren? Im Alter fließt alles Gewesene in eins, und der Mensch beginnt, das Geschehen vom Vortag mit dem zu verwechseln, was vor sieben Monaten oder vor sieben mal sieben Monden geschah. So ist das Alter eben: Das Gestrige ist wie nie gewesen, und was vor langer Zeit passiert ist, kommt dir wie gestern vor! Wu Laozian erinnerte sich gut an den Tag, als eine japanische Bombe auf das

Haus des Schreiners fiel und Wang und seine Frau, Langkaos Mutter, tötete. Da hatte der alte Gärtner mit Erlaubnis der Herrin, Simha Bassat, den Jungen zu sich genommen, um ihn mit seinen Söhnen aufzuziehen. Langkao war ein bisschen verrückt gewesen. Er prügelte sich häufig mit den anderen Jungen aus dem Viertel. Bei einer dieser Schlägereien hatte ihm jemand mit dem Messer die Wange aufgeschlitzt. Wu Laozian grollte zwar, wenn Ching solche Dummheiten machte; aber dann verband er den Verletzten doch und kurierte ihn nach allen Regeln der Kunst, denn er verstand etwas von der Heilkunst.

Mit den Verrücktheiten währte es nicht lange, denn an dem Tag, an dem die japanischen Kriegsschiffe im Hafen von Shanghai einliefen und die Soldaten des Gegners die Stadt besetzten, beschlossen die drei Jungen fort und zur Armee zu gehen. Wu Laozian verzieh seinem Zögling diese letzte und größte Verrücktheit sein ganzes Leben nicht. Er wusste genau, dass seine Söhne allein nie auf die Idee gekommen wären, bei Nacht und Nebel wegzulaufen; auch das war ohne Zweifel ein Einfall von Langkao gewesen und von niemandem sonst. Und da war er nun also, nach so vielen Jahren!

Wu Laozians Augen waren nicht mehr gut, und selbst die neue Brille mit dem schönen Horngestell half ihm nicht sehr. Darum hielt er Langkao die Gaslampe ganz dicht vors Gesicht und musterte ihn eindringlich. Er war erwachsener geworden, ein richtiger junger Mann, den man sogar gutaussehend hätte nennen können, wenn die lange Narbe auf seiner Wange nicht so ins Auge gefallen wäre. Der Alte schaute über die Schulter des Jungen, wo er schemenhaft die Umrisse einer Rikscha erkannte, vor der ein halbnackter Kuli stand. Im Fahrgastraum, schien ihm, befand sich noch ein Mann.

»Du bist nicht allein?«, fragte er.

»Ich habe einen Kameraden, Bo Laozian. Kann die Rikscha hereinkommen? Ich werde dir alles erklären.«

»Kommt herein. Wenn er schon hier ist…«

Bald lag der Mann, der mit Langkao gekommen war, auf dem hölzernen, nur mit einer Schilfmatte bedeckten Bett. Es war Cheng Suzhin, der eine schwere Verletzung am Oberschenkel und einen verstauchten, möglicherweise sogar gebrochenen Fuß hatte. Der Knöchel war bereits zu einem großen, blauroten Ballon geworden. Laozian desinfizierte sein Gärtnermesser sorgfältig in Reisschnaps, machte dann an der Einschussstelle einen Kreuzschnitt und holte die Kugel heraus. Nachdem er auch den Eiter ausgedrückt hatte, wusch er die bereits entzündete Wunde mit Reisschnaps und bestreute sie anschließend mit einem grüngelben, aus Kräutern und getrockneten Pilzen hergestellten Pulver. Wie sollte er, der wusste, wie man mit der Haut der Erde umging, nicht wissen, wie man die Haut des Menschen behandelte? Der Alte hob den Kopf und sagte mit besorgter Stimme: »Wer hat denn auf euch geschossen? Sein Fleisch ist aufgeplatzt und bereits bis auf den Knochen gefault, schlimm gefault…« Und während er die Schwellung mit einem Streifen Stoff umwickelte, fuhr er fort: »Der Fuß gefällt mir gar nicht! Ihr habt doch nicht etwas Unrechtes getan? Gestohlen oder etwas dergleichen? Ich weiß ja, dass du ein bisschen verrückt bist!«

Auf die Stirn des Verwundeten waren feine Schweißperlen getreten, sicher vor Schmerzen, denn er biss die Zähne zusammen, um nicht zu schreien. Langkao sah seinen Ziehvater an und antwortete bekümmert: »Das haben wir nicht, Bo. Ich gehöre schon längst nicht mehr zu den Verrückten. Nur mein Name ist noch so. Von einem Spitznamen kommt man so schwer los wie von einer Narbe im Gesicht… Auf diesen Mann hier haben japanische Polizisten geschosen.«

»Japanische? Warum das? Und wann war das?«

»Das muss so zwei Wochen her sein…«

»Zwei Wochen! Und ihr kümmert euch erst jetzt um ihn?«

»Wir wollten ihn aus der Stadt schaffen, aber das ist uns nicht geglückt. Sie haben überall die Wachtposten verstärkt, so dass wir zurückkehren mussten. Ist nicht so leicht, mit einem Krankenwagen durch die Kontrollen zu kommen. Wie es genau war, erzähle ich dir später einmal, aber nicht jetzt«, antwortete Langkao und warf einen flüchtigen Blick zu dem dürren Kuli, der still in der Ecke saß. Auch der alte Gärtner sah ihn an. Hier, im Licht der Gaslampe, konnte man den Unterschied erkennen zwischen ihm und jedem beliebigen anderen Kuli von der Nanking Road: Er lag in den Augen. Für gewöhnlich war der Blick von Kulis eine Mischung aus Unterwürfigkeit und Resignation; auch ein Schuss Verschlagenheit lauerte darin, wie sie geprügelten, ausgehungerten Hunden eigen war, die plötzlich einen Knochen entdeckten. Die Augen dieses Mannes aber waren lebendig und glänzend; sie wanderten wach vom einen zum anderen und verrieten, dass er einer ganz anderen Schicht angehörte als der der gewöhnlichen Kulis, dass er ein gebildeter Mann, vielleicht ein Lehrer war. Nein, dieser Mann ist kein Kuli!, dachte der Alte. Überhaupt – irgendetwas an der ganzen Sache war faul, nicht nur die Schusswunde! Doch laut fragte er, mit einer Stimme, als fürchtete er die Antwort: »Was ist mit meinen Söhnen? Leben sie? Hast du sie gesehen?«

»Den einen. Ich habe Kontakt mit dem einen. Ihm geht es gut, und er lässt dich grüßen. Der Große, Dzuang. Er hat zu mir gesagt: ›Wenn du etwas brauchst, geh zu meinem Vater, überbringe ihm meine ehrerbietigen Grüße und frage ihn. Er wird es dir nicht abschlagen, ich kenne ihn gut.«

Der alte Gärtner schaute ihn skeptisch an: »Das hat er dir gesagt? Und was sagt der Kleine, mein anderer Sohn?«

Langkao wartete geraume Zeit, bevor er bedrückt murmelte: »Ihn sehe ich nicht, er dient in einer anderen Armee. Bei Chiang Kai-shek.«

Laozian fuhr zusammen.

»Dann ist, wenn ich dich recht verstehe, Dzuang bei Mao.«

»Ganz recht. Bei Mao.«

»Wie ist das nur möglich? Der eine Sohn dient Mao, der andere Chiang. Die beiden Armeen kämpfen doch gegeneinander?!«

»Das stimmt – sie kämpfen gegeneinander. So ist es in China, Bo Laozian: Der Bruder kämpft gegen den Bruder und die Japaner gegen beide. So ist es, ob wir wollen oder nicht ...«

Er sah auf seine Armbanduhr, warf einen Blick zu dem schweigenden Kuli und sagte: »Bo, wir müssen gehen, bevor es hell wird ...«

»Wie wollt ihr gehen, dieser Verwundete hier kann ja nicht einmal stehen?«

»Nein, das kann er nicht. Ich habe gehofft, ich kann ihn bei dir lassen ... für eine gewisse Zeit.«

Damit hatte der Alte nicht gerechnet.

»Bei mir bleiben? Ein unbekannter Mann, der von den Japanern gesucht wird? Wie lange?«

»Nun, bis er wieder gesund ist. So lange ...«

»Also lange ...«

Langkao, der verrückte Langkao, lachte zum ersten Mal, seit er gekommen war. Dabei verzog sich sein Gesicht durch die tiefe Narbe auf bizarre Weise.

»Nein, nicht sehr lange, Bo. Nur kurze Zeit, denn der Krieg wird bald zu Ende sein. Dann bringen wir ihn ins Krankenhaus. In ein großes staatliches Krankenhaus. Ich danke dir, dass du ihn aufgenommen hast.«

»Wie, aufgenommen?«, antwortete Laozian entrüstet. »Du hast mich ja noch nicht einmal gefragt!«

»Gut, ich frage dich: Willst du einen schwer verwundeten Mann auf der Straße lassen? Einen guten, ehrlichen, anständigen Menschen in die Hände der Japaner fallen lassen? Das frage ich dich, und nun antworte mir.«

Der Gärtner verstummte und dachte nach. Er kratzte sich am Kopf, dann strich er mit der Handfläche über seinen langen, dünnen Kinnbart, der dem eines mittelalterlichen Mandarins glich, und sagte schließlich erbost: »Gut, ist ja gut! Ihr kommt ungeladen und benehmt euch, als wärt ihr hier zu Hause! Gut, ich sage nichts dazu! Ich werde ihm jetzt einen schmerzstillenden Tee kochen, damit er einschlafen kann. Ich habe da etwas Geeignetes ... Und du, wenn du meinen Sohn Dzuang siehst, grüß ihn von mir. Und sag ihm, er soll nicht auf meinen Sohn Luan schießen. Sag, das auszurichten habe ich dir aufgetragen!«

58

Die Rikscha mit dem Verdeck hielt am Kai, an dem Hunderte von Dschunken so dicht nebeneinander vertäut im Wasser schaukelten, als wollten sie sich in den feuchtkühlen Nächten von Shanghai gegenseitig wärmen. Die Menschen, denen diese Dschunken gehörten, benutzten sie nicht nur, sie lebten auf ihnen; man konnte hier eines jener Stadtviertel sehen, deren ganze Architektur nur aus Schiffskörpern bestand. In diesem »Wasserviertel« wurden Menschen geboren, wuchsen auf, nahmen den Platz ihrer Eltern ein, liebten sich und erwarteten vom Leben nichts anderes als das, was ihre Väter und Vorväter ihnen vorgelebt hatten, bis der Kreislauf von vorne begann.

Hausfrauen kippten in aller Herrgottsfrühe das dreckige Spül- und Waschwasser in den Fluss, andere hockten bereits um ihre kleinen Herde und kochten den ersten Reis; man hörte jemanden gähnen, ein Baby schreien ... Ein neuer Tag begann – so einfach, ärmlich und stumpfsinnig wie der vorherige.

Der Rikscha entstieg der verrückte Langkao, schaute sich um und pfiff leise durch die Zähne, um Vladek zu signalisieren, dass die Luft rein war und er aus seinem schattigen Versteck zwischen den aufgetürmten Fischkörben hervorkommen konnte. Langkao nickte mit dem Kopf zum Wasser und sprang als Erster ins Boot; Vladek folgte ihm. Kurz darauf war schon das Knattern des Motors zu hören. Der Kuli winkte knapp und verschwand mit seiner Rikscha, noch bevor das Boot abgelegt hatte. Es verfügte über eine kleine hölzerne Kabine über dem Kiel und wurde von einem einzigen barfüßigen und wortkargen Fischer, seinem Äußeren nach ein Koreaner, gesteuert. Als sie in offene Gewässer kamen, hisste er das große schwarze Segel, das wie die meisten anderen Segel hier die Form eines Fledermausflügels aufwies. Nur die Farben unterschieden sich: Es gab schwarze, graue, rote Segel, und sie verteilten sich so beliebig über die Mündung ins offene Meer, als ob sie nur ein Ziel gehabt hätten: so schnell wie möglich der Enge und dem Schmutz Shanghais zu entkommen. Dabei war diese frühe Morgenstunde lediglich die Zeit, in der die Fischer auf Fang hinausfuhren. Zusammen mit den Dschunken trieb auch das braune, schlammige Wasser des Jangtse ins offene Meer hinaus und verlor sich langsam in dessen unermesslichem Blau. Die beiden Ufer des gewaltigen Stroms drifteten immer weiter auseinander, und wenn man vom Heck aus zurück nach Westen schaute, sah man, wie die Silhouette der Millionenstadt immer kleiner wurde, bis sie schließlich im Morgennebel verschwand.

Auf dem offenen Meer war das Wasser unglaublich ruhig und glatt, sodass es im Licht schillernde Perlmuttreflexe warf. Das Blau des Wassers vermischte sich mit dem Rosa der Morgenröte, und die Boote schienen nur eine Spiegelung der am Himmel dahinsegelnden Wolken zu sein.

Vladek hockte im Unterdeck auf einer zusammengefalteten Schilfmatte, die nach verwestem Fisch und toten Algen stank, und rauchte schweigend und finster eine Zigarette. Ja, die erlittene Schlappe war wirklich vernichtend gewesen. Nachdem schon die Ramsai-Kollegen in Tokio aufgeflogen waren, war das, was hier in Shanghai passierte, eine echte Katastrophe. Kleinbauer, der sich selbst erschossen hatte, um ihn und Cheng zu retten… Cheng, der durch seine Verletzung auf unbestimmte Zeit ausfiel… Nein, Vladek blieb wirklich keine andere Wahl, als zu fliehen. Wenn es etwas gab, was ihren Fall von dem in Tokio unterschied, so war es die Tatsache, dass es der Polizei hier in Shanghai nicht gelungen war, jemanden zu verhaften. Was bedeutete, dass sie auch niemandem Geständnisse abpressen konnten. Es gab immer einen oder zwei, die, einmal der Kempe'tai in die Hände gefallen, unter der Folter die Nerven verloren und »sangen«: Namen, Adressen, Verbindungen und so fort.

Vladek konnte sich noch nicht einmal bei Hilde melden. Das hätte den elementarsten Vorsichtsmaßregeln widersprochen! Diese Typen von der Polizei hörten jetzt mit Sicherheit die Telefone ab, um das andere Ende des gerissenen Fadens wieder in die Finger zu kriegen. Hilde! Ihm krampfte sich der Magen zusammen, wenn er an sie dachte. Eine vage Furcht kroch in ihm hoch: Ob es ihr gelingen würde, alle verräterischen Spuren zu beseitigen und sich selbst in Sicherheit zu bringen? Es waren zehn Tage vergangen, genug Zeit, um auf den Gedanken zu kommen, dass etwas passiert sein musste und sie in Lebensgefahr schwebte. Hoffentlich war sie so klug, ihn unter gar keinen Umständen zu suchen! Vielleicht machte er sich aber auch völlig umsonst all diese Sorgen. Vielleicht war der Baron rechtzeitig über das Geschehene im Bilde gewesen und damit auch Hilde.

Was für ein Fluch! Das war jetzt schon das zweite Mal, dass er untertauchen musste, ohne sich bei ihr melden zu können! Aber es blieb ihm nichts anderes übrig. Sobald die Polizei Interesse bekundete dafür, wohin er verschwunden war, würden sie als Erstes zu ihr gehen und sie fragen. Sicher, weder bei der Gestapo noch bei Kempe'tai wusste jemand, dass er in der Nacht der Erstürmung im Fotoatelier gewesen war, doch sein Verschwinden selbst dürfte wohl kaum unbemerkt geblieben sein. Was aber wussten sie, und was würden sie herausfinden? Wie auch immer: Er konnte sich nicht von Schuld freisprechen für das, was jetzt mit Hilde geschah. Es war sogar ganz und gar seine Schuld, denn er hatte sie in dieses gefährliche Spiel hineingezogen. Doch was sollte er machen? Es gab keine Unbeteiligten mehr! Die ganze Welt führte Krieg, und wie bei jedem Krieg konnte man sich die Opfer nicht aussuchen. Wer also trug die Schuld? Gab es überhaupt noch eine klare Trennungslinie zwischen Schuldigen und Nichtschuldigen in dieser unmenschlichen Schlächterei?

Fragen ohne Antwort. Oder mit tausend unterschiedlichen Antworten. Er konnte nur hoffen, dass der bittere Kelch an Hilde vorüberging und sie ungeschoren davonkam. Das jedenfalls hoffte Vladek, als er die Mündung des großen Jangtse in einem Fischerboot verließ.

Eines Tages würde er vielleicht seine Heimat wiedersehen, Shanghai aber – Shanghai nie wieder.

59

Während das Boot des Koreaners mit seiner lebenden Fracht immer weiter ins Meer hinaustuckerte, gab das große Dampfschiff »Kawasaki Maru« drei ohrenbetäubend laute Begrüßungssignale ab, als es in Gegenrichtung in die Mündung des Jangtse einfuhr. An Bord, unter den Frühaufstehern, die sich über die Reling lehnten, ungeduldig, Shanghai zu sehen, befand sich auch ein kleiner japanischer Offizier mit dicker runder Brille. Es war der Oberst der Sanitätstruppen Dr. Hiroshi Okura. Eine Stunde später befand er sich schon an Land und mietete eine Rikscha zum Bridge House, dem Shanghaier Hauptquartier der Kempe'tai.

In den Augen von Hauptmann Masaaki Saneyoshi waren es gute Tage für die Kempe'tai; die Erfolge sprachen nicht zuletzt für eine gelungene Zusammenarbeit mit den Freunden von der Gestapo und der SS. Hauptsturmführer Stockmann hingegen tobte vor Wut. In Deutschland konnte man zwanzigtausend Juden deportieren, ohne dass die Nachbarn es überhaupt merkten, und hier? Hier stürmte man ein winziges Fotoatelier, und am nächsten Tag posaunten die Revolverblätter es laut und mit Vermutungen garniert in die Welt hinaus. Besonderes Augenmerk wurde dem Platz und der Rolle des inhaftierten Fräuleins Hilde Braun gewidmet, die ohne jede sachliche Grundlage reißerisch als »neue Mata Hari« bezeichnet wurde. Wie war so etwas nur möglich? Nun, ganz einfach: Hier konnte jede Redaktion gegen hundert Shanghai-Dollar jede beliebige vertrauliche Information von jedem einigermaßen hochrangigen Polizeibeamten erhalten! Und das nannten diese Japaner Recht und Ordnung? Da konnte man ja als Deutscher nur aus der Haut fahren!

Die Folgen dieses heftigen Rauschens im Blätterwald waren, dass die meisten Geheimsender, die chiffrierte Nachrichten versendeten, ihre Antennen einzogen wie die Schnecken ihre Fühler und erst einmal völlig verstummten. Bei den Deutschen heißt es: »Einmal ist keinmal!«, die Japaner aber schienen nach jedem Erfolg begeistert über sich selbst den Griffel fallen zu lassen, ohne sich zu fragen, um wie viel größer er ausgefallen wäre, wenn sie ihre Zungen im Zaum gehalten hätten. Sicher, sie hatten noch drei weitere Spionagesender auffliegen lassen; aber das war in Stockmanns Augen so, als ginge man auf Tigerjagd und kehrte mit drei entlaufenen Hauskatzen zurück. Nur eine dieser drei geheimen Funkstationen arbeitete mit chiffrierten Nachrichten; aber die – im Prinzip verboten – gingen an Handelsgesellschaften in Tokio, die Firmengeheimnisse oder die wahren Preise für Reis direkt ab Produzenten, für Zinn oder für die Kurse an der Shanghaier Börse ausschnüffeln wollten. Die anderen beiden Sender wurden von Studenten des Technikums als Hobbyfunker betrieben. Man verhaftete sie, gab ihnen zwei schallende Ohrfeigen und verurteilte sie zu kleinen symbolischen Strafen.

Vor zwei Tagen aber fing der Peilwagen mit der Aufschrift »Bushido«, der bereits einem langsam verzweifelnden Angler glich, ein kurzes Suchsignal auf, das auch unverzüglich Antwort erhielt. Das besserte Stockmanns Laune schlagartig. Die Leute im Caravan sprangen, so weit es die niedrige Decke zuließ, vor freudiger Erregung auf und begannen fieberhaft, Linien auf ihrer Karte zu ziehen, die den Sendeort dieser Signale immer enger eingrenzten. In den späten Abendstunden fingen sie vom selben Absender noch einmal eine chiffrierte Nachricht auf, die in mehr als einer Hinsicht interessant war. Erstens natürlich, weil dieser Funker nicht ängstlich verstummt war wie all die anderen. (Über die Gründe konnte man nur spekulieren: Entweder hatten sie nicht mitbekommen, dass Ramsai hochgegangen war, oder sie waren wie ein verliebter Hahn trunken vom eigenen Gekrähe und blind und taub für alle Gefahren.) Zweitens aber, weil die Linien auf der Karte schon bald zeigten, dass das Signal aus Hongkou kam, genauer: aus der Zone im Süden von Hongkou, was umso erstaunlicher war, als die Menschen dort gar kein Radio hörten, die einen, weil sie keines besaßen, die anderen, weil sie von einem solchen Wunder der Technik noch nie etwas gehört hatten.

In der Morgendämmerung des 4. April, als der Hof des Werkes für Stahlkonstruktionen noch still dalag und nur eigensinnige Alte trotz aller Bitten, Verbote und Drohungen fortfuhren, an die Wände zu pinkeln, näherte sich im Halbdunkel ein weißer Caravan und postierte sich zwischen den Verwaltungsgebäuden und der Montagehalle. Wenige Minuten später stürmte eine Hundertschaft Uniformierter den Hof. Die alten Stehpinkler konnten Polizisten nicht von Soldaten unterscheiden und schon gar nicht Chinesen von Japanern, doch eines war auch ihnen klar: Deren Erscheinen verhieß nichts Gutes.

Ein knappes Kommando ertönte, und die Polizeieinheit teilte sich und umzingelte den Wasserturm. Die Versuche einiger mutiger Japaner, den Turm über die an vielen Stellen kaputte oder unterbrochene innere Steigleiter zu erklimmen, wurden von oben mit Revolverschüssen beantwortet. Dies bedeutete, dass der Turm nicht im Sturm genommen werden konnte. Dennoch endete das Ganze in weniger als einer halben Stunde, schneller, als selbst Hauptsturmführer Stockmann erwartet hatte, der den Japanern ja kein sonderliches Vertrauen entgegenbrachte. In der Nähe der Brücke über den Suzhou nämlich stand eine japanische Flugabwehrkanone, die das Problem schnell löste. Die Kanonenmündung wurde auf die ringförmige Erweiterung des Wasserturms gerichtet, drei Geschosse wurden abgefeuert, und schon war von der ganzen Herrlichkeit zweier Spinner, die dort oben eine Funkstation betrieben hatten, nichts mehr übrig als ein Haufen Ziegelschutt. Gott sei mit euch, Simon Zinner und Markus Aronson!

Reichlich spät kam Lagerkommissar Go angerannt, ganz außer Puste vor Bemühen, der Kempe'tai seinen Diensteifer zu beweisen. Er machte präzise Aussagen über die beiden ehemaligen Turmbewohner und hoffte, mit der Behauptung, dass er Zinner und Aronson immer schon im Verdacht gehabt habe, einen Teil des Ruhms für die Zerschlagung dieses Rebellennestes zu ernten. Doch sowohl die Japaner als auch die Deutschen waren viel zu sehr mit ihren eigenen Sorgen beschäftigt, als dass sie dem Lagerkönig der Juden besondere Aufmerksamkeit hätten schenken wollen.

Der Einzige, der hätte sagen können, was es mit diesem

Wasserturmradio auf sich hatte, lag mit hohem Fieber in einem weißen Gärtnerhäuschen auf dem Grundstück Cardinal Mercier 342 und wurde von Wu Laozian gesund gepflegt. Cheng Suzhin hatte sich schon damals im Russischen Bad gedacht, dass Major Smedley von der amerikanischen Botschaft doch nicht einfach so den Platz räumen würde, ohne dafür zu sorgen, dass jemand blieb, der sich um seine Angelegenheiten kümmerte …

60

Hauptmann Masaaki Saneyoshi war ziemlich überrascht, als man ihm meldete, dass ein Oberst der kaiserlich-japanischen Sanitätstruppen ihn um eine Unterredung bat. Seine Verwunderung stieg noch, als der Oberst, sichtlich verlegen, ihm den Grund seines Überraschungsbesuchs mitteilte: Er bat darum, die verhaftete Hilde Braun besuchen zu dürfen. Saneyoshi bot dem kleinen, bebrillten Oberst Dr. Hiroshi Okura höflich einen Platz an, eine Zigarette …

»Verzeihen Sie, Oberst, aber ich wüsste gern, woher Sie die Information haben, dass diese Dame in Untersuchungshaft sitzt – und das ausgerechnet bei uns?«

»Viele Zeitungen haben darüber berichtet. Ich habe davon in Korea gelesen, wo ich Chefarzt am Militärkrankenhaus in Kwangju bin. Fräulein Braun ist eine mir sehr teure Bekannte. Wir kennen uns schon sehr lange. Ich wäre Ihnen außerordentlich verbunden, wenn Sie einen Besuch ermöglichen könnten.«

Hauptmann Saneyoshi begann, nachdenklich ein Stückchen Papier zu rollen. Zweimal ließ er seinen Blick über diesen zurückhaltenden Oberst wandern, der sich nicht von der Stelle rührte.

»Erstens, die Ermittlungen laufen noch, und jeder Kontakt mit Außenstehenden ist daher unerwünscht. Und zweitens – sind Sie sich darüber im Klaren, dass ein Treffen mit einer solchen Person Ihre eigene Karriere und Offiziersehre gefährdet? Ein japanischer Soldat, der Beziehungen zu einer Spionin für ein feindliches Land unterhält …«

»Ja, ich bin im Bilde, was man Fräulein Braun vorwirft. Mata Hari und so weiter. Doch ich habe keine Veranlassung, mir Sorgen zu machen, Saneyoshi-San. Das Treffen, um das ich bitte, ist rein … privater Natur … sehr privater Natur.«

In die Augen Hauptmann Saneyoshis trat ein Lächeln. »Ein kleines amouröses Abenteuer?«

»Entschuldigen Sie, doch das geht Sie nichts an. Es geht Sie wirklich nichts an.«

»Alles geht mich etwas an. Jede kleinste Kleinigkeit. Sogar die Marke des Lippenstifts der Dame. Mit wem sie ins Restaurant ›Himmlische Ruhe‹ essen gegangen ist und was sie dort bestellt hat … Übrigens, wissen Sie, dass Sie einen Liebhaber hat? Irgend so einen Journalisten, der sich als Schweizer ausgab, bevor er vor Kurzem untertauchte …«

Für den Bruchteil einer Sekunde gab es Dr. Okura einen kleinen Stich. Natürlich war ihm klar, dass es ihm nicht zustand, eifersüchtig zu sein auf eine ungebundene Frau. Es war ja zwischen ihnen auch nie mehr gewesen als Freundschaft, und sie hatten sich in Paris getrennt als Freunde, nicht mehr und nicht weniger. Doch sein Gefühl interessierte sich nicht für vernünftige Überlegungen, denn natürlich war er *vernünftigerweise* nie davon ausgegangen, dass sie in Paris bleiben würde, treu einem Japaner, der ohne sie in seine Heimat zurückkehrte, um dort zu dienen, und den sie wahrscheinlich nie wieder sehen würde …

»Ich bitte um Verzeihung, wenn meine Frage streng … wie soll ich sagen … streng vertrauliche Bereiche berührt, die Ihre

Ermittlungen betreffen. Doch hat Fräulein Braun wirklich für einen feindlichen Geheimdienst gearbeitet?«

»Bis jetzt hat sie noch nicht gestanden, und wir verfügen nur über indirekte Beweise. Mehr kann ich Ihnen nicht sagen.«

»Ich bin bereit, für sie zu bürgen – wenn das Wort eines japanischen Obersts noch irgendeine Bedeutung hat. Was Sie auch denken, wessen Sie sie auch beschuldigen … für mich ist Fräulein Braun eine unbescholtene Person, die unfähig zu jedweder Art von Verbrechen ist.«

»Für Sie mag das ja so sein, das will ich gar nicht bestreiten … Doch alles, Oberst, ist eine Frage des Standpunktes. Und die Kriterien, was ein Verbrechen ist und was nicht, sind verschieden. Ich respektiere Ihre Gefühle, doch ich fürchte, ich kann Ihnen nicht helfen.«

Da tat der schüchterne Dr. Okura etwas, was er unter anderen Umständen niemals auch nur erwogen hätte. Er tat es spontan, ohne nachzudenken, aus einem Impuls heraus. Er schob seine Hand in die Innentasche seiner Offiziersjacke, holte seine Brieftasche heraus und zählte seinem Landsmann tausend amerikanische Dollar auf den Schreibtisch.

»Ich bitte Sie nochmals. Ganz kurz, fünf Minuten nur …«

Der Blick, mit dem Saneyoshi den Arzt jetzt musterte, verriet trauriges Staunen. Dieser Dr. Okura war aber mächtig verliebt in diese blonde Deutsche, daran konnte gar kein Zweifel bestehen! Gelangweilt und ohne jede Eile nahm er die Geldscheine, zählte sie nach, steckte sie ein und sagte dann mit einem Seufzer: »Gut, aber nicht dass Sie es nachher bereuen, Oberst … Sie sind Arzt und haben viel gesehen. Trotzdem sage ich noch einmal: Hoffentlich bereuen Sie es nicht! Bitte lassen Sie Ihre Waffe hier.«

Die Zellen befanden sich im Keller, zu dem man nur über den Hinterhof des Bridge House gelangen konnte. Ein alter Schließer führte sie die aus Ziegeln gemauerten Stufen hinab und schloss vor ihnen Tür um Tür in dem endlosen Gewölbegang auf, der nur vom trüben Licht nackter Glühbirnen erleuchtet wurde. Wenn die beiden Männer sie durchschritten hatten, schloss der Aufseher die Gittertüren beflissen wieder hinter ihnen zu. Etwas so Schreckliches wie das hier hatte Dr. Hiroshi Okura, der wohlbehütet als Kind reicher Eltern aufgewachsen war und an renommierten Universitäten in New England und Paris studieren konnte, sein Lebtag noch nicht gesehen. In den großen Zellen saßen oder lagen Dutzende Gefangene wegen irgendwelcher angeblicher Vergehen auf dem feuchten Steinboden oder standen an die Wände gelehnt herum. Man durfte davon ausgehen, dass sie nicht wegen Diebstahls einsaßen, denn Kempe'tai war Japans politische Polizei, in etwa das Gegenstück zur deutschen Gestapo. Die Aufseher schlurften träge durch den Gang, schauten hin und wieder in die Zellen und schlugen warnend mit ihren Schlüsselbunden gegen die Gitter, wenn jemand seine hinter dem Kopf verschränkten Arme fallen ließ.

Ihre Zelle befand sich ganz am Ende des Gangs – eine Einzelzelle, die nur vom Korridorlicht erhellt wurde. Sie saß auf den großen Steinplatten, schaukelte kaum wahrnehmbar vor und zurück und sang dabei leise vor sich hin.

Die Augen Okuras, der ohnehin schlecht sah, gewöhnten sich nur langsam an das Halbdunkel, sodass der furchtbare Anblick nur allmählich bei ihnen ankam. Hildes rechte Gesichtshälfte war ein einziger Bluterguss, ihr rechtes Auge völlig zugeschwollen. Als Hilde ihn erkannte und beim Versuch zu lächeln den Mund öffnete, gähnte auf dieser Seite ein schwarzes Loch. Man hatte ihr die Zähne ausgeschlagen. An ihrem verfilzten Haar war so brutal gezogen worden, dass die Kopfhaut stellenweise wie skalpiert aussah.

»Was haben Sie mit ihr gemacht?«, flüsterte Okura entsetzt.

»Ich habe Sie ja gewarnt, dass der Anblick nicht zu den angenehmsten gehören würde. Doch alles, was wir hier tun, tun wir für Japan«, erwiderte der Hauptmann kalt.

Hilde schaute die beiden uniformierten Japaner mit dem einen offenen Auge an, ohne mit dem Schaukeln aufzuhören.

»Erkennen Sie mich, Fräulein Braun?«, fragte Okura beklommen.

Die Angesprochene nickte schweigend, doch ihr Körper drückte keinerlei Emotionen aus. Ihr war nicht anzusehen, ob sie sich darüber freute oder ob ihr nach dem, was sie durchgemacht hatte, alles gleichgültig war.

»Kann ich etwas für Sie tun, Hilde? Ich könnte Ihnen warme Kleidung bringen, Medikamente … Ich hoffe, man schlägt mir das nicht ab. Haben Sie sonst etwas nötig?«

Hilde schüttelte verneinend den Kopf. Dann lispelte sie auf Französisch: »Hiroshi-San, die weißen Winde haben mich schon fortgetragen, kümmern Sie sich nicht um mich …«

Hauptmann Saneyoshi unterbrach sie schroff: »Bitte sprechen Sie, wenn schon nicht Japanisch, dann wenigstens Deutsch oder Englisch!«

Doch Hilde schenkte ihm keinerlei Beachtung, so als hätte sie ihn gar nicht gehört. »Wenn Sie etwas für mich tun wollen … ch-chuldigung, mir fällt das Chprechen chwer … Hoffe, Sie verchtehn mich trotchdem?«

»Wenn Sie nicht aufhören, Französisch zu reden, breche ich den Besuch sofort ab!«

Hilde wedelte nur verächtlich mit der Hand. Erst da sah Dr. Okura, dass die Spitzen ihrer schmutzigen Finger blutverschmiert waren, ohne Nägel.

»Hiroshi-San, bitte, gehen Sie nach Hongkou … Verstehen Sie mich?«

»Ich verstehe – Hongkou«, erwiderte er mit einem Kloß im Hals.

»Gehen Sie zum Rabbi. Es gibt dort einen Rabbi. Sagen Sie ihm, Hilde Braun ist Jüdin und bittet, auf dem jüdischen Friedhof beigesetzt zu werden – wenn sie mich dort wollen.«

»Punkt! Schluss, aus!«, kreischte Hauptmann Saneyoshi.

»Den Punkt habe ich gemacht, du Chwein, ich selbst!«, lispelte sie auf Deutsch und lächelte dabei so hasserfüllt, wie es ihre Mimik zuließ.

Der Oberst der kaiserlichen Sanitätstruppen Dr. Hiroshi Okura weinte leise vor sich hin, aber so schüchtern er auch war, dieser Tränen schämte er sich nicht.

Fünf Tage später musste Dr. Okura noch einmal tausend US-Dollar auf den Schreibtisch Hauptmann Saneyoshis legen, um die sterblichen Überreste Hilde Brauns ausgehändigt zu bekommen.

Ihre letzte Bitte wurde ihr erfüllt: Rabbi Leo Levin sang ihr die Totenmesse, wie es Brauch war, und ihr Leib wurde in der schlammigen Erde am Fluss beigesetzt, wo sich die jüdischen Gräber befanden. Niemand außer Hiroshi Okura, dem Rabbi und den drei alten Synagogenhelfern, die auf den Anblick des Leichnams vorbereitet worden waren, bevor sie ihn wuschen und ins Totentuch einschlugen, erfuhr, was die Kempe'tai mit Hilde Braun gemacht hatte. Bei den Juden wird der Sarg nämlich vor der Bestattung verschlossen. Die Lebenden haben nicht das Recht, dem Tod in die Augen zu sehen. *Dabei müsste es so sein,* dachte der Rabbi, während er mechanisch die Worte des Totengebets sprach, *manchmal wäre es nötig, damit die Leute wissen und nicht vergessen!*

Niemand kannte Hilde Brauns jüdischen Namen; er stand nirgendwo verzeichnet. Man wusste noch nicht einmal ihr Geburtsdatum und den Geburtsort, denn ihre Ausweispapiere hatte die Kempe'tai einbehalten. Darum hatte der Steinmetz in den weißen Marmor, den Hiroshi Okura bestellte, unter den

Davidsstern auf Geheiß des Doktors nur die folgenden Worte eingemeißelt:

HILDE BRAUN
WEISSER WIND AUS FERNEN LANDEN

61

Die Wirtschaftskrise, vor der die deutschen Experten Baron von Dambach gewarnt hatten, war inzwischen eingetreten, der Kursverfall des Shanghai-Dollars nur äußeres Indiz dafür. Innerhalb weniger als vier Wochen ging der einst stabile Wechselkurs – sechs Shanghai- für einen US-Dollar – in den Keller und landete schließlich bei tausend zu eins. Dafür konnte man sich übrigens zu dieser Zeit genau ein Ei kaufen.

Obwohl das China des Chiang Kai-shek über eine vergleichsweise unabhängige Wirtschaft verfügte, verbanden doch eine Vielzahl unsichtbarer Fäden Chungking mit Shanghai, und es war schwer zu sagen, wer bei dieser ökonomischen Talfahrt auf wen mehr Einfluss hatte. Die Nationalisten hatten nämlich begonnen, bei der Bevölkerung »vaterländisches Gold« einzusammeln, es nach Taiwan zu schicken und den Menschen im Gegenzug dafür eine Art Assignaten zu geben, »Gold-Nyan« genannt. Im Ergebnis dieses Abziehens der Goldreserven nahm die Inflation in den Gebieten, die Chiang Kai-shek kontrollierte, solche Ausmaße an, dass ein US-Dollar bald gegen zwanzig Millionen Gold-Nyans gehandelt wurde.

Wenn man für Shanghai allgemein noch das seriös klingende Wort Wirtschaftskatastrophe gebrauchen konnte, so musste man für die Zone im Süden von Hongkou bereits von einer humanitären Tragödie sprechen. Arbeit war immer schwerer zu finden. Mutter Antonia wusste mit jedem Tag weniger, wie sie noch ihre Armenküche aufrechterhalten sollte. Einen minimalen Beitrag zum allgemeinen Überleben steuerten nur jene paar hundert Menschen bei, die Arbeit bei der Ausbesserung der kaputten Chaussee nach Lunghoa gefunden hatten. Ein makabrer Umstand wollte es, dass die Kenntnisse, die sich einige der jüdischen Bewohner der Zone im KZ von Dachau angeeignet hatten, ihnen hier zugute kamen.

Für Professor Sigmund Mandel, der so müde und abgemagert war, dass er nur noch einem Knochengerüst glich, war am niederschmetterndsten jener Morgen, an dem seinem Krankenhaus die Medikamente und medizinischen Hilfsmittel wie Verbände und Jod ausgingen.

Die Verzweiflung in der inneren Stadt war vollkommen.

Bis hierhin war das Echo der Kanonen in Europa und im Pazifik zu vernehmen, doch es schlug sich nicht merklich nieder auf das Leben in der Zone, das bar jeder Hoffnung war. Selbst die unbestätigten Meldungen über die Kapitulation Italiens, der unaufhaltsame Vormarsch der Roten Armee auf die Grenzen des Deutschen Reiches, die Eroberung der Marshallinseln durch die Alliierten, die Eroberung der Philippinen und Okinawas wurden mit Skepsis aufgenommen, als wären dies nur wieder die typischen Spinnereien der Alten.

So paradox es auch klingt, gerade die Tage und Monate der allgemeinen Depression waren die Zeit, in der die »Philharmonie« unter Leitung Theodor Weisbergs zu ungeahnter Blüte gelangte. Der Geiger, der unwiderruflich alles verloren hatte, stürzte sich mit aller verbliebenen Energie und ganzem Herzen auf die Musik. Der Organisator und die Seele des Orchesters, der Flötist Simon Zinner, war ja zusammen mit Markus Aronson in den Trümmern des Wasserturms begraben; doch ein besonderer organisatorischer Aufwand war auch nicht mehr nötig, um die Musiker zu versammeln. Die meisten hatten ohnehin keine Arbeit und fragten selbst an, wann die nächste

Probe stattfinden werde, egal, wie hungrig sie waren. Nicht immer gelang es Mutter Antonia, ihnen wenigstens eine Schale Reis oder einen Teller Erbsensuppe anzubieten.

Manchmal aber, wenn alles vollkommen hoffnungslos und ausweglos scheint, nehmen die Dinge eine unerwartete Wendung. An diesem schönen, sonnigen Tag hatte das Orchester eine etwas ungewöhnliche, beinahe frivol zu nennende Besetzung, denn Theodor Weisberg dirigierte im Hof des Werks für Stahlkonstruktionen »An der schönen blauen Donau«, und in der Bläsergruppe saßen die Nonnen des Karmeliterordens. Man konnte nicht sagen, dass die Akkorde astrein klangen, doch wer achtete in dieser Lage schon auf solche Feinheiten! Um das Orchester herum tanzten Hunderte von Paaren auf dem gestampften Lehmboden Wiener Walzer, als fände hier die Lumpenversion des Wiener Opernballs statt.

Manchmal empfingen die Karmeliterinnen mit diesem Strauß-Walzer ja Ankömmlinge im Hafen; jetzt aber probten sie, um es in der Gegenrichtung zu versuchen und den Leuten einen wohlklingenden Abschied zu bereiten.

Die Menschen waren wirklich glücklich. Zum ersten Mal seit langer Zeit keimte in ihnen die Hoffnung, dass dieses Grauen doch noch einmal ein Ende hätte. Junge und Alte wiegten sich im Tanz, und die Kinder sprangen um sie herum.

Und genau in diesem Moment ereignete sich eine Tragödie, die alle als den schrecklichsten Tag ihres Lebens in Erinnerung behalten sollten. Der Himmel wurde auf einmal schwarz von Flugzeugen, die im Nu ganz Shanghai mit einem Bombenteppich belegten.

»Japaaaneeer!«, schrie jemand. »In Deckuuung!«

Panisch und chaotisch rannten die Menschen durcheinander. Die meisten der Flüchtenden hatten nur einen Gedanken: Während Deutschland da drüben in Europa kapitulierte, wollten die Japaner unbedingt demonstrieren, dass sie hier noch immer Herr der Lage waren. Aber warum griffen sie ausgerechnet Shanghai an? Die Stadt war doch schon erobert!

Das war sie in der Tat. Und darum täuschten sich die Flüchtenden auch gewaltig, wenn sie glaubten, dass es sich um japanische Flugzeuge handelte. Es waren vielmehr die Amerikaner, die von ihrer neuen Militärbasis im jüngst eroberten Okinawa aus diesen Einsatz flogen, um das von Japan beherrschte Shanghai systematisch zu zerstören.

Die Nanking Road war aufgerissen wie bei Kanalbauarbeiten. Die Fassaden der Häuser waren zusammengestürzt und enthüllten wie im Guckkasten einer Theaterbühne Schlafzimmer, Küchen, Restaurantsäle und Hotelrezeptionen.

Die Menschen rannten kopflos vor Angst durch den dichten Rauch, durch Flammen und herabkrachende Wände, über ihnen das Dröhnen und Grollen der Bomber. Eine Staffel folgte der nächsten, systematisch und ungestört von der vollkommen verstummten japanischen Flugabwehr.

War es der falsche Befehl eines unfähigen Generals, hatte etwas die blinde Wut der Amerikaner entfacht? Jedenfalls ließen sie ihre letzte Bombenladung auf Hongkou niederregnen, genau in das Zentrum der inneren Stadt, der Zone, in der unsere jüdischen Flüchtlinge bereits das Ende aller Schrecken zu feiern begonnen hatten!

Das dicht besiedelte Viertel kochte buchstäblich über vor Detonationen. Die Holz- und Lehmhäuschen flogen nur so durch die Gegend. Die Luft war erfüllt von Rauch, Staub, gellenden Entsetzensrufen und Kindergeschrei, doch alles wurde vom Dröhnen der Flugzeuge überlagert. Die Bomber flogen manchmal so tief, dass man die Aufschriften und Zeichen auf ihrem Rumpf lesen konnte. Erst dadurch wurde den Menschen die ganze widersinnige, ja absurde Situation bewusst: dass die Amerikaner genau jene Menschen angriffen, die mit so großer Hoffnung auf sie als Retter gewartet hatten.

Rabbi Leo Levin war auf das Dach seiner improvisierten Synagoge geklettert, die schon einmal – damals wegen japanischer Bomben – in Flammen aufgegangen war, und schrie gen Himmel: »Ihr Bastarde! Was macht ihr da, seid ihr meschugge? Seht ihr denn nicht, wo ihr eure Bomben abwerft? He, hört ihr nicht, ihr Scheißkerle?!«

Nein, die Scheißkerle hörten nicht. Von oben dürfte wohl kaum jemand den kleinen, krausköpfigen Mann bemerkt haben, der ihnen vom Dach einer halbverkohlten Pagode aus mit den Fäusten drohte …

Die Zahl der Toten ging in die Dutzende. Professor Mandels Arme waren bis zu den Ellbogen voll Blut, als er mit aufgekrempelten Ärmeln um das Leben der Schwerverletzten kämpfte. An freiwilligen Helferinnen unter den Jüdinnen und Nonnen fehlte es ihm nicht. Mangels anderer Verbandsstoffe wurden Hemden und Laken zerschnitten und die Wunden mit Bier gereinigt, da es weder Desinfektionsmittel noch abgekochtes Wasser gab.

Da stand plötzlich der Oberst der kaiserlich-japanischen Sanitätstruppen, Dr. Hiroshi Okura, vor ihm.

»Ich bin gekommen, um zu helfen«, sagte er schlicht und zog seine Offiziersjacke aus.

»Danke«, erwiderte Mandel im gleichen Ton, »aber wie wollen Sie in dieser Hölle helfen? Wir haben kein Rivanol, kein Jod, keine Verbände, keine Spritzen, keinen Äther, kein Adrenalin – nichts, gar nichts!«.

»Ich weiß«, entgegnete der Japaner. »Ihr Rabbi hat mir schon berichtet. Sie werden alles bekommen.«

Es dauerte nicht lange, und vor der Grundschule von Hongkou hielt ein Krankenwagen mit aufgemalten roten Kreuzen und der Aufschrift in japanischer und darunter in englischer Sprache: »Military Hospital of Shanghai«. Zwei japanische Sanitäter begannen, Kartons mit Medikamenten und

Krankenhausbedarf auszuladen, und dies in Mengen, die Professor Mandel seit Jahren nicht mehr gesehen hatte.

Danach trat Grabesstille ein. Die Sonne war an diesem Tag, dem 9. Mai 1945, schon längst nach Westen gewandert und in der Dunstglocke über der brennenden Hafenstadt verschwunden. Doch zwei Männer, ein in Deutschland wegen seiner jüdischen Herkunft entlassener Chirurg und ein japanischer Oberst, kämpften verbissen weiter um das Leben der Opfer eines unbegreiflichen Bombenangriffs …

Ausklang

Seit jenem 9. Mai waren Monate ins Land gegangen, und Shanghai erstand zum zweiten Mal innerhalb weniger Jahre aus Ruinen.

Dieses Mal spielten die Nonnen am Hafen keinen Walzer, denn die Hälfte ihrer Instrumente war bei der Bombardierung Hongkous in die Luft geflogen. Die einzig verbliebene Quelle der Musik war die, welche nun zwitschernd auf Telegrafenleitungen, auf den Bäumen am Ufer oder auf dem Boden zwischen den Beinen der Abreisenden, die sich um die Landungsbrücke drängelten, landete, doch selbst wenn die Instrumente heil geblieben wären – »Versucht ihr mal, eine Posaune zu blasen, während ihr weint!«, sagte Mutter Antonia, während sie den Rabbi mit Tränen in den Augen umarmte. Ihre Spielschulden bei ihm erwähnte sie mit keinem Wort. Sie stand mit acht Bohnen bei ihm in der Kreide …

Die Schlange der Menschen, die sich über den schmalen Steg auf den Passagierdampfer begab, wollte gar nicht enden; dabei war es schon der sechste und vorerst letzte Linienkreuzer, der nach Europa fuhr. An die Reling gelehnt, richtete Theodor Weisberg seinen Blick den Jangtse aufwärts auf die mächtige Kulisse von Shanghai. Irgendwo da hinten im Abenddunst musste Hongkou liegen, und irgendwo hinter Nantao befand sich auch der deutsche Friedhof mit dem Grab seiner Frau Elisabeth. Sie war mit ihm gekommen, obwohl er sie nicht dazu gezwungen hatte. Jetzt musste sie hierbleiben, weil der Tod ihr keine andere Wahl ließ. Wie sollte er da Freude empfinden, dass dieser Albtraum endlich zu Ende war, wenn ein so wichtiger Teil seines Lebens in Shanghai zurückblieb.

Doch mit einem Mal begann er Liebe für diesen verrückten, chaotischen, grausigen und gewaltigen städtischen Moloch zu empfinden. Der Mensch weiß, warum er hasst, aber weiß er auch, warum er liebt?

Professor Mandel schaute sich nach seinem japanischen Kollegen um, aber er konnte ihn nicht entdecken. Das war auch gar nicht möglich, denn Oberst Hiroshi Okura befand sich in diesem Moment in der verwaisten inneren Stadt von Hongkou, genauer gesagt auf dem jüdischen Friedhof, wo er einen großen Strauß Teerosen auf das Grab von Hilde Braun legte. Er blieb in schweigender Andacht stehen, dann ging er durch die vollkommen verlassenen Sträßchen und an der Eisenbrücke über den Suzhou vorbei, die bis vor Kurzem Grenzlinie zwischen zwei Aggregatzuständen menschlicher Demütigung gewesen war. Als er den Hafen erreichte, hatte das große Dampfschiff schon abgelegt, ein weißer Rumpf, auf dessen drei Bordebenen tausend schwarze Punkte das Letzte waren, was man von den Abreisenden erkennen konnte. Die Nonnen und Mutter Antonia waren, wie alle anderen auch, bereits gegangen.

Der Oberst setzte sich auf eine Bank. Nachdenklich schaute er dem Schiff nach, das sich mit dreimaligem lautem Tuten verabschiedete, bevor es um die Flussbiegung verschwand. Er faltete noch einmal das zerknüllte Telegramm auseinander, das er in seiner Hand hielt, las erneut den Text, den er schon auswendig kannte, und musste unwillkürlich lachen. Das Telegramm war in den Kampfeswirren in der Zentralpost von Shanghai liegen geblieben, und erst heute hatte es jemand entdeckt und ihm zugestellt.

Sein Ministerium in Tokio befahl ihm darin, sich unverzüglich zum Rapport einzustellen. Ja, Saneyoshi-San hatte seine Pflicht bis zuletzt getan, bevor er Harakiri beging. Dr. Okura war ihm nicht böse dafür, dass er die Sache mit Hilde Braun gemeldet hatte, denn das war seine Pflicht gewesen. Überhaupt konnte man Hauptmann Masaaki Saneyoshi nicht absprechen, Ehre im Leib gehabt zu haben, war er doch gestorben wie ein echter Samurai.

Die da in Tokio hingegen, die das Telegramm geschickt hatten, waren echte Spaßvögel! Trotz der Atombomben auf Hiroshima und Nagasaki, trotz der vernichtenden Niederlage und der an Bord des Kreuzers »Mercury« unterschriebenen Kapitulationserklärung fuhren die Beamten fort, gewissenhaft bis zur letzten Sekunde ihre Pflicht zu tun. Es war wie mit den Nägeln und Haaren Verstorbener, die ja auch noch eine Weile nach dem Tod weiterwachsen …

Trug er, Oberst Hiroshi Okura, Schuld an dem, was sich in diesem grauenvollen Krieg abgespielt hatte? Oder für das, was Hauptmann Saneyoshi Hilde angetan hatte? Oder für das Krankenhaus in Kwangju, wo er stillschweigend koreanische Mädchen behandelte, die gewaltsam in Bordelle für japanische Soldaten gesteckt worden waren? Für seine einsamen Abende, an denen er sanfte Haikus schrieb, während in den Kasernen ganz in seiner Nähe ganze Kompanien die Körper dieser unglücklichen Mädchen missbrauchten?

An all das musste der Oberst denken, während er auf das Telegramm starrte.

Die Schuld von Hiroshi Okura war eine kleine Schuld, so wie die eines jeden seiner Landsleute, die alle nur einfach, anständig und ordentlich ihre Pflicht als Japaner hatten tun wollen. Aus dieser kleinen Schuld vieler, hier einem Schweigen, da einem Wegschauen, dort einem falschen Verständnis von Pflicht im Dienst des Mythos von Vaterland und Soldatenehre, setzte er sich zusammen, der gewaltige Berg der Schuld … Nun musste jeder diesen Berg in ebenso kleinen Teilen abtragen, damit die große historische Schuld der Heimat getilgt werden konnte. Denn sollte der rote Kreis auf der Flagge Japans wieder als aufgehende Sonne und nicht länger als Blutfleck interpretiert werden, musste diese Schuld ganz und gar gesühnt werden …

Der barfüßige Angler, der am Ende des Kais saß, hörte inmitten der Schreie der Kormorane so etwas wie das Geräusch eines trockenen Bretts, das jemand durchbrach. Er schaute sich um, doch ihm fiel nichts Besonderes auf. Der japanische Offizier saß immer noch auf der Bank am Fluss. Er war wohl eingeschlafen, denn sein Kopf hing zur Seite. Von seinem Platz aus konnte der Angler das Schussloch nicht sehen, das in der Schläfe des Mannes klaffte.

Das war der letzte Schuss gewesen, der im Zweiten Weltkrieg in Shanghai fiel.

Nachbemerkung des Autors

In der Figur des Vladek hat der Autor Elemente aus Leben und Schicksal dreier Bulgaren verwendet: Iwan Winarov, Leutnant Christo Boev und Iwan Karaiwanov. Nach der Niederschlagung des antifaschistischen Aufstands von 1923 in Bulgarien sind die drei emigriert und haben für den sowjetischen Geheimdienst gearbeitet. Winarov und Boev waren zu unterschiedlichen Zeiten in einer Reihe europäischer Länder sowie in China tätig; Karaiwanov hielt sich in geheimer Mission in Shanghai, Japan und Afrika auf. Nach dem Ende des Zweiten Weltkriegs wurde Iwan Winarov in Bulgarien, das inzwischen sozialistische Volksrepublik geworden war, in den Generalsrang erhoben, Christo Boev organisierte den militärischen Erkennungsdienst in Bulgarien und beendete seine Laufbahn als bulgarischer Botschafter in Tokio. Was aus Karaiwanov wurde, ist bis auf den heutigen Tag ungeklärt.

Hilde Braun trägt die Züge zweier Zeitgenossinnen – Luise Claas und Josefa Engelberg.

Oberst Dr. Hiroshi Okura war auch in Wirklichkeit Oberst Okura, Hauptmann Saneyoshi von der Kempe'tai wirklich Hauptmann Saneyoshi, so wie der Lagerkönig der Juden, Mr. Go, wirklich Go hieß.

Wer im Konzentrationslager Dachau gewesen ist, wird SS-Scharführer Hansi Steinbrenner nicht vergessen haben.

Der richtige Familienname von Cheng Suzhin war Chang. Chang wurde in Wirklichkeit umgebracht. Doch in dieser Schlacht sind so viele tapfere Männer und Frauen gefallen, dass der Autor es nicht übers Herz brachte, auch ihn noch sterben zu lassen, vielleicht auch, um an Wu Laozian die Weisheit und Heilkunst eines anderen China zeigen zu können.

Alfred Gottfried Kleinbauer und alle anderen handelnden Personen, deren Namen zum Teil aus ethischen Erwägungen verändert wurden, sind so wahrheitsgetreu geschildert wie die Geschichte, die Sie soeben gelesen haben.